Josie Charles stammt aus einer mittelgroßen deutschen Stadt. Früh entdeckte sie ihre Leidenschaft fürs Schreiben. Sie würde sich selbst als Romantikerin bezeichnen und hat eine Schwäche für schwierige Typen und mutige Frauen – trotzdem hat es eine ganze Weile gedauert, bis sie den Mut fand, ihren ersten romantischen Roman zu veröffentlichen. Mit fast dreißig hat sie beschlossen, dass die Zeit reif ist. Seitdem sind verschiedenste Storys aus dem Bereich Romance erschienen, von Sportler-Liebesromanen über College Love bis hin zu romantischen Kleinstadtgeschichten. Für Leser und alle anderen ist sie auf Facebook und Instagram jederzeit zu erreichen und freut sich über Rückmeldungen aller Art.

Josie Charles ist ein Pseudonym.

LOVE BEATS *faster*

LOVE FIGHTS DIRTY

JOSIE CHARLES

Überarbeitete Neuausgabe Januar 2025

Copyright © 2024 dp Verlag, ein Imprint der
dp DIGITAL PUBLISHERS GmbH
Made in Stuttgart with ♥
Alle Rechte vorbehalten

LOVE FIGHTS DIRTY

ISBN 978-3-98998-752-4
E-Book-ISBN 978-3-98998-513-1

Copyright © 2017, Josie Charles
Dies ist eine überarbeitete Neuausgabe des bereits 2017 bei Josie
Charles erschienenen Titels Love beats faster (ISBN: 1521796106).

Covergestaltung: Jasmin Kreilmann
Umschlaggestaltung: ARTC.ore Design
Unter Verwendung von Abbildungen von
depositphotos.com: © NitChan, © MaxFil, © prosotphoto,
© iweta0077
Shutterstock.com: © Artem Furman
Satz: dp DIGITAL PUBLISHERS GmbH
Druck und Bindung: Books on Demand GmbH, Norderstedt

PROLOG

18 Monate zuvor
Catania, Italien

Alessia

Ich betrachte mich selbst in dem mannshohen Spiegel, der die Rückwand des Fahrstuhls einnimmt. Das lange Haar fällt mir glänzend über die Schultern, meine dunklen Augen sind stark betont, das knielange Paillettenkleid sitzt hauteng – so eng, dass es unmöglich wäre, ein Schenkelhalfter mit Pistole darunter zu verstecken. Auch die winzige Handtasche, die ich dabei habe, ist viel zu klein für eine Waffe, und so komme ich mir fast nackt vor, während ich in den obersten Stock eines der wenigen Hochhäuser von Palermo fahre.

Sollte die Sache schief gehen, muss ich mich ganz auf meine körperlichen Fähigkeiten verlassen. Aber sie wird nicht schief gehen. Sie darf nicht.

Ich blicke mir selbst ins Gesicht und sage mir in Gedanken die Worte, die ich jetzt seit Wochen übe.

Mein Name ist Luciana, ich studiere Personalmanagement, ich bin ein offener und fröhlicher Mensch. Mein Name ist Luciana ...

Ich atme tief durch, als der Aufzug hält und ein hohes Pling ertönt. Dann wende ich mich den Türen zu und straffe die Schultern, während sie langsam aufgleiten und mir eine neue Welt enthüllen.

Das Licht in der Galerie mit Blick über die Stadt ist gedämpft, leise Pianomusik erfüllt den Raum, untermalt von Stimmengewirr. Small Talk, falsches Gelächter, das Klirren von Champagnergläsern.

Ich setze mein perfekt einstudiertes Lächeln auf, trete aus der Kabine und lasse den Blick über die Menge schweifen.

»Signorina.« Ein Kellner hält mir ein Tablett hin und ich greife nach einem Kelch mit teurem Rosé, als wäre das selbstverständlich für mich. Als wäre ich eines dieser Mädchen, die Luxus dringender brauchen als Luft zum Atmen. Und das ist gut, denn ab heute werde ich genau so ein Mädchen sein.

Ich nehme einen Schluck und durchschreite den Raum, ohne die Kunstwerke an den Wänden auch nur eines Blickes zu würdigen. Ich weiß, wie sie aussehen. Ich weiß, welchem Stil sie entsprechen und was der Künstler zum Frühstück isst. Ich habe mich im Vorfeld genau über alles informiert. Doch ich bin nicht wegen des Künstlers hier. Langsam, beinahe gelangweilt, setze ich meinen Weg fort, ignoriere die anwesenden Frauen und sehe mir die Männer genauer an. Und dort, in der Nähe der Fenster, entdecke ich ihn. Er trägt einen maßgeschneiderten Anzug und trotz der späten Stunde eine Sonnenbrille im Haar.

Sein Lächeln ist gewinnend und jede seiner Gesten verrät, dass er sich für ganz besonders wichtig hält.

Keine Frage, das ist er. Salvatore Cosentino. Der Mann, den ich vernichten werde.

Arecibo, Puerto Rico
Alex

Jahrestag. Ich weiß, dass dieses Wort für die meisten Menschen etwas Gutes bedeutet. Einen Grund zum Feiern. Für mich bedeutet es, noch härter zu arbeiten als sonst. Erst das gewöhnliche Training, zwei Sparringskämpfe statt einem. Ich habe beide gewonnen.

Dann eine Runde durch die Stadt. Es regnet heute, und wenn es hier regnet, dann richtig. Die Palmen biegen sich im Wind, die Rinnsteine laufen über. Ich jogge durch knöcheltiefe Pfützen, vorbei an den Gassen, in denen ich meine ersten Fights hatte, vorbei am Hafen, raus aus dem Ort, in die Wildnis und wieder zurück. Aber es ist wie an jedem Jahrestag – das Laufen bringt mir keine Ruhe. Es ist, als sei der Geist meines Vaters hinter mir her, ein Mann, der keine Ruhe findet, weil sein Tod bis heute keine Gerechtigkeit nach sich gezogen hat.

Er ist vor mehr als zehn Jahren gestorben und alle, die damit zu tun hatten, machen mittlerweile weiter, als hätte er nie gelebt. Als würde es keine Rolle spielen, was damals genau geschehen ist. Wer schuld war. Und wer dafür immer noch nicht zur Rechenschaft gezogen worden ist.

Es ist schon fast Abend und es regnet immer noch, als ich mein Motorrad vor dem Grundstück meiner Mutter parke, als ich über den Zaun klettere und mich heim-

7

lich zu dem Gedenkstein schleiche, der zwischen abgeernteten Mangobäumen in der hinteren Ecke des Gartens steht. Es ist grober Stein, darauf eine kleine Messingplatte, deren Schrift kaum noch lesbar ist. Ich kenne die Worte, die darauf stehen, genau: Viel zu früh gegangen, aber kein Abschied ist für immer.

Ich war schon damals gegen diesen Spruch, als der Stein aufgestellt wurde. Denn mein Vater ist nicht gegangen. Sein Tod war nicht friedlich. Und alle, die jetzt so tun, als wäre die Sache vorbei, als wäre alles wieder in Ordnung, nur weil sie ihm eine Gedenkstätte errichtet haben, ein leeres Grab, an dem sie regelmäßig stehen und traurige Gesichter machen können, sind verdammte Heuchler.

Aber ich werde keiner dieser Heuchler sein. Ich werde für Gerechtigkeit sorgen.

Und ich werde mich auf diesem Weg von nichts und niemandem aufhalten lassen.

KAPITEL 1

Gegenwart
Sant'Ambrogio, Italien

Alessia

38 Grad. Mindestens. Jetzt reicht es mir.

Ich stehe von der Sonnenliege auf und tappe in Richtung Poolhaus. Nach den ersten paar Schritten wird mir klar, dass ich besser meine Flip-Flops angezogen hätte und nach den nächsten paar Schritten scheinen mich meine Fußsohlen abwechselnd zu fragen, ob ich eigentlich bescheuert bin, bei dem Wetter barfuß herumzulaufen. Der Boden ist heiß, und das ist noch untertrieben. Es fühlt sich vielmehr an, als würde ich nicht über Granitplatten, sondern über ein voll aufgedrehtes Ceranfeld laufen. Ein Wunder, dass es noch nicht nach verbranntem Fleisch riecht.

»Signora! Signora, warten Sie!«

Ich halte inne und verziehe das Gesicht. Seit beinahe einem Jahr wohne ich jetzt in diesem Haus, aber an das Personal habe ich mich immer noch nicht gewöhnt. Heimlich nenne ich Rosa, die Assistentin, sowie die Köchin, die Haushälterin und den Gärtner Salvatores Minions.

»Signora! Ziehen Sie doch Ihre Schuhe an!« Rosa schneidet mir den Weg ab und stellt meine Badelatschen vor mich. »Sie tun sich doch weh!«

»Habe ich schon«, gebe ich ein wenig zerknirscht zu und steige in die Flip-Flops von Prada, die Salvatore mir geschenkt hat und die sage und schreibe 200 Euro gekostet haben. 200 Euro! Für Flip-Flops! Ich bin fast vom Stuhl gefallen, als ich das Preisschild gesehen habe. Kein Mensch, der halbwegs bei Verstand ist, würde so viel Geld für einfache Schlappen ausgeben. Aber ich behaupte auch nicht, dass Salvatore bei Verstand ist. Wie betont er immer so schön? Er sei verrückt. Verrückt nach mir.

»Danke, Rosa«, sage ich. »Sie haben mir das Leben gerettet.«

Rosa lacht leise und richtet sich auf. Sie ist Italienerin, genau wie ich, aber mit ihrem rötlichen Haar und der hellen Haut würde sie viel eher als Britin durchgehen. »Ich bitte Sie, dafür bin ich doch da.«

»Wenn Sie nicht wären, hätte man meine Fußsohlen heute zum Abendessen servieren können.« Sofort fällt mir auf, was ich da gerade gesagt habe und vor allem, wie ich es gesagt habe. Ich räuspere mich, stelle mich ein bisschen aufrechter hin und füge hinzu: »Natürlich nur im übertragenen Sinne.«

Wieder dieses verhaltene Lachen von Rosa. »Sie sind ein wirklicher Scherzkeks, Signora«, sagt sie dann und deutet in der nächsten Sekunde aufs Poolhaus. »Möchten Sie einen Sonnenschirm? Ich bringe Ihnen gern einen.«

Innerlich seufze ich. Sehe ich aus, als hätte ich keine Kraft einen Sonnenschirm zu tragen? Oder als wäre ich geistig irgendwie zu beschränkt, ihn aufzuspannen? Aber nach außen hin habe ich mich wieder völlig im Griff. »Das wäre wunderbar«, sage ich und lächle.

Rosa scheint regelrecht froh über den Gefallen zu sein, den sie mir tun kann. »Legen Sie sich wieder hin.« Damit macht sie kehrt und eilt davon.

Ich gehe ein wenig unschlüssig zurück zu meiner Liege und blicke dabei auf die Sonnenlichtreflexe im blauen Poolwasser. Das Becken ist riesig, ein Profischwimmer könnte darin trainieren. Die Steinplatten drumherum sind mit edlen Ornamenten versehen. Die Liegen, die für Sonnenhungrige bereitstehen, bestehen aus biegsamem Tropenholz und Bast. Alles ist vom Feinsten hier, die Poollandschaft ist gerade angemessen für die mediterrane Villa, die sich in ihrem Rücken erhebt – doch die Zeit, in der ich darüber staunte, ist längst vorbei. Und auch die Zeit, in der ich zum Spaß durchrechnete, was dieses ganze Zeug gekostet haben muss, habe ich hinter mir. Jetzt langweile ich mich nur noch und warte darauf, dass es endlich losgeht. Zum Glück dauert es nicht mehr lange, und so langsam beginnt sich eine innere Unruhe in mir breitzumachen, die meine aufgezwungene Untätigkeit nur noch unerträglicher macht. Die letzten Nächte konnte ich kaum schlafen.

»So, hier haben wir den perfekten Schutz gegen die Mittagshitze!« Kaum habe ich mich gesetzt, kommt Rosa zurück und schleppt ein Ungetüm von Sonnenschirm mit sich, unter dem eine ganze Großfamilie Platz finden würde. Sie müht sich ganz schön ab, als sie das Riesenteil in den dafür vorgesehenen Ständer zu wuchten versucht und ich würde ihr gerne helfen, aber das geht nicht.

»Danke«, sage ich stattdessen. »Sie sind ein Schatz.«

»Nicht ... doch«, keucht sie, hat den Schirm endlich in eine aufrechte Position gebracht und öffnet ihn.

Augenblicklich wird es kühler. »Wow«, sage ich und strecke mich wieder auf der Liege aus. »Das fühlt sich besser an. Diese Wärme wird mir ja überhaupt nicht fehlen.«

»Die Wettervorhersage sagt für Chicago in den nächsten Tagen auch 28 bis 30 Grad an.«

Ich ächze. Sagt man über Chicago nicht, es sei die Windy City? Da habe ich automatisch mit kühlerem Wetter gerechnet. Ein Fehler, wie es jetzt scheint. Verdammt. Diese Hitze macht mich irre, und wenn sie es hier schon tut, wird sie es dort noch viel mehr tun.

»Apropos. Ich habe Ihre Koffer bereits für Sie gepackt. Sie brauchen sich darum also nicht mehr zu kümmern.« Rosa zieht ihr Handy hervor und öffnet vermutlich eine der vielen Listen, die sie führt, damit sie keine ihrer Aufgaben vergisst und wir unsere Gehirne nicht übermäßig anstrengen müssen.

»Das ist sehr nett«, sage ich, auch wenn ich mir dabei ausmale, wie ich in die Villa laufe, alles wieder herauszerre und die Koffer selber neu packe, nur um etwas zu tun zu haben.

»Das habe ich doch gern gemacht. Ich habe fast all Ihre Sachen unterbekommen, nur bei den Schuhen musste ich ein wenig sortieren. Sie haben jetzt fünf paar gewöhnliche High Heels, vier Paar Sandalen und Sandaletten, drei Paar Stiefeletten, zwei Paar Stiefel, ein Paar Turnschuhe und Ihre Uggs dabei. Kommen Sie damit hin?«

Ich runzle die Stirn und blicke hinauf zu dem creme-weißen Dach, das der Sonnenschirm über mir bildet. Was ist der Unterschied zwischen Sandalen und Sandaletten? Ich wünschte, ich wüsste mehr über Mode. »Das klingt gut«, sage ich schließlich, »aber die Uggs können hier bleiben. So kalt scheint es in Chicago ja nicht zu werden.«

»Sie werden sicherlich bis in den Herbst dort sein, wenn nicht bis in den Winter«, widerspricht Rosa. »Dafür hat Signore Cosentino sie Ihnen doch extra gekauft.«

Ich weiß. Ich erinnere mich, wie Salvo mir die Schuhe feierlich präsentiert hat, mit dem Hinweis, dass sie mal etwas anderes seien und er sehr bedaure, dass sie keinen hohen Absatz hätten. Salvatore hat einen Schuhtick, vielleicht ist es sogar ein kleines Fetisch. So genau weiß ich das noch nicht. Ich weiß nur, dass er die Uggs hässlich findet, aber das ist nicht der Grund, aus dem ich sie hier lassen möchte. Sie sind mit echtem Fell gefüttert, das finde ich das Schlimme daran. Unter normalen Umständen würde ich niemals Pelz tragen.

»Gut, dann lassen Sie sie drin«, sage ich trotzdem.

»Sie werden noch froh darüber sein, wenn Sie erst kalte Füße haben.« Rosa tippt auf dem Telefon herum, dann steckt sie es weg und sieht mich an. »Denken Sie daran, dass Sie sich in etwa einer Stunde für die Feier heute Abend fertigmachen müssen. Ich habe Ihnen ein Kleid bereit gelegt, das wird anschließend gereinigt und uns hinterhergeschickt.«

»Rosa, das ist doch nicht nötig ...«

Sie lächelt verschmitzt. »Das ist eines seiner Lieblingskleider, also vertrauen Sie mir. Und jetzt entspannen Sie sich noch ein wenig. Die Reise morgen wird hart genug.« Sie blickt auf das halbleere Glas auf dem kleinen Tischchen neben meiner Liege. »Ich lasse Ihnen einen schönen kalten Eistee bringen«, sagt sie dann, und mit diesen Worten ist sie auch schon wieder weg.

Gott, wie ich sie beneide! Rosa hat immer was zu tun. So viel, dass sie sich vermutlich das Leben wünschen würde, das ich hier führe. Ich kann den ganzen Tag mit Sonnenbaden, Schwimmen, Schlafen und Wellness verbringen. Oder zum Shoppen in eine der umliegenden Städte fahren. Aber das Problem ist, dass ich das eigentlich gar nicht möchte. Ich bin innerlich unruhig und nun, da ich für diese Unruhe kein Ventil mehr habe, wird sie von Tag zu Tag stärker. Morgens, wenn alle noch schlafen oder Salvatore bereits unterwegs ist, ziehe ich mich in die sizilianische Wildnis jenseits des Anwesens zurück und trainiere ein wenig. Aber das ist kein Ersatz für eine echte Aufgabe.

Es ist ja bald vorbei, sage ich mir und beschließe, vernünftig zu sein und noch ein wenig meine Kräfte zu sammeln. Also mache ich die Augen zu, lausche auf die Geräusche aus dem Dorf, das ein ganzes Stück unterhalb des Anwesens liegt und auf das ferne Rauschen des Meeres, und nach ein paar Minuten dämmere ich tatsächlich weg.

***

Ich stehe vorm Spiegel in meinem Ankleidezimmer und mustere mich in dem engen dunkelroten Kleid, das

Salvatore so mag. Es betont meinen schlanken Körper, meine schmale Taille und durch den Schlitz am Schenkel auch meine Beine. Sehr wohl fühle ich mich nicht darin, aber darauf kommt es auch nicht an. Ich schlüpfe in ein Paar High Heels, schwarze Louboutins, die mir Salvo auf unserer Hochzeitsreise nach Paris gekauft hat, und verfluche die Schuhe jetzt schon. Nichts ist so unbequem wie Louboutins. Was gäbe ich jetzt für meine alten Bikerboots.

Eingehend betrachte ich mich von oben bis unten, dann entscheide ich, dass ich für den Anlass aufgestylt genug bin. Heute Abend wird noch einmal die ganze Familie zu uns in die Villa kommen, um sich zu verabschieden. Alle wissen, was von unserer Reise nach Chicago abhängt, alle sehen es als Mission, als letzten Strohhalm, um den legendären Cosentino-Clan zu retten, und so wird es sich kein noch so entfernter Cousin nehmen lassen, heute hier zu sein. Ich mag diese Leute nicht besonders. Sie sind unfassbar wichtigtuerisch. Aber was habe ich für eine Wahl?

Ich wende mich vom Spiegel ab und verlasse das beinahe gänzlich leer geräumte Ankleidezimmer. Eigentlich will ich nach unten gehen um nachzusehen, ob Salvatore schon zu Hause ist – stattdessen laufe ich ausgerechnet Tommaso in die Arme.

Tommaso, Salvos Sohn aus erster Ehe, kommt praktisch im selben Moment aus dem Bad, als ich aus dem Ankleidezimmer trete, und weil er auf sein Handy starrt, rennt er ungebremst in mich hinein.

»Au, pass doch auf!«, beschwere ich mich, als ich mit der Schulter gegen die Wand pralle, und weiß sofort, dass ich einen Fehler gemacht habe. Denn Tommasos

Blick, als er von seinem Smartphone aufsieht, verrät mir sofort, dass er mich keineswegs versehentlich angerempelt hat.

»Sorry, Mutter«, sagt er und seine Stimme trieft vor Ironie. Kein Wunder. Er ist ein Jahr älter als ich. »Aber ich hab so eine seltene Augenkrankheit.« Er baut sich vor mir auf und lässt die Muskeln spielen. »Für Schmarotzer bin ich einfach blind.«

Haha. Er ist ja so lustig. Am liebsten würde ich ihm für seine blöden Sprüche direkt eine knallen. Stattdessen setze ich ein verletztes Gesicht auf und frage: »Wann wirst du endlich damit aufhören?«

Tommaso mustert mich von oben bis unten, so wie ich mich gerade eben gemustert habe, nur mit viel mehr Geringschätzung im Blick. Noch immer steht er dicht vor mir und hofft vermutlich, dass er mir Angst macht. Mit seinen vielen Muskeln und seinem hochgewachsenen Körperbau wäre das bei manch anderer vielleicht auch der Fall. Ich hingegen finde ihn nur lächerlich, denn trotz allem hat er ein Babyface und alberne kleine Gel-Löckchen, mit denen er einfach wirkt wie ein überbreiter TV-Schönling aus der Schokoladenwerbung.

»Wenn du aufhörst, dich von meinem Vater aushalten zu lassen, vermutlich«, sagt er

»Okay, und wann wirst du damit aufhören?«, kann ich mir einen kleinen Seitenhieb nun doch nicht verkneifen, denn Tommaso hat trotz seiner 25 Jahre keinen Job und bisher noch nie irgendwas zum Familienvermögen beigetragen. Ich weiß, dass sich das bald ändern wird, aber das wird es bei mir auch, denn wir werden in Chicago beide arbeiten. Nichtsdestotrotz machen ihn meine Worte nur umso wütender.

»Jetzt hör mir mal gut zu«, zischt er und beugt sich so weit zu mir herunter, dass ich den Minzhauch seines Kaugummis riechen kann.

Aber weiter kommt er nicht, denn in diesem Moment ist unten die Haustür zu hören, gefolgt von Salvatores fröhlicher Stimme: »Wie ich sehe, komme ich der Meute zuvor! Halleluja!«

Tommaso prallt zurück und ich lächle ihn vielsagend an. Hat unser Muskelpaket Angst vor Papi? Nun, wenn Papi ein führendes Mitglied der Cosa Nostra ist, wie in Tommasos Fall, ist das vermutlich gar nicht mal so erstaunlich.

Ich löse mich von der Wand, wende mich der Treppe zu und eile, noch breiter lächelnd, nach unten. »Hallo, Liebling!«

Salvatore steht an der Tür und wird im Vorbeigehen von den Hausangstellten begrüßt, die gerade dabei sind, alles für das abendliche Fest vorzubereiten. Doch er hat nur Augen für mich. Strahlend blickt er mir entgegen und ruft aus: »Diese Frau! Dieses Kleid!«

Ich lache und werfe mich ihm in die ausgebreiteten Arme. »Ich dachte mir, dass du es gern noch einmal sehen möchtest, bevor wir abreisen.«

Er drückt mir einen Kuss auf die Lippen, dann sieht er mich an. »Du wirst es doch wohl mitnehmen! Andererseits wüsste ich da auch ein paar andere Kleidungsstücke, in denen ich dich nur zu gerne sehe ...« Während er das sagt, wandern seine Lippen meinen Hals

hinunter und mir läuft ein Schauer über den Rücken –
ein kalter Schauer der Abscheu.

Doch bevor ich in die Verlegenheit komme, irgendwas Romantisches oder Erotisches oder was auch immer erwidern zu müssen, räuspert sich jemand laut
von der Treppe her und Salvo lässt von mir ab.

»Tommaso! Ich wusste gar nicht, dass du schon hier
bist!«

»Du meinst, weil ich im Gegensatz zu deinem Frauchen ein Leben außerhalb dieser Villa habe?«

Ich lache leise. »Jetzt tut er wieder so. Dabei war ich
erst vorgestern mit Pina bei der Maniküre«, sage ich so
unschuldig und tussihaft, wie ich kann.

Salvatore schlingt einen Arm um meine Taille und
zieht mich an sich. »Hast du gehört, Tommaso? Meine
Frau ist gut damit beschäftigt, für mich schön zu sein.«

Tommaso macht ein Gesicht, als müsste er gleich kot-
zen. »Verschont mich mit den Details!« Damit verschwindet er in der Küche, vermutlich, um sich von der
Köchin einen seiner heiß geliebten Eiweiß-Shakes zu-
bereiten zu lassen. Manchmal führt er sich echt auf wie
ein Teenager.

Aber gut, meine Bemerkung über die Maniküre
dürfte ihn auch ziemlich provoziert haben. Seit ich vor
rund anderthalb Jahren mit seinem Vater zusammen-
gekommen bin, nachdem wir uns auf einer Vernissage
in Palermo kennengelernt hatten, liebt er es, mir vorzuwerfen, dass ich es nur auf das Geld seiner Familie
abgesehen hätte. Dabei betone ich stets, dass ich auch
bei Salvatore wäre, wenn wir gemeinsam in einer
Hütte im Wald leben müssten. Und das stimmt sogar.

Denn wenn eines nicht der Grund ist, aus dem ich mit ihm zusammen bin, dann ist das sein Geld.

Ich seufze tief. »Ob er sich je vernünftig mit mir unterhalten wird?«

»Lass ihm Zeit, Liebes!« Salvatore wendet sich mir wieder zu. »Er ist nur beleidigt, dass sein alter Herr eine so junge und schöne Frau abbekommen hat.«

»Jetzt übertreibst du aber«, sage ich und winde mich spielerisch in seinem Griff.

»Sag das noch mal, wenn meine Brüder und Cousins nachher mit ihren runzligen Schreckschrauben hier auftauchen.«

Ich lache und lege ihm eine Hand auf die Lippen. »Das sind alles nette Frauen, Salvatore.«

»Nett fühlt sich im Bett aber nicht so gut an wie du«, sagt er und lässt seine Lippen schon wieder über meinen Hals gleiten. »Wann machen wir zwei ein Baby, hm?«

»Salvatore ...« Ich spüre selbst, wie ich mich in seinen Armen versteife. Das Thema liegt mir nicht so ganz und ich überlege hektisch nach einer Ausflucht. Gern würde ich das anwesende Personal vorschieben, aber ich habe kein Glück: Im Augenblick sind wir tatsächlich ganz allein in der Diele. »Jetzt im Moment ist es ganz schlecht«, sage ich darum. »Wir sollten erst einmal sehen, wie die Geschäfte in Chicago so laufen, findest du nicht?«

»Du kannst die Geschäfte getrost meine Sorge sein lassen«, erwidert er und sieht mich an. »Ich verstehe gar nicht, dass du dich damit so schwer tust. Den ganzen Tag Freizeit, Entspannung, das klingt für mich himmlisch.«

Ich mustere ihn tadelnd. »Vergiss bitte nicht, dass du 20 Jahre älter bist als ich.«

Er seufzt schwer und fährt sich mit der Hand durchs leicht grau melierte Haar. »Wie könnte ich je!« Dann wendet er sich dem mannshohen Spiegel zu, der an einer der Wände befestigt ist, und richtet spaßeshalber seine Kleider. »Noch bin ich vorzeigbar, aber was wirst du tun, wenn ich erst sechzig bin? Oder siebzig?«

»Ich werde dich als runzlige Schreckschraube bezeichnen, aber nur hinter deinem Rücken.«

Nun ist er derjenige, der mich tadelnd ansieht. »Solange du nicht mit Tommaso durchbrennst.«

»Tommaso hasst mich.«

»Setz dich durch, du bist seine Mutter!«

»Ha ha«, erwidere ich und gebe ihm einen weiteren Kuss. »Jetzt geh dich frisch machen, die ersten Gäste werden bald kommen.«

»Wenn ich dich nicht hätte«, säuselt Salvatore und schiebt sich an mir vorbei Richtung Treppe.

Ich blicke ihm nach, wie er beschwingt die marmornen Stufen nach oben nimmt und denke, dass er sich schon bald wünschen wird, er hätte mich nie kennengelernt. Wieder lächle ich, und diesmal fühlt es sich zur Abwechslung echt an.

KAPITEL 2

Arecibo, Puerto Rico

Alex

Ich greife nach Marisols Arm und löse ihre verschwitzte Haut von meiner.

»Hör auf damit«, protestiert sie im Halbschlaf.

»Ich muss aufstehen«, gebe ich zurück. »Mein Flug geht heute Abend und ich muss vorher noch jemanden außerhalb besuchen.«

»Alex.« Sie rollt sich unwillig von mir herunter und sieht mich vorwurfsvoll an, während ich aufstehe. »Flieg von mir aus nach Chicago. Sieh dir die Stadt an. Dein altes Zuhause. Triff ein paar Leute wieder. Schließ mit dem ganzen Mist ab und komm zurück.«

»Und dann?«, frage ich, wobei ich meine Sachen zusammensuche, die auf dem Boden ihres Zimmers verteilt liegen. Marisol lebt mit ihrem Bruder in einer Wohnung, die auch nicht viel größer ist als die auf der gegenüberliegenden Straßenseite, in der ich die vergangenen Jahre über gewohnt habe. Sie leben davon, dass sie noch kleinere Wohnungen an Typen wie mich vermieten. Und an irgendwelche Surfer, Touristen, was weiß ich. »Dann komme ich wieder und wir leben glücklich und zufrieden bis an unser Lebensende?«

»Idiota.« Sie bewirft mich mit einem Kissen. »Ich bin nicht mehr in dich verliebt, falls du das denkst.«

»Ja, das denke ich«, erwidere ich und mustere sie genau. Ihr Haar ist dunkel wie meins, aber statt meiner blauen Augen hat sie braune. Eine echte Puertoricanerin. Marisol und ich waren vor zwei Jahren für eine Weile ein Paar, aber es hat nicht funktioniert. Sie wollte schon damals Familie und das ganze Zeug. Wir haben uns getrennt und sie hatte seitdem ein paar andere Partner, aber von Zeit zu Zeit landet sie immer noch in meinem Bett. Oder ich in ihrem.

»Du bist ein Freund. Und ich will nicht, dass einem Freund etwas zustößt.«

»Dann sei froh, dass du nicht mit den Typen befreundet bist, auf die ich's abgesehen habe.« Ich ziehe meine Unterhose über und werfe mir den Rest der Sachen über die Schulter. »Kann ich bei euch duschen? Hector hat das Wasser drüben schon abgedreht.« Ich blicke aus dem Fenster, herüber zu dem Gebäude, in dem ich bis gestern gelebt habe. Es ist alt, überall bröckelt der Putz, und seit dem letzten Sturm lehnt eine entwurzelte Palme an der Wand, die dort langsam aber sicher vertrocknet. Das hier ist nicht gerade die beste Gegend der Stadt. Als Kind habe ich außerhalb gewohnt, direkt am Strand. Aber mir gefällt das hier besser. Es ist echter.

»Von mir aus.« Marisol lässt sich zurück aufs Bett sinken und ihre Augen ruhen immer noch auf mir. »Du ziehst es also durch, ja?«

»Ja.« Ich blicke wieder zu ihr herüber.

»Jetzt verstehe ich, weshalb du dir diese Tätowierung hast machen lassen«, sagt sie mit einem Blick auf meinen Oberkörper. »Du bist tatsächlich verrückt.«

Ich lächle sie wortlos an, dann wende ich mich der Tür zu.

»Pass auf dich auf, Alex«, sagt sie.

»Das mache ich immer.« Ich öffne die Tür und bin schon halb draußen, in dem kleinen Flur, der von Marisols Zimmer in den Rest der Wohnung führt, als ich mich noch einmal zu ihr umdrehe. »Darf ich's noch mal sehen?«, frage ich und lehne mich in den Rahmen.

»Du spinnst ja wohl.«

»Es könnte das letzte Mal sein.«

Marisol schüttelt den Kopf und mustert mich, als würde sie mich für völlig irre halten. Dann zieht sie die dünne Decke ein Stück herunter und lässt mich einen Blick auf ihre prallen Brüste werfen.

»Die werden mir fehlen«, sage ich, und füge im Weggehen hinzu: »Mehr als deine große Klappe.«

»Alex Silva!«, ruft sie mir nach, »Ich schwöre bei Gott —«

Den Rest ihrer Worte bekomme ich nicht mehr mit. Aber es ist mir ganz recht, wenn wir uns so verabschieden. Die rührselige Nummer kommt nachher noch auf mich zu, und wenn ich ehrlich bin, habe ich schon im Voraus die Schnauze voll davon.

In der Küche, die zwischen Marisols Zimmer und dem Bad liegt, erwartet mich ein ziemlich mies gelaunter Hector. Er sitzt an der Küchentheke, kaut auf ein paar Cornflakes herum und mustert mich, als wäre ich Charlie Manson. Und das, obwohl wir seit unserer Schulzeit so was wie beste Freunde sind.

»Alter, ich weiß, sie ist deine Schwester, aber wir waren mal zusammen, also verstehe ich nicht, weshalb du dich so aufregst.«

Hector schüttelt den Kopf. »Ich bin nicht wegen Marisol sauer. Dass ich dich umbringe, wenn du sie unglücklich machst, weißt du längst.«

»Sondern?«, frage ich, während ich aus meiner Reisetasche, die am Boden steht, frische Sachen suche.

»Das ganze Zeug in deiner Bude! Du kannst nicht einfach alles stehen und liegen lassen! Wo soll ich mit der Matratze hin? Dem Schrank? Dem Sandsack?«

»Behalt ihn und trainier deine Puddingarme.«

»Ich hab meinen eigenen Sandsack, danke! Außerdem ist das lange nicht alles. Was ist mit deinen ganzen Kritzeleien?«

»Du kannst alles wegwerfen, amigo«, erwidere ich und stehe auf.

»Wofür hast du das ganze Zeug fabriziert, wenn ich es jetzt wegwerfen soll?«

»Damit du was zu tun hast«, erwidere ich und schnappe mir einen Apfel aus der Obstschale.

»Komm schon, Alex!« Hector schiebt die leere Schüssel von sich. »Das kannst du nicht bringen! Ich muss die Bude schnell wieder neu vermieten, ich hab keine Zeit, sie zu entrümpeln!«

»Und ich hab ein Ticket nach Chicago.« Hector weiß, dass meine Abreise ziemlich spontan kommt. Erst vor etwas mehr als einer Woche habe ich beschlossen, dass es jetzt losgeht. Trotzdem hätte ich theoretisch genug Zeit gehabt, die Bude leerzumachen, und das weiß er ebenfalls genauso gut wie ich.

»Ist mir egal«, sagt er deshalb.

Ich beiße in den Apfel und denke kurz nach. »Okay«, sage ich dann. »Pass auf. Wir treffen uns in fünf Minuten bei mir und handeln die Sache aus. Gewinnst du, buche ich um und sorge selber für Ordnung. Gewinne ich, machst du's.«

Hector mustert mich skeptisch und ich sehe ihm an, dass er sich am liebsten nicht auf diesen Vorschlag einlassen würde. Aber gleichzeitig ist er viel zu stolz. Ich fordere ihn hier gerade zu einem Fight heraus. Es könnte unser letzter sein. Er wird den Teufel tun und nein sagen.

Noch einen Moment lang sieht er mich an, dann lacht er lautlos und schüttelt den Kopf. »In Ordnung, muchacho. Tragen wir's aus.«

***

»Klopf ab! Na los!« Ich bringe meine Ellbogen noch näher zusammen und mein Choke um Hectors Hals wird zwangsläufig enger.

Hector keucht, versucht aber immer noch, sich zu befreien. Er tastet mit den Händen nach Halt am Boden, um sich irgendwie aus meinem Griff zu winden.

Ich hindere ihn nicht daran, soll er nur rumzappeln. Irgendwann wird ihm klar werden, dass er schon verloren hat. Bis dahin begnüge ich mich damit, meinen Würgegriff noch ein wenig anzuziehen.

Hector gibt einen Laut von sich, der mir ein bisschen zu sehr nach einer Beschimpfung klingt. Eigentlich sollte ich ihm dafür gleich noch eine Extratracht Prügel verpassen, aber er muss nachher noch Möbel schleppen, also wäre es nicht klug, es zu übertreiben.

»Klopf ab«, rate ich ihm erneut. In der Position, in der sich meine Arme gerade befinden – der rechte um seinen Hals geschlungen, der linke halb auf seiner Schulter, halb in seinem Nacken, könnte ich ihm mühelos das Genick brechen. Was ich natürlich nie machen würde. Zumindest nicht bei ihm. Also beschränke ich mich darauf, mir anzusehen, wie seine Gegenwehr schwächer wird, wie er zu husten beginnt und sich eine Ader immer deutlicher auf seiner Stirn abzeichnet.

Okay. Zeit, die Sache zu beenden. Mit einem Ruck verstärke ich den Griff, drücke fester gegen seinen Kehlkopf, seine Augen weiten sich und er klopft endlich ab, zweimal mit der flachen Hand auf die Matte – das Signal, dass der Kampf auf der Stelle beendet ist.

Ich lasse ihn los und er rollt sich auf den Boden, hustet, hält sich den Hals fest. »Estás loco?«, keucht er. »Bastardo de mierda! Hijo de un perro callejero sarnoso!«

Ich lache ihn aus, während ich aufstehe. Jeden anderen würde ich warnen, dass er besser aufpassen soll, wie er meine Mutter nennt. Als räudige Straßenhündin dürfte sie zumindest sonst keiner bezeichnen. Aber bei Hector weiß ich, dass er es nicht so meint. Er hat nur Schmerzen, das ist alles.

»Hier, wisch dir den Angstschweiß ab.« Ich werfe ihm ein Handtuch zu.

»Vete a la mierda!«, schimpft er weiter, was so viel bedeutet wie dass ich mich verziehen soll.

Nach all den Jahren in Puerto Rico kenne ich so ziemlich jede gängige und auch nicht so gängige Beleidigung. Das Zentrum von Arecibo ist ein Themenpark, aber auf den Hinterhöfen der Vororte wird eine andere Sprache gesprochen.

»Beruhig dich wieder. Du pisst dir ja gleich in die Hose vor lauter Selbstmitleid.« Ich nehme mir ein eigenes

Handtuch, wische mir über die Arme und das Gesicht, dann werfe ich es in die Wäschetonne in der Garagenecke. »Kümmerst du dich um das Zeug hier unten auch, wenn ich weg bin?« Meine Wohnung befindet sich eigentlich über der Garage, aber weil sie in der letzten Zeit nicht vermietet war, konnte ich sie mitbenutzen. Als improvisiertes Gym.

»Was heißt, mich darum kümmern?«, fragt Hector, während er sich endlich aufrichtet. Seine Stimme klingt immer noch, als hätte er eine schwere Erkältung. »Soll ich es wegwerfen? Einlagern? Soll ich deine abgewetzten Matten und alten Handtücher etwa noch verkaufen, he?«

»Du kannst dir auch 'nen Pullover daraus stricken, ist mir relativ egal«, gebe ich zu und öffne den alten Kühlschrank, der brummt, als würde ich dort drinnen Bienen züchten. »Hauptsache, ich bin den Kram los.« Ich nehme zwei Flaschen Wasser heraus, werfe Hector eine zu und stelle fest, dass er mich ziemlich ernst mustert. »Was?«, frage ich.

»Ist dir das wirklich alles so egal? Wenn du zurückkommst, musst du irgendwo wohnen.«

»Darüber mach ich mir dann Gedanken.«

»Was, wenn die ganze Sache schief geht? Überleg doch mal! Vielleicht stehst du schon nächste Woche wieder hier auf der Matte, und guckst blöd, wenn ich dein Zuhause ausgeräumt und weitervermietet habe.«

»Die Sache wird nicht schiefgehen«, erwidere ich und leere die halbe Flasche auf ex, wobei mich Hector immer noch ansieht, als wäre einer gestorben.

»Überleg es dir nochmal«, sagt er.

Am liebsten würde ich ihm darauf gar keine Antwort geben. Seit wir uns kennen, hatten wir das Thema dutzende, wenn nicht hunderte Male. »Du weißt, dass ich das nicht tun werde«, sage ich darum nur.

»Es geht um eine alte Geschichte, Alex! Eine Geschichte, die fast älter ist als du! Warum kannst du die Vergangenheit nicht ruhen lassen?«, wiederholt er fast exakt das, was seine Schwester vorhin schon vorgeschlagen hat.

Tja, warum kann ich das nicht? Das ist eine gute Frage. Vielleicht ist es am besten zu beschreiben mit dem Gefühl, eine unbezahlte Rechnung zu Hause liegen zu haben. Man kann sie ignorieren, sie in irgendeiner Schublade verstecken, man kann sie sogar wegwerfen und so tun, als hätte man sie nie bekommen. Aber das ändert nichts an den Tatsachen: Diese Rechnung bleibt offen, und irgendwann muss man sie begleichen. Und genau das werde auch ich tun, denn ich habe nicht vor, mein Leben von einer offenen Rechnung bestimmen zu lassen. Entweder begleiche ich sie oder ich sterbe bei dem Versuch.

Aber vermutlich eher Ersteres, denn ich glaube nicht, dass es so sonderlich einfach ist, mich umzubringen.

»Keine Antwort ist auch eine Antwort«, seufzt Hector, richtet die Matte auf und stellt sie an die Wand. »Wirst du dich wenigstens von Zeit zu Zeit melden? Mal anrufen oder eine Nachricht schreiben?«

»Du klingst wie 'ne eingeschnappte Ehefrau.«

Hector sieht mich beleidigt an, dann wirft er mir sein nasses Handtuch vor die Brust. »Als ob dich eine heiraten würde!« Damit verlässt er die Garage.

»Ich werd schon von mir hören lassen«, sage ich mehr zu mir selbst als zu ihm und mache das Tor zu. Zeit, meine Sachen zu packen. In ein paar Stunden werde ich im Flugzeug sitzen. Zurück nach Chicago. Ich bin gespannt, ob ich die Stadt nach all den Jahren noch wiedererkenne.

Alessia

Der Cosentino-Clan besteht aus ungefähr 4500 Mitgliedern, und alle haben sich heute Abend bei uns eingefunden.

Nein, natürlich sind es in Wahrheit nicht so viele – aber es kommt mir so vor, als würde die ganze Villa aus allen Nähten platzen. Die meisten Mitglieder der Familie jedoch sitzen draußen, am riesigen Esstisch auf der überdachten Terrasse. Drei große Kerzenleuchter sind darauf aufgebaut worden und spenden Licht, die Kinder spielen am Pool, der um diese Zeit ebenfalls beleuchtet ist. Das Personal ist damit beschäftigt, Champagner und Wein auszuschenken und die vielen leeren Teller abzuräumen, die vom Abendessen übrig sind.

»Hat schon jemand Appetit auf Dessert?«, ruft Salvatore, der an einer der beiden Kopfseiten sitzt, in die Runde.

»Lassen wir uns noch ein bisschen Zeit«, beschließt Leo, sein Cousin. »Die Linguine waren fantastisch, ich habe viel zu viel davon gegessen!«

Für diesen Satz bekommt er allgemeine Zustimmung, sogar meine, auch wenn mir immer noch schlecht ist. Es gab Linguine mit Muscheln, Salvos Lieblingsgericht, und wie jedes Mal musste ich es förmlich herunterwürgen. Ich hasse Muscheln, Schnecken, Austern, dieses ganze edle Zeug. Ich bin keine Vegetarierin, und wenn ein Steak auf meinem Teller liegt, kann ich gut verdrängen, dass es sich dabei um ein Stück Tier handelt. Auch bei Fisch bekomme ich das noch hin. Aber werden mir Tiere vorgesetzt, die sich ihr Leben lang in einer Schale oder einem Gehäuse sicher fühlten, um dann doch im Kochtopf zu landen, wird mir immer ganz anders.

»Gut, dass die Kinder das Wort Dessert nicht gehört haben, sonst wäre jetzt hier die Hölle los«, raunt mir Pina, Salvos Schwester, zu. Sie und Leo werden uns mit ihren Partnern nach Chicago begleiten und uns helfen, die Geschäfte wieder zum Laufen zu bringen.

»Als wäre es das nicht eh schon.«

Pina lacht und hebt ihr Weinglas. »Das hilft«, sagt sie und trinkt einen großen Schluck. Dann wendet sie ihre Aufmerksamkeit der anderen Kopfseite des Tisches zu, denn dort wird mit einer Gabel gegen ein Glas geklopft – das Signal für eine entweder peinliche oder stinklangweilige Rede. Und wer wird sie halten? Ich gähne innerlich und tue äußerlich, als wäre ich total gerührt, denn es wird kein Geringerer zu uns sprechen als Adamo Cosentino persönlich.

Der alte Mann erhebt sich von seinem Stuhl, wobei er die Hilfe seiner dritten Ehefrau braucht. Er ist das Oberhaupt der Familie, der Vater von Salvatore, Pina und zwei weiteren, älteren Frauen, die er mit seiner ersten Gattin gezeugt hat. Er hatte noch einen Sohn, aber der ist vor einer Weile gestorben. Ich spüre ein ungutes Gemisch aus Gefühlen in mir aufsteigen, als ich an die

Vergangenheit dieser Familie denke, und dränge es sogleich zurück, indem ich mich ganz auf Adamo konzentriere.

»Meine Kinder«, sagt er mit seiner krächzenden Stimme. »Und meine Enkel, meine schönen Schwiegertöchter und, nun ja, auch der Rest der buckligen Verwandtschaft soll sich angesprochen fühlen.«

Leises Gelächter und etwas lauteres von Tommaso, der mir gegenüber auf der anderen Seite seines Vaters sitzt, aber niemand sagt ein Wort.

»Heute ist für mich ein ganz besonderer Tag.« Adamo sieht uns alle an, jeden und jede Einzelne, nimmt sogar kurz die Kinder am Pool ins Visier, ehe er fortfährt. »Die letzten Jahre über musste ich tatenlos den Niedergang unserer Familie mit ansehen. Ihr wisst alle, dass ich nicht mehr der bin, der ich einmal war.« Er deutet mit einer dezenten Geste auf den Rollstuhl, aus dem er sich nur mit Mühe und Not erheben konnte. »Und so waren mir sprichwörtlich die Hände, oder vielmehr die Beine gebunden, während das Vermögen schrumpfte und schrumpfte. Ich gebe niemandem von euch die Schuld dafür – ihr alle wisst, wem wir diese Misere zu verdanken haben.«

»Luigi«, zischt Leo, und der Hass steht ihm förmlich ins Gesicht geschrieben. Kaum zu glauben, dass Luigi sein Cousin war – dass man sein eigen Fleisch und Blut so verachten kann.

»Sì.« Adamo sieht ihn kurz an, dann wendet er sich wieder uns allen zu. »Als Luigi in Chicago die Geschäfte führte, führte er unsere Familie gleichzeitig in ein Fiasko. Doch eines haben seine gnadenlose Selbstüberschätzung und Misswirtschaft nicht geschafft: Sie haben uns nicht gebrochen. Und so bin ich froh, dass mein eigener Sohn in den vergangenen Jahren die Grundlage geschaffen hat, um unsere Familie wieder dorthin zu führen, wo sie hingehört – an die Spitze der italienischen Gesellschaft. Die Cosentinos waren einmal die reichste Familie Siziliens. Und das werden sie wieder sein. Darauf trinke ich!«

Er nimmt einen Schluck Wein und nach einem allgemeinen Ausruf begeisterter Zustimmung tun es ihm alle gleich. Ich nutze den Augenblick, um einen extragroßen Schluck zu trinken. Ist ja kaum auszuhalten, sein Gerede. Wie aus einem alten Mafiafilm.

»Mein Sohn Salvatore und mein Enkel Tommaso«, fügt Adamo noch an, »ihr erfüllt mich mit Stolz!«

Ich lächle zu den beiden Männern herüber, die mir hier am nächsten stehen und kann sehen, dass Salvatore feuchte Augen bekommen hat. Tommaso hingegen sieht aus, als würde er den Moment der allgemeinen Aufmerksamkeit nutzen, um mit aller Macht seine Muskeln anzuspannen. Dieser aufgeblasene Affe. Ich hoffe, er platzt irgendwann einfach wie ein Luftballon.

»Danke, Vater«, sagt Salvatore. »Wir werden dich nicht enttäuschen.«

»Das weiß ich, Junge«, erwidert Adamo, und für einen Moment hängt über der Tafel eine solche Rührseligkeit, dass ich befürchte, im nächsten Moment wird irgendjemand in Tränen ausbrechen und lautstark darüber klagen, wie hart die letzten Jahre gewesen seien. Verrückt, wenn man sich ansieht, wo wir hier sind. Oberhalb von einem der schönsten Orte Siziliens, mit dem Meer in Sichtweite, mit einer 18-Zimmer-Villa als unserem Zuhause, und der Rest der Familie lebt auch nicht unbedingt im Ghetto. Nach drohendem Bankrott sieht das alles hier nun wirklich nicht aus. Aber ich weiß selbst, wie es um die Familie steht und dass das alles hier mehr Schein als Sein ist. Noch, wenn es nach Adamo geht.

Es ist Pina, die die Stille schließlich durchbricht. »So, jetzt hoffe ich für dich, Salvatore, dass eure Köchin diese leckeren Mascarpone-Törtchen gemacht hat. Ich kann nämlich nicht das Land verlassen, ohne mir damit noch einmal den Bauch vollgeschlagen zu haben!«

Ich fülle mein Weinglas nach. Das kann noch ein langer Abend werden.

KAPITEL 3

Alex

Als ich die Plantage in der Nähe von San José erreiche, ist es fast vier. Um sieben geht mein Flug, lange bleiben kann ich also nicht. Das habe ich allerdings ohnehin nicht vor.

Ich parke das Motorrad vor der Zufahrt, öffne das Tor und gehe die letzten Meter zu Fuß. Die Maschine werde ich nachher am Flughafen stehen lassen und einfach mal hoffen, dass sie noch da ist, wenn ich zurückkomme. Und wenn nicht – Pech gehabt. Man soll sein Herz nicht an Sachen hängen, nicht an Besitz, nicht an Häuser oder Orte.

Das habe ich früh gelernt und mir gut gemerkt.

Ich schultere die Reisetasche und laufe den schmalen Weg zwischen den endlosen Reihen aus Bananenstauden entlang. Juan Silva, der Mann meiner Mutter, baut hier jede Menge verschiedenes Obst an, das er in seinem eigenen Laden verkauft. Als ich noch ein Teenager war, habe ich eine Weile hier gewohnt. Aber mit siebzehn bin ich ausgezogen, um mein eigenes Ding zu machen. Es ist nicht so, dass ich was gegen Juan hätte. Aber je älter ich wurde, desto häufiger fing er davon an, dass ich den Betrieb hier irgendwann übernehmen soll und wollte mir ständig irgendwas über den Anbau beibringen, und davon hatte ich irgendwann die Schnauze voll. Wenn der Rest der Familie meint, dass er sich hier draußen verstecken und heile Welt spielen muss, soll mir das recht sein. Aber für mich ist das nichts.

Als ich die letzte Biegung hinter mir habe, taucht das Haus auf, in dem meine Mutter mit Juan lebt. Es ist weiß gestrichen und ziemlich alt, und sie hat überall diese kitschigen Spitzengardinen angebracht. Jetzt sieht es aus wie ein Puppenhaus auf einer Bananenplantage und passt damit so überhaupt nicht hierher.

Ich gehe die Verandastufen hinauf, stelle meine Tasche ab und klopfe an.

Es dauert einen Moment, bis sich im Inneren was rührt und ich Patricias Stimme höre: »Komme schon, komme schon!«

»Keine Eile, Grandma!«, rufe ich und muss grinsen, als ihre Schritte mir verraten, dass sie sich dennoch beeilt. Dann öffnet sie die Tür und fällt mir freudestrahlend um den Hals.

»Dale, wie schön!«

Dale. Sie ist die Einzige, die mich noch bei meinem alten Namen nennt, und das ist auch gut so. Ich identifiziere mich schon lange nicht mehr damit. Nachdem wir, also meine Mutter, mein Onkel, seine jetzige Frau, Patricia und ich, aus den Staaten geflohen waren, mussten wir alle neue Namen annehmen. So läuft das im Zeugenschutzprogramm. Nach außen hin durften wir unsere echten nicht mehr verwenden, und so war es mit der Zeit leichter, sich einfach umzugewöhnen. Dass ich in der ersten Zeit in der Schule nie drauf gehört habe, wenn mich jemand mit Alex ansprach, kam schon komisch genug rüber.

»Wie geht's dir?«, frage ich und drücke die alte Frau an den Schultern von mir, um sie mir genauer anzusehen. Sie ist nicht meine echte Grandma, sondern eigentlich nur die Schwiegermutter meines Onkels. Die Familienverhältnisse sind ein bisschen seltsam bei uns.

»Blendend«, sagt sie, und dafür, dass sie über 70 ist, sieht sie auch blendend aus. Eigentlich hat sie eine eigene Wohnung, aber im Moment lebt sie hier und passt auf die Plantage auf, während meine Mutter und Juan im Urlaub sind. Eigentlich ein ziemlich perfekter Zeitpunkt für mich, um zu gehen.

»Komm rein!«, fordert mich Patricia auf und ich folge ihr ins kühle Innere des Hauses, wobei sie mich fragt: »Was führt dich her? Musst du nicht arbeiten?«

»Nein«, sage ich. Meinen Job im Hafen von Arecibo habe ich schon vor zwei Wochen aufgegeben. Sobald ich erfahren hatte, dass es bald Zeit wird, aufzubrechen. »Ich fliege nachher«, sage ich.

Patricia bleibt für einen Moment stehen, ehe sie, deutlich langsamer, weiter in die Küche geht. »Heute schon«, sagt sie.

Ich nicke und setze mich an den alten Esstisch, der fast den gesamten Raum einnimmt. »Ja, heute.«

Patricia sagt eine Weile nichts und ist damit die Erste, die nicht versucht, mir meinen Plan auszureden. Im Detail kennt sie ihn auch nicht. Doch grob weiß sie, was ich vorhabe, und so rechne ich damit, dass sie gleich doch noch einen Überredungsversuch startet. Stattdessen kommt sie schließlich mit zwei Tassen frisch aufgebrühtem Kaffee zum Tisch, setzt mir eine vor und sagt: »Du musst vorsichtig sein, Dale. Diese Leute sind zu allem fähig, und ich meine zu wirklich allem.«

»Ich weiß«, erwidere ich und ziehe mir die Tasse heran. »Ich habe nicht vergessen, was sie mit meinem Vater gemacht haben.« Wobei nicht vergessen eigentlich der falsche Ausdruck ist. Zunächst war es so, dass ich noch zu klein war, um wirklich zu verstehen, was mit meinem Vater passiert war. Dann, Stück für Stück, wurde es mir klar, auch durch die Gespräche mit meiner Mutter und meinem Onkel, Harley Jones.

Patricia setzt sich mir gegenüber und mustert mich erneut eine Weile, ehe sie fragt: »Wie lange wirst du fortbleiben?«

»Sicher einige Wochen. Monate, wenn nötig.«

»Verabschiedest du dich noch von Megan und Harley?«

Ich zögere, doch dann schüttle ich den Kopf. Ich wüsste nicht, was das bringen sollte. Mit den beiden habe ich seit Jahren nichts zu tun.

»Aber mir sagst du noch Tschüss, oder?«, fragt in dem Moment eine hohe Stimme hinter mir und ich drehe mich schnell um.

Kim, die Tochter von Megan und Harley, steht im Türrahmen und grinst mich an. Sie ist jetzt acht und genau genommen meine Cousine, aber mir kommt sie eher wie eine kleine Schwester vor. Oder auch wie ein kleiner Bruder, so wie sie drauf ist. Zwar trägt sie ein buntes Sommerkleid, passend zu ihrer geblümten Umhängetasche, aber ihre Hände sind schmutzig und in ihren Haaren hängen Blätter. Ich wusste gar nicht, dass sie heute bei Patricia ist.

»Wo hast du dich wieder rumgetrieben?«, frage ich und stehe auf. »Im Urwald?«

Kim stürmt auf mich zu und schlingt mir lachend die Arme um die Hüften, mit einer Kraft, die man so einem kleinen Mädchen gar nicht zutrauen würde. »Ich wollte eine Vogelspinne fangen!«

Ich verziehe das Gesicht. »Willst du nicht lieber mit Puppen spielen oder so?«

Auf der Stelle löst sie sich von mir und boxt mir in den Magen. »Du bist blöd! Ich hasse Puppen! Zeigst du mir den Lion Killer, bevor du gehst?«

Der Lion Killer From The Back Mount ist eine Kampftechnik, die sie lernen will, seit ich angefangen habe, ihr Jiu Jitsu beizubringen. Ihr gefällt der Name, sagt sie. Aber ich glaube, im Grunde gefällt ihr einfach die Vorstellung, einen richtigen Finishing Move draufzuhaben.

»Das machen wir, wenn ich wieder da bin«, verspreche ich.

Enttäuscht, aber auch neugierig sieht Kim zu mir auf. »Kannst du dich beeilen?«

»Ehrenwort«, sage ich und klatsche mit ihr ab. Dann höre ich Patricias Schritte und kaum einen Moment später steht sie neben mir.

»Kim, es ist ganz wichtig, dass du zu Tante Sally nichts darüber sagst, wo Alex hingeht, in Ordnung?«

»Was sage ich ihr denn?«, will sie wissen.

»Dass ich nach Chicago fliege, kann sie ruhig erfahren. Aber offiziell will ich einfach nur etwas Zeit in meiner Heimatstadt verbringen.«

»Und in Wahrheit machst du die bösen Männer fertig. Wie ein Geheimagent im Fernsehen.« Kim lächelt zufrieden.

Ich denke daran, was ich in Chicago tun werde. Es wird ein ganzes Stück schmutziger als das, was Kim aus ihren Kinderfilmen kennt. Möglicherweise zu schmutzig, um danach hierher zurückzukehren. Vielleicht lande ich im Knast. Vielleicht auch im Hafenbecken.

»Hey.« Ich gehe vor Kim in die Hocke. »Hast du den Glücksbringer noch, den ich dir gegeben habe?«

Kim verdreht die Augen, als wäre ich total verblödet. »Ich geh doch keine Spinnen fangen ohne meinen Glücksbringer!« Sie öffnet ihre Tasche und zieht den verschlissenen Deadpool-Action-Man hervor, den sie schon vor einer Ewigkeit von mir gekriegt hat.

Ich selbst habe die Figur zu Weihnachten bekommen, vor vielen Jahren, als meine Mutter von den Irren entführt worden war, zu denen ich mich heute auf den Weg mache. Als Kind habe ich mir zurechtgesponnen, dass Deadpool sie gerettet hätte. In Wahrheit waren es Megan und Harley. Dafür respektiere ich Kims Eltern. Aber sie haben zu wenig getan. Harley hat eine Zeitlang für diese Leute gearbeitet. Sie haben ihr Geld mit illegalen Sportwetten gemacht und er war einer ihrer Fighter. Er hätte damals die Chance gehabt, sich ihr Vertrauen zu erschleichen und ihren ganzen verdammten Clan hochgehen zu lassen. Aber er hat es versaut.

»Den trägst du immer bei dir, bis ich wieder da bin, alles klar?«

»Versprochen!« Kim hält mir die Faust hin und ich schlage ein.

Dann stehe ich auf und wende mich Patricia zu.

Sie mustert mich skeptisch. »Du bist also auf Heimaterkundungstour. Und das soll deine Mutter glauben?«

»Sie wird es glauben, weil sie es glauben will. So ist sie nun mal.« Ich erinnere mich an eine Zeit, in der meine Mutter anders gewesen ist. Tougher. Aber was ihr und der ganzen Familie zugestoßen ist, hat sie verändert. Das ist einer der Gründe, aus denen ich Rache üben werde.

Patricia seufzt und drückt mich an sich, als wäre ich immer noch ein kleiner Junge, auch wenn ich längst einen Kopf größer bin als sie. »Komm wieder«, sagt sie.

Ich mache ihr keine Versprechungen, aber ich versichere ihr, dass ich mein Bestes tun werde. Dann mache ich mich auf den Weg.

»Alex!«, ruft mir Kim hinterher.

Auf dem Weg durch die Bananenstauden drehe ich mich noch mal zu ihr um.

»Bis du wiederkommst, hab ich den Lion Killer allein gelernt und mach dich fertig.«

Ganz bestimmt wird es so laufen.

Ich zeige ihr den erhobenen Daumen. Dann verlasse ich die Plantage.

Chicago. Illinois

Alessia

Wir sind mit einer Limousine zum Flughafen gefahren und mit einem gecharterten Privatjet nach Chicago geflogen, um dann erneut mit einer Limousine zu dem exklusiven Apartmentgebäude downtown gefahren zu werden, in dem sich unsere neuen Wohnungen befinden – ganz genau so würde ich es auch machen, wenn ich sparen müsste. Aber ich kenne Salvatore mittlerweile gut genug um zu wissen, dass seinen Luxus aufzugeben für ihn dasselbe bedeuten würde wie seine Niederlage einzugestehen. Und das wird er nicht, ehe er nicht unbedingt muss. Seit ihm Adamo vor einigen Jahren die Leitung der Familiengeschäfte übertragen hat, hat er alles getan, um die Cosentinos zu altem Glanz zurückzuführen. Bisher vergeblich. Aber nun wirkt er optimistisch.

»Wir erobern Chicago im Sturm, wie wir es schon einmal getan haben! Merkt ihr das? Diese Stadt hat Durst auf Blut!«, ruft er, während wir aussteigen und sich bereits die Portiers um unser Gepäck kümmern.

Ich ignoriere seine schwülstigen Worte und nehme mir einen Moment, um den Lärm der Großstadt zu genießen. Ich höre Menschen, Musik, Autos, irgendwo den Krach einer Baustelle. Lange habe ich mich nicht mehr so lebendig gefühlt. Diese Geräuschkulisse erinnert mich an zu Hause. Ich komme aus Rom, und dort ist es immer hektisch. Hier in Chicago scheint es genauso zu sein, und darum gefällt mir die Stadt auf Anhieb.

»Willst du dich nicht mal nützlich machen, Mutter?«, raunt mir Tommaso zu, während er einen Koffer auf seiner Schulter an mir vorbei wuchtet. Er scheint das Auspacken als zusätzliches Training anzusehen.

»Keine Ahnung, ob du es mitbekommen hast, aber für so was haben wir Personal«, erwidere ich möglichst zickig, auch wenn ich tatsächlich große Lust hätte, mit anzupacken. Von dem langen Flug fühlen sich meine Glieder total steif an.

Tommaso bleibt stehen, dreht den Kopf zu mir und in sein ironisches Grinsen mischt sich eine Spur von Zorn. »Aber da gehörst du doch auch zu, nicht? Diese Leute hier sind das Personal für die Koffer, du bist papàs Personal fürs Bett.«

Er geht weiter, und ich würde ihn am liebsten einen Arschtritt verpassen. Mir ist vollkommen klar, dass er mich da gerade indirekt als Hure bezeichnet hat, aber es gibt absolut nichts, was ich dagegen tun kann. Denn ich bin Luciana Cosentino, jung, verwöhnt und ein wenig naiv, und wenn mein ein Jahr älterer Stiefsohn blöde Sprüche macht, dann lache ich leise, als würde ich im Grunde gar nicht glauben können, dass die Welt so schlecht ist, dass jemand so mit mir reden würde.

Und genau das tue ich.

»Er ist ein richtiges Ekel geworden«, sagt in dem Moment Pina und tritt mit ihrem vierjährigen Sohn auf dem Arm neben mich. »Er war schon immer ein eingebildeter kleiner Sack. Aber seit eurer Heirat ist das noch schlimmer geworden.«

Ich seufze, als würde mich das sehr traurig machen, auch wenn es mich im Grunde nicht weniger interessieren könnte, wie dieser Blödmann früher war. Einerseits verstehe ich ihn sogar. Seine echte Mutter kam bei einem Reitunfall ums Leben, als er noch klein war, und für ihn muss sie seitdem so eine Art Heilige sein. Sicher beschmutzt es für ihn ihr Andenken, dass sein Vater wieder geheiratet hat, und dann auch noch eine Frau wie mich, eine Studentin aus der Mittelschicht.

Aber er sollte nicht meinen, dass ihn mein Verständnis vor irgendetwas bewahren wird.

Während wir uns in Bewegung setzen, um unser neues Zuhause in Augenschein zu nehmen, denke ich an Salvatores Worte und füge ihnen innerlich eine bedeutsame Wahrheit hinzu: Nicht nur diese Stadt hat Durst auf Blut. Sondern auch ich.

Alex

»Lassen Sie mich hier raus.«

Der Taxifahrer sieht verstört in den Rückspiegel. An seinem Akzent erkenne ich, dass er ebenfalls Puertoricaner ist. Auch ich spreche kein ganz akzentfreies Englisch mehr, doch das wird mir hier nur zugute kommen. »Hier? Mitten auf der Brücke?«

Ich nicke und halte ihm ein paar eingerollte Geldscheine hin.

»Soll ich warten?«, fragt er. »Debo esperar?«

Ich schüttle den Kopf. »Nicht nötig.«

Immer noch skeptisch nimmt er mir das Geld ab. Ich steige aus, hole meine Tasche aus dem Wagen, werfe sie mir über die Schulter und mache die Tür zu. Hinter dem Taxi beginnen bereits die ersten Wagen zu hupen. Der Fahrer hebt kurz die Hand und rauscht ab. Ich blicke ihm nach, dann sehe ich mir die Brücke an. Die Wells Street Bridge. Das ist sie also. Rotbraune Metallstreben, das Geländer kunstvoll verziert. Ich wechsle von der Straße auf den Bürgersteig und laufe die Brücke entlang, bis zu ihrer Mitte, bis zu dem Punkt, wo sie bei Bedarf zu beiden Seiten in die Höhe gezogen wird. Ungefähr hier ist es passiert, das weiß ich aus den Polizeiakten. Mein Vater kam aus südlicher Richtung, vom Loop. Er war mit circa 80 Meilen unterwegs, viel zu schnell, aber er war ja auch auf der Flucht. Mein Vater war Boxpromoter, in Chicago ziemlich bekannt, und nachdem herausgekommen war, dass einer seiner Boxer dopte, gab es einen Riesenskandal. Die Reporter waren hinter ihm her. Sie jagten ihn und er fuhr ihnen davon. Hier auf der Brücke kam es dann zu einem, wie es danach in den Zeitungen hieß, tragischen Unfall. Einer der Pressewagen versuchte meinen Vater zu überholen, um ein Foto von ihm zu machen. Dabei stießen die beiden zusammen, und der Ford meines Vaters geriet außer Kontrolle. Der Aufprall war so hart, dass der Wagen gegen den nächsten Brückenpfeiler geschleudert wurde, doch dieser konnte ihn nicht bremsen. Das Auto schoss weiter, durchbrach das Geländer und stürzte in den Chicago River. Ein tragischer Unfall. Sí claro.

Ich trete dicht an das Geländer heran. Es ist niedrig und sieht nicht unbedingt stabil aus. Wenn man genau hinsieht, erkennt man die Spuren von Schweißarbeiten inmitten der Streben. Ob die noch von damals stammen? Ich gehe in die Hocke, fahre mit den Fingern darüber, und sehe für einen Moment vor mir, wie das schwarze Auto, in dem mein Vater, Scott Jones, saß, das Metall einfach wegsprengte und ins Leere raste. Mein Vater war, so weit ich mich erinnere, ein netter Kerl. Ziemlich harmlos. Eigentlich viel zu weich für einen Boxpromoter. Aber er war auch naiv. Ließ sich mit den falschen Leuten ein und gab seine Boxer für illegale Sportwetten her. Er war kein Krimineller, nicht wirklich. Aber er hatte in den letzten Jahren seines Lebens mit vielen Kriminellen zu tun.

Natürlich könnte man meinen, sein Tod sei trotzdem ein Unfall gewesen. Komisch nur, dass Terry Grimes, der Reporter, der damals den Wagen meines Vaters rammte, vor mittlerweile 5 Jahren ganz plötzlich seine Stelle beim Chicago Tribune verlor und dass man sich unter der Hand erzählte, dass er aufgrund von Bestechlichkeit gefeuert worden sei. Komisch, dass Terry Grimes auf ziemlich vielen alten Aufnahmen aus dem Ivory zu sehen ist, dem Club, in dem mein Vater seine Geschäfte mit der italienischen Mafia machte, genauer mit dem Cosentino-Clan.

Komisch, dass Grimes, als sich der Unfall ereignete, einen massiven Dodge RAM fuhr, der erst am Tag zuvor auf ihn zugelassen worden war.

Und dass er nach seiner Kündigung in die nächste Maschine nach Sizilien stieg, um dort eine der Cosentino-Frauen zu heiraten.

Wie es aussieht, ist er für seine Loyalität reich belohnt worden. Unter anderem vielleicht auch dafür, dass er einen Mann, der zu viel wusste, von einer Brücke in den Tod rammte?

Ich stehe auf und blicke über den Fluss. Was Terry Grimes genau getan hat, werde ich schon herausfinden. Dafür bin ich hier: Ich werde mich in diese Familie einschleichen, und dann werde ich nach Beweisen suchen. Finde ich heraus, dass Grimes meinen Vater ermordet hat, werde ich ihn gebührend dafür bestrafen. Und diese ganze verdammte Sippe werde ich mit ihm zu Fall bringen. Wenn ich mit ihnen fertig bin, werden sie sich wünschen, meine Familie nie angerührt zu haben.

Ein letztes Mal sehe ich auf die verschweißten Stellen am Brückengeländer. Dann wende ich mich ab und gehe los in Richtung Norden. Ich muss mich um ein Zimmer kümmern. Morgen geht es los.

KAPITEL 4

»Das kann doch nicht dein Ernst sein!« Wütend sehe ich Salvo an, der mir in der Limousine gegenübersitzt.

Tommaso, der den Platz neben ihm eingenommen hat, hat ein schadenfrohes Lächeln aufgesetzt. Pina telefoniert leise, Leo hält sich raus. Er war der frühere Chef des Ivory, ehe er von Luigi ausgebootet wurde, und will sich sicher nicht gleich wieder einen Fehltritt erlauben. Na toll.

»Luciana. Meine Sonne.« Salvo beugt sich zu mir vor und sieht mir tief in die Augen. »Die Fights sind Männersache. Glaub mir. Ich kenne mich da aus.«

Ich presse die Lippen aufeinander und weiß im ersten Moment nicht, was ich sagen soll. Seit mir Salvatore eröffnet hat, dass er mit mir für eine Weile nach Chicago ziehen will, um die alten Geschäfte dort wieder ins Laufen zu bringen, habe ich ihm gesagt, dass ich mithelfen will, dass ich einen festen Platz im Geschehen möchte, und anfangs war er damit einverstanden. Das war großes Glück, denn üblicherweise regeln bei den Cosentinos die Männer das Geschäft. Sie sind eine traditionelle, aber auch spezielle Familie. Seit beinahe hundert Jahren, seit die ersten von ihnen nach Amerika auswanderten, haben sie ihr Vermögen immer über das Kampfgeschäft gemacht. Zuerst betreuten sie Boxer und veranstalteten Kämpfe in New York City, dann gingen sie mehr und mehr in den Untergrund. Richtig reich wurden sie mit dem Aufkommen des Ultimate Fighting. Das ist eine Mischung aus verschiedenen Kampfsportarten, die nicht im Ring, sondern in einem Käfig ausgetragen wird. Sie ist viel brutaler als Boxen und bringt sehr, sehr viele Menschen dazu, ihr Geld auf die Kämpfer zu verwetten. Die Cosentinos manipulierten die Fights und zweigten über Strohmänner Wettgewinne ab – bis sich Luigi Cosentino, der vor 15 Jahren die Geschäfte leitete, mit der Jones-Familie einließ. Damals ging alles in die Brüche. Heute jedoch werden neue Kämpfer unter die Fittiche des berühmten Cosentino-Clans genommen. Gecastet. Genau begutachtet. Eingeteilt nach ihrer Stärke, ihrer Ausbaufähigkeit, ihrer Publikumstauglichkeit. Und ich wollte dabei sein, verdammt!

»Du hast mir gesagt, dass ich im Management arbeiten darf.«

»Das darfst du doch auch!«, wiegelt Salvo ab, »der ganze Club muss schließlich gemanagt werden! Wir brauchen Sicherheitsleute, Barpersonal, wir benötigen alle möglichen Leute, und in dem Bereich kannst du dich austoben. Ich gebe zu, dass ich einen Fehler gemacht habe, als ich dir eine Stelle im Kampfmanagement zugesagt habe. Die Männer, mit denen wir es dort zu tun haben, sind Tiere. Die sind nicht alle so gesittet wie Tommaso.« Er legt einen Arm um seinen Sohn. »Zum Glück hat er mich darauf hingewiesen, dass ich dich vor ihnen schützen sollte, statt dich ihnen zum Fraß vorzuwerfen.«

Langsam blicke ich von Salvo herüber zu seinem Sohn, der mich zufrieden anlächelt. Dieser ...!

»Und was soll ich dann jetzt gleich tun?«, frage ich beherrscht, um nicht aufzufallen.

»Tommaso und ich übernehmen die Kämpfer, Leo das Türpersonal und Pina beaufsichtigt die Inneneinrichter, damit zur Eröffnung alles perfekt ist. Du, mein Schatz, sorgst dafür, dass wir ein gutes Bar-Team zusammenbekommen.«

Ich lehne mich beleidigt zurück, zwinge mich jedoch, nichts mehr zu sagen. Ein gutes Bar-Team! Das ist der denkbar schlechteste Anfang für diesen wichtigen Tag. Das, was mich interessiert, findet nur im Fighting-Bereich statt.

Ich schweige und überlege fieberhaft, während wir die letzten Kilometer zum Club zurücklegen. Erst das Klingeln meines Handys reißt mich aus meinen Gedanken. Eine Nachricht.

Während ich nachdenke, von wem sie sein könnte, hole ich es heraus und werfe einen Blick aufs Display. Dann runzle ich die Stirn und sehe herüber zu Tommaso. Warum schreibt er mir? Doch Salvos Sohn erwidert meinen Blick nicht, stattdessen ignoriert er mich.

Ich sehe kurz Salvatore an, dann rufe ich die Nachricht auf und lese. Und während ich das tue, werde ich noch viel, viel wütender.

Du solltest nicht denken, dass ich dich nicht durchschaue, MUTTER. Dachtest wohl, du kannst dir den erstbesten aufstrebenden Fighter schnappen, was? Jemanden, der bald auch richtig Geld macht, aber dazu ein paar Jährchen jünger ist als mein Dad? Ich sag dir

*was: Vergiss es. Der nächste aufstrebende Fighter bin
ICH. Und ich würde dich mit der Kneifzange nicht an-
fassen. Aber ich habe dich ganz genau im Auge. In
Liebe – dein Sohn Tommaso*

Ich lese den Text einmal und direkt noch einmal.
Dann zwinge ich mich mit aller Kraft, nicht darauf zu
reagieren. Nicht zu antworten, ihn nicht einmal anzu-
blicken, auch wenn ich spüre, dass seine Augen mittlerweile auf mir ruhen. Ich lösche die Nachricht, stecke
das Handy ein, sehe aus dem Fenster und zwinge meinen Puls, sich zu beruhigen. Ich hätte mit Gegenwind
rechnen müssen. Ich darf mir das hier alles nicht zu
einfach vorstellen. Er hat mich genau im Auge? Gut, soll
er. Ich bin das perfekte Frauchen und werde keinerlei
Angriffsfläche bieten.

Alex

Der Club befindet sich in einer Seitenstraße in der
Nähe des Zentrums von Chicago. Ich war noch nie hier,
aber es kommt mir vor, als hätte ich mein halbes Leben
an diesem Ort verbracht. Ich sehe mir das Schild über
dem Eingang an. IVORY steht dort in fetter weißer
Schrift auf glänzend schwarzem Grund.
　Die ebenfalls schwarz lackierten Stahltüren stehen
weit offen und aus dem Inneren ist Stimmengewirr zu
hören. Auch hier draußen haben sich schon eine
Menge Menschen versammelt. Ein paar Frauen, die
sich als Kellnerinnen und Gogos bewerben wollen,
schätze ich. Dazu eine ganze Menge Männer. Doch ehe

ich dazu komme, mir die Konkurrenz genauer anzusehen, werden plötzlich alle nervös, als zwei Männer in Anzügen aus dem Club kommen – der eine fett, der andere ein offensichtlicher Schwächling. Beide richtige Lackaffen. Der Dünnere ist Salvatore Cosentino. Einer der Söhne des Paten. Derjenige, der beschlossen hat, die Familie zu retten. Ich habe keine Ahnung, wie tief er in die Geschehnisse damals verstrickt war, aber das spielt für mich auch keine Rolle. So wie meine gesamte Familie geblutet hat, wird auch seine gesamte Familie bluten. Das schließt ihn ein und ich schätze, das schmierige Lackaffengrinsen wird ihm schon bald vergehen.

»Ihr seht aus, als hättet ihr Lust auf einen gut bezahlten Job!«, ruft Salvatore.

»Ich hab vor allen Dingen Lust, die Fäuste fliegen zu lassen!«, erwidert irgendein Kerl und alle lachen.

»Bald, meine Freunde, bald!« Salvatore grinst in die Menge. »Seid euch sicher, dass Chicago die neue Hauptstadt des amerikanischen Kampfsports wird! Und die Besten von euch sind mittendrin! Also strengt euch heute an!«

Diesmal jubeln alle, werden aber schnell wieder ruhig, als der zweite Lackaffe, der meinen Recherchen nach Leo Cosentino sein muss, die Hand hebt.

»Okay, wir machen es jetzt so!«, ruft er. Er schwitzt und sieht aus, als hätte er schon den einen oder anderen Herzinfarkt hinter sich. »Die Fighter sammeln sich da vorn an der Litfasssäule, die Männer für die Tür sammeln sich an der Tür und die Leute für die Bar ...«

»Versorgen alle, die warten müssen, mit Getränken?«, unterbricht ihn eine ziemlich billig aussehende falsche Blondine in einem bauchfreien Top.

Ich mustere sie genauer. Ihre Rippen stehen hervor. Aus Puerto Rico bin ich andere Frauen gewöhnt. Kurvigere, was mir eigentlich auch besser gefällt. Hier in Chicago sehen alle halb verhungert aus. Als würden sie in der Mitte durchbrechen, wenn man sie berührt.

»Das ist eine gute Idee, aber zunächst mal versammelt ihr euch alle dort, rechts vom Eingang!«

Ich beobachte, wie um mich herum Chaos ausbricht, während alle versuchen, ihren Platz zu finden. Vor allem bei einigen der Kämpfer bezweifle ich, dass sie geistig dazu in der Lage sind, denn zwei, drei von ihnen sehen aus wie halbe Menschenaffen, die ein paar Kopftreffer zu viel kassiert haben. Würde mich nicht wundern, wenn die Typen auf dem Weg zu ihrem Sammelplatz verloren gingen. Vielleicht sollte ich mal eine Banane in die Menge werfen und sehen, was passiert.

»Okay!«, ruft Salvatore Cosentino wieder, als der schlimmste Aufruhr vorbei ist. »Die Fighter gehen rein und machen sich mit dem Oktagon vertraut! Ihr habt heute das härteste Stück Arbeit vor euch! Die Türsteher bleiben hier, das Barpersonal kommt ebenfalls mit runter! Auch ihr könnt jetzt zeigen, was ihr drauf habt!«

»Haha, lächerlich«, sagt auf einmal eine Stimme schräg hinter mir.

Ich drehe mich herum und stelle fest, dass einer der Affenmenschen tatsächlich zu blöd gewesen ist, seinen Platz zu finden. Wenn ich mir sein nippelfreies Uncle-Sam-Shirt und die Handschuhe, die von seinem Rucksack hängen, so ansehe, dann kann ich mir zumindest nicht vorstellen, dass er sich als Barkkeeper bewerben will.

»Hartes Stück Arbeit!«, quatscht er weiter. »MMA ist doch keine Arbeit! MMA macht Spaß! Oder, Kumpel?« Er grinst mich an, und dann nimmt sein Gesicht plötzlich einen erschrockenen Ausdruck an, wahrscheinlich als ihm meine braungebrannte Haut auffällt. »Du sprichst doch meine Sprache? Du, äh, tu … hablas …«

»Sí, sí, ich spreche deine Sprache«, erwidere ich und finde es auf einmal ganz gut, dass der Schimpanse mit dem dummen Gesicht mich angesprochen hat. Vielleicht kann ich ihn gleich noch gebrauchen. Würde die Sache einfacher machen. »Du willst hier also als Kämpfer anfangen?«, frage ich und deute auf ihn.

»Du etwa nicht?« Er stößt mich mit der Schulter an und prallt ziemlich verstört an mir ab.

»Nein, compañero, für mich ist das nichts«, sage ich.

»Du lässt dir was entgehen!«, erwidert er.

»Den richtigen Spaß hat man woanders«, sage ich, dann setze ich mich in Bewegung. Wie erwartet folgt er mir. Solche Typen kenne ich. Groß und dumm. Die sind so blöd, dass sie jeden, der mal ein freundliches Wort zu ihnen sagt, gleich für ihren Freund halten. Vermutlich haben die alle ein schweres Trauma, weil sie ihre ganze Schulzeit über als Frankenstein oder Riesenbaby beschimpft worden sind.

»Du bewirbst dich für die Bar?«, fragt der zu groß geratene Kämpfer, während wir inmitten der anderen Bewerber die Treppe runtergehen.

»Wofür denn sonst?«

»Wenn du im Käfig stehst, dann jubeln sie dir alle zu!«

»Ja, aber wen von uns beiden sprechen die ganzen Mädels an, he? Ich geb ihnen was zu trinken, während du einsam in deinem Käfig stehst. Dieser Maschendraht ist doch die reinste Bumsbremse.«

Godzilla neben mir fängt schallend an zu lachen. »Du denkst, ich habe Probleme, Frauen kennenzulernen?«

»Ich vermute es.«

»Du hast doch keine Ahnung!«

Ich schweige, während wir den Fuß der Treppe erreichen und den Laden betreten. Hier hat also alles angefangen. Ich kenne das alte Ivory nur von Fotos, und auch wenn offenbar alles getan wurde, um den Club rundum zu erneuern, ist er im Grunde immer noch derselbe. Rechts von uns die große Bar, vorne links die Tanzfläche und das Oktagon. Alles ist jetzt in Schwarz lackiert und verkleidet, nur die silberfarbenen Platten der Tanzfläche und das Käfiggitter heben sich ab. Ich sehe mir das Oktagon genauer an. Es ist groß, scheint UFC-Ausmaße zu haben, und befindet sich genau in der Mitte der Tanzfläche. Klar. Darum geht es hier. Alles, was nach einem normalen Club aussieht, ist nur Fassade.

»Oh Mann!«, freut sich mein neuer Kumpel. »Ich kann es kaum erwarten!«

»Solltest du dich dann nicht aufwärmen gehen?«

»Nein, ich bin ja nicht irre!« Skeptisch sieht er zu, wie die anderen Bewerber, ungefähr 20 Männer zugleich, den Käfig stürmen. »Erstens hab ich mich vorhin schon im Gym warm gemacht und zweitens hab ich keine Lust, totgetrampelt zu werden!«

Keine Ahnung, für was sich der Typ hält. Eine Elfe? Um den totzutrampeln, bräuchte man vermutlich einen Bulldozer. Aber mir war klar, dass er nicht abhauen wird. Einsame Menschen sind so. Je deutlicher man sie loszuwerden versucht, desto weniger sind sie bereit, lockerzulassen.

»Ich seh mir erst mal an, was du so draufhast!«, grinst mein neuer Freund.

Und als wäre das das Zeichen, kommt in diesem Moment eine Frau auf uns zu. »Seid ihr die Bewerber für die Bar?«, fragt sie mit leichtem italienischem Akzent.

Ich wende mich ihr zu und betrachte sie genauer. Sie hat dunkles Haar, zu einem strengen Zopf gebunden. Ihr Gesicht ist stark geschminkt, aber ich kann erkennen, wie hübsch sie unter der Maske ist. Große dunkle Augen. Volle Lippen. Ich lasse den Blick an ihrem Körper hinabgleiten. Ein bisschen zu dünn für meinen Geschmack, außerdem trägt sie einen dieser Hosenanzüge, die alle Frauen immer wirken lassen, als wären sie gern Männer. Aber verflucht, sie sieht gut darin aus. Vielleicht liegt das an den tiefen Dekolleté ihres Blazers, vielleicht an den mörderisch hohen Schuhen, die sie dazu anhat.

Ein paar der Umstehenden bejahen ihre Frage und reißen mich damit aus meinen Beobachtungen. Ich sehe mir die Mitbewerber genauer an. Es sind vier Männer und drei Frauen. Ein Schwarzer, ein blonder College-Student, ein Typ, der aussieht, als wäre er auf Drogen und ein Muttersöhnchen im Anzug. Von den Frauen ist eine von oben bis unten tätowiert, die zweite ist die dürre Blonde von eben und die Dritte hat ein wenig Ähnlichkeit mit Marisol, nur dass sie ihre Haare grün gefärbt hat. Interessante Leute gibt's in Chicago. Ist wohl nicht so die beste Luft hier.

»Okay«, fährt die Dunkelhaarige fort, die deutlich hübscher ist als die drei anderen. »Dann gebt mir zuerst mal eure Bewerbungsmappen!«

Sie streckt die Hand aus und sammelt dünne Ordner ein. Auch ich habe einen dabei. Marisol hat ihn für mich gefälscht. Sie ist gut in so was.

Als die Dunkelhaarige vor mir stehen bleibt, ziehe ich die Mappe in aller Ruhe aus der hinteren Tasche meiner Jeans, rolle sie auf und halte sie ihr hin.

»Du hast es wohl nicht eilig, einen neuen Job zu bekommen ...« Sie wirft einen Blick aufs Deckblatt. »Alexander Silva.«

»Als Barkeeper braucht man ruhige Hände«, erwidere ich.

»Man muss aber auch schnell sein«, sagt sie mit einem Blitzen in den Augen, das mir gleich verrät, dass sie Temperament hat.

»Auf einen guten Drink warten die Leute auch ’ne Minute länger, chica.«

Sie mustert mich irritiert, als wäre sie Widerworte nicht gewöhnt. Gut. Besser, sie prägt sich mich direkt ein. Wenn Plan A nicht funktioniert, muss ich die Stelle an der Bar bekommen.

»Tja, dann hoffe ich für dich, dass deine Drinks brauchbar sind!«, sagt sie leichthin und wendet sich wieder allen zu. »Ich will, dass ihr mir einen Caipirinha, eine Margarita und einen Cocktail eurer Wahl zubereitet! Jeder hat 5 Minuten Zeit!« Sie blickt über die Schulter zu mir zurück und verzieht ihre rot geschminkten Lippen zur Andeutung eines Grinsens. »Bevor du fragst: Das gilt auch für dich.«

»Ich frage gar nicht.«

Sie blickt mich noch einen Moment lang an, dann klemmt sie sich die Mappen unter den Arm und klatscht in die Hände. »Okay, okay! Wir haben viel zu tun! Los geht's!«

***

Ich beobachte, wie die Dunkelhaarige das Gesicht verzieht, kaum dass sie den Cocktail probiert hat. »Der ist aber sauer.«

Die dürre Blonde macht ein beleidigtes Gesicht. »Nun ja, das soll bei einem Martini Sour auch so sein ...«

»In Maßen, aber ein Loch in die Zunge ätzen soll er mir sicher nicht. Nächster Kandidat!«

Ich warte, bis die Blonde weg ist und nehme ihren Platz hinter der Theke ein. »Das wurde auch Zeit.«

Die Dunkelhaarige macht sich ein paar Notizen, dann blickt sie auf. »Ach. Dich hatte ich ja schon wieder ganz verdrängt.«

Ich glaube ihr kein Wort. »Soll ich dich wirklich mit der hundertsten Margarita und dem tausendsten Caipirinha langweilen? Das ist so einfach wie Wasser einschütten.«

Sie verdreht die Augen. »Klar, du würdest mir wahrscheinlich am liebsten deine total ausgefallenen Eigenkreationen zeigen, aber Caipis und Margaritas verkaufen sich nun einmal am besten, also verschon mich!«

»Okay. Schön.« Ich stelle mir die Gläser zurecht und rufe mir vor Augen, was mir Pablo, ein Freund aus Arecibo, während der letzten zwei Wochen beigebracht hat. Eine Limette achteln, Zucker drüber, die Limette zerkleinern, Cachaça dazu, mit Eis auffüllen. Ich schiebe den ersten Drink über die Theke. Dann hebe ich das Margaritaglas. »Das müsste gekühlt sein. Ihr habt hier aber keine gekühlten Gläser.«

Die Dunkelhaarige hebt eine Braue. »Du bist der Erste, dem das auffällt.«

»Ich hatte auch nichts anderes erwartet. Sieh dir die anderen Dumpfbacken doch mal an.« Während sie zu den restlichen Bewerbern blickt, die zusammen mit meinem neuen Freund neben der Theke warten, garniere ich das Glas mit Salz. Dann kommen Eis, Limettensaft, Tequila und Orangenlikör in den Cocktailshaker.

»Du bist ja doch nicht so langsam«, sagt sie und macht sich daran, den Caipirinha zu probieren.

»Das kommt dir nur so vor, weil du schon sturzbesoffen bist.« Ich schiebe ihr das nächste Glas herüber. Soll sie nur ordentlich bechern. Umso besser für meinen Plan.

Sie lacht, dann nimmt sie auch von der Margarita einen Schluck. »Nicht schlecht. Beide. Jetzt überrasch mich.«

»Nichts leichter als das.« Ich nehme mir ein weiteres Glas, gebe Eiswürfel hinein, anschließend Wodka, Tequila, weißen Rum, Gin und für die Optik Blue Curaçao.

Das ist eine Menge Alkohol, ich weiß.

Mit diesem Drink haben wir uns zu Hause in Arecibo immer abgeschossen, als wir noch nicht ganz erwachsen waren.

»Du meinst es aber ernst«, sagt die Dunkelhaarige mit einem Blick auf mein Glas.

»Todernst.« Ich warte, bis sich der Alkohol gesetzt hat, dann gieße ich das ganze Gemisch mit Zitronenlimonade auf.

»Und das soll schmecken?« Sie verzieht das Gesicht und ich erwische mich dabei, wie mein Blick schon zum zweiten Mal an ihren knallroten Lippen hängen bleibt.

»Probier's.« Ich schiebe ihr das Glas herüber.

Sie greift danach, trinkt einen winzigen Schluck und ihre Augen werden groß. »Mio Dio!«

Ich muss lachen. »Gefällt dir, he? Wusste ich's doch.«

»Meine Güte, ist das stark!«

»Oh ja, cariño. Das haut sogar den Riesen da hinten um, glaub mir.« Ich deute unauffällig auf den großen Idioten, der immer noch an der Bar herumlungert.

Sie sieht in seine Richtung, lacht, dann trinkt sie noch einen Schluck und gibt, sichtlich ungern, zu: »Ist aber lecker. Wie heißt dieses Gebräu?«

Ich schüttle den Kopf. »Du bist eine Lady. Das kann ich dir unmöglich verraten.«

»Ach, komm. Wenn du ihn hier anbieten willst – solltest du den Job bekommen, heißt das –, muss er eh auf die Karte.«

Ich mustere sie einen Moment, dann sage ich: »Okay, ich verrate es dir. Komm rüber.«

Sie wirkt skeptisch, beugt sich aber ein Stück über die Theke. Ich beuge mich ebenfalls zu ihr vor und sehe über ihre Schulter hinweg zu Salvatore Cosentino, der den Kämpfern zufrieden beim Warm-up zusieht. »Dieser Drink heißt Adios, Motherfucker.«

Sie lacht lauter, als ich es bei einer Frau in einem so teuren Kostüm erwartet hätte. »Ganz genau so schmeckt er auch!«, sagt sie und erhebt sich von ihrem Barhocker. »Gut.« Sie blickt mich noch kurz an, dann wendet sie sich an alle und setzt wieder ein seriöses Gesicht auf. »Ich werde mich jetzt zurückziehen und mir eure Unterlagen ansehen! Wartet hier, setzt euch irgendwo hin, seht den Kämpfern zu! Ich bin in einer halben Stunde zurück!«

Sie wendet sich ab und ein paar der Bewerber klatschen. Dann schnappt sie sich die Mappen und geht los, aber nicht zu den Hinterzimmern und Büros des Clubs, sondern zuerst einmal zu Salvatore. Ich blicke ihr einen Moment lang nach, dann greife ich nach dem Glas mit Cocktail Nummer 3 darin und gehe zurück zu meinem überdimensionierten Freund.

»Hey, compañero.«

Er steht blöd grinsend da und mustert mich mit verschränkten Armen. »Was ist los, hast du den Job?«

»Nein, aber ich hab Neuigkeiten für dich. Heftige Neuigkeiten. Trink erstmal einen Schluck, sonst verkraftest du das nicht.«

Ziemlich erschrocken nimmt er mir das Glas ab und trinkt gleich einen großen Schluck. Gut, dass ich so ziemlich den stärksten Cocktail zubereitet habe, den ich kenne. Gut, dass er heute Morgen schon im Gym war. Nach dem Sport, wenn der Körper ausgehungert und im Idealfall dehydriert ist, knallt Alkohol besonders.

»Woh, das ist stark!« Er lacht. »Alter, ich muss doch gleich noch in den Käfig!«

»Das packst du schon, du bist ja ein großer Junge. Aber jetzt halt dich fest.« Ich deute auf die Dunkelhaarige, die immer noch mit Cosentino redet. »Hast du gesehen, dass die Kleine mir gerade was zugeflüstert hat?«

»Ja, hab ich gesehen.«

»Du wirst nie erraten, worum es ging.«

»Dirty Talk?« Wieder dieses dumme Grinsen.

»Nein, Mann. Sie hat mir gesagt, dass sie ein Auge auf dich geworfen hat.«

Er sieht mich an, jetzt noch erschrockener, und trinkt direkt einen zweiten Schluck nach. »Blödsinn!«, sagt er.

Ich schüttle den Kopf. »Nein, sie findet dich scharf. Sie hat gesagt, sie würde dich gerne näher kennenlernen, gleich in ihrem Büro. Und wenn du Interesse hast, sagt sie, sollst du sie dir einfach schnappen.« Ich sehe nach links und nach rechts, dann senke ich meine Stimme und füge hinzu: »Sie mag es hart. Überfallartig. Wenn du verstehst.«

Ich kann hören, wie der große Typ schluckt. Dann sieht er mich an wie ein Fünfjähriger, den ich gerade zu einer Mutprobe zu überreden versuche. »Ich kann doch nicht einfach ...«

»Wenn sie dich darum bittet.«

»Aber ich muss doch in den Käfig. Und die ganzen Leute hier ...«

Ich zucke mit den Schultern, als wäre mir egal, wie die Sache ausgeht. »Wenn dir die Eier fehlen, lass es eben. Aber eins sage ich dir: Die Frau hat einen Wahnsinnskörper.«

Damit ziehe ich mein Handy aus der Tasche, lehne mich an die Bar und mache auf unbeteiligt. Aber insgeheim sehe ich zu, wie der Riese noch einen Schluck

trinkt und wie sich weiter hinten im Club die Dunkelhaarige in dem engen Kostüm in Bewegung setzt.

Sie drückt vertraut Salvatore Cosentinos Schulter,
was mir verrät, dass sie ebenfalls zur Familie gehören
muss. Anschließend geht sie auf einen schmalen Flur
zu, der hinter dem Ring liegt und, wie ich von Grund-
rissen des Clubs weiß, zu den Toiletten, den Büros und
den Umkleiden führt. Innerlich zähle ich bis drei.

Dann stellt mein neuer Freund das fast leere Glas beiseite und löst sich ebenfalls von seinem Platz.

Ich grinse unmerklich. Das läuft doch bestens.

KAPITEL 5

Alessia

Ich schaffe es gerade noch in den Flur, dann torkle ich auch schon gegen die Wand und muss mich dort einen Moment lang abstützen. Verflucht. Es war nicht gerade klug, jeden Cocktail zu probieren, den die Bewerber mir vorgesetzt haben. Vor allem den letzten hätte ich weglassen sollen, der war das reinste Teufelszeug. Was war da noch mal alles drin? Wodka, Rum, Gin ... Keine Ahnung. Zu viel. Aber genau so ein Drink passt auch zu diesem Kerl mit der großen Klappe, der ihn mir vorgesetzt hat. Alexander Silva. Er hat einen amerikanischen Vornamen, doch er spricht mit einem leicht spanischen Akzent. Ich hebe die Mappen und blättere seine auf. Er kommt aus Puerto Rico. Aus San Juan, der Hauptstadt, wo er laut Lebenslauf zuletzt in einer Bar gearbeitet hat. Und davor auf einem Kreuzfahrtschiff. Dort ist er seinen Killercocktail sicher nicht losgeworden. Sowieso kann ich ihn mir schlecht in einer Uniform auf so einem Luxusdampfer vorstellen. Salvo und ich haben mal eine Kreuzfahrt gemacht. Die Kellner da waren alle ziemliche Schleimer. Dieser Alexander hingegen ...

Er hat mich abgecheckt, das habe ich genau gesehen. Und während er seine Drinks zubereitet hat, hat er ein

Gesicht gemacht, als gehöre ihm die Welt. Ich sehe vor mir, wie er sich Glas um Glas geschnappt hat. Seine muskulösen Arme sind mir aufgefallen. Und seine Brustmuskeln, die sich sichtbar unter seinem dunklen Shirt gespannt haben. Ob er ...

Moment.

Was zur Hölle tue ich hier?

Ich sollte längst im Büro sein, Bewerber auswählen und Salvo beweisen, dass ich in der Lage bin, ihm das perfekte Barpersonal zu beschaffen, damit er mir möglichst schnell auch in anderen Bereichen etwas zutraut. Trotz Tommasos mieser Aktion.

Stattdessen jedoch stehe ich im Korridor zwischen dem Club und dem Hinterzimmern und denke an den Körperbau eines Mannes, den ich überhaupt nicht kenne und der mich auch nicht interessieren sollte. Herrgott. Das muss der Alkohol sein.

Ich schüttle den Kopf über mich selbst, stoße mich von der Wand ab und will gerade weitergehen, als mich eine Hand an der Schulter packt. Es ist ein kräftiger, entschlossener Griff und im nächsten Moment werde ich auch schon herumgedreht und gegen die Wand gedrückt.

Es dauert einen Moment, bis ich realisiere, was hier vor sich geht. Ich sehe einen Mann vor mir, einen großen Kerl von sicher einem Meter fünfundneunzig Körpergröße.

»Hier bin ich schon«, sagt er mit einem zufriedenen Grinsen, und dann versucht er mich zu küssen.

Ich höre mich selbst erschrocken aufschreien, was eigentlich so gar nicht meine Art ist, drücke ihn von mir oder versuche es zumindest, aber dieser Typ ist verdammt kräftig. Das muss einer der Fighter sein. Gottverdammt! Was fällt dem Kerl denn ein?

»Lassen Sie mich los!«, zische ich und versuche, irgendwie meine Hand in Position zu bringen, um ihm einen festen Schlag gegen den Kehlkopf zu versetzen.

Aber er lacht nur. »Nicht so störrisch, genau das wolltest du doch.«

»Das will ich ganz sicher nicht!«

»Glaub mir, ich hab schon verstanden«, sagt er, drängt sich gegen mich und presst seine riesige Hand auf meine Brüste.

Ich muss mir etwas Platz verschaffen, nur ein ganz kleines bisschen, sodass ich das Knie hochreißen kann. Aber der Alkohol macht meine Bewegungen so verdammt unkoordiniert und ich schaffe es einfach nicht, den massiven Kerl auch nur einen Zentimeter von mir zu bewegen. Er packt mein Gesicht, seine Lippen nähern sich meinen –

Und dann wird er plötzlich mit aller Gewalt von mir weggerissen.

Mein Hirn nimmt im ersten Moment nur Schnappschüsse wahr. Weitere Personen sind im Gang erschienen, sie müssen meinen Schrei gehört haben. Ich erkenne Salvatore und Leo, zwei mir fremde Kerle in Trainingssachen und ein paar meiner Bewerber von der Bar. Und ich erkenne den Puertoricaner, diesen Alexander, der in dem Moment den riesigen Kerl gegen die entgegengesetzte Wand donnert, als sei sein Gegner das reinste Fliegengewicht.

»Sie will nicht, hast du das nicht gehört, he?!«

»Aber –«, beginnt der Riese, doch da kracht die Faust des Puertoricaners auch schon in sein Gesicht. Als er erneut gegen die Wand knallt, scheint der ganze Laden zu beben.

Alexander lässt ihn los, macht einen Schritt zurück und ich erkenne an seiner Körperhaltung, dass er auf alles vorbereitet ist. Das muss er auch sein: Mein Angreifer schüttelt den Kopf, um die erste Benommenheit nach dem Schlag loszuwerden, setzt ihm nach und stürzt sich auf ihn. Es gibt ein Gerangel, eine Faust landet in Alexanders Gesicht, aber dann fängt er sich, weicht aus, packt den Arm des 2-Meter-Mannes und schleudert ihn über seine Schulter wie einen Sack Kaffeebohnen.

Der Riese knallt hin, dreht sich auf der Stelle um und empfängt Alexander mit Fausthieben, als dieser sich auf seinen massigen Körper kniet und sogleich versucht, seine Arme festzunageln. Ein weiterer Schlag streift sein Gesicht, der zweite erwischt ihn an der Schulter, doch als der Dritte kommt, packt er den Arm des Riesen, verdreht ihn auf ziemlich üble Weise, und dann sehe ich irgendwie nur noch Schlieren, so schnell geht die nächste Aktion. Der massige Körper meines Angreifers wird halb herumgedreht, ein Arm schlingt sich um seinen Hals, und eine Sekunde später liegt er hilflos da und schnappt nach Luft.

»Genug, genug!«, ruft Salvatore! »Herrgott, lassen Sie den Mann los!«

Alexander ignoriert Salvo. Stattdessen sieht er mich an und sein Blick glüht vor Zorn, vor regelrechtem Hass, den ich in dieser Intensität noch nie bei einem

Menschen gesehen habe. Mir fällt auf, dass seine Augen blau sind. Ungewöhnlich für einen Puertoricaner.

»Dieser Penner hat dich begrabscht«, sagt er zu mir. »Findest du auch, dass es genug ist?«

Nur ganz langsam dringen die ersten klaren Gedanken durch den Nebel, der meinen Geist umhüllt, seit ich diese ganzen Cocktails gekostet habe. Mir wird bewusst, dass dieser widerliche Kerl anscheinend vorhatte, mich zu betatschen, vielleicht sogar zu vergewaltigen. Ich spüre, wie auch in mir Zorn hochkocht und höre mich selbst zischen: »Nein.«

Alexanders Augen bleiben fest auf mich gerichtet. Er löst seinen Würgegriff und der andere Kerl schnappt nach Luft. Alexander greift ihm ins kurze Haar, reißt seinen Kopf zurück und donnert ihn dann auf den Boden. Der Riese erschlafft und verliert das Bewusstsein.

Alexander erhebt sich. »Gute Entscheidung«, sagt er.

Für einen Moment herrscht im Gang atemlose Stille, nur weiter hinten im Club sind Geräusche zu hören. Dann, wie auf ein Zeichen hin, beginnt das Getuschel. Und dann scheint auch Salvatore langsam zu dämmern, was hier los ist.

Oder auch nicht, denn anstatt mich auch nur eines Blickes zu würdigen, wendet er sich direkt Alexander zu. »Was sollte das denn bitte?«.

»Hab sie schreien gehört«, erwidert Alexander schulterzuckend. »Darum bin ich hergekommen und hab dafür gesorgt, dass der Penner sie in Ruhe lässt.«

»Nun ...« Salvo blickt kurz zu mir, ehe er ihm die Hand hinhält. »Dann kann ich mich nur bei Ihnen bedanken.«

Alexander blickt einen Moment lang zögernd auf seine Finger. Dann erwidert er den Händedruck und ich erkenne, wie sich die Muskeln in seinem Arm dabei spannen. Erneut wandert mein Blick zu seiner breiten Brust. Sein tiefer Ausschnitt enthüllt eine Tätowierung, einen Schriftzug unterhalb des Schlüsselbeins, den ich nicht in Gänze lesen kann. Auch sein rechter Oberarm ist tätowiert. Eine Madonna, wenn ich das richtig erkenne.

»Was Sie da gerade getan haben, war ziemlich bemerkenswert«, fährt Salvatore fort, wobei er auf den Bewusstlosen am Boden deutet. »Wissen Sie, wer das ist? Der aktuelle Stadtmeister im Ultimate Fighting!«

Der Puertoricaner zuckt unbeeindruckt mit den Schultern.

»Machen Sie Kampfsport?«, fragt Salvatore und mir dämmert langsam, was er hier gerade tut.

Ist das sein Ernst? Ich verschränke die Arme vor der Brust und höre weiter zu. Auch die Schaulustigen sind immer noch da.

»Brazilian Jiu Jitsu«, erwidert Alexander. »Und Boxen.«

»Was?« Salvatore lacht, als hätte er soeben im Lotto gewonnen. »Dann sind Sie praktisch ein fertig ausgebildeter MMA-Kämpfer!«

»Schon möglich.«

»Von wegen schön möglich! Das da gerade war eine käfigreife Leistung, ist Ihnen das klar?«

Unfassbar. Er nutzt den Übergriff auf mich also wirklich, um ein Geschäft einzufädeln. Gott! Wenn ich ihn wirklich lieben würde, wovon er ja ausgehen muss, dann wäre diese Nummer das Allerletzte.

»Haben Sie das Oktagon gesehen?« Salvatore deutet Richtung Club. »Schon mal in so einem Käfig gekämpft? Das ist ein erhebendes Gefühl, und ich kann Ihnen die Gelegenheit verschaffen! Sie würden gut verdienen und das Publikum würde Sie lieben!«

Alexander sieht meinen Mann einen Moment lang an, dann entzieht er ihm seine Hand und stößt ein kurzes, hartes Lachen aus. »Ich soll mich für Sie in diesen Käfig stellen, ja?«

»Wenn Sie klug und geschäftstüchtig sind!«

»Geschäftstüchtig«, wiederholt Alexander mit seinem leichten spanischen Akzent. »Dann sehe ich für Sie also wie eine Hure aus? Oder warum glauben Sie, dass ich meinen Körper verkaufe?« Er schüttelt den Kopf. »Suchen Sie sich einen anderen.«

Damit schiebt er sich an Salvo vorbei in Richtung Ausgang.

Leo und ich sehen einander an und können beide nicht so ganz glauben, was hier gerade geschieht. Niemand sagt so einfach Nein zu Salvatore Cosentino.

Ich blicke zu dem Puertoricaner, der sich gerade einen Weg durch die Schaulustigen bahnt. »Alexander!«, rufe ich ganz automatisch.

Über die Schulter blickt er zu mir zurück.

»Du hast den Job an der Bar!«

Er nickt knapp, dann wendet er sich ab und setzt seinen Weg fort. Die anderen Bewerber blicken ihm nach, dann sehen sie enttäuscht in meine Richtung.

»Wir brauchen ja nicht nur einen Barkeeper«, sage ich, nehme von Leo die Mappen entgegen, die er netterweise aufgesammelt hat, und flüchte in Richtung Büro.

Was mir nicht entgeht, ist Salvos finsterer Blick Richtung Tür. Niemand sagt einfach Nein zu ihm. Normalerweise.

***

Als wir das Penthouse erreichen, hat Salvatore sieben Fighter für das neue Ivory ausgewählt, ich habe mich für ein Team aus drei Barkeepern und sieben Kellnern entschieden, wir haben Leute für die Tür, ein paar Gogos, die auch als Nummerngirls fungieren werden und eine philippinische Klofrau, die mir von allen Menschen, die ich heute kennenlernen durfte, am sympathischsten ist.

»Am anderen Ende des Blocks befindet sich ein Thai-Restaurant«, schlägt mein Mann vor, während er seine Krawatte löst. »Ich würde sagen, ich lasse uns was kommen.«

»Für mich nicht, ich will noch ins Gym. Aber deine Frau nimmt sicher gerne was.« Tommaso verschwindet in seinem Zimmer und ich finde es unfassbar lächerlich, dass er bei uns wohnt und kein eigenes Apartment hat. Er ist Mitte zwanzig, mein Gott! Aber heute hat er bewiesen, dass er in seinem Inneren tatsächlich nicht mehr als ein Teenager ist. Nach dem Aufruhr im Gang hinter dem Club hat er mich doch tatsächlich beiseite genommen und mich gefragt, ob ich mein Höschen nicht wenigstens am ersten Tag in Chicago anbehalten könnte. Dieser kleine Blödmann.

Doch nun das Wichtigste: Mein toller Ehemann hat mich nicht gefragt, wie es mir geht. Ob mir was passiert ist. Ob dieser riesige Typ mich angerührt hat. Ob ich eine Pause brauche. Ob ich mich schlecht fühle.

Nicht, dass es mir persönlich wichtig wäre, ob und inwiefern sich Salvatore Cosentino um mich sorgt. Nein, das ist es nicht. Ich kann sehr gut auf mich aufpassen, im Normalfall zumindest, und auch wenn das heute nicht so gewesen ist, so ist mir ja auch trotzdem nichts passiert. Ich fühle mich nicht schlecht und ich werde auch in Zukunft keine Angst haben, wenn ich allein durch einsame Gänge und Flure laufe.

Aber trotzdem regt mich Salvos Verhalten einfach nur auf und zeigt mir einmal mehr, dass es einen guten Grund gibt für das, was ich hier tue – denn er hat mir heute wieder einmal bewiesen, dass die Cosentinos ganz genau so sind, wie ich von Anfang an befürchtet habe: Egoistisch und immer nur aufs Geschäft aus. Auch Pina und Leo haben mich nicht gefragt, was eigentlich genau geschehen ist zwischen dem Riesen und mir, wie weit die Sache ging.

Keinen scheint zu interessieren, was hätte passieren können.

Ich denke an den blanken Hass in Alexander Silvas Augen und fühle mich irritiert, als sich einen Moment lang ein warmes Gefühl in mir breit macht. Ich hätte seine Unterstützung nicht gebraucht. Ich wäre da auch allein rausgekommen. Und trotzdem ... Für mich hat noch nie ein Mann einen anderen Mann niedergeschlagen.

Na und? Vielleicht dachte er, er kann mir dadurch imponieren. Seine Blicke in mein Dekolleté sind mir nicht entgangen. Oder vielleicht hat er auch gehofft, dass er den Job so eher bekommt. Was immer es war, das ihn dazu gebracht hat, mir zu helfen: Es spielt für mich keine Rolle. Ab heute ist Alexander Silva einer unserer Angestellten, beziehungsweise einer der Angestellten meines Mannes, und sollte ich mir noch mal einen Cocktail von ihm mixen lassen, dann sicher keinen Adios, Motherfucker.

»Für mich auch nichts«, sage ich, nachdem ich meine Schuhe ausgezogen und mich von meinem Schmuck befreit habe. »Ich will ein Bad nehmen.«

»Du hast den ganzen Tag nichts gegessen«, protestiert Salvo und ich spüre seinen Blick im Rücken, während ich zu einem der zwei Bäder gehe.

Ja, er hat Recht: Ich hab nichts gegessen und ich habe einen Bärenhunger. Aber auf der anderen Seite muss ich nach dem, was heute war einfach die verletzte und verschreckte Frau spielen, und das geht nun einmal am besten, indem ich es ganz plakativ tue. Wenn ich einfach nur ein bisschen schweigsam oder patzig bin, wird Salvo gar nichts merken. Dafür ist er viel zu sehr mit sich selbst beschäftigt. Wenn ich hingegen allzu gleichgültig oder tough mit dem Angriff umgehe, schöpft er hinterher noch Verdacht, dass ich nicht ganz die bin, für die ich mich ausgebe. Und das soll er auf keinen Fall.

»Ich hab trotzdem keinen Hunger«, sage ich, gehe ins Badezimmer und mache die Tür hinter mir zu, schließe aber nicht ab. Ich lausche einen Moment lang, aber zumindest jetzt gerade macht Salvo noch keinerlei Anstalten, mir zu folgen. Also lasse ich mir Zeit. Ich stelle das Badewasser an, dann trete ich auf den Spiegel zu und betrachte mich einen Moment lang. Seit ich diese

Rolle angenommen habe – die Rolle der Luciana Cosentino – brauche ich das öfter: einfach nur in den Spiegel zu sehen, um nicht zu vergessen, wer ich bin.

Dazu gehört auch, meine Verkleidung abzulegen. Stück für Stück, ganz bewusst.

Die teuren Ohrringe habe ich schon rausgemacht, jetzt löse ich auch den strengen Zopf und lasse mein langes dunkelbraunes Haar über meine Schultern fallen. Schon besser. Ich nehme ein Kosmetiktuch aus einem Spender, den vermutlich Rosa oder das Hausmädchen bereitgestellt hat, dann entferne ich das dunkle Augen-Make-up und den knalligen Lippenstift, und schließlich erkenne ich mich endlich wieder.

Alessia Calliari, geboren in Rom, keine Geschwister. Vater: tot. Mutter: tot.

Ich wende mich vom Spiegel ab und feuere das Kosmetiktuch in den Mülleimer. Dann klopft es an der Tür. Na endlich.

»Komm rein«, sage ich und verschränke die Arme vor der Brust.

Salvatore betritt das Bad und macht die Tür hinter sich zu. Er hat sein Jackett ausgezogen, die Hemdsärmel lässig bis zu den Ellbogen geschoben. Seine sündhaft teure Uhr trägt er noch, als könne er sich die Angeberei selbst vor mir nicht sparen.

»Du warst so schnell verschwunden«, sagt er, wobei er mich ein wenig unzufrieden mustert.

»Wundert dich das?«, gebe ich in patzigem Tonfall zurück.

»Na ja, wir hatten einen guten Tag heute und ich hatte gehofft, dass wir ihn auf schöne Weise ausklingen lassen können.«

Ha. Das ist genau die Vorlage, die ich brauche. »Einen schönen Tag?!«, fahre ich ihn an. »Sag mal, spinnst du? Ich wäre um ein Haar vergewaltigt worden!«

Salvo sieht mich an, blinzelt. »Ich bitte dich«, sagt er dann, klingt aber leicht verunsichert. »Das war doch nichts.«

»Das war nichts?!« Ich erwidere seinen Blick voller Zorn, knöpfe dabei meinen Blazer auf, ziehe ihn aus und deute auf den großen blauen Fleck an meinem Oberarm: »Da hat der Mistkerl mich festgehalten! Sieht das für dich etwa nach nichts aus?!«

Salvatores Blick verändert sich. Gut. Je mehr er sich um seine Frau sorgt, je schlechter sein Gewissen ist, desto enger wird seine Bindung zu mir. Dass ich mir den Bluterguss selbst zugefügt habe, vorhin im Büro, muss er ja nicht wissen.

»Ich hatte keine Ahnung ...«, murmelt er.

»Tja, offensichtlich nicht«, erwidere ich kühl.

»Liebling.« Salvo tritt vor mich, nimmt mich behutsam an den Schultern. »Als ich kam, war der Kampf schon im Gange. Hätte ich gesehen, dass dieser Höhlenmensch dir wehgetan hat ...«

Dann hätte er was? Ihn selbst niedergeschlagen? Salvatores manikürte Hände könnten noch nicht mal einen Vierjährigen abwehren.

Aber eine Pistole halten, das können sie. Und ich hoffe schlagartig, dass ich hier nicht gerade einen Fehler mache – auf Kosten eines anderen Menschen.

»Ist schon gut«, bringe ich ein wenig mühsam hervor. »Die Sache ist ja noch mal gutgegangen.«

»Gutgegangen?« Salvo deutet auf meinen Arm. »Das nenne ich nicht gutgegangen.« Sein Blick hat sich verfinstert und er schüttelt leicht den Kopf. »Ich werde meine Männer anweisen, sich darum zu kümmern.«

Oh. Verdammt. »Nein«, sage ich schnell. »Bitte lass es gut sein!«

Salvatore, der meine Reaktion offenbar falsch versteht, nimmt mein Gesicht in seine Hände und sieht mich fest an. »Meine Sonne, hör zu. Ich habe vorhin einen Fehler gemacht. Die Situation falsch eingeschätzt. Wir haben diesen Typen rausgeworfen, und mehr nicht. Aber ich werde diesen Fehler ausmerzen, mach dir keine Gedanken. Niemand rührt meine Frau an und kommt ungestraft davon. Und Chicago bekommt sowieso bald ein paar neue Fighter, denen es zujubeln kann.«

Ich muss mich beherrschen, um ihn nicht anzuschreien. Klar, der Kerl vorhin hat mich belästigt und ich bin wütend, und er hatte die Schläge, die er dafür kassiert hat, mehr als verdient. Aber Salvo spricht hier von etwas anderem. Einer anderen Art der Strafe. Er redet von Mord. Und ich will kein Leben auf dem Gewissen haben.

»Bitte, Salvatore. Lass es gut sein. Überleg doch mal. Wenn wir nach Chicago kommen, um ein neues Kampfsportimperium aufzubauen, und kaum einen Tag darauf stirbt der aktuelle Stadtmeister ...«

»Mach dir wegen der Polizei keine Sorgen. Wir haben längst die richtigen Leute geschmiert!«

»Trotzdem.« Ich senke den Kopf. »Ich will nicht, dass du ihn töten lässt. Er hat seine Lektion doch schon bekommen. Du hättest dich einfach nur ein bisschen mehr für mich interessieren können.«

Salvatore schweigt einen langen Moment. Dann hebt er mein Kinn an, sodass ich ihn ansehen muss und sein Blick bohrt sich in meinen. »Wenn du willst, kann er sein Leben behalten. Aber sollte sich dieser Kerl noch einmal in deine Nähe wagen, erwartet ihn der Tod.«

Ich nicke, so gut es in seinem Griff geht. »Abgemacht.«

»Abgemacht«, wiederholt Salvo und beugt sich zu mir hinunter, um mich zu küssen.

Ich erwidere seinen Kuss notgedrungen und spüre, wie mein Herz dabei heftig gegen meine Rippen pocht. Zum ersten Mal habe ich gerade hautnah miterlebt, wie groß die Macht der Cosentinos immer noch ist – nicht, weil sie sie sich verdient hätten, sondern weil sie sie sich einfach nehmen. Wenn ihnen jemand im Weg steht, auf welche Art auch immer, dann wird er beseitigt. Ganz einfach. Als sei ein Leben nichts wert.

Nicht, dass ich nicht wüsste, wozu diese Familie fähig ist . Ich weiß es nur zu gut. Doch es ist etwas anderes, auf einmal hautnah dabei zu sein. Ich ermahne mich selbst, von jetzt an vorsichtiger zu sein – mit meinen Taten und meinen Worten.

***

Salvatore hat es sich leider nicht nehmen lassen, mit in die Wanne zu kommen. Klar, er denkt ja auch, wir sind total verliebt. Gott, ich bin so froh, dass er wenigstens ansehnlich ist. Wenn ich mit Leo in die Wanne müsste, wäre mein Job noch härter. Salvatore etwas vorzuspielen, ist vergleichsweise leicht.

Ich schmiege mich an ihn und lausche auf die Musik, die er aufgelegt hat. Ja, wir haben eine Anlage im Badezimmer, fest in der Wand verbaut. Weiß der Geier, wer so etwas braucht.

»Wagners Götterdämmerung«, sagt Salvatore zwischen zwei Schlucken Wein. »Wäre ich einer dieser Jungen, ein Kämpfer, dann wäre das meine Einmarschmusik.«

Innerlich muss ich lachen, weil das total albern wäre. Aber ich sage: »Das wäre sicher sehr beeindruckend. Die Hälfte der Zuschauer würde denken, irgendwo klingelt ein Handy. Von woanders kennen die Musik ohne Gesang nämlich nicht.«

Salvatore wirft mir ein halbes Grinsen zu. »Mach dich nur lustig«, sagt er, wobei er seine freie Hand über meinen Oberkörper gleiten lässt, in Richtung meiner nackten Brüste. Ich weiß, dass er im Grunde darauf steht, wenn ich ihn eitel nenne. Das ist für ihn gleichbedeutend mit gutaussehend. Na ja, er sieht auch nicht schlecht aus, das muss man ihm lassen. Aber es ist schwer, jemanden attraktiv zu finden, den man eigentlich aus tiefster Seele hasst.

Doch ich muss die Fassung wahren, also schmiege ich mich enger an ihn und verhindere weitere Annäherungsversuche dadurch, dass ich sein Lieblingsthema aufrecht erhalte. »Ich kann kaum erwarten, dass wir endlich eröffnen und die ersten Kämpfe starten.«

»Ich auch nicht.« Er nimmt noch einen Schluck und sieht wieder zu mir herunter. »Dieser Junge heute. Dein edler Ritter. Der war gut, wirklich gut.«

»Er hat nicht lange gefackelt«, stimme ich ihm zu.

»Und hast du gehört, was er draufhat? Brazilian Jiu Jitsu, das ist die Wiege des modernen MMA! Warum um alles in der Welt will so ein Mann Barkeeper und kein Kämpfer sein?«

»Vielleicht steht er einfach nicht auf Gewalt«, erwidere ich, doch kaum habe ich diesen Satz ausgesprochen, erscheint vor meinem inneren Auge das Gesicht des Puertoricaners … der zornige, hasserfüllte Ausdruck in seinen Augen. Nein, dieser Kerl hat zweifellos kein Problem mit Gewalt. Vielmehr wirkte er auf mich, als trüge er jede Menge aufgestaute Wut in sich.

»Wieso sollte er Kampfsport betreiben, noch dazu einen so extremen, wenn er keine Gewalt mag? Zur Selbstverteidigung? Dann würde er es wie alle machen, ein bisschen Aikido oder ein Krav-Maga-Kurs hier und da. Aber wer Brazilian Jiu Jitsu lernt, tut das für gewöhnlich, um sich mit anderen zu messen. Warum dann nicht im Ring?«

»Vielleicht geht es um Stolz«, mutmaße ich. »Er sagte doch, dass er nicht deine Hure sein will.«

»So ein Blödsinn!«, ereifert sich Salvatore. »Wenn er unser neuer Barkeeper wird, dann arbeitet er für mich, so oder so. Aber im Käfig würde er deutlich mehr verdienen.«

»Sofern er gewinnt. Vielleicht will er einfach das Risiko nicht eingehen.«

Salvo macht ein unbestimmtes Geräusch und leert sein Glas. Dann beugt er sich vor und dreht mein Gesicht zu sich. »Würdest du mir einen Gefallen tun, meine Sonne?«

»Sicher«, sage ich und trinke ebenfalls meinen letzten Schluck Wein. Wer weiß, um was für einen Gefallen er mich gleich bittet. Möglicherweise kann es nicht schaden, dabei betrunken zu sein.

»Wir haben doch seine Bewerbungsunterlagen. Würdest du noch einmal mit ihm reden? Am besten persönlich?«

Ich zögere. Ich soll mich mit dem Kerl unterhalten? Ihn überreden?

Salvatore sieht mich immer noch fest an. »Du weißt, ich habe ein Händchen für gute Fighter. Das liegt wohl in der Familie. Und was diesen Kerl angeht ... Ich weiß auch nicht. Als ich ihn kämpfen gesehen habe, wusste ich, dass aus ihm ein Star werden kann. Einer von den ganz Großen.« Er hebt die Schultern. »Er hat sich vorhin für dich eingesetzt. Vielleicht ist er für die Frau, die er gerettet hat, zugänglicher als für mich. ... Ein echtes Top-Talent könnten wir gut gebrauchen, Luciana. Du weißt ja, wie es um uns steht.«

»Hey.« Ich greife nach seiner Hand. »Ist schon gut, ich kenne ja die Lage. Mach dir keine Sorgen. Wenn es der Familie hilft, rede ich gerne mit ihm.«

Salvatore lächelt mich voll ehrlicher Dankbarkeit an. »Du bist ein Engel.«

»Ich tue mein Bestes«, gebe ich zurück und zwinkere ihm zu.

Doch innerlich bin ich nicht so gelassen, wie ich vorgebe, sondern meine Gedanken beginnen bereits zu rasen. Das ist meine Chance, Salvo zu beweisen, wie wichtig ich für die Familie bin – nicht nur als seine Frau, sondern auch in Sachen Geschäft.

Aber wie überzeugt man jemanden, der nicht kämpfen will, genau das doch zu tun?

KAPITEL 6

Ich habe die ganze Nacht und den halben Morgen überlegt, wie ich Alexander Silva gegenübertreten soll. Jetzt stehe ich in einem dieser kleinen Chanel-Kostüme vor dem Spiegel, einem schwarzen Teil mit hellen Nähten, und stelle fest, dass ich darin zehn Jahre älter aussehe, als ich eigentlich bin. Und nicht nur das. Ich wirke darin auch noch so streng, dass ich gleich als Aufseherin in irgendeinem Hochsicherheitsgefängnis anfangen könnte. Das ist genau das Falsche für einen Mann wie Alexander. Ich hatte ohnehin das Gefühl, dass ich ihm nicht besonders sympathisch war, dann kann ich nicht auch noch in einem der spießigsten Kleidungsstücke bei ihm auftauchen, das ich besitze. Sicher, er hat mich ein bisschen länger gemustert als nötig und mich vor diesem Riesen gerettet, aber trotzdem glaube ich, dass er mich irgendwie nicht leiden kann. Wenn ich da als die versnobte Cosentino-Braut ankomme, die ich Salvatore und dem Rest der Familie vorspiele, dann wird er mich vermutlich direkt bitten, wieder zu gehen.

Ich bin seine Chefin, klar. Aber heute muss ich ihm eher auf der freundschaftlichen Ebene begegnen.

Also ziehe ich mich wieder aus und betrachte meine Garderobe noch einmal eingehend. Ich habe kaum etwas Legeres, außer meinen Bikinis und den Sportsachen vielleicht. Aber darin kann ich natürlich nicht bei ihm auftauchen. Ich brauche etwas, das lässig und teuer, unkonventionell und modern zugleich aussieht. Es sollte so wirken, als hätte ich mir meine Klamotten heute Morgen übergeworfen, ohne mir Gedanken darüber zu machen. So als wäre es keine große Sache für mich, bei Alexander Silva aufzutauchen und ihn darum zu bitten, bei uns als Kämpfer anzufangen.

Wenn ich doch nur ein bisschen mehr Ahnung davon hätte, was gerade bei den ... nun ja ... normalen Leuten angesagt ist. Ich war die letzte Zeit so sehr mit meiner Rolle beschäftigt, dass ich nur teure Modemagazine gewälzt habe. Das wird mir nun zum Verhängnis. Kurzerhand schnappe ich mir mein Smartphone und durchkämme ein paar Modeblogs, bis ich die Idee für ein perfektes Outfit habe.

Ich zerre einen sündhaft teuren und extrem engen schwarzen Rock aus meinem Schrank und dazu Lack-High-Heels. Teuer wäre damit schon mal abgedeckt. Jetzt fehlt nur noch das unkonventionelle, lässige Teil.

Und ich weiß auch schon, wo ich das finden kann.

Ich werfe mir meinen Bademantel über, schleiche zur Tür, die ans Wohnzimmer angrenzt und lausche.

Nichts.

Gut. Salvatore und Tommaso sollten im Club sein und nicht vor dem Abendessen zurückkommen. Trotzdem komme ich mir wie eine Einbrecherin vor, die jeden Augenblick erwischt werden könnte, als ich herüber in Tommasos Zimmer schleiche, denn schließlich ist da noch Rosa. Doch auch sie ist weder zu sehen noch zu hören. Vielleicht kauft sie gerade ein.

Ich klopfe leise bei Tommaso und als ich keine Antwort bekomme, trete ich ein und schließe die Tür eilig wieder hinter mir. Stickige Luft und Dunkelheit schlagen mir entgegen und ich mache schnell Licht an.

Tommaso hat sich schon richtig eingelebt. Die Art und Weise, wie sein Zimmer aussieht, zeigt mir erneut, dass Salvatores Sohn ein Problem damit hat, erwachsen zu werden und er lieber der ewige Teenager an Papas Seite wäre. An den Wänden hängen Poster von UFC-Kämpfern, aber auch große, gerahmte Bilder von Tommaso selbst. Offenbar hat er irgendwann mal ein Fotoshooting absolviert, denn die Aufnahmen zeigen ihn vor einer unifarbenen Wand posierend und ins perfekte Licht gerückt. Seine aufgeblasenen Muskeln treten unnatürlich weit hervor und sein Gesicht ist so weichgezeichnet, dass ich ihn kaum wiedererkenne.

Auf dem Boden liegen Hantelscheiben und -stangen, vor dem Kleiderschrank mit der riesigen Spiegelfront türmen sich Klamotten, als hätte Tommaso heute Morgen ebenfalls stundenlang nach dem richtigen Outfit gesucht. Sein Bett ist ungemacht und als ich die vielen benutzten Taschentücher sehe, die daneben liegen, hoffe ich inständig, dass Tommaso sich einfach nur erkältet hat. Insgeheim tut mir aber Rosa leid, die den ganzen Mist nachher aufräumen muss.

Rosa.

Sie kann jeden Moment wieder auftauchen, also muss ich mich beeilen.

Ich öffne Tommasos Schrank, wühle mich durch die ganzen maßgeschneiderten Hemden und die grellbunten Trainingsshirts, bis ich zu den normalen T-Shirts komme. Ich wähle ein schwarzes, leicht verwaschenes Exemplar mit einem Totenkopf und der Aufschrift

›Pride or die‹ und halte es mir an. Es ist mir natürlich zu groß.

»Perfekt«, murmle ich, schließe den Schrank wieder und husche ins Bad.

***

Als ich im Aufzug nach unten stehe, überprüfe ich nochmal mein Erscheinungsbild. Ich habe Tommasos Shirts vorne locker in den Rock gesteckt und trage eine Lederjacke darüber. Mein Haar habe ich zu einem nachlässigen Zopf gebunden, dazu trage ich teure, mit Steinen besetzte Silber-Kreolen. Auch wenn dieser Stil meiner eigentlichen Art mich zu kleiden schon recht nah kommt, sehe ich ein bisschen verkleidet aus.

Aber Alexander sieht nicht aus, als hätte er sonderlich viel Interesse an Mode. Er wird nur sehen, dass ich deutlich lockerer gekleidet bin, als ich es im Ivory war und mir hoffentlich ein wenig freundlicher begegnen.

Als sich die Aufzugtüren öffnen, trete ich in die Lobby und bin überrascht. Draußen steht unsere Limousine. Salvatore muss unseren Fahrer hierher zurück geschickt haben. Eigentlich hatte ich geplant, mit dem Taxi zu fahren ...

»Shit«, fluche ich leise und schließe die Lederjacke, auch wenn ich eigentlich nicht glaube, dass unser Chauffeur mich an Tommaso verpfeifen wird. Dann verabschiede ich mich mit einem knappen Nicken von unserem Portier und gehe nach draußen.

Vor der Limousine warte ich, bis mir der Fahrer standesgemäß die Tür öffnet und steige ein.

»Wohin darf ich Sie bringen?«

Ich nenne ihm die Adresse des Motels, die ich in Alexanders Mappe gefunden habe und wenige Minuten später befinden wir uns schon auf dem schicken Lake Shore Drive. Mein Blick wandert über den blau glitzernden Lake Michigan, die weißen Boote, die in der Sonne zu leuchten scheinen und den kleinen Strandabschnitt. Die Hochhäuser auf der anderen Seite, in denen lauter Menschen wie die Cosentinos wohnen, ignoriere ich. Stattdessen frage ich mich, wie der Puertoricaner wohl lebt. Durch meine Recherchen weiß ich, dass es in South Side viele Viertel gibt, in denen es nachts gefährlich sein soll. Und in genau diesen Süden sind wir unterwegs.

Alexander lebt in einem Motel namens Chicago Heart, so viel weiß ich bereits, und ich bin auch nicht so dumm zu glauben, dass ein Motel besonders viel Luxus bietet. Trotzdem bin ich gespannt, ob er in etwas Mittelklassigem oder in einer richtigen Absteige untergekommen ist.

Sowieso interessiert mich die Geschichte dieses Mannes. Die wenigen Infos, die ich über ihn habe, erscheinen mir so widersprüchlich. Ein Kampfsportler, der nicht kämpfen will und der auf einem Kreuzfahrtschiff angeheuert hat? Die Wut in seinem Blick und das Madonnen-Tattoo auf seinem Arm geben mir ebenfalls Rätsel auf. Irgendwie will bei ihm alles nicht so richtig zusammenpassen.

Für mich ist Alexander ein Mann voller Geheimnisse und irgendwie freue ich mich darauf, gleich mit ihm zu sprechen, auch wenn seine große Klappe ziemlich anstrengend sein kann. Ich habe endlich das Gefühl, etwas Sinnvolles zu tun.

Ich weiß nicht, wie lange wir unterwegs sind, als die Limousine schließlich anhält und der Fahrer verkündet, dass wir da sind.

Langsam öffne ich meine Lider und bin nicht überrascht, dass es sich bei dem Motel wirklich um die allerletzte Absteige handelt.

Das doppelstöckige Gebäude steht auf dem Parkplatz eines riesigen, aber mittlerweile geschlossenen und verfallenen Supermarkts und ich zähle spontan 16 Zimmer. Über der Rezeption prangt ein rot leuchtendes Herz und ich hoffe wirklich, dass der Eigentümer nur einen schlechten Geschmack hat, was die Logo-Auswahl betrifft und Alexander nicht in einem Stundenhotel wohnt.

»Sind Sie sicher, dass wir hier richtig sind?«, fragt unser Fahrer.

»Ganz sicher.«

»Also schön ...« Der Chauffeur macht Anstalten auszusteigen, doch ich halte ihn zurück.

»Bleiben Sie im Wagen, ich gehe allein.«

»Ich glaube nicht, dass Mister Cosentino möchte –«

»Er weiß es und will es so.« Ohne mich auf weitere Diskussionen einzulassen, steige ich aus.

In diesem Teil der Stadt scheint es etwas drückender und stickiger zu sein als am Lake Shore Drive. Also öffne ich die Jacke wieder und lasse meinen Blick an der Fassade des Gebäudes entlang wandern. Zimmer 11, das Alexander bewohnt, liegt in der zweiten Etage, die über eine wenig vertrauenerweckende Treppe an der Seite erreichbar ist. Ich steuere darauf zu und bin hin- und hergerissen, ob ich mich an dem Geländer mit den Splittern und dem abblätterndem Lack festhalten oder es eher riskieren soll, durch die morschen Treppenstufen zu brechen. Ich entscheide mich für Letzteres und setze vorsichtig einen Fuß vor den anderen. Wie durch ein Wunder komme ich heile oben an.

Nummer 11 – wie mir eine mit schwarzem Lack an die Wand gepinselte Zahl verrät –ist das dritte Zimmer auf dem Gang und ich steuere ohne zu überlegen darauf zu.

Gerade, als ich die Hand ausstrecke und klopfen will, überkommt mich mit einem Mal eine Nervosität, die mein Herz schneller schlagen lässt.

Was soll das? Warum bin ich plötzlich so aufgeregt?

Weil so viel davon abhängt, dass dieser Kerl einwilligt, rede ich mir selbst ein, auch wenn ich spüre, dass es an etwas anderem liegt. Zumindest auch. Ich denke an Alexanders intensiven Blick. Daran, wie er sich zu mir vorgebeugt hat, als wollte er mir ein Geheimnis verraten ...

Doch ich verdränge den Gedanken daran, sage mir, dass ich aus rein geschäftlichen Gründen hier bin, hebe die Hand und klopfe endlich.

Alles bleibt still. Ich runzle die Stirn und blicke zu dem kleinen Fenster neben der Tür. Es ist zu. Vielleicht ist er nicht da. Oder vielleicht schläft er noch. Gerade hebe ich erneut die Hand, um noch einmal lauter zu klopfen –

Als plötzlich die Tür geöffnet wird und mir Alexander gegenübersteht. Verblüfft sehe ich ihn an. Wie kann sich ein Mensch so lautlos bewegen?! Ich blinzle, und dann blicke ich an seinem Oberkörper hinab. Er ist nackt. Also nicht der ganze Mann, nur der Oberkörper, untenrum hat er tiefsitzende Jeans an, die mir verraten, dass er dort, wo bei Salvo gestutztes Haar wuchert, glatt rasiert ist. Und –

Mein Gott. Wo starre ich denn hin? Langsam blicke ich auf und Alexanders schiefes Grinsen verrät mir, dass ihm vollkommen klar ist, wohin mein Blick gerade zur Begrüßung gewandert ist.

»Es esta la manera italiana de decir hola?«, fragt er und mir fällt auf, dass seine Stimme anders klingt, wenn er Spanisch spricht, melodischer. Ein sanfter Schauer überläuft meinen Rücken, aber nur kurz, dann spüre ich, wie ich knallrot werde.

»Ich ... verstehe so gut wie gar kein Spanisch«, sage ich und klinge abgehackt, förmlich. Verdammt!

»Ich habe gefragt, ob das die italienische Art ist, Hallo zu sagen.« Alexanders Grinsen wird ein bisschen anzüglicher, und ich würde am liebsten in der Zeit zurückspulen, um mich zu sammeln und noch mal anzuklopfen. Das fängt ja schon toll an.

Ich räuspere mich. »Darf ich vielleicht reinkommen?«

»Nicht sehr gerne«, gibt Alexander zu und verzieht das Gesicht. »Das hier ist die letzte Absteige. Geht es um den Vertrag? Dann treffen wir uns am besten im –«

Ich schüttle den Kopf. »Nein. Nein, es geht nicht um den Vertrag. Und mach dir keine Sorgen wegen des Zimmers. Ich bin ... nicht empfindlich.«

Jetzt ist er derjenige, der mich mustert, und in seinem Blick liegt dabei ein ironischer Ausdruck, der mich ärgert. Wenn er wüsste, wo ich schon alles geschlafen habe!

»Pride or die«, sagt er, während er auf meine Brüste blickt.

»Ja, das ist ... mein T-Shirt.«

Oh Mann, Alessia, was ist denn los mit dir?! Ich muss mich jetzt wirklich dringend zusammenreißen. Also straffe ich die Schultern und starte von Neuem: »Hör zu, Alexander, ich würde mich gerne in Ruhe unterhalten, und zwar drinnen. Als deine Vorgesetzte –«

»Alex«, unterbricht er mich.

Verwirrt sehe ich ihn an.

»Du kannst mich Alex nennen«, wiederholt er. Dann wendet er sich ab und gibt endlich die Tür frei, indem er zurück ins Innere des Zimmers geht.

Ich blicke seinen breiten Schultern nach, und auch seinen schmalen, definierten Hüften und seinem Hintern, der –

Mich absolut nicht zu interessieren hat! Verärgert kneife ich die Brauen zusammen, dann folge ich ihm rein, vielleicht ein bisschen zu energisch, und mache die Tür hinter mir zu.

Was mich empfängt, ist tatsächlich das allerletzte Zimmer. Es ist nicht klein, aber das ist auch schon das einzig Positive, was man darüber sagen kann. Das Bett sieht durchgelegen aus, denn es biegt sich unschön in der Mitte, die Laken sind löchrig, der alte Röhrenfernseher ist gesprungen und die Tapeten an den Wänden sind vergilbt. An der Decke dreht sich ein Ventilator, der vibriert, als würde er mir jeden Moment ins Gesicht springen wollen.

»Das ist ...«

»Nicht gerade die Honeymoon Suite«, vervollständigt Alex meinen Satz. Er lehnt jetzt an der Wand neben der Tür zum fensterlosen Bad, in dem Licht brennt. Zum Glück, denn das kleine Fenster neben der Tür würde nicht ansatzweise reichen, um das Motelzimmer aufzuhellen. Alex hat die Arme vor der Brust verschränkt und ich muss mich zwingen, ihn nicht schon wieder anzugaffen. Er ist einfach so durchtrainiert – das komplette Gegenteil von Salvos schlankem, aber undefiniertem Körper. Und dann sind da diese Tattoos.

Mi vida loca steht in geschwungenen Buchstaben auf seiner Brust. Sein Leben ist also verrückt? Gott, er sollte mal meins kennenlernen!

»Nein, nicht wirklich«, bringe ich endlich hervor. »Aber wenn du bald im Ivory anfängst, kannst du dir etwas Besseres erlauben.«

»Vielleicht will ich das gar nicht«, sagt er seelenruhig und fügt, als er meinen fragenden Blick bemerkt, hinzu: »Schwer vorstellbar für eine Frau, die mit Chauffeur auf die South Side kommt, he?«

Ich spüre, wie sich ein Anflug von Zorn in mir breit macht. Was weiß er denn schon? Was nimmt er sich raus, einfach über mich zu urteilen?

Doch ich schlucke meine Wut gleich wieder hinunter. Ich bin nicht hier, um mich zu streiten, und erst recht nicht, um diesem selbstgerechten Kerl die Wahrheit über mich aufzutischen. »Hör zu«, sage ich darum. »Du musst mich nicht mögen. Du kannst mich für versnobt halten, für eingebildet, was immer dir gefällt. Ist mir egal.«

Langsam schüttelt Alex den Kopf. »Nein, ist es nicht.« Er hat die Stimme gesenkt, nur ein bisschen, und ich erkenne an seinem Blick, dass er genau weiß, wie mich seine Worte provozieren. Wieder liegt dieses leichte

Grinsen auf seinen Lippen und mir fällt auf, dass er unverschämt attraktiv ist. Vor allem diese ungewöhnlich blauen Augen.

»Gut, du hast Recht«, gebe ich zu. »Du bist seit gestern mein Angestellter und ich fände es gut, wenn sich das ganze Team versteht. Trotzdem kann ich dich nicht zwingen, mich zu mögen. Ich kann dich nur um Dinge bitten. Und um dich um etwas zu bitten, bin ich auch hier.«

Alex löst sich von seinem Platz neben der Tür und kommt auf mich zu. Mir fällt seine Art sich zu bewegen auf. Geschmeidig. Als hätte er seinen Körper vollkommen unter Kontrolle. Aber ein weiteres Mal werde ich mich davon nicht ablenken lassen. Fest sehe ich ihm in die Augen, als er vor mir stehen bleibt.

»Dann bitte«, sagt er.

Ich schlucke die patzige Antwort hinunter, die mir auf der Zunge liegt. »Mein Mann schickt mich.«

»Dein Mann ist wer?«

»Salvatore Cosentino.«

Etwas verändert sich in Alex' Blick, nur ganz kurz. Habe ich da Zorn erkannt? Stört es ihn etwa, dass ich verheiratet bin? Blödsinn!

»Du hast ihn gestern schon kennengelernt«, fahre ich fort. »Er war derjenige, der dich gebeten hat, bei uns als Fighter anzufangen.«

»Dachte ich mir schon«, erwidert Alex. »Und meine Antwort lautet immer noch Nein.«

Verständnislos blicke ich ihn an. »Aber ... warum denn nicht? Du bist offensichtlich gut in Brazilian Jiu Jitsu!« Ich fluche innerlich und füge schnell hinzu: »Oder wie das heißt!«

Ich bin eine Tussi und hab von Kampfsport keine Ahnung. Das darf ich nicht vergessen.

»Wie schon gesagt, ich bin keine –«

Diesmal bin ich diejenige, die ihn unterbricht. »Weshalb bist du hier, Alex? Warum hast du Puerto Rico verlassen? Nicht etwa, weil du Geld brauchst?«

Wieder verfinstert sich sein Blick, diesmal deutlich. Er presst die Lippen aufeinander, dann wendet er sich von mir ab und geht ein paar Schritte durchs Zimmer. Ich spüre, wie es mich enttäuscht, dass er nicht mehr so dicht vor mir steht. Und weiß zugleich, wie absurd diese Enttäuschung ist.

»Estoy aquí por mi familia. Mein Vater ist tot und meine Mutter ist krank.«

»Was hat sie?«, frage ich betroffen.

Er schüttelt leicht den Kopf. »Nichts, das wieder weggeht.«

Ich denke an meine eigene Mutter und meinen eigenen Vater, und ein Kloß bildet sich in meinem Hals. Scheiße. Das ist das ganz falsche Thema. Ich atme tief durch, warte, bis ich wieder richtig atmen kann, dann sage ich: »Du brauchst also Geld. Um sie versorgen zu können. So ist es doch?«

Alex, der an dem kleinen Fenster zum Parkplatz stehen geblieben ist, nickt.

»Hör zu, das ist doch eine einfache Rechnung. An der Bar machst du vielleicht 100, 120 Dollar die Nacht. Wir haben nur von Donnerstag bis Sonntag offen, das bedeutet vielleicht 1600, maximal 2000 Dollar im Monat. Davon musst du Miete zahlen und –«

»Ich weiß selber, was ich zahlen muss«, erwidert er und ich habe das Gefühl, ihn in seinem Stolz gekränkt zu haben. Gut.

»Unsere Fighter«, gebe ich zurück, »bekommen für eine Fight Night, die sie für sich entscheiden konnten, 5000 Dollar Prämie. Und wenn die UFC auf dich aufmerksam wird, winken dir noch viel höhere Kampfprämien. Überleg doch mal!«

»Cinco mil dólares«, wiederholt Alex, immer noch nach draußen blickend. Dann dreht er den Kopf zu mir. »Für einen einzigen Fight?«

»Für eine einzige Fight Night. Das sind meistens mehrere Kämpfe. Ein Turnier. Verstehst du?«

Er nickt. »Ich bin kein professioneller Kämpfer«, sagt er dann.

»Was du da gestern gemacht hast, sah professionell aus.«

»Ich meine es ernst. Ich habe nie in einem richtigen Dojo trainiert.«

Ich trete näher an ihn heran. »Ich weiß nicht viel über die Geschäfte meines Mannes, aber eines kannst du mir glauben: Woher du kämpfen kannst, interessiert im Ivory niemanden. Hauptsache, du bist gut.«

Alex atmet tief durch, das kann ich daran sehen, wie sich seine Schultern heben und senken. Ich lasse ihn einen Moment lang nachdenken, begutachte dabei die ausgeprägten Muskeln an seinem Oberarm. Gern hätte ich mir die Madonna genauer angesehen, aber die befindet sich auf der anderen, mir abgewandten Seite. Auf dieser hier sehe ich nur gleichmäßig gebräunte Haut.

»Unter einer Bedingung«, sagt er.

Mein Herz macht einen freudigen Satz. »Unter welcher?«, frage ich.

Alex dreht sich zu mir um, sieht mir fest in die Augen. Mein Puls beschleunigt sich.

»Ich will den Job nicht geschenkt«, sagt er. »Ich will ihn mir verdienen.«

»Das hast du doch gestern schon.«

Er schüttelt den Kopf. »Das war kein fairer Kampf. Dieser Typ, der dich angegriffen hat, war nicht vorbereitet.«

Ich nicke langsam. »Verstehe. Was schlägst du vor?«

Er zuckt mit den Schultern. »Was wohl? Lasst mich gegen einen eurer Kämpfer antreten. Besiege ich ihn, nehmt ihr mich auf.«

Ich bin überrascht. Was zur Hölle ist das für ein Mann, der den schwierigen Weg nimmt, obwohl er den einfachen haben könnte?

»Du willst dich beweisen«, stelle ich fest.

»Sí.«

»Das ist ungewöhnlich.«

»Wir machen es so«, erwidert er, wobei er mich immer noch fest ansieht, »oder gar nicht.«

Ich betrachte ihn skeptisch und erstaunt zugleich. Himmel, und ich dachte, die italienischen Männer wären stolz! Ich denke nach. Alex hat den Stadtmeister im Ultimate Fighting besiegt, also kann er auch einen anderen Kämpfer besiegen. Was er mir hier anbietet, ist also quasi eine Zusage. Eine halbe zumindest. Und das ist weitaus besser als nichts.

»Okay«, sage ich und halte ihm die Hand hin. »Dann haben wir einen Deal.«

Noch einen Moment lang zögert er, dann ergreift er meine Finger. »Wir haben einen Deal«, wiederholt er und macht keine Anstalten, mich loszulassen.

Ich für meinen Teil mache allerdings auch keine Anstalten, und so stehen wir einen Moment lang nur da, meine Hand fest in seiner, und irgendetwas, das ich nicht näher benennen kann, scheint sich zwischen uns abzuspielen. Etwas, das sich seltsam anfühlt, elektrisierend und irgendwie echt.

»Mein Mann wird dich dann anrufen«, höre ich mich selbst sagen, und im gleichen Moment löse ich meine Hand aus seiner.

Gott sei Dank. Ich habe meine Selbstbeherrschung wieder.

»Gut«, sagt Alex und nickt.

»Also dann …« Ich hebe die Hand, dann wende ich mich ab und beeile mich, die Tür zu erreichen. Schon habe ich die Hand am Griff und sie halb geöffnet, als Alex hinter mir sagt:

»Hey.«

Ich drehe mich halb nach ihm um.

Er steht noch an Ort und Stelle und zuckt mit den Schultern. »Was dir da gestern passiert ist, tut mir leid, cariño.«

»Schon gut«, erwidere ich. »War ja nicht deine Schuld.«

Er nickt und sagt nichts mehr, und ich wende mich nun endgültig ab und gehe.

Erst draußen, als die Tür hinter mir zu ist, schaffe ich es wieder ruhiger zu atmen.

Ich sehe zu, wie sie auf die dunkle Limousine zugeht, wie sie ganz kurz zögert, als der Fahrer ihr die Tür aufhält. Sie bleibt stehen, blickt zurück zu meinem Zimmer. Dann steigt sie ein. Mir fällt auf, dass sie den Reißverschluss ihrer Jacke geschlossen hat, obwohl es warm draußen ist. Ob sie sich verkleidet hat, bevor sie zu mir gekommen ist, um mir besser zu gefallen?

Pride or die. Das ist eine MMA-Marke. Damit hat eine Frau wie sie ganz sicher nichts zu schaffen.

Der Motor der Limousine wird gestartet, dann rollt der schwarze Wagen im Schneckentempo vom Parkplatz des Motels. Ich bilde mir ein, ihren Blick zu spüren. Dass sie mich beobachtet, genau wie ich sie beobachte. Aber es ist unmöglich, dass sie ahnt, wer ich bin. Sie ist viel zu jung.

Wie alt sie wohl ist? Anfang, höchstens Mitte 20. Sie könnte Cosentinos Tochter sein, und dass er eine so junge Frau geheiratet hat, sagt viel über ihn aus. Über sie aber auch. Und ich sollte keinen weiteren Gedanken an sie verschwenden. Ich habe wirklich Wichtiges zu tun.

Doch als ich mich endlich vom Fenster abwende, nachdem ihr Wagen vom Parkplatz verschwunden ist, merke ich, dass ihr Parfum in der Luft hängt, leicht süß und ziemlich intensiv. Ich denke daran, wie sie gerade vor mir gestanden hat, mit roten Wangen, wann immer ich ihren Stolz verletzt habe. Sie ist Italienerin. Ich hatte noch nie was mit einer Italienerin ... zu tun.

»Reiß dich zusammen, Alex«, sage ich mir selbst und dann öffne ich das Fenster, um sie loszuwerden. Wie schon gesagt: Ich habe Wichtigeres zu tun, als mir wegen einer hübschen Italienerin in einem MMA-Shirt Gedanken zu machen.

Ich gehe zu meiner Reisetasche und suche meine Trainingssachen heraus. Keine Ahnung, wann Cosentino mich anrufen wird, aber wenn es so weit ist, wenn ich in sein Team aus Fightern aufgenommen werde, dann muss ich absolut fit sein. Nicht, dass ich Zweifel hätte, dass ich in meiner aktuellen Form jeden Einzelnen seiner Leute besiegen könnte. Aber ich muss dafür sorgen, dass ich in dieser Form bleibe.

Ich ziehe mich um, dann verlasse ich das Motelzimmer, um ein paar Runden durch die South Side zu joggen. Für manche ist das hier eine gefährliche Gegend – für mich ist es ein Viertel wie jedes andere. Die meisten hier sind schwarz, Spanisch sprechen nur wenige, dennoch fühlen sich die schmalen Straßen und die schmutzigen kleinen Häuser fast nach zu Hause an.

Es war meine eigene Entscheidung, mit 17 in eines der schlechteren Viertel von Arecibo zu ziehen. Meine ganzen Schulfreunde lebten da, und ich hatte keine Lust, noch länger der Junge von der Plantage zu sein. Die Plantage, genau wie das Haus am Strand, in dem mein Onkel Harley mit Megan und Kim lebt, ist eine Täuschung, die sie sich geschaffen haben, um von der echten Welt nichts mehr mitbekommen zu müssen. Ich finde das insofern gut, dass Kim dort eine ziemlich perfekte Kindheit hat. Aber meine Mutter ist, nur weil sie inmitten einer schönen Landschaft lebt, nicht weniger traumatisiert. Und mein Vater nicht weniger tot. Und meine Familie nicht weniger kaputt.

Ich verlasse den Parkplatz in die andere Richtung, als Cosentinos Frau mit ihrer Limousine gefahren ist. Ihr Name ist Luciana. Ich habe sie nicht danach gefragt, aber sie hat einen Facebook-Account, den ich mir gestern Abend angesehen habe. Nur, um meinen Feind besser zu kennen, versteht sich.

Denk nicht an sie, Alex. Konzentrier dich aufs Training.

Richtig. Ich laufe schneller, lege gleich zum Anfang einen kleinen Sprint ein. Mein Puls bleibt dabei vollkommen ruhig, genau wie meine Atmung. Ich habe für das, was ich hier in Chicago tun werde, fast zehn Jahre lang trainiert. Und der erste wichtige Schritt ist geschafft: Cosentino will mich in seinem Team.

Es war entscheidend für mich, einen Umweg zu nehmen. Denn hätte ich mich beworben, aus einem fremden Land kommend, ohne einen Namen oder irgendwelche Erfahrung im US-MMA-Geschäft, wäre das verdächtig gewesen. Die hätten mich für einen Cop gehalten. So jedoch bin ich der Fighter, der erst überredet werden musste, und der jetzt auch noch Ehrgefühl beweist, indem er sich die Teilnahme an der ersten Fight Night nicht schenken lässt. In Wahrheit jedoch war das, was ich getan habe, alles andere als ehrenhaft, das ist mir klar. Wenn ich eines hasse, dann Gewalt gegen Frauen. Ich kann nur hoffen, dass ich gestern schnell genug eingegriffen habe, ehe wirklich etwas passiert ist. Für alle sah es aus, als wäre ich der Retter und kurz macht sich deswegen so etwas wie ein schlechtes Gewissen in mir breit, aber ich schiebe es auf der Stelle von mir. Die Cosentinos hatten auch kein schlechtes Gewissen, als sie meine Mutter quälten.

Salvatore Cosentino wird mich lieben, und darauf kommt es an. Die ganze Familie muss mich schätzen, mir vertrauen. Nur so kann ich Beweise gegen Terry Grimes sammeln. Und ihm seine gerechte Strafe zukommen lassen.

Ich denke an meinen Vater. Er ist die Sache mit den Cosentinos damals anders angegangen. Vom ersten Moment an war er ihr Spielzeug, weich und formbar wie Knetmasse. Zwischen ihnen und mir wird die Sache ein wenig anders laufen. Sie spielen nicht mit mir, sondern ich mit ihnen. Meine Begegnung mit Luciana Cosentino gerade hat genau das bewiesen. Sie mag auf Geschäftsfrau machen, auf distanziert und abgebrüht, aber ich bin mir ziemlich sicher, dass ich sie gerade in dem Zimmer zu allem hätte bringen können.

Zu allem.

Ich laufe ein paar Stufen hinauf, lande auf einer Fußgängerbrücke. Immer noch bin ich mitten in der schmuddeligen South Side, aber von hier kann ich in der Ferne die Hochhäuser der City sehen. Dorthin ist sie gerade unterwegs, denkt vielleicht an unser Gespräch. Und ich denke schon wieder an sie.

Reiß dich zusammen. Sie ist nicht mal dein Typ.

Ich schüttle den Kopf über mich selbst, wende mich ab und laufe in die andere Richtung weiter.

Alessia

Ich rücke die Weingläser noch einmal zurecht, dann entferne ich mich ein Stück vom Tisch und betrachte mein Werk. Weiße Teller mit goldenem Rand, passendes goldenes Besteck, Kristallgläser und Stoffservietten. Dazu ein Bouquet aus weißen Rosen und Lilien in der Mitte der Tafel. Es sieht perfekt aus.

Zur Abwechslung habe ich mich heute in die Küche gestellt und werde Salvatore ein 3-Gänge-Menü servieren, das ihn hoffentlich beeindrucken wird. Dann werde ich ihm die Neuigkeiten von Alexander Silva überbringen und er wird sehen, dass er mich ruhig öfter einspannen kann.

Es ist kurz nach sieben, als ich endlich den Aufzug höre. Ich ziehe mein smaragdgrünes Etuikleid zurecht, drapiere mein Haar über eine Schulter und setze mein strahlendstes Lächeln auf – das mir aber sogleich vergeht, als mein Mann zusammen mit Tommaso aus dem Lift tritt.

»Mein Engel!« Salvo breitet die Arme aus und kommt auf mich zu. Er zieht mich an sich und gibt mir einen innigen Kuss.

Tommaso gibt ein angeekeltes Geräusch von sich und ich sehe, wie er seinen massigen Körper auf einen der Stühle pflanzt und die Tafel überblickt. »Was gibt es zu essen?«

Ich befreie mich aus Salvos Griff und schüttle den Kopf. »Wie du vielleicht siehst, ist hier für zwei gedeckt. Rosa hat dir etwas in den Kühlschrank gestellt, das du dir aufwärmen kannst.«

Salvo legt mir seine Hand auf den unteren Rücken und säuselt: »Du hast dir so viel Mühe gemacht ... Nur für mich?«

»Natürlich, Liebling.« Ich nicke und überlege fieberhaft, wie ich Tommaso loswerden kann, der sich gerade ein Glas des Rotweins eingießt, den ich bereits auf dem

Tisch stehen habe. »Ich dachte, wir zwei machen uns einen schönen Abend und ich erzähle dir, wie es mit Alexander Silva gelaufen ist.«

Tommaso hält inne, stellt die Weinflasche ab und blickt mich an. »Ja, erzähl doch direkt mal, was zwischen dir und diesem Silva gelaufen ist.« Er stützt die Ellbogen auf den Tisch und den Kopf darauf. »Würde mich auch interessieren.«

Salvo lacht und drückt mich spielerisch an sich. Er nimmt die Seitenhiebe seines Sohnes nicht allzu ernst, was einerseits gut ist, andererseits würde ich mir aber auch in diesem Fall wünschen, dass er sich mehr auf meine Seite stellt.

»Sind es denn gute Nachrichten?« Salvo lächelt auf seine gewohnt schleimige Art zu mir herüber. »Ich hatte einen Anruf von dir erwartet, aber du machst es gerne spannend, hm?«

»Ja«, sage ich nur, füge mich meinem Schicksal und hole noch ein drittes Gedeck. Ich kann hören, dass Tommaso leise etwas zu seinem Vater sagt, verstehe jedoch kein Wort.

Schön, es wird also wieder mal nicht einfach werden. Salvo allein hätte ich mit dem Essen und ein paar kitschigen Worten locker um den Finger wickeln können. Dieser Parasit von einem Sohn ist allerdings ein deutlich härterer Gegner.

Gegner ...

Ich muss grinsen, als mir eine Idee kommt.

Es wird Zeit, dass jemand diesem Großkotz endlich mal das Maul stopft ...

***

»Also«, beginne ich, als wir alle unsere Vorspeise – eine Tomatensuppe mit Büffelmozzarella und Basilikum-Crostini – vor uns stehen haben. »Alexander Silva ist wirklich nicht so leicht zu knacken.«

Anders als erwartet spart sich Tommaso einen blöden Kommentar, sondern löffelt nur wortlos seine Suppe in sich hinein.

»Das zeugt von Kampfgeist und ist eine gute Voraussetzung, um erfolgreich zu werden«, philosophiert Salvo sofort drauf los. »Unsere Kämpfer müssen jederzeit wissen, wo ihr Platz ist. Sie müssen sich richtig einschätzen können und dürfen sich keinesfalls unter Wert verkaufen. Sie –«

»Er willigt unter einer Bedingung ein«, unterbreche ich Salvos Geschwafel.

»Er stellt Bedingungen?« Mein Mann hebt eine Augenbraue und blickt mich belustigt an.

»Ja. Er möchte den Job unter keinen Umständen geschenkt bekommen.«

Ich ignoriere Tommaso, der leise lacht.

»Was soll das heißen?«, fragt mein Mann skeptisch, was mir gar nicht gefällt.

Ich möchte, dass Alex diesen Job kriegt, dass er ihn sich erkämpfen kann, wie es sein Stolz von ihm verlangt und vor allem möchte ich, dass Tommaso endlich mal jemand seine Grenzen aufzeigt.

»Seinem Ehrgefühl ist es geschuldet, dass er gerne einen Probekampf absolvieren möchte, so wie alle anderen Bewerber zuvor auch.« Ich lege meine Hand auf Salvatores. »Er will dich überzeugen.«

Ich wähle meine Worte mit Bedacht, weil ich hoffe, dass sie ihm schmeicheln werden.

Und tatsächlich lächelt mein Mann nach einem Moment. Doch bevor er dazu kommt, etwas zu sagen, fährt sein nerviger Sohn mal wieder dazwischen.

»Hast du ihm gesagt, dass er die Regeln nicht macht, Mutter? Und auch nicht du? Hast du ihm gesagt, wer bestimmt, wie die Sache läuft?«

Ich halte Tommasos Blick mühelos stand. »Nein, wieso denn? Ich dachte, du persönlich zeigst ihm vielleicht lieber, wie es läuft. Im Käfig.«

Einen Moment lang sind beide Männer still. Tommaso lässt den Löffel sinken, lehnt sich zurück und verschränkt die Arme, sodass sein aufgeblasener Bizeps hervortritt.

Salvo sieht mich an und seine Augen beginnen zu leuchten.

»Das ist eine hervorragende Idee!« Er klatscht vor Freude einmal in die Hände. »Du bist der perfekte Gegner, mein Sohn!«

Jetzt kann auch Tommaso nichts mehr erwidern. Was soll er sagen? Dass er nicht gut genug ist, um Alex Silva zu schlagen? Dass er Angst hat? Das würde er nie zugeben. Als ich ihn kennenlernte, war er schon besessen davon, irgendwann ein echter MMA-Fighter zu werden, und so tut er zumindest nach außen hin, als hielte er sich für den Größten.

»Der arme Junge«, sagt er und schiebt das Kinn vor. »Ich hätte ihm die Chance wirklich gegönnt.«

Tja, wollen wir mal sehen, wer am Ende wen fertigmacht.

»Ich hole den nächsten Gang«, sage ich beschwingt und gehe grinsend zurück in die Küche.

KAPITEL 7

Alex

Ich lasse mich auf den Boden sinken, bis ich beinahe liege, dann drücke ich mich nach oben, schnell, explosionsartig, bis meine Hände in der Luft sind. Ich verlagere mein Gewicht nach rechts, und als meine Hände wieder aufkommen, befindet sich die linke auf dem Blatt Papier. Jetzt die andere.

Wieder gehe ich im Liegestütz ganz runter, bis meine Nase fast den Boden berührt – und dann drücke ich mich hoch, verlagere das Gewicht, und meine rechte Hand landet auf dem Blatt. Zu Hause würde ich stattdessen eine Hantelscheibe verwenden. Aber meine Ausrüstung konnte ich ja schlecht mitnehmen nach Chicago, also tun es hier fürs Training auch einfache Hilfsmittel.

Ich wiederhole das Ganze, stoße mich vom Boden ab, komme auf, gehe runter in den Liegestütz und wiederhole das Ganze zur anderen Seite. Ich bin mittlerweile völlig durchgeschwitzt, aber für die Schnellkraft gibt es fast nichts Besseres als anständige Liegestütze, und die Schnellkraft ist es, die am Ende, im Fight, deine Faust mit genügend Kraft und Geschwindigkeit ins Ziel bringt.

Apropos Fight. Ich blicke herüber zu meinem Handy, aber das Display ist schwarz. Immer noch. Wieso dauert das so lange? Als Luciana Cosentino heute Morgen gegangen ist, dachte ich, dass ich spätestens eine oder zwei Stunden später von ihrem Mann hören würde. Aber mittlerweile ist es Abend und er hat immer noch nicht angerufen. Verdammt. Vielleicht habe ich ihn doch nicht genug beeindruckt. Möglicherweise hat er keine Lust auf einen Fighter, der gleich von Anfang an Ansprüche stellt. Ich hätte vielleicht –

Das Handy klingelt.

Augenblicklich komme ich auf die Füße, schnappe es mir von der Bettkante und gehe ran ... leider, ohne vorher einen Blick aufs Display zu werfen, was ich gleich in der nächsten Sekunde bereue.

»Alex? Hier ist Megan.«

Ich presse einen Moment lang die Lippen aufeinander und sage einfach gar nichts, auch wenn das ziemlich kindisch ist. Mit Megan, der Ehefrau meines Onkels, habe ich im Grunde genommen kein Problem. Damals, als sie Harley kennenlernte, war sie selbst durch die Hölle gegangen und es war klar, dass sie sich vor allem nach einem friedlichen Leben sehnte. Trotzdem macht es mich sauer, dass sie anruft. Weil ich genau weiß, weshalb sie anruft.

»Was gibt es?«, frage ich kurz angebunden und auf Englisch. Megan und Harley reden immer Englisch mit mir, meine Mutter meist eine Mischung aus Englisch und Spanisch, weil ihr Mann Puertoricaner ist. Patricia kommt mir manchmal vor, als könnte sie gar kein Englisch mehr, weil sie Spanisch so viel lieber mag, dass sie es eigentlich nur noch spricht.

»Das weißt du doch genau«, sagt sie und klingt dabei nicht sauer, sondern eher besorgt. »Du bist nach Chicago geflogen.«

»Ich komme aus Chicago, wo ist das Problem?«

»Versuch bitte nicht, mich für dumm zu verkaufen.«

Das sollte ich tatsächlich nicht. Megan ist eine kluge Frau, sie schreibt Bücher. »Hör zu«, sage ich darum, »was ich hier tue, ist längst überfällig. Und ich habe euch oft genug vorgewarnt.«

»Und wir haben dir oft genug gesagt, dass das Wahnsinn ist, was du da vorhast! Das sind Mörder, mit denen du dich anlegst, Alex! Und –«

»Und was? Soll mich das beeindrucken? Es ist nicht schwer ein Mörder zu sein. Es ist viel schwerer, sich einem Mörder zu stellen. Und genau das werde ich tun.«

Noch während ich rede, höre ich am anderen Ende der Leitung die wütende Stimme eines Mannes. »Das reicht, gib ihn mir«, sagt Harley, gefolgt von einem Knistern, und dann spricht er an mich gewandt weiter: »Du bist komplett übergeschnappt, das ist es, was Megan eigentlich sagen wollte!« Als ich nicht gleich antworte, fügt er hinzu: »Du kannst dich nicht im Alleingang mit den Cosentinos anlegen! Das ist ein weit verzweigter Mafia-Clan! Denkst du nicht, wenn eine einzelne Person diese Leute unschädlich machen könnte, dann hätte das längst jemand getan?!«

»Ich denke, denen, die es hätten tun können, fehlte der entscheidende Mut.«

Harley lässt ein kurzes, hartes Lachen hören. »Es gibt einen ziemlich großen Unterschied zwischen Mut und Idiotie!«

»Es gibt auch einen großen Unterschied dazwischen, sich sein Leben lang zu verstecken und sich an seinen Feinden zu rächen, wie sie es verdienen.«

Eine Pause, ehe er weiterspricht. »Das sind nicht deine Feinde, Alex. Du warst noch ein Kind, als das alles passiert ist. Du warst 12, als wir aus den USA weggegangen sind. Und das haben wir auch wegen dir getan, damit du in Frieden aufwachsen und ein normales Leben führen kannst!«

Ein normales Leben, klar. Es ist fast lustig, was er da von sich gibt. Aber nur fast. »Die haben meinen Vater auf dem Gewissen«, sage ich so ruhig ich kann. »Kapierst du das?«

»Dein Vater starb bei einem tragischen Unfall.«

Das versucht er mir seit Jahren einzureden. Er und meine Mutter, eigentlich meine ganze Familie, weigert sich zu glauben, dass Terry Grimes meinen Vater Scott Jones mit Absicht von der Brücke gerammt hat.

»Dann bin ich ein Idiot, he?«, frage ich und muss mich beherrschen, ihn nicht anzuschreien. »Ein Spinner, der sich was einredet? Der ein Verbrechen sieht, wo gar keins war? Sag's mir, Harley. Was bin ich? Was stimmt nicht mit mir, deiner Meinung nach?«

»Setz dich in den nächsten Flieger. Komm nach Hause. Lass uns in aller Ruhe reden.«

»Wir haben genug geredet«, gebe ich zurück, und dann, weil ich auf Englisch nicht die passenden Worte finde: »Una familia destruida por una familia destruida. A esto se le llama justicia.«

Justicia. Gerechtigkeit. Darum geht es hier.

»Unsere Familie wurde nicht zerstört. Wir haben uns hier ein neues Leben aufgebaut. Und das, was du vorhast, hat auch nichts mit Gerechtigkeit zu tun«, widerspricht Harley. »Das ist Irrsinn. Alex. Dale. Du musst das stoppen, bevor es richtig begonnen hat. Für Sally.«

Ich schließe die Augen, atme tief durch. Für Sally? Für meine Mutter? Ist das sein verdammter Ernst?! »Kümmert euch um eure eigenen Angelegenheiten. Und ruft mich nicht mehr an.«

Damit lege ich auf und feuere das Handy ohne nachzudenken gegen die nächste Wand. Es hinterlässt eine Kerbe im Putz und klatscht dann zu Boden. Ich wende mich ab, gehe ein paar Schritte durch das kleine Zimmer.

Es lassen! Nach Hause kommen! Ich verstehe nicht, wie die sich das vorstellen. Seit ich alt genug war um zu verstehen, was meiner Familie angetan wurde, kriege ich diese Sache nicht aus dem Kopf. Weil sie nicht beendet ist. Weil sie nie beendet wurde. Mein Vater wurde von diesen Leuten ermordet, meine Mutter wurde von ihnen gebrochen, meine Familie vertrieben, und ich soll es gut sein lassen? Mich für den Rest meines Lebens in Puerto Rico verstecken? Bananen ernten, bis ich alt und grau bin, während die Cosentinos in Chicago ihr Geschäft wieder aufbauen, reicher und reicher werden, und weiterhin alle aus dem Weg räumen, die ihnen nicht passen?

Wenn Harley glaubt, dass ich so bin, dann kennt er mich kein Stück.

Ich denke an unser erstes ernsthaftes Gespräch zurück. Ich war 14 und hatte eine Menge Fragen. Warum konnten wir nicht zurück nach Hause? Waren die Menschen, die schuld an allem waren, im Knast?

Ich erfuhr, dass sie es nicht waren. Sicher, Luigi Cosentino war verurteilt worden, er und ein paar seiner Handlanger. Aber der Rest der Familie? Für die lief alles weiter wie bisher. Ich wollte das nicht auf mir sitzen lassen. Ich konnte nicht. Und ich fing an, Pläne zu schmieden.

Harley kam dahinter. Er ist kein Idiot. Er ist ein Cop und merkt sofort, wenn man ihm was vormacht. Seine Reaktion auf meine Rachegedanken war, dass er mich ab sofort nicht mehr trainierte. Jederzeit wieder, wenn du zur Vernunft gekommen bist.

Ich suchte mir andere Trainer. Andere Sparringspartner. Und mein Verhältnis zu meinem Onkel wurde immer schlechter. Er verstand nicht, dass ich vorhatte, mich freiwillig in die Gefahr zu begeben, aus der er unsere Familie herausgebracht hatte.

Wenn du nicht aufhörst, dann muss ich Kim von dir fernhalten.

Als wäre ich der Schuldige! Der Verbrecher!

Ich lasse meine Faust gegen die Wand krachen. Putz bröckelt zu Boden, dann verabschiedet sich auch noch das gerahmte Bild, das die einzige Dekoration des Motelzimmers darstellt. Der Rahmen zerspringt klirrend, gefolgt von Stille. Ich stehe einfach nur da und versuche, meine Wut in den Griff zu bekommen.

Und dann schellt mein Handy wieder, ein wenig blechern zwar, aber zumindest ist es nicht ganz kaputt. Das Klingeln verstummt schnell, es ist nur eine Nachricht. Ich hebe es auf und blicke aufs Display. Die Nummer kenne ich nicht, also rufe ich den Text schnell auf und lese.

Hey Alex, hier ist Luciana! Komm morgen um 12 Uhr ins RAZORBLADE GYM, New Orleans Street. Salvatore ist mit deiner Bedingung einverstanden – dein Glückstag ;-) Wir sehen uns dort!

Ich starre die Nachricht sekundenlang nur an und die widersprüchlichsten Gefühle kämpfen in meinem Inneren miteinander. Noch immer bin ich wütend auf Harley. Aber zugleich bin ich froh, dass mein Plan funktioniert. Die Cosentinos haben angebissen. Jetzt muss ich nur noch den zweitklassigen Schlappschwanz umhauen, den sie mir vorsetzen werden, aber das sollte kein Problem sein. Wie gesagt: Ich habe 10 Jahre lang für das hier trainiert. Ich bin bereit.

Alessia

Die Limousine hält in einer Straße, die mir unbekannt ist, von der ich aber vermute, dass sie ebenfalls irgendwo im Süden liegt. Die meisten Ladenlokale sind mit verbeulten Gittern verschlossen oder kurzerhand vernagelt worden. Überall stapelt sich Müll und nicht nur die Fassaden dienen als Leinwand für Graffitisprayer – sogar ein alter VW-Bus ist Opfer der Schmierereien geworden.

Irgendwie gefällt mir das. Es zeigt viel mehr das echte Leben, als es die stets gesäuberte Straße tut, in der sich unser Penthouse befindet.

Aber das darf ich mir natürlich nicht anmerken lassen.

Ich rümpfe die Nase. »Hier sollen unsere Kämpfer trainieren?«

Salvo bedenkt mich mit einem Lächeln. »Mein Liebling, für dich mag es abschreckend wirken, aber diese Atmosphäre ist genau das, was unsere Jungs brauchen. Es ist schmutzig, verkommen, gefährlich und rau. Das hier ist eine Umgebung, die ansteckend wirkt. Unsere Männer brauchen kein blankpoliertes Luxus-Gym. Sie wollen Blut sehen, ihre Aggressionen loswerden und das möglichst auf brutalste Art und Weise. Und das können sie hier.«

Ich widerspreche nicht, auch wenn ich es am liebsten würde. Salvo tut ja gerade so, als wäre jeder, der sich für Kampfsport interessiert, die reinste Bestie. Ich weiß es besser und ich kann mir gut vorstellen, dass einige der Kämpfer sogar nur für Salvo in den Käfig steigen, weil sie dringend Geld brauchen. So wie Alex. Die meisten Kampfsportler sind nicht einmal annähernd die Art von abgestumpften und verblödeten Schlägern, als die sie mein Mann gerne hinstellen will. MMA ist vielleicht eine grobe Sportart, aber es ist immer noch Sport und kein Krieg.

Doch ich kann mir keine Diskussion in diese Richtung gehend erlauben, also zucke ich nur mit den Schultern. Unser Fahrer steigt aus und hält uns die Tür auf. Ich will gerade ebenfalls den Wagen verlassen, als Salvos Telefon klingelt. Er wirft einen kurzen Blick aufs Handy, dann einen längeren und bedauernden in meine Richtung.

»Möchtest du schon mal reingehen oder auf mich warten, mein Engel?«

Ich denke daran, dass ich Alex herbestellt habe, also sollte ich auch da sein, wenn er kommt. »Ich gehe schon hoch.«

Salvo nickt, dann nimmt er ab. Da mich nicht interessiert, was er zu besprechen hat – die Dinge, die mich interessieren, werden nicht am Telefon beredet –, gehe ich durch die schwere Tür, auf der in abgeblätterten Buchstaben ›RAZORBLADE – the Fighters' Gym‹ steht.

Razorblade. Mir will nicht einleuchten, was eine Rasierklinge mit Kampfsport gemein hat, aber wahrscheinlich soll der Studioname einfach nur martialisch klingen.

Ich betrete das Treppenhaus, das keinen besseren Eindruck macht als die Straße, auf der sich das Trainingscamp befindet. Es riecht nach … Ich will gar nicht so genau darüber nachdenken, also halte ich die Luft an und steige die Stufen so schnell es geht nach oben, bis ich an einer Glastür ankomme, hinter der sich das Fighters' Gym befindet. Ich trete ein und erkenne es mit einem Mal wieder. Früher sah das Fitnessstudio anders aus und es trug einen anderen Namen. Einen, der nicht gleich darauf schließen ließ, dass normale Sportler hier unerwünscht sind. Trotzdem erkenne ich es wieder, denn ich habe genügend Fotos gesehen. Ich weiß, dass in einem Nebenraum des Studios früher Harley Jones – der Unbesiegte – trainiert worden ist.

Wie passend.

Irgendwie stachelt mich dieses Wissen an und ich beschließe, mir gleich ganz besonders viel Mühe zu geben, um Salvo um den Finger zu wickeln. Ich öffne die

Tür und trete ein. Es ist stickig hier oben, es riecht nach Schweiß und Leder und es ist unglaublich laut. Kein Wunder. Auf Anhieb zähle ich gut zwanzig Männer, die an den unterschiedlichsten Geräten trainieren und immer, wenn sie ein Gewicht heben, animalische Laute von sich geben. Allerdings nicht lange. Als sie mich erblicken, hören einige der Kerle auf mit ihren Hanteln zu spielen und sehen zu mir herüber.

»Gewöhnt euch besser gleich an den Anblick«, rufe ich. Sie müssen nicht glauben, dass mich ihr Gestarre in irgendeiner Art abschreckt. »Ich komm jetzt öfter. Wenn ihr nicht andauernd euer Training unterbrechen wollt, seht euch jetzt einmal satt und dann behaltet eure Augen beim nächsten Mal wieder bei euch!«

Damit wende ich mich ab. Ich bin nicht überrascht, dass erst Stille herrscht, die dann von leisem Murmeln abgelöst wird. Dann setzt das Trainingsgebrüll wieder ein und ich steuere zufrieden grinsend die Tür an, an der früher einmal ein Fight-Club-Plakat gehangen hat und an die nun der Umriss eines Boxers gepinselt ist. Ich erkenne nicht, wen er darstellen soll, aber ich könnte mir vorstellen, dass er den Unbesiegten zeigt.

Harley Jones ...

Alleine der Name verursacht in mir Übelkeit, also drücke ich die Klinke lieber schnell herunter und trete ein. Der Raum, der mich dahinter erwartet, ist größer, als er mir auf den Fotos vorgekommen ist. Der Käfig steht in einer Ecke, trotzdem ist noch genug Platz für zwei Sandsäcke und das ausufernde Warm Up, das Tommaso gerade absolviert.

»Du schon wieder«, stöhnt er, als er mich sieht.

Ich gehe nicht auf seine Provokationen ein, denn er braucht überhaupt nicht so zu tun. Er wusste genau, dass ich kommen würde.

»Weiter, weiter«, heizt ihn sein Trainer an, bevor er weiter rumätzen kann, und ich sehe mich um.

Der Käfig sieht so alt und verbeult aus, dass ich mir gut vorstellen kann, dass es der Originalkäfig ist, in dem Harley Jones damals seine Übungskämpfe hinter sich gebracht hat. Ich streiche über die rostigen Maschen und stelle mir vor, wie Alex dort gleich Tommaso wortwörtlich den Hintern versohlen wird. Ich muss lächeln.

»Meine Taube, es freut mich, dass es dir gefällt.« Salvo kommt rein und deutet mein Lächeln völlig falsch.

Ich frage mich, was er glaubt. Dass ich Gefallen an Rost gefunden habe?

»Da bist du ja«, sage ich und warte, dass er mich in die Arme schließt. »Alles in Ordnung?«

»Alles bestens.« Salvo winkt ab. »Nur ein Anruf aus dem Club. Ohne mich sind die dort aufgeschmissen. Da ist ja mein Sohn.« Er wendet sich Tommaso zu. »Bist du in Form?«

Tommaso lässt sein unnatürlich weißes Lachen sehen und spannt die Muskeln an. »Wonach sieht das denn aus?«

»Bravo!« Salvo klatscht einmal in die Hände und dreht sich wieder zu mir um. Er wirkt so aufgeregt wie ein kleines Kind kurz vor Weihnachten.

»Schatz?«, frage ich so zuckersüß ich kann und nestle dabei an seiner Krawatte herum. »Wenn wir Alexander im Team haben, dann bist du mir dankbar, oder?«

»Aber natürlich, mein Liebling. Ich bin dir jetzt schon dankbar, dass du für mich mit ihm gesprochen hast.«

»... Und dann habe ich doch wirklich einen Teil dazu beigetragen, dass das Geschäft läuft, richtig?«

Salvo wirkt jetzt stutzig, aber er nickt. »Ja, ganz bestimmt.«

»Und dann bist du mir was schuldig, findest du nicht?«

Jetzt hellt sich Salvatores Gesicht auf und er lacht. »Du willst die Schuhe, ich verstehe!«

Schuhe? Ich habe keine Ahnung, von welchen Schuhen er spricht. Abwehrend schüttle ich den Kopf. »Keine Schuhe.«

»Keine Schuhe?« Salvo sieht mich an, als wäre ich krank. »Was ... eine Tasche?«

»Nein. Ich möchte nichts geschenkt haben. Ich möchte helfen. Wenn wir Alex ins Team aufnehmen, dann möchte ich ihn managen.«

Salvo kneift die Brauen zusammen, dann klappt er den Mund auf und wieder zu. Er sieht sich kurz ratlos im Raum um, doch weder Tommaso noch sein Trainer scheinen unser Gespräch mitbekommen zu haben.

»Schatz ... bitte. Lass mich dir und vor allem deinem Sohn beweisen, dass ich gut für diese Familie bin. Bitte. Sag ja. Tu es für uns drei.« Ich weiß, dass dieses Familien-Gefasel bei ihm immer zieht.

»Du meinst wirklich ...?«

Ich nicke heftig. »Ich will es und ich kann es. Und ich bin überzeugt, dass Tommaso mich dann mehr akzeptieren wird. Bitte.«

Salvo ringt sichtlich mit sich, doch dann nickt er und ich sehe, wie schwer es ihm fällt. »Wir versuchen es, in Ordnung?«

»Danke!« Ich falle Salvo um den Hals und bin so erleichtert wie lange nicht mehr.

»Es ist nur ein Versuch.«

»Nur ein Versuch, ich verstehe.« Ich drücke Salvo einen Kuss auf die Wange und löse mich dann von ihm. »Ich hole nur schnell meine Notizen aus dem Wagen.« Damit verlasse ich das Gym.

Es läuft doch wirklich besser als gedacht.

Alex

Ich entdecke sie, als sie gerade von der Rückbank einer Limousine klettert. Ein bisschen unbeholfen für eine so elegant gekleidete Frau. Mit dem Hintern zuerst. Sie richtet sich auf, zieht ihren engen Rock gerade und wirft die Tür mit Schwung zu, ehe ihr der Fahrer das abnehmen kann. Ich mustere sie von oben bis unten. Sie sieht aus wie eine teuer gekleidete Sekretärin. Ihre weiße Bluse hat eine schwarze Schleife um den Hals, ihr Haar ist geflochten. Sie dreht sich um, will gerade auf das Gebäude zugehen, vor dem der Wagen parkt – dann entdeckt sie mich ebenfalls und ihr Gesicht hellt sich auf.

»Alex! Da bist du ja!«

»Hast du gedacht, ich drücke mich?«, frage ich und bleibe vor ihr stehen.

Sie lacht. »Nein, das nicht. Ich habe mich nur gewundert, dass du nicht zurückgeschrieben hast. Höfliche Angestellte machen das so.«

»Ich bin kein höflicher Angestellter«, erwidere ich und bemerke sofort das leicht zornige Funkeln in ihren Augen, das ihrem breiten Lächeln total widerspricht. Ich mag es, sie in Verlegenheit zu bringen. Ihre Reaktionen darauf sind ziemlich süß.

Auch wenn sie natürlich immer noch eine Cosentino-Hure ist.

»Aber wenn heute alles glatt geht, dann werde ich ja auch bald nicht mehr dein Angestellter, sondern der deines Mannes sein, he?«

Ihr Lächeln nimmt wieder Überhand. »Von wegen. Wenn du gewinnst und wir dich aufnehmen, dann werde ich deine Managerin.«

Sie?

Ich mustere sie stirnrunzelnd. Nichts für ungut, aber die Frau versteht so viel von MMA wie ich vom Kuchen backen.

»Ich weiß, was du denkst«, sagt sie. »Aber damit wirst du dich abfinden müssen. Ich wollte von Anfang an mit den Kämpfen zu tun haben, nicht mit der Bar. Und du bist meine Chance.«

»Stehst du drauf, dir verschwitzte Männer anzugucken, die einander, wie sagt man, en la cara ...« Verdammt. Wieso fehlen mir auf einmal die Worte? An Lucianas hochgeschlossener Bluse kann es nicht liegen, auch wenn sie leicht transparent ist und man da schon ein bisschen BH durchsieht ...

Ihr Lächeln wird zu einem Grinsen. »Männer, die einander in die Schnauze hauen? Nein, darauf stehe ich nicht.«

»Sagtest du nicht, du verstehst kein Spanisch?«

»So gut wie keins, cariño«, gibt sie mit einem Augenzwinkern zurück.

Cariño, das heißt Liebling, aber sie sagt es, als würde es was Anzügliches bedeuten. So viel zu ihren Spanischkenntnissen. »Also, neue Managerin. Wollen wir reingehen?«

»Noch hast du nicht gewonnen.«

»Nein. Aber du kannst ab jetzt die Minuten runterzählen.«

Mit einem kurzen Lachen wendet sie sich ab und ich folge ihr zu der schweren Stahltür, hinter der ich gleich meinen ersten Fight in den USA absolvieren soll. Ich bin gespannt, gegen wen es geht.

Alessia

Ich bin total nervös, und das ist vermutlich auch kein Wunder. Für mich geht es hier gerade um verflucht viel, doch mir sind die Hände gebunden. Ob ich schon bald ein Teil vom Fight-Business der Cosentinos sein werde oder nicht, entscheidet ein anderer. Alex. Wo bleibt er?

Ich werfe einen Blick auf die Uhr. Es ist noch keine zehn Minuten her, dass ich ihm gezeigt habe, wo die Umkleidekabine ist. Er sah gut aus gerade. Schon wieder trug er diese tief sitzenden Jeans, dazu ein Shirt mit V-Ausschnitt, das seine definierte Brust perfekt betonte. Und über der Schulter hatte er eine große, leicht abgewetzte Trainingstasche.

Mit einem leicht mulmigen Gefühl denke ich an das, was er mir gestern erzählt hat. Dass er nicht in einem professionellen Dojo gelernt hat. Gleichzeitig denke ich aber daran, wie er diesen Riesen im Gang des Ivory fertiggemacht hat und frage mich, woher er so was kann. Ist er ein Straßenkämpfer? Ein Gangmitglied? War er im Knast und hat sich dort die Zeit damit vertrieben, ein Kampfsport-Profi zu werden? Gott, ich weiß gar nichts über den Kerl. Und doch habe ich meine Zukunft gewissermaßen in seine Hände gelegt.

Nein, Unsinn. Ich habe einfach nur eine gute Gelegenheit, die Dinge zu beschleunigen, genutzt. Wenn ich die Cosentinos drankriegen will, dann über ihre halbillegalen Kämpfe, und wenn ich Alex' Managerin bin, dann geht das umso schneller.

»Macht es euch bequem, sucht euch einen Platz!«, reißt mich Salvatores Stimme aus meinen Gedanken.

Ich blicke zur Tür und sehe, dass er so ungefähr alle Typen, die vorhin im anderen Teil des Gyms trainiert haben, dabei hat. Die meisten von ihnen sind total verschwitzt, manche tragen Handtücher um den Hals. Und sie alle wirken neugierig.

»Salvo!«, rufe ich. »Was wird das?«

Er grinst mich an. »Zu einem guten Fight gehört Publikum!«

Gott. Er will also eine große Sache daraus machen. Vielleicht hätte er lieber Zirkusdirektor werden sollen. Mit einigen der Männer im Schlepptau kommt er auf mich zu.

»Darf ich vorstellen? Das ist Luciana, meine bezaubernde Frau!« An mich gewandt fährt er fort: »Und das sind die meisten unserer neuen Fighter. Bis es losgeht, trainieren sie jeden Tag in verschiedenen Schichten mit Jeff und Don.«

Jeff und Don sind die zwei Trainer, die Salvatore engagiert hat, um die Kämpfer fit zu machen. Tommaso hingegen hat einen Personal Trainer – Julio, der schon lange im Dienste der Familie steht. Er hat damals den Unbesiegten zu dem gemacht, was er war. Und jetzt versucht er mit Tommaso dasselbe.

Ich grüße die Männer kurz, dann sehe ich zum Käfig, wo Salvos Sohn bereits umhertigert, als könne er es kaum erwarten. Er trägt nur noch eine glänzende rote Boxhose und seine Haut ist vom Aufwärmen schon schweißfeucht. Er wirkt unruhig, beinahe fiebrig. Wer weiß, vielleicht ist auch er nervös. Ich lächle unmerklich. Das wird sein erster Kampf gegen einen richtigen Gegner, keinen Sparringspartner. Hoffentlich hat er die Hosen voll. Das gönne ich ihm so richtig.

Und wie auf ein Zeichen hin fliegt in diesem Moment die Tür auf, und alle Köpfe drehen sich um zu sehen, wer hereinkommt.

Alex Silva hat es offensichtlich nicht eilig. In aller Ruhe betritt er den Trainingsraum und sieht sich um. Er trägt jetzt graue Shorts und ein schwarzes Tank Top, das seine definierten Muskeln perfekt in Szene setzt. Die Tasche hat er wieder über die Schulter, doch kaum hat er die Bänke in der Nähe der Tür erreicht, lässt er sie fallen. Ein wenig laut, so wie er auch die Tür aufgestoßen hat. Einen eingeschüchterten Eindruck macht er schon mal nicht.

»Das ist er«, sage ich und die Männer, die Salvo mitgebracht hat, beginnen zu tuscheln.

Salvatore hingegen breitet die Arme aus, geht auf Alex zu und ruft: »Ich wusste doch, dass in dir ein Fighter steckt, Junge! Ich wusste, dass dich der Käfig in seinen Bann zieht!«

Alex schiebt seine Tasche unter eine der Bänke, dann wendet er sich meinem Mann zu und mustert ihn ein wenig abschätzig. Abschätziger, als es sich die meisten trauen würden.

»Salvatore Cosentino«, sagt er dann, und da ist so ein Unterton in seiner Stimme, den ich nicht deuten kann. Klingt er wütend? Vielleicht. Möglicherweise, weil er sich innerlich schon auf den Kampf vorbereitet hat.

»Genau der!«, erwidert Salvo und hält Alex die Hand hin. »Und du bist der puertoricanische Wunderknabe, der mal eben im Vorbeigehen den Stadtmeister abserviert hat!«

Alex blickt auf Salvatores Hand, ehe er sie schüttelt. Wieder einen Moment zu lang. Noch lässt sich Salvo nicht anmerken, ob ihn das respektlose Getue stört, dennoch wünschte ich, Alex würde das lassen. Weiß er denn nicht, wie man einen waschechten Mafiaboss behandelt? Und dann wird mir mein Fehler bewusst. Alex weiß ja überhaupt nicht, dass er es hier mit einer Mafiafamilie zu tun hat. Für ihn sieht es so aus, als wäre Salvo einfach ein schmieriger Geschäftsmann, der sein Glück im Aufbau eines Fight Clubs zu finden hofft.

Vielleicht sollte ich Alex beizeiten erklären, dass Salvatore nicht halb so harmlos ist, wie er aussieht.

Ich komme näher, um im Ernstfall eingreifen zu können.

»Und wo ist mein Gegner?«, fragt er und sieht sich im Raum um. »Eine von den Flaschen hier? Einen Fighter zumindest sehe ich nirgends.«

Tommaso hält im Käfig in seinem Umhergetigere inne und auch durch die Menge der übrigen Männer geht ein Ruck. Oh Mann. Alex weiß echt, wie man sich Freunde macht. Ich verziehe das Gesicht und beobachte, wie sich Tommaso umdreht.

»Hey, Schwachkopf!«, ruft er dann. »Bist du vielleicht blind oder was?«

»Hört ihr das?«, fragt Alex, wobei er ein Paar dünner, fingerloser Handschuhe aus seinem hinteren Hosenbund zieht. »Irgendwo schreit hier ein kleines Mädchen. Braucht sie Hilfe?«

Gelächter seitens der Männer, nur nicht von Tommaso. Sauer starrt er durch die Gitter zu Alex und seine Kiefer mahlen, aber eine passende Erwiderung scheint ihm in diesem Moment nicht einzufallen. Er blickt Alex entgegen, der auf das Oktagon zukommt, als hätte er den Fight bereits gewonnen.

Dicht vor dem Gitter bleibt er stehen und fragt: »Was ist, mi conchita pequeña? Hast du Schiss?«

Tommaso, der nach wie vor in dem erhöhten Käfig steht, blickt auf ihn herab, jetzt noch wütender. Kein Wunder. Wenn ich das richtig verstanden habe, hat ihn Alex gerade eine kleine Muschi genannt.

»Du blöder Penner«, sagt Salvos Sohn, »was glaubst du eigentlich, wer du bist, hm? Und hast du auch nur ansatzweise eine Ahnung, wer ich bin?«

Innerlich verdrehe ich die Augen. Wer ist Tommaso denn schon? Ein hauptberuflicher Sohn, der sich jetzt

stark vorkommt, nur weil er sich ein paar Muskeln an-
trainiert hat. Es ist ziemlich albern, wie wütend ihn
Alex' kleine Provokationen machen. Er ist mittlerweile
sehr verschwitzt, seine Adern treten hervor und er atmet so heftig, als läge der Kampf schon hinter ihm.

»Ich werde dich in Stücke reißen«, droht er. »Komm
zu mir rein und wir tragen die Sache aus!«

Salvos begeistertes Lachen unterbricht den Moment
der Spannung. »Hier seht ihr es!«, ruft er und nähert
sich den zwei Kontrahenten. »So sehen Männer aus, die
gewinnen wollen! Die ihren Gegner vernichten wollen!
Genau diesen Siegeswillen will ich bei euch allen spüren, wenn es erst ernst wird!« Er erklimmt die drei Stufen zu einer der Käfigtüren und öffnet sie. Julio, der bis
jetzt bei Tommaso im Oktagon war, kommt raus. Und
Salvatore deutet erwartungsvoll auf Alex. »Bitte. Lass
deinen großen Worten Taten folgen. Wir sind alle gespannt, und unsere Abmachung steht: Du wirst Fighter
in meinem Team, wenn du es schaffst ...« Er deutet auf
Tommaso. »... mein eigen Fleisch und Blut zu besiegen!«

Jubel und erstauntes Raunen geht durch die Menge
der Männer. Spätestens jetzt wissen alle hier, wer Tommaso ist und worum es geht. Meine Nervosität steigt
und ich frage mich nicht zum ersten Mal, weshalb Alex
sich das hier antut. Er muss sich seiner Sache sehr sicher sein. Aber wenn ich ehrlich bin, dann bin ich das
auch. Tommaso ist ein aufgepumpter Schnösel. Alex
hingegen ... Ich beobachte, wie er sein Shirt auszieht, es
achtlos zu Boden fallen lässt und in den Käfig tritt. Jede
seiner Bewegungen wirkt dabei absolut kontrolliert, er
scheint seinen Körper vollkommen im Griff zu haben.
Und was für ein Körper das ist. Seine Trainingshose

sitzt auch nicht höher als seine Jeans. Sie lässt seine kraftvollen Lenden frei und als mir Alex den Rücken zuwendet, enthüllt sich nicht nur ein perfekt definiertes Kreuz, sondern es zeichnet sich unter dem dünnen Stoff auch ein Hintern ab, von dem Salvo nur träumen kann.

Mir wird warm und ich senke den Blick. Total unangebracht, diese Gedanken. So kenne ich mich gar nicht. Männer sind für mich schon seit einer Weile nur Mittel zum Zweck. Keine Ahnung, wann mir zum letzten Mal einer wirklich gefallen hat. Vermutlich, seit ich meine echten Gefühle, meine echte Identität, weggesperrt habe, um Luciana zu werden. Aber Alex schafft etwas, das vor ihm lange keiner geschafft hat – er durchbricht einfach all meine Barrieren. Und ich will mit ihm allein sein. Auch wenn das ein absurder, bescheuerter Wunsch ist.

Und darum schüttle ich ihn augenblicklich wieder ab. Fokussiere mich auf das Hier und Jetzt.

Salvo macht die Käfigtür zu. Einen Ringrichter gibt es bei diesem Fight nicht. Alex tritt seinem Kontrahenten gegenüber. Er und Tommaso sind nahezu gleich groß. Auch ihre Statur ist ähnlich, nur dass Tommasos Muskeln irgendwie runder, aufgeblasener und unechter wirken und er keine Tattoos hat.

»Du bist dir sicher, dass du das tun willst, ja?«, fragt er mit vor Zorn heiserer Stimme.

»Du dir nicht, hm? Zitterst du etwa, kleines Mädchen?«

Tommaso hebt die Arme, um Alex von sich zu stoßen, aber ein Schlag von Julio gegen das Gitter hält ihn davon ab. »Hey! Lass dich nicht provozieren!«, ruft er auf

Italienisch. »Merkst du nicht, was der Kerl da versucht? Er will dich wütend machen, damit du unkonzentriert bist! Darauf darfst du dich nicht einlassen!«

»Ist der gleich fertig?«, erwidert Alex an Tommasos Stelle. »Ich dachte, wir sind zum Kämpfen hier, nicht zum Quatschen.«

Tommaso blickt ihn wieder an und scheint sich trotz allen guten Zuredens nicht beruhigen zu können. »Weißt du was? Wenn du dir deiner Sache so sicher bist ...« Er hebt die Hände und öffnet die Klettverschlüsse seiner Handschuhe. »Warum machen wir es dann nicht bare knuckle?«

Die Umstehenden saugen scharf die Luft ein und mein Herz macht einen Sprung. MMA-Kämpfe werden normalerweise mit fingerlosen Handschuhen ausgetragen, die gepolstert sind. Ohne Handschuhe ist der Schaden, den man beim Gegner und sich selbst anrichten kann, deutlich größer. Bare-Knuckle-Kämpfe sind in den USA verboten, zumindest offiziell, vor Publikum. Was auf Hinterhöfen und in Trainingshallen stattfindet, überprüft niemand.

»Von mir aus«, erwidert Alex unbeeindruckt und wirft seine Handschuhe zu Boden.

»Gentlemen, alle Handys bei Julio abgeben!«, fordert fast im selben Moment Salvo, und die Zuschauer spuren. Ich weiß, weshalb er das tut. Wenn jemand den Kampf filmt und er im Netz landet, könnten wir wegen der fehlenden Handschuhe Probleme bekommen, ehe das Comeback des Ivory überhaupt gestartet ist.

Kurz sieht mein Mann auch mich an, aber dann scheint er zu entscheiden, dass von mir keine Gefahr ausgeht. Tut es auch nicht. So gerne ich den Kampf filmen würde, das wäre viel zu auffällig.

Julio legt die eingesammelten Handys auf einer Bank ab, dann kommt er zurück zum Ring und Salvo nickt ihm zu.

»Okay!«, ruft Julio. »Wenn wir schon kämpfen wie auf der Straße, dann machen wir es auch richtig! Der Fight läuft, bis einer abklopft oder K.o. geht. Keine Runden, keine Pausen! Möge der Bessere gewinnen!«

Jubel seitens der Männer, die sich nun alle um den Käfig gruppiert haben. Auch ich kann jetzt nicht mehr anders und komme näher. Tommaso und Alex stehen sich in der Mitte gegenüber. Tommaso atmet immer noch so heftig, als würde ihm jeden Moment Dampf aus den Ohren kommen. Alex hingegen steht ganz ruhig da und wirkt sogar ein bisschen amüsiert über die Raserei seines Gegners. Vermutlich hat er schon erkannt, was Tommaso für ein Schwachkopf ist.

»Gentlemen, macht euch bereit!«, ruft Salvo und tritt vom Käfig zurück, bis er neben mir steht. »Julio gibt das Zeichen!«

Mein Mann legt einen Arm um meine Taille und ich wünschte, er würde es nicht tun. Schlagartig bin ich so aufgeregt, als stünde ich selbst dort im Ring. Auf einmal scheint sich alles in Zeitlupe abzuspielen. Ich sehe und höre verzerrt, wie Julio noch ein paar Worte sagt, die Menge einpeitscht, dann hebt er die Hände und deutet einen kleinen Countdown an, während er ruft: »Drei ... zwei ... eins ... Fight!«

Und dann geht es los.

KAPITEL 8

Alex

Tommaso Cosentino ist kein Kämpfer, sondern ein Witz auf zwei Beinen. Kaum wurde das Kommando gegeben, ist er auch schon zu langsam. Ehe er auch nur die Deckung in der Luft hat, lande ich den ersten Treffer mitten in sein öliges Gesicht.

Sein Kopf fliegt zur Seite, sein Oberkörper vollzieht eine halbe Drehung, und ich weiß genau, was zu tun ist, ohne auch nur darüber nachdenken zu müssen. Ich schnelle vor, packe ihn mit beiden Armen auf Rippenhöhe, reiße ihn mühelos hoch und werfe ihn zu Boden.

Sofort setze ich ihm nach und spüre, wie er versucht, seine Beine um meine Hüften zu schlingen – der erste Reflex jedes MMA-Fighters. Wenn du am Boden bist, wenn du unten liegst, dann versuch es mit einem Guard. Dumm nur, dass ich genau weiß, wie ich mich aus dieser Umklammerung befreie.

Er rechnet damit, dass ich mich nun am Boden abstützen werde, um das Gleichgewicht nicht zu verlieren, und dass er mir dann ungehindert in die Schnauze hauen kann.

Doch ich tue ihm den Gefallen nicht, stattdessen packe ich seinen Bizeps auf beiden Seiten und drücke seine Arme zu Boden. Jetzt sind seine Beine damit beschäftigt, mich festzuhalten und seine Arme bewegungsunfähig, weil ich sie festhalte. Er ist so hilflos wie ein fetter Käfer.

Ich grinse zu ihm hinunter, dann spüre ich, wie er ein Bein löst, um es vor meinen Körper zu schieben, und das ist sein erster entscheidender Fehler. Der zweite ist, dass er zu langsam ist. Sobald der Druck seiner Oberschenkel auf meinen Körper nachläst, schnelle ich vor, befreie mich aus dem Guard, setze mich auf seine Brust und hindere ihn so am Atmen, während meine Knie seinen Oberkörper von links und rechts fixieren. Jetzt kann er kaum noch ernsthafte Treffer landen, also lasse ich seine Arme los, um die Sache zu einem schnellen Ende zu bringen. Ich hole aus, um ihm mit voller Wucht ins Gesicht zu schlagen – Ground and Pound nennt sich das, sobald der Gegner am Boden liegt.

Aber Tommaso Cosentino tut etwas Unerwartetes: Er reißt nicht die Arme hoch, um sich zu schützen, sondern er versetzt mir mit beiden Händen einen festen Stoß vor die Brust, wodurch mein Schlag nicht mehr wie geplant seine Schläfe trifft, sondern seinen Kiefer.

Ich setze sofort zu einem weiteren Schlag an, nutze den Moment, in dem er benommen ist, und diesmal donnere ich ihm meine Faust voll gegen den Kopf. Ich hinterlasse eine Platzwunde, spüre sein feuchtes Blut an meinen Fingerknöcheln, aber es passiert nicht das, was ich erwartet hatte. Er wird nicht bewusstlos, was eigentlich unmöglich ist. Aber genau so läuft die Sache, und zu allem Übel nutzt nun Tommaso den Moment, in dem ich überrascht bin, um einen derben Schlag in meine Rippen krachen zu lassen.

Unsere Position verändert sich. Ich gerate aus dem Gleichgewicht, aber nur kurz, und noch ehe Tommaso mich ganz von sich werfen und sich auf mich stürzen kann, drehe ich mich auf dem Boden um und nehme ihn in den Rubber Guard. Meine Rippen schmerzen, aber das spüre ich gerade kaum. Ich umschlinge seinen Rücken mit einem Bein, halte es mit der Hand fest und mache mich bereit dazu, seinen Nacken mit meinem Bein einzuquetschen und ihm so die Blutzufuhr zum Gehirn abzudrücken. Ein Triangle Choke – meine zweite Chance, diesen Fight zu beenden.

Dumpf höre ich dabei die Anfeuerungsrufe der anderen Männer. Sie sind für Tommaso – was für ein Wunder, wenn man bedenkt, dass sein Vater ihr Chef ist. Mal sehen, wie laut sie gleich noch jubeln. Ich drücke Tommasos Kopf gegen mich, um die Blutzufuhr zu seinem Gehirn abzuschnüren, aber er gibt nicht auf. Stattdessen nutzt er seine freien Arme, um zu versuchen, sich durch Schläge zu befreien. Einer erwischt meine Schulter, nicht der Rede wert, ein weiterer die Rippen, darauf hat der Typ es abgesehen. Nochmal in die Rippen. Ich drücke fester zu, aber Tommaso lässt nicht locker, und dann landet er einen Treffer gegen meinen Hals. Und zum ersten Mal in diesem Kampf bin ich in der beschisseneren Lage.

Mein Körper setzt eine Sekunde lang aus. Die normale Reaktion, wenn ein Punch eine wichtige Schlagader trifft. Kurz wird alles schwarz, was nicht dramatisch wäre, wenn es nicht bedeuten würde, dass ich locker lasse.

Tommaso reagiert diesmal schnell. Er springt auf und versetzt mir einen Tritt in die Seite, der mir die Luft aus den Lungen jagt. Scheiße. Der Typ müsste längst K.o. sein. Seine Schläfe blutet, sein Kiefer wird bereits blau und auch, wenn seine Schläge hart sind, sind sie längst nicht so hart wie meine, weil er Fitnessstudio-Muskeln hat und ich echte. Keine Ahnung, was ihn auf den Füßen hält, doch was immer es ist, ich muss es aus ihm rausprügeln.

Ich schütze mich gegen einen weiteren Tritt, dann springe ich auf und nutze den Schwung für einen Upper Cut, einen Haken gegen Cosentinos Kinn. Er taumelt zurück und ich setze ihm nach, lasse meine Faust in seinen Magen krachen und bringe ihn zu Fall.

Er dürfte nicht wieder aufstehen. Jetzt nicht mehr. Ich beobachte, wie er zum Liegen kommt, höre, wie ihn sein Trainer von draußen anzählt, aber dann rührt er sich doch wieder. Er stützt sich auf den Ellbogen ab, starrt zu mir hinauf, und seine Augen sehen irgendwie komisch aus. Als wäre er schon halb weggetreten. Er bleckt die Zähne wie ein räudiger Köter, stößt sich vom Boden ab und stürzt sich mit einem Schrei auf mich.

Gemeinsam krachen wir gegen die Gitter. Ich gehe in die Deckung, blocke die Schläge ab, die er auf mich niederprasseln lässt, zumindest die meisten davon, und dann reiße ich das Knie hoch, schon wieder in seinen Magen, und er würgt, taumelt zurück, aber er geht immer noch nicht K.o..

Irgendwas läuft hier nicht richtig, denke ich, aber ich habe jetzt keine Zeit, mir den Kopf darüber zu zerbrechen. Ich atme durch, sammle meine Kräfte, und dann bin ich derjenige, der sich auf Cosentino stürzt.

Großer Gott. Was zur Hölle geht da gerade vor sich? Ohne zu blinzeln, die jubelnden und tobenden Männer um mich herum ignorierend, starre ich auf den Käfig und kann nicht glauben, was da gerade passiert. Warum geht Tommaso nicht K.o.? Alex ist eindeutig der bessere Kämpfer. Er landet mehr Treffer. Seine Bewegungen sind gezielter, seine Techniken gekonnter. Bei Tommaso wirkt alles etwas hölzern, als würde er sich bei jedem zweiten Griff erst fragen, wie der noch mal funktioniert. Auf diese Weise muss er ganz schön einstecken. Aber er klopft weder ab noch verlassen ihn die Kräfte.

Ich beobachte, wie er schon zum dritten Mal in diesem Kampf zu Boden geht, diesmal härter denn je. Alex ist fest entschlossen, das sehe ich an jedem seiner Angriffe. Aber auch, als er jetzt auf Tommaso landet, als er seine Fäuste direkt auf ihn krachen lässt, gibt Tommaso nicht nach. Er packt Alex' Arm, versucht ihn zu verdrehen und sich gleichzeitig in eine bessere Position zu bringen, aber die Sache geht schief und er landet auf dem Bauch, Alex' Knie auf seinem Rücken, sein Arm um Tommasos Kopf, als wolle er ihm das Genick brechen. Das sieht verflucht schmerzhaft aus und ich verstehe nicht, weshalb Salvos Sohn den Kampf nicht beendet. So stur kann doch niemand sein! Blut sickert aus der Wunde an seiner Schläfe zu Boden, sein Körper ist an vielen Stellen gerötet oder wird schon blau, sein Atem geht stoßweise und rasselnd wie der eines verwundeten Tieres.

Aber er gibt nicht nach.

»Was ist denn mit ihm los?«, zische ich Salvatore zu.

»Er will seinen Vater stolz machen«, antwortet mein Mann und fügt kryptisch hinzu: »Und er hat in der Vorbereitung alles getan, was dafür nötig war.«

Etwas an seinen Worten gefällt mir nicht. Ganz und gar nicht. Doch als ich wieder zum Käfig blicke, beruhigt mich das, was ich dort zu sehen bekomme. Alex hat immer noch die Überhand. Zwar ist Tommaso noch mal aufgestanden, aber er wirkt deutlich angeschlagener als sein Kontrahent, und so versucht er noch, sich zu fangen, sein Gleichgewicht wiederherzustellen, als Alex schon wieder fest auf den Füßen ist, und er nutzt diesen Vorsprung, um sich vor Tommaso in Position zu bringen, und dann versetzt er ihm mit einer halben Drehung einen Kick ins Gesicht, der den Kampf beenden muss.

Und tatsächlich. Tommasos Körper wirbelt herum. Er kippt zu Boden wie ein gefällter Baum. Julio zählt. Alex sieht einen Moment auf seinen Gegner hinab, dann wendet er sich ab, atmet mittlerweile selber schwer, entfernt sich ein paar Schritte von dem Bewusstlosen und scheint sich nach dem harten Fight selbst erst mal sammeln zu müssen …

Doch er macht einen entscheidenden Fehler – denn Tommaso ist gar nicht bewusstlos. Er steht noch mal auf und sein Gesicht ist eine Fratze aus blankem Hass. Ich will Alex' Namen brüllen, ihn warnen, aber das kann ich nicht machen, es wäre zu auffällig. Auch von den anderen macht keiner Anstalten, es zu tun, und zum zweiten Mal heute läuft für mich alles wie in Zeitlupe ab. Ich sehe, wie Tommasos Körper sich spannt, wie er sich in die Luft und zugleich nach vorn drückt, wie er auf Alex zuspringt und ihn mit sich reißt. Ich höre, wie die beiden mit vollem Gewicht ungebremst auf den Boden krachen und wie Tommaso Alex dabei unter sich begräbt. Dann schlingt er seinen Arm um Alex' Hals und würgt ihn mit aller Kraft und ich sehe, wie Alex augenblicklich reagiert. Die Muskeln in seinem Hals spannen sich, er versucht die Arme freizubekommen und zugleich, Tommaso irgendwie abzuwerfen, doch der verstärkt seinen Griff nur und aus dem Publikum werden die ersten Rufe laut.

»Klopf ab!«

»Klopf ab, verdammt!«

Ich halte die Luft an, als wäre ich diejenige, die gewürgt wird.

Auf einmal wünsche auch ich mir nicht mehr, dass Alex gewinnt, sondern nur, dass er nicht ernsthaft verletzt wird. Ich balle die Hände zu Fäusten und beobachte, wie Tommaso seinen Arm noch fester um Alex' Hals schließt, wie dessen Augen sich weiten und sich dann zu Schlitzen verengen, als er endlich eine Hand freibekommt und sie um Tommasos Arm schließt.

Doch der denkt gar nicht daran, lockerzulassen. Ich sehe ihm in die Augen. Sein Blick ist der eines Wahnsinnigen. Überwach. Als wäre er auf Drogen. Er beginnt zu grinsen, wobei Blut über seine Lippen läuft, und ich hasse diesen aufgeblasenen Trottel mehr denn je.

»Gib auf, Junge!«, brüllt jetzt auch Julio.

Wieder sehe ich Alex an. Sein Gesicht ist vor Anstrengung verzerrt, eine Ader pocht auf seiner Stirn und er scheint immer noch entschlossen, diesen Fight für sich zu entscheiden. Aber es ist zu spät. Langsam lockert sich sein Griff um Tommasos Arm und seine Körperspannung schwindet.

»Er muss abklopfen«, sagt jetzt sogar Salvatore.

»Das wird er nicht«, höre ich mich murmeln. Ich kenne Alex nicht gut, aber ich weiß einfach, dass er nicht aufgibt. Vielleicht ist es sein Stolz, der ihn davon abhält. Vielleicht etwas anderes.

Seine Hand lässt Tommasos Arm los. Alle starren wie gebannt auf seine blutverschmierten Finger. Aber er klopft nicht ab.

Tommaso schreit auf, motiviert sich selbst, seinen Würgegriff weiter zu halten.

Und dann schwindet jegliche Kraft aus Alex' Körper und sein Kopf sinkt zu Boden.

Tommaso lässt ihn los und reißt die Arme hoch.

Die Kämpfer um den Käfig herum sollten jetzt jubeln, doch stattdessen sind sie ganz still.

»Steh auf, steh auf!«, fordert Julio, der schon auf dem Weg ins Oktagon ist.

Tommaso gehorcht, steigt taumelnd, die Arme immer noch erhoben, von Alex herunter.

Der rührt sich einen Moment lang nicht, und meine Nägel graben sich vor Anspannung in meine Handflächen.

Dann höre ich Alex husten und sehe, wie ein Ruck durch seinen Körper geht, und dieses Anzeichen dafür, dass er noch lebt, bricht die nervöse Stille. Tommaso wird bejubelt. Salvatore klatscht begeistert für seinen Sohn. Und ich fühle mich wie vor den Kopf geschlagen. Wie um alles in der Welt konnte das passieren?

Ich blicke Salvo hinterher, der zum Ring geht, um den Sieger zu umarmen. Ich muss mit ihm reden. Dringend.

Ich schaffe es bis in die Umkleide, was schon mal gut ist. Dort angekommen, lasse ich meine Tasche fallen, verschwinde in einer der Kabinen, und dort geben meine Beine nach. Das Problem ist, dass ich viel zu wenig Luft bekomme. Mein Kehlkopf muss geschwollen sein.

Normalerweise weiß ich, wie ich mich aus einem Würgegriff befreie. Ich mache seit acht Jahren Jiu Jitsu und Würgegriffe sind dabei ein zentraler Bestandteil. Ich bin kein blutiger Anfänger, verdammt. Aber normalerweise stürzt sich auch kein Gegner auf mich, der gerade sprichwörtlich von den Toten auferstanden ist, nachdem ich ihn mit einem Hook, den man eigentlich nicht überstehen kann, praktisch ins Jenseits befördert habe.

Scheiße. Das hätte auf keinen Fall passieren dürfen. Warum musste ich so verflucht arrogant sein und habe die Stelle bei Cosentino nicht einfach so angenommen? Ich hätte mich anders unauffällig verhalten können. Aber ich habe einfach nicht damit gerechnet, dass ich verliere. Ich habe noch nie verloren. Und jetzt habe ich meine erste richtige Chance in den Sand gesetzt.

Der Deal war klar. Ich bekomme den Job, wenn ich gewinne. Und ich habe verloren. Verflucht, ich habe allen Ernstes verloren!

Ich stehe auf, schlage mit der flachen Hand gegen die Kacheln und gerate ins Wanken, als mein Hirn mit rasenden Schmerzen gegen die Erschütterung protestiert. Dieser Würgegriff hat mich richtig mitgenommen. Ich habe heftige Kopfschmerzen und bekomme noch immer kaum Luft. Und dazu fällt mir das Denken schwer. Mein Körper signalisiert mir deutlich, dass es für heute reicht, während mein Verstand mich anschreit, wie ich mich so dämlich anstellen konnte. Ich hätte mich nicht wegdrehen dürfen, hätte den Kampf nicht als beendet betrachten dürfen, ehe er es wirklich war. Aber verdammt, es war vollkommen unmöglich, dass Tommaso Cosentino diesen Tritt überstanden hatte! So was geht überhaupt nicht!

Und trotzdem ist es passiert.

Ich schüttle den Kopf. Ich muss erst mal wieder klar denken können, das ist jetzt das Wichtigste. Ich brauche einen Alternativplan, auch wenn es, was das angeht, gerade ziemlich düster aussieht. Für Salvatore Cosentino, so viel steht fest, bin ich jetzt ein Verlierer.

Ich streife meine Trainingshose und den Slip ab, werfe beides nach draußen zu meinen Sachen, dann stelle ich das Wasser an und sehe, dass sich der Boden der Dusche augenblicklich rosa färbt. Wasser, gemischt mit Blut. Wo zur Hölle blute ich denn? Ich blicke an mir herab, dann wische ich mir durchs Gesicht. Aber erst, als ich Blut auf den Lippen schmecke, wird mir klar, dass es aus meiner Nase kommt. Durch den Druck, den der Würgegriff verursacht hat, muss irgendwo eine Ader geplatzt sein. Nichts Wildes. Ich hatte nach anderen Kämpfen schon ernstere Verletzungen.

Aber ich habe noch nie einen verloren.

Ich lehne die Stirn gegen die kühlen Fliesen, lasse das Wasser auf mich herabprasseln, warte, bis die Blutung nachlässt und denke fieberhaft nach. Was mache ich jetzt? Wie überzeuge ich Cosentino, dass ich trotzdem gut genug für seinen Stall bin? Gott, ich weiß, dass ich eigentlich sogar besser bin als die anderen hier und vor allem besser als sein dämlicher Sohn. Ich hätte mich nur nicht überrumpeln lassen dürfen, dann wäre die ganze Sache anders ausgegangen.

Aber das bringt mir jetzt auch nichts mehr. Wie überzeuge ich ihn? Soll ich um einen Rückkampf bitten? Mir irgendwie eine Gelegenheit schaffen, ihm so noch einmal zu zeigen, was ich kann? Wie im Flur des Ivory? Wie soll ich das anstellen? Ich kann ja nicht ständig durch Zufall in Cosentinos Nähe in irgendwelche Kämpfe geraten. Vielleicht muss ich einfach ...

»Alex.«

Zuerst ist mir gar nicht wirklich klar, dass ich angesprochen werde. Erst als ich meinen Namen ein weiteres Mal höre, lauter und ein bisschen weniger heiser jetzt, erkenne ich ihre Stimme. Luciana Cosentino. Was zum Teufel hat sie hier zu suchen?

Alessia

Ich muss ihn dreimal ansprechen, ehe er reagiert. Vielleicht liegt es auch daran, dass mir fast die Stimme wegbleibt, und das aus gleich mehreren Gründen. Zum einen, weil er so fertig aussieht, wie er dasteht, den Kopf gegen die Duschwand gelehnt, und mir völlig klar ist, dass ein Mann wie er in so einer Situation lieber allein ist. Und zum anderen, weil er vollkommen nackt ist und ich mich zwingen muss, nicht auf seinen Hintern zu starren. Das wäre unangemessen. Aus hunderten von Gründen.

»Was machst du hier?«, fragt er, als er sich endlich aufrichtet und über die Schulter zu mir blickt. »Das ist die Männerumkleide.«

Seine Stimme hört sich an, als würde ihm das Sprechen Mühe bereiten. Kein Wunder nach Tommasos Attacke auf seinen Hals.

»Bist du so weit okay?«, frage ich, seine Worte ignorierend, und sehe ihm dabei in die Augen. Sein Blick ist glasig, die Bewusstlosigkeit wirkt wohl noch nach.

Aber er nickt. »Kommst du, um mir zu sagen, dass die Barkeeper-Stelle noch frei ist?«, fragt er dann und stellt das Wasser ab.

»Nein, Unsinn, ich ...« Ich verstumme, als er sich zu mir umdreht.

Großer Gott. Er ist nackt, hat er das vergessen? Es kostet mich riesige Überwindungskraft, den Blick nicht an seinem Körper herunterwandern zu lassen, und als er schließlich an mir vorbei geht, ganz dicht, als ich die Wärme und Feuchtigkeit seiner Haut spüren kann, jagt ein heißkalter Schauer durch mich hindurch, der meine Gedanken durcheinanderwirbelt wie Laub in einem Hurricane.

Ich hole tief Luft. »Ich muss mit dir über was anderes reden«, sage ich dann.

»Traut dein Mann sich nicht selbst?«

»Traut er sich was nicht selbst?« Ich runzle die Stirn.

»Mir zu sagen, dass ich raus bin.«

Ich zähle innerlich bis drei, sammle mich, versuche meine Gedanken zu ordnen. Dann drehe ich mich zu Alex um und habe Glück. Er hat sich ein Handtuch um die Hüften geschlungen und die Ablenkung ist nicht mehr ganz so groß. Mein Blick wandert jetzt nicht mehr automatisch an ihm herunter, sondern fällt stattdessen auf die blauen Flecken, die sich an seinem Oberkörper bilden. Links, dort wo ihm Tommaso in die Seite getreten hat. Rechts, wo ihn Schläge in die Rippen erwischt haben. Dennoch war er der Bessere, vorhin im Käfig. Tommaso sieht deutlich schlimmer aus als er. Und wir wissen beide, dass er eigentlich hätte gewinnen müssen.

»Nein«, sage ich, »darum geht es nicht.« Ich blicke ihm wieder ins Gesicht. »Ich habe mit Salvatore gesprochen. Obwohl du verloren hast, war er sehr beeindruckt von deiner Leistung. Und das bedeutet, dass du, wenn du willst ...« Ich zucke mit den Schultern. »... immer noch dabei bist.«

Ich beobachte ihn genau, weil ich so gespannt auf seine Reaktion bin. Keine Ahnung, was ich genau erwarte. Freude, Erleichterung? Ich weiß nicht. Es ist ja nicht so, dass er sich um den Job als Fighter gerissen hätte. Aber was ich dann in seinem Blick entdecke, überrascht mich so oder so, denn es ist pures Misstrauen.

»Obwohl ich verloren habe«, hakt er nach.

Ich nicke. Ich war ja selbst überrascht. Eigentlich dachte ich, ich müsste Salvo geschickt und in mühevoller Kleinarbeit überreden, aber als ich ihn, nachdem er seinen bescheuerten Sohn erst mal gefeiert hatte, auf Alex ansprach, geriet er auf der Stelle total ins Schwärmen.

Dieser Kerl hat umwerfend gekämpft. So eine Kraft und Körperbeherrschung habe ich seit Jahren nicht mehr gesehen. Tommaso hat gewonnen, aber dieses Talent dürfen wir nicht verschwenden. Wo ist er denn hin?

»Salvo, ich meine, mein Mann war sehr beeindruckt.«

Zwischen Alex' Brauen bildet sich eine steile Falte und ich glaube zu verstehen, was in ihm vor sich geht. Er kommt aus einer anderen Welt als die Cosentinos. Aus derselben wie ich, vermutlich. Aus einer Welt, in der man aus einer Konfrontation entweder als Sieger oder als Verlierer herausgeht. Der Sieger bekommt alles, der Verlierer nichts. Man muss sich durchbeißen. Man bekommt nichts geschenkt. Aber das MMA-Business ist nicht die echte Welt.

»Das war kein Streetfight«, sage ich. »Du hast eine gute Show geboten und genau das ist es, was Salvatore braucht.«

Alex' Lippen verziehen sich zu einem schiefen Grinsen. »Dann will er mich als Can?«

Augenblicklich will ich verneinen, aber mir wird noch rechtzeitig klar, dass das total auffällig wäre. Offiziell weiß ich nichts über MMA.

»Als was?«, frage ich darum.

»Kanonenfutter. Einen Kämpfer, der nur da ist, um einen anderen Kämpfer gut aussehen zu lassen.«

»Unsinn!« Ich senke für einen Moment den Blick. »Weißt du, wer der Unbesiegte ist?« Es fällt mir schwer, diesen Namen auch nur auszusprechen.

»Ja«, sagt Alex, und als ich aufsehe, hat sich auch sein Blick leicht verfinstert. Keine Ahnung, wieso. »Harley Jones«, fügt er hinzu.

Ich nicke. »Salvatore sagt, er hat seit Harley Jones niemanden mehr so kämpfen sehen. Er will dich aufbauen. Zu einem neuen Unbesiegten.«

Alex antwortet nicht gleich. Er wendet sich ab, geht ein paar Schritte durch die Umkleide und ich sehe seinen nackten, mit Wassertropfen bedeckten Schultern nach.

»Ich weiß, deine eigentlichen Pläne sahen anders aus«, sage ich, »aber du scheinst ein Riesentalent zu sein. Und du kannst hier eine Menge Geld verdienen. Geld, um deiner Mutter zu helfen.«

»Gut, ich bin dabei.«

Ich blinzle überrascht und mein Herz macht einen Sprung. Hat er das gerade wirklich gesagt? Dass er mitmacht, obwohl er verloren hat? Obwohl möglicherweise noch viel härtere Kämpfe als der gegen Tommaso auf ihn zukommen? »Wirklich?«

Alex dreht sich zu mir um. »Ja, ich mache mit. Vielleicht bekomme ich ja eine Chance, mich bei diesem Tommaso zu revanchieren.«

Ich muss grinsen. »Die kriegst du sicher. Aber nicht mehr heute. Zieh dich an und dann komm raus. Deine neue Managerin fährt dich jetzt nach Hause.«

KAPITEL 9

Alex

So sieht es also aus, wenn man von der Frau eines Mafiapaten gefahren wird: Luciana und ich sitzen beide auf der Rückbank einer Limousine, in der mindestens acht Personen Platz hätten. Sie sitzt mir gegenüber und wirkt mehr als zufrieden. Klar. Sie und ihr Clan wittern dank mir das große Geschäft, und ich kann mir schon vorstellen, worauf sie es anlegen – einen zweiten Kampf zwischen diesem Tommaso und mir, diesmal vor Publikum. Gut. Wenn sie das wollen, werde ich sie nicht enttäuschen. Hauptsache, sie mögen mich. Sie vertrauen mir. Und sie lassen mich nah genug an sich heran, um ihre schmutzigen Geheimnisse aufzudecken. Den Vertrag habe ich gerade unterschrieben, was heißt, dass ich jetzt definitiv fest dabei bin.

»Wird es besser?«, fragt Luciana und sieht mich an.

Ich nicke. »Viel besser. Ich könnte schon wieder in den Käfig steigen.« Demonstrativ drücke ich dabei den Eisbeutel, den sie mir gegeben hat, gegen meinen Hals. Tatsächlich geht die Schwellung schon zurück und ich kann wieder richtig atmen. Noch immer fällt es mir schwer zu glauben, dass ich mich von Tommaso so überrumpeln lassen habe. Er hätte K.o. sein müssen. Etwas stimmte nicht bei diesem Kampf, aber das werde ich sicher nicht laut sagen. Stattdessen beobachte ich

Luciana, wie sie mich anlächelt und dann nach draußen sieht. Sie ist wirklich hübsch. Gefährlich hübsch. Ihre langen dunklen Haare, der schlanke Hals, die vollen Lippen. Außerdem ist da ein Feuer in ihren Augen, das immer mal wieder aufblitzt, das sie aber die meiste Zeit über hinter einem ziemlich gleichgültigen Ausdruck zu verstecken scheint. Weshalb macht sie das? Weil Frauen bei der italienischen Mafia nichts zu sagen haben?

»Du beobachtest mich«, sagt sie auf einmal und ich bin überrascht, denn ich hatte den Eindruck, dass sie die letzten Minuten über völlig in Gedanken nach draußen gesehen hat. »Leugnen ist zwecklos, ich spüre so was.«

»Vielleicht versuche ich dich einzuschätzen«, sage ich.

Jetzt erst blickt sie mich an. »Mich einzuschätzen? Wozu? Wenn du was wissen willst, frag einfach.«

Auch wenn da wieder dieses Funkeln in ihren Augen ist, halte ich ihrem Blick mühelos stand. Mit temperamentvollen Frauen komme ich zurecht. »Aus was für einem Grund heiratet eine Frau wie du 'nen Mann wie Salvatore Cosentino?«

»Liebe, natürlich«, sagt sie leichthin.

»Ach, komm schon.« Ich schaffe es kaum, ernst zu bleiben. »Du bist jung. Du bist heiß. Du könntest jemanden haben, der besser zu dir passt.«

Luciana zieht eine Braue in die Höhe. »Du findest mich also heiß.«

»Du weißt, dass du heiß bist«, erwidere ich. »Darum trägst du auch diese komischen Nonnenklamotten. Weil du nicht willst, dass es irgendwem auffällt. Weil du ernst genommen werden willst.« Die Limousine biegt auf den Parkplatz meines Motels ab. Ich mustere Luciana von oben bis unten und füge hinzu. »Ich hab dich auch ernst genommen, als du in deinem kurzen Rock und der Lederjacke bei mir aufgetaucht bist. Für mich würdest du dich nicht verkleiden müssen.«

Einen Moment lang sagt sie nichts, und als sie es dann tut, klingt ihre Stimme ein kleines bisschen drohend. »Hör auf, auf meine Brüste zu starren, Alex.«

Der Wagen hält. Ich sehe immer noch auf ihren schwarzen Spitzen-BH, der sich unter der weißen Bluse abzeichnet. »Das ist ...«

»Was?«, fragt sie. »Die puertoricanische Art, auf Wiedersehen zu sagen?«

»Nein.« Ich schüttle den Kopf, und dann schaffe ich es tatsächlich, ihr in die Augen zu sehen. »Es ist die puertoricanische Art zu sagen: Vergiss mal für einen Moment, die Geschäftsfrau zu spielen, komm mit mir rein und lass uns ein Bier trinken. Wenn wir ab heute ein Team sind, dann haben wir was zu feiern.«

Ich sehe deutlich, wie es in ihr arbeitet. Klar. Vermutlich würde sie gerne, aber zu Hause wartet ihr Mann mit Champagner und Kaviar. Und vielleicht einer Runde Ehe-Pflicht-Sex. Mir ist vollkommen klar, weshalb sie ihn geheiratet hat. Weil er reich ist. Vermutlich arbeitet sie schon daran, ein Kind von ihm zu kriegen, und in ein paar Jahren folgt dann eine teure Scheidung und danach versucht sie, eine dieser vielen geschiedenen Society-Ladys zu werden, die hauptberuflich auf Wohltätigkeitsveranstaltungen rumstehen und sich langweilen, aber zumindest ausgesorgt haben. Soll sie nur. Sie spielt für meinen Plan keine Rolle. Aber sie hat etwas an sich, das mich, obwohl ich sie zu durchschauen glaube, noch neugierig macht. Ziemlich sogar. Und insgeheim hoffe ich, dass sie Ja sagt. Auch wenn sie eine Cosentino ist. Auch wenn ich sie hassen sollte.

Aber sie sagt nicht Ja. Stattdessen seufzt sie und erwidert: »Tut mir leid, aber ich trinke kein Bier. Schon gar nicht mit meinen Angestellten.«

»Ich kann dir auch noch einen Cocktail mixen.«

»Untersteh dich.«

»Außerdem ...« Ich öffne die Tür. »Außerdem bin ich genau genommen gar nicht mehr dein Angestellter. Wenn du jetzt meine Managerin bist, dann bist du vielmehr meine Angestellte. Du solltest daran interessiert sein, dass ich im Käfig mein Bestes gebe. Und ich wäre viel, viel motivierter, wenn ich die Zusammenarbeit mit meiner neuen Managerin mit einem Bier besiegelt hätte.« Ich zwinkere ihr zu, dann steige ich aus.

»Gute Nacht, Alexander!«, sagt sie und klingt ein bisschen sauer.

»Alex. Für dich Alex, cariño. Wir sehen uns morgen im Gym.« Damit mache ich die Tür zu und überquere den Parkplatz. Ich spüre dabei ihren Blick im Rücken und weiß genau, dass das Feuer in ihren Augen gerade stärker lodert denn je.

Als ich die Treppe erreiche, fange ich an zu zählen.

Zehn. Sie sieht mir nach und stellt sich vor, sie hätte ja gesagt.

Neun. Sie stellt sich vor, sie müsste jetzt noch nicht nach Hause und den Abend mit ihrem viel älteren Mann bei Wein und langweiligen Gesprächen verbringen.

Acht. Sie sagt sich, dass sie trotzdem nicht mit mir kommen kann. Schon gar nicht jetzt, wo sie einmal Nein gesagt hat. Das lässt ihr Stolz nicht zu.

Sieben. Der Fahrer fragt, ob er losfahren soll.

Noch nicht, sagt sie.

Ich schließe die Tür auf.

Sechs. Sie wartet darauf, dass ich mich umdrehe, ihr vielleicht noch mal zuwinke. Aber das mache ich nicht, und ihr Blick brennt umso heftiger in meinem Nacken.

Fünf. Ich betrete das Zimmer und mache die Tür hinter mir zu. Ich gehe zu dem kleinen Kühlschrank in der Ecke neben dem Bad und öffne ihn.

Vier. Ich lege den Eisbeutel hinein und nehme stattdessen zwei Flaschen Bier heraus.

Drei. Ich öffne die erste, dann die zweite, wobei ich den Zimmerschlüssel als Flaschenöffner benutze.

Zwei. Ich gehe langsam zurück zur Tür. So langsam müssten ihre Schritte zu hören sein. Stattdessen höre ich einen Motor. Habe ich mich etwa getäuscht?

Eins. Die Motorengeräusche entfernen sich langsam in Richtung Straße.

Null.

Ich höre, wie der Wagen vom Parkplatz verschwindet und das Brummen des Motors verstummt. Habe ich mich etwa getäuscht und sie ist doch gefahren? Ich runzle die Stirn und gehe herüber zu dem kleinen Fenster, um nachzusehen. Vielleicht ist es ja ein anderer Wagen, der den Parkplatz verlassen hat. Möglicherweise habe ich Luciana aber auch falsch eingeschätzt. Ich nehme beide Flaschen in die rechte Hand und hebe die linke, um die Gardine beiseite zu ziehen.

Und dann klopft es an der Tür.

Was mache ich hier nur?

Ich blicke unserem Fahrer nach, der den Parkplatz gerade hinter sich lässt. Ich habe ihm gesagt, dass ich mir später ein Taxi nehmen werde und dass er Salvo Bescheid geben soll, dass Alexander den Vertrag mit mir durchgehen wollte, weil er nicht so gut Englisch versteht.

Ich sollte das nicht machen. Ich sollte nach Hause fahren. Aber diese Vorstellung – die Aussicht, gleich in diesem riesigen, kalten, langweiligen Penthouse zu sitzen, mir Salvatores Schleimereien und Tommasos Angeberei anzuhören, die nach dem Kampf vorhin schlimmer denn je sein wird – erschien mir, kaum dass Alex ausgestiegen war, plötzlich unerträglich. Einfach nicht machbar. Darum bin ich ausgestiegen. Darum stehe ich jetzt hier.

Gott. Er wird denken, ich laufe ihm nach. Aber selbst wenn. Er weiß, dass ich verheiratet bin und dass ich sicher nichts anderes vorhabe, als einfach nur ein Bier mit ihm zu trinken. Also was soll's? Ich werde es einfach hinstellen, als sei ich bloß höflich.

Ich atme noch mal tief durch, dann klopfe ich an, und es dauert keine drei Sekunden, bis Alex die Tür öffnet.

Anstelle des Eisbeutels hat er jetzt zwei Bierflaschen in den Händen, von denen er mir eine mit einem angedeuteten Grinsen hinhält. Sie ist bereits geöffnet.

»Warum hat das so lange gedauert?«, fragt er.

Schon wieder überrumpelt er mich. Ich hätte gedacht, ich überrasche ihn. Stattdessen wusste er, dass ich sein

Angebot annehme. Ich wette, der Kerl ist der letzte Aufreißer. Einer, der weiß, was er sagen muss. Vermutlich hat er die Frauen in Puerto Rico alle durch und ist deswegen hergekommen!

Ich verschränke die Arme vor der Brust und mache keine Anstalten, die Flasche anzunehmen. »Ich dachte, es wäre nicht gut, wenn unsere Zusammenarbeit gleich mit einer Abfuhr startet. Also trinke ich dieses Bier mit dir. Unter einer Bedingung.«

»Unter welcher?«, fragt er, wobei er mir die Flasche immer noch entgegen hält.

»Du wirst aufhören, mir Komplimente zu machen und mir auf die Brüste zu starren. Keine weiteren Annäherungsversuche. Du wirst mich behandeln, als wäre ich … ein Mann.«

Alex' Grinsen wird breiter. Dieser unverschämte Ausdruck steht ihm unheimlich gut. »Ein Mann. Un hombre. Das möchtest du von mir?«

»Ja, genau das möchte ich.«

Alex mustert mich, wie er es vorhin im Wagen schon getan hat, lässt seinen Blick in aller Ruhe über meinen Körper wandern und treibt mich damit zur Weißglut. Dann nickt er. »Okay. Du bist mein neuer compadre. Komm rein.« Er drückt mir die Flasche in die Hand, dann wendet er sich von der Tür ab.

Ich muss mir das Lachen verkneifen. Zugegeben, mein Vorschlag klingt ganz schön bescheuert. Aber wenn er so weitermacht wie bisher, dann weiß ich nicht, wie ich ihm noch länger widerstehen soll. Er ist unglaublich sexy. Und er weiß es. Und wir würden sicher …

Sofort schiebe ich den Gedanken weg, dann betrete ich das Motelzimmer und mache die Tür hinter mir zu. »Du solltest deinen Hals weiter kühlen.«

»Tue ich doch«, sagt er, wendet sich mir zu und hält mir seine Flasche zum Anstoßen hin.

Ich lache. »Bier zählt nicht.« Dann lasse ich meine Flasche gegen seine klirren und trinke anschließend einen Schluck. Ich hatte ewig kein Bier mehr. Hatte ganz vergessen, wie gut es schmeckt. Besser als Champagner, von dem ich jedes Mal Magenschmerzen bekomme.

Alex trinkt ebenfalls. Er leert die halbe Flasche auf ex, und auch so was habe ich bei einem Mann ewig nicht gesehen. Die Cosentinos sind Weintrinker. Keiner von denen ist so männlich wie Alex Silva.

Er setzt die Flasche ab, wischt sich mit dem Handrücken über den Mund und sieht mich an. »Also, mein Freund ...«

Ich muss schon wieder lachen. »Hör auf damit, das ist bescheuert.«

»Wie sagt man noch gleich hier in den Staaten? Bro? Soll ich von jetzt an Bro zu dir sagen? «

»Nein, das sollst du nicht.« Ich sehe mich um, dann gehe ich langsam herüber zu seinem Bett. Es ist zerwühlt, er hat sich heute Morgen nicht die Mühe gemacht, die Laken aufzuschütteln und zu falten. Wieso auch? Sicher hat er nicht mit meinem Besuch gerechnet. Ich frage mich, ob er in der letzten Nacht allein hier geschlafen hat oder mit einer Frau. Unauffällig suche ich die Matratze mit dem Blick nach langen Haaren ab.

»Du kannst dich setzen, wenn du willst.« Seine Stimme, ganz dicht hinter mir. Ich erschauere und frage mich schon wieder, wie sich ein so kräftiger Kerl nur so lautlos bewegen kann.

»Danke, sehr nett«, sage ich, drehe mich zu ihm um und bin ihm einen Augenblick so nah, dass ich seine Körperwärme spüre. Dann setze ich mich und gleich darauf wird mir klar, dass mein Gesicht jetzt auf einer Höhe ist, die nun ja ... Sagen wir, ich könnte mich jetzt gerade von Angesicht zu Angesicht mit einem bestimmten Teil von ihm unterhalten, wenn ich wollte.

Auch Alex scheint daran zu denken. Sein Grinsen nimmt eine unverschämte Note an und er sieht auf mich herab, während er einen weiteren Schluck trinkt. Erst dann macht er Anstalten, sich neben mich zu setzen. »Also, Luciana«, sagt er. »Erzähl mir was über dich.«

»Erzähl du mir doch lieber was über dich«, erwidere ich, denn alles, was ich ihm auftischen könnte, wären Lügen, und darauf bin ich nicht unbedingt scharf. Ich habe schon so viele Menschen belogen, und bisher machte es mir nie was aus. Es war Teil des Plans. Aber Alex? Ich mag ihn, irgendwie.

»Über mich gibt es nicht viel zu erzählen. Ich bin nur ein Typ aus Puerto Rico.«

»Und ich nur eine Frau aus Italien.« Ich drehe mich halb zu ihm herum und betrachte ihn. Sein Gesicht ist beim Kampf ziemlich unversehrt geblieben, aber an seinem Hals sind noch Spuren von Tommasos Attacke zu erkennen. Trotzdem sieht er unverschämt gut aus.

»Du sagst, du hast das Kämpfen nicht professionell gelernt«, versuche ich bei dem Thema zu bleiben, das uns beide verbindet. »Wo dann?«

Alex scheint einen Moment zu überlegen, ehe er antwortet. »Als ich ein Kind war, hat mich mein Onkel trainiert«, sagt er dann. »Er hat sich um mich gekümmert, nachdem mein Vater gestorben war. Er konnte boxen, ich hatte Interesse, also war ich sein Schüler. Aber dann haben wir uns zerstritten.«

»Das tut mir leid.«

»Das muss es nicht. Es war seine Schuld. Er ist ein Idiot. Ich bereue es nicht.«

Ich beobachte ihn, den Schatten, der seinen Blick verdunkelt, und glaube ihm kein Wort. In Wahrheit scheint ihm dieser Konflikt bis heute zu schaffen zu machen. Doch darauf spreche ich ihn nicht an. Seine familiären Probleme sind ganz allein seine Sache, nicht meine. »Und dann hast du zu Jiu Jitsu gewechselt?«, frage ich.

Er nickt. »Na ja«, sagt er. »Ich habe zuerst weitergeboxt. Ein paar Hinterhofkämpfe, um mir was dazu zu verdienen. Da war ich vielleicht 15, 16. Aber dann hat mir ein guter Freund ins Gewissen geredet. Hector. Er hat gesehen, dass ich mich mit den falschen Leuten einlasse. Illegale Wetten, das ganze Zeug. Er und ein paar andere Jungs haben zu der Zeit schon BJJ gelernt, von einem ehemaligen Meister, der in Hectors Viertel lebte. Er war nicht begeistert von meiner Kampferfahrung, aber nachdem ich einen seiner besten Schüler auf die Matte geschickt hatte, hat er mich aufgenommen.«

»BJJ heißt ...«

»Brazilian Jiu Jitsu. Das ist eine sehr bodenkampfstarke Form von Jiu Jitsu. Eine gute Ergänzung zum Boxen.«

»Zeigst du mir was?«, frage ich.

Alex kneift die dunklen Brauen zusammen und auch ich realisiere erst jetzt so richtig, dass ich das gerade wirklich gefragt habe. Wahrscheinlich steigt mir das Bier schon zu Kopf. Ich trinke lieber gleich noch einen Schluck, ehe mir das Ganze peinlich wird.

»Dein Ernst?«, fragt er.

Ich spüre, wie ein leichtes Grinsen meine Lippen überzieht. »Ja.« Wenn ich ehrlich bin, dann habe ich wirklich Lust. Seit ich mit Salvo lebe, mache ich zwar regelmäßig Fitness, aber das ist kein Ersatz für richtiges Training. Und das wiederum kann ich nur ganz selten und heimlich absolvieren. Wenn er mich dabei sehen würde, würde er mir Luciana, die verwöhnte Tussi, keine Sekunde länger abkaufen.

»Also, ich weiß, ich habe eingewilligt, dass wir zwei colegas sein können, wenn dir das lieber ist, aber ...«

»Aber?« Ich sehe ihn an. »Hast du Angst, dass eine Frau in Nonnenklamotten dich auf die Matte schickt?«

Alex lacht. »Oh, ja, ich zittere richtig!«

Ich grinse zu ihm herüber, leere mein Bier, dann stehe ich auf. »Los, komm. Zeig mir, wie ich dich loswerde, wenn du ...«

»Wenn ich was?« Er steht ebenfalls auf und stellt die leere Flasche zu meiner.

»Wenn du vergisst, dass wir colegas sind und mir ein bisschen zu aufdringlich wirst.«

Alex richtet sich auf und kommt einen Schritt auf mich zu. Er ist groß, das gefällt mir. Obwohl ich Schuhe mit hohem Absatz trage, überragt er mich noch um einen halben Kopf. Aus seinen tiefblauen Augen sieht er mich an und wirkt immer noch ziemlich amüsiert.

»Wenn ich das tue, dann zahlst du es mir am besten mit einem richtig schönen Takedown heim.«

»Einem Takedown.« Ich deute auf seinen durchtrainierten Körper. »Und wie soll ich das anstellen, Großer?«

»Zieh zuerst deine Schuhe aus.«

Ich gehorche und auch er entledigt sich seiner schwarzen Sneakers, dann wendet er sich mir wieder zu. Mit beiden Händen zeigt er auf seine Brust. »Toca mis pechos.«

Oh Mann, ich liebe es, wenn er Spanisch spricht. Aber ich verstehe leider kein Wort. »Bitte?«

»Mis pechos. Meine tetas. Versuch an meine Titten zu fassen.«

Seine Unverschämtheit ist unglaublich. Salvo würde in meiner Gegenwart nie so ein Wort in den Mund nehmen. Andererseits redet er ja von seinen, nicht meinen Titten. Und ich beschließe, mich so schnell nicht in Verlegenheit bringen zu lassen. »Ich kann deine Titten aber nicht sehen«, sage ich

»Da kann ich helfen.« Alex lässt mich nicht aus dem Blick, während er kurzerhand sein Shirt auszieht. Auf seinem tätowierten Oberkörper haben sich mittlerweile zwei riesige Blutergüsse ausgebreitet, dazu kommen einige Kratzer und kleinere Blessuren.

»Jetzt sehe ich sie«, gebe ich zu. »Deine pechos.«

»Dann greif zu.«

Ich kann mir das Grinsen kaum verkneifen, während ich vorschnelle und beide Hände hebe. Aber ehe meine Finger seine nackte Haut berühren, taucht er unter meinem Griff hindurch, packt meine Oberschenkel und ich spüre, wie seine Schulter gegen meine Rippen drückt. Gebeugt hebt er mich in die Luft, ich schreie auf und er lässt seine Hände zu meinem Hintern hinaufgleiten, dann bis zu meinem Rücken, wo er mich stützt, während er mich kontrolliert zu Boden wirft. Ganz automatisch halte ich mich an ihm fest, und so landen wir beide dort unten, auf dem abgewetzten Hotelteppich, er über mir, die Arme um mich geschlungen, ein Knie zwischen meinen Beinen.

Überrascht lachend sehe ich ihn an. »Das ging schnell.«

»Das war ein Double Leg Takedown.«

»Und das soll ich allen Ernstes mit dir machen, wenn du zudringlich wirst?«

Alex nickt. Er hängt dicht über mir. Fast schon zu dicht. Ich kann seinen Atem spüren, rieche den Duft seines Deos.

»Du hast mir an den Hintern gefasst«, sage ich. »Machen das Männer untereinander so?«

Jetzt ist Alex derjenige, der lachen muss. »Erwischt«, gibt er zu. »Aber das ist Teil der Technik. Und die habe ich nur ausgesucht, weil sie so effektiv ist.«

»Weil sie so effektiv ist, klar.« Ich bewege mich leicht unter ihm und das veranlasst ihn, sich aufzurichten. Ich setze mich ebenfalls auf und gebe dadurch seine Arme frei, doch anstatt aufzustehen oder anders Abstand zwischen uns zu bringen, bleibt er vor mir hocken und sieht mich an, und jetzt wirkt er nicht mehr so belustigt, sondern ...

Völlig egal. Es ist gefährliches Terrain, auf dem ich mich hier gerade bewege. Ich bin immer noch Salvatores Frau. Darum bin ich diejenige, die schließlich zuerst aufsteht.

»Komm schon«, sage ich. »Jetzt bin ich dran.«

»Du willst es auch mal versuchen?« Er erhebt sich.

»Nein. Ich will dir was zeigen. Greif mich an. Mit der Faust.«

Alex sieht mich erstaunt an. »Weißt du, worum du da bittest?«

»Ich hab dich heute verlieren sehen, das macht mich mutig.«

Er lacht, als wäre das gar nicht sooo lustig. Dann geht er einen Schritt zurück. »Mit der Faust. In Ordnung.« Und im nächsten Moment deutet er einen Schlag an. Er gibt sich dabei keine besondere Mühe, und das ist sein Fehler.

Ich mache einen Schritt zur Seite, lasse meinen Unterarm gegen seinen krachen und lenke, seinen Schlag so ab, dann mache ich einen weiteren Schritt, jetzt nach vorn, und schlinge meinen Arm ziemlich schnell um seinen Hals, beziehungsweise sein Kinn. Noch ein Schritt nach vorn, dann wende ich mein ganzes Gewicht auf, um genug Schwung zu haben, reiße seinen Kopf ruckartig nach unten – und Alex gerät ins Straucheln, dann fällt er zu Boden.

Ich lasse ihn los und sehe zufrieden auf ihn herunter.

»Was war das denn?«, fragt er verblüfft.

Ich zucke mit den Schultern. »Krav Maga. Ich hab mal einen Kurs gemacht. Zur Selbstverteidigung.«

In Wahrheit habe ich deutlich mehr als mal einen Kurs gemacht, aber das darf er natürlich nicht wissen. Ich lächle und halte ihm die Hand hin.

Alex ergreift sie, steht auf und macht keine Anstalten, sie loszulassen. »Ich bin beeindruckt«, sagt er.

»Danke.«

»Dann brauchst du also gar keine Techniken von mir für den Fall, dass ich noch mal einen Blick auf deine ...«

»Nein«, gebe ich zu, ehe er wieder mit irgendwelchen spanischen Wörtern anfängt, die ich nicht kenne.

Alex nickt und der Blick seiner blauen Augen bohrt sich in meinen. »Dann war das also nur ein Trick, weil du mir näher kommen wolltest.«

Verdammt. Ich erwidere seinen Blick und spüre zugleich, wie ich rot werde. Na ja. Seine Hilfe in Sachen Kampfsport hätte ich in der Tat nicht unbedingt nötig, aber ... Aber das heißt ja nicht ...

»Rede dir nur was ein«, sage ich endlich und versuche, meine Hand aus seiner zu ziehen, aber er lässt sie nicht los.

»Das muss ich gar nicht«, sagt er ein wenig leiser, kommt einen Schritt auf mich zu und ich weiche ganz automatisch zurück, aber das ist keine gute Idee, denn nun stoße ich mit dem Rücken gegen die Wand neben der Badezimmertür. Dieses Zimmer ist so verflucht klein.

»Ich habe sofort gemerkt, dass du mir gerne näher kommen würdest«, behauptet er. »Schon im Club. Schon als ich dir meinen ersten Drink gemixt habe.«

»Du überschätzt dich«, höre ich mich sagen und bin tatsächlich ein bisschen sauer, weil er sich so toll findet und offenbar glaubt, die Frauenwelt läge ihm zu Füßen. Aber dann denke ich an unsere erste Begegnung und daran, wie die Luft zu knistern schien, als sich unsere Blicke das erste Mal begegneten ... und daran, wie er mich angesehen hat, ehe er einen anderen Mann für mich bewusstlos geschlagen hat.

Und mein Puls beschleunigt sich leicht.

»Das tue ich nie.«

»Auch vorhin im Ring nicht?«

»Da wurde ich von hinten angegriffen. Das war feige. Aber ich glaube nicht ...« Jetzt erst löst sich Alex' Blick von meinen Augen und wandert hinunter zu meinen Lippen, über meinen Hals und weiter runter. »Ich glaube nicht, dass du feige bist, Luciana.«

Ich schließe die Augen, als ich spüre, wie mein ganzer Körper unter seinen Blicken erbebt. Ich wünschte, ich könnte ihm meinen richtigen Namen sagen, weil es mir viel lieber wäre, er würde mich dabei nennen, wenn er so spricht, wenn er mich so ansieht. Aber das geht nicht. Und es wird auch nie gehen. Genauso wenig, wie ich zulassen kann, dass er mir näher kommt. Er ist mir schon viel zu nah.

»Ich muss jetzt gehen«, presse ich hervor und will mich aus seinem Griff befreien, mich an ihm vorbeischieben, doch kaum habe ich mich von der Wand gelöst, packt Alex auch mein zweites Handgelenk und nagelt meine Arme mühelos mit einer Hand über meinem Kopf fest.

Ich blicke ihn an.

Er mich ebenfalls, und in seinen Augen liegt jetzt das pure Verlangen.

»Lass mich los«, zische ich.

»Befrei dich doch. Ich weiß ja jetzt, dass du es kannst.« Seine Stimme klingt rau.

»Ich könnte dir wirklich wehtun«, flüstere ich und bin überrascht über meine eigene Atemlosigkeit. Was macht dieser Kerl nur mit mir?

»Dann tu es. Wenn du gehen willst, dann mach dich los und hau ab, mi pequeña combatiente.«

Nicht schon wieder Spanisch. Es macht mich verrückt, wie männlich und weich zugleich seine Stimme klingt, wenn er seine Sprache spricht. Und ich liebe es, wie er mich gerade genannt hat – seine kleine Kämpferin. Das habe ich verstanden, weil Kämpferin auf Italienisch fast genauso heißt wie auf Spanisch. Combattente.

Ich starre ihn an, atme viel heftiger, als ich sollte und spüre, wie sich ein Kribbeln in mir breit macht, das von meinem Unterleib in meinen ganzen Körper strömt. Ich hätte dieses Zimmer nie betreten dürfen. Ich hätte einfach nach Hause fahren sollen. Aber jetzt ist es zu spät und ich mache keine Anstalten, mich zu befreien.

»Das dachte ich mir«, sagt Alex leise, und dann beugt er sich zu mir vor und seine Lippen nähern sich meinen.

Ein letztes Mal wehrt sich mein Verstand gegen das hier. Es ist falsch. Es darf nicht passieren. Es macht alles nur komplizierter. Aber dann spüre ich Alex' warmen Atem auf meiner Haut und im nächsten Augenblick berühren seine Lippen meine, und sämtliche Gegenwehr in mir bricht einfach in sich zusammen.

Ich ziehe meine Hände aus Alex' Griff und mir wird klar, dass er mich gar nicht sonderlich festgehalten hat. Ich hätte weggekonnt, die ganze Zeit, aber ich wollte nicht, und ich will es auch jetzt nicht. Ich schlinge meine Arme um seine Lenden und er packt meine Hüften, zieht mich an sich, und unser Kuss wird von einer Sekunde auf die andere von einem vorsichtigen Herantasten zu einem Ausdruck dessen, was wir beide empfinden – absoluter Lust. Ich lasse zu, dass er meinen Körper an seinen presst, dass seine Hände von meinen

Hüften unter den Saum meines Rocks fahren, dass sie die teure Bluse herauszerren und dass er sie einfach aufreißt. Oh Gott. Was mache ich hier? Das kann ich doch niemals ...

Alex streift mir die Bluse von den Schultern, seine Lippen lassen von meinen ab, wandern über meinen Hals und dann packt er mich erneut, hebt mich hoch, sodass meine Brüste auf seiner Augenhöhe sind. Ich schlinge die Beine um seinen Körper, wobei mein Rock so weit hochrutscht, dass der dünne Stoff meines Slips gegen seine Mitte drückt. Ich spüre seine Erektion und mein Herz klopft wie wild, während er mich gegen die Wand presst. Mit einer Hand lässt er mich los, nur um gleich darauf den Verschluss meines BHs zu öffnen, der sich vorn befindet. Ich atme scharf ein, als die dünnen Körbchen zur Seite springen und die Art und Weise, auf die Alex meine jetzt nackten Brüste begutachtet, macht mein Verlangen nur noch größer. Ich kann nicht ganz glauben, dass ich ihn noch vor ein paar Minuten im Auto ermahnt habe, sie nicht anzustarren.

Denn jetzt tut er deutlich mehr als das.

Seine Hand schließt sich um die linke, ich spüre die Wärme seiner Finger und das Gefühl seiner Haut auf meiner elektrisiert mich. Aber das ist nicht alles, was er macht. Während er meine linke Brust sanft zu massieren beginnt, senkt er seine Lippen auf die rechte, schließt sie um meinen Nippel, saugt an meiner Haut und entfacht ein Feuerwerk aus Empfindungen in mir.

»Alex«, keuche ich und greife in sein kurzes dunkles Haar. »Wir können nicht ...«

»Zu spät«, flüstert er, und als er seine Zunge über meine Brustwarze kreisen lässt, während seine Hand meine weiche Haut sacht zusammendrückt, weiß ich, dass er Recht hat. Wir werden das hier nicht mehr stoppen können. Keiner von uns.

Ich lasse meine Hände über seinen Nacken, seine Schultern gleiten, dann seinen definierten Rücken hinunter, während er weiter meine Brüste verwöhnt und mich damit halb in den Wahnsinn treibt. Salvatore widmet sich ihnen nie so ausgiebig, und mir wird erst jetzt klar, wie sehr ich eigentlich darauf stehe. Fast bin ich enttäuscht, als Alex' Lippen sich schließlich davon lösen und er mich wieder küsst, aber nur für einen Moment, dann spüre ich, wie er sich mit mir von der Wand entfernt, einen Schritt rückwärts geht, und sich dann mit mir umdreht, um mich zum Bett zu bringen ... Oder zumindest glaube ich, dass er das tun wird. In Wahrheit jedoch lässt er mich zu Boden sinken, gleich hier an Ort und Stelle, legt mich dort ab, wo ich ihn gerade eben noch zu Fall gebracht habe, und mir gefällt das. Mit Salvo habe ich Sex immer nur in der Badewanne oder im Bett. In unserem weichen, teuren, hundertfach gepolsterten Bett. Aber als ich jetzt den dünnen Teppich unter mir spüre, den harten Holzboden darunter, da fühlt sich das sofort viel echter an.

Alex hört auf mich zu küssen und ich ringe nach Luft, während seine Hände über meinen Oberkörper wandern, über meine Brüste, die noch feucht sind von seiner Zunge, über meine Rippen, meinen Bauch, hinunter zum Reißverschluss meines Rockes. Ich hebe das Becken an und lasse zu, dass er ihn öffnet und herunterzieht, und als ich nur noch in meinem Slip vor ihm liege, gefällt mir das so sehr, dass ich augenblicklich feucht werde.

»Komm her«, keuche ich und strecke die Hände nach ihm aus, kriege den Saum seiner Jeans zu fassen und öffne seinen Gürtel. Dann mache ich auch seine Hose auf und anschließend ziehe ich ihn zu mir herunter, küsse ihn wieder, kann es kaum erwarten, ihn in mir zu spüren.

Alex scheint es ähnlich zu gehen, denn er packt meinen Slip, zieht ihn herab auf meine Schenkel und küsst mich umso leidenschaftlicher, ehe er plötzlich aufhört und keucht: »Ich hab Kondome ... da hinten in der Tasche.«

Ich folge seinen Blick zu seiner Reisetasche, die ein Stück entfernt in der Ecke neben dem Nachttisch steht.

»Hol eins«, flüstere ich, auch wenn mein Unterleib schon vor Verlangen pocht. Zwar nehme ich die Pille, aber es wäre trotzdem unvernünftig, es mit einem Wildfremden ohne Gummi zu tun. Mir ist schon unwohl dabei, es ohne Kondom mit Salvatore zu machen.

Mit Salvatore ...

Ich beiße mir auf die Unterlippe, während Alex aufsteht und zum Bett herüber geht. Auch wenn ich Salvo nicht liebe, sondern ihn im Gegenteil sogar zutiefst verachte, wird es komisch sein, ihn betrogen zu haben. Bisher habe ich mir während unserer Beziehung nichts zuschulden kommen lassen, das er mir irgendwann einmal vorwerfen könnte. Aber wenn ich ihm erst fremdgegangen bin, dann ist da etwas. Was, wenn er es merkt? Wenn er es spürt? Oder wenn ich Alex nicht vertrauen kann?

Wie komme ich eigentlich auf die Idee, dass ich ihm überhaupt trauen kann? Ich kenne ihn nicht. Und er braucht Geld. Vielleicht fängt er morgen an, mich mit dieser Sache hier zu erpressen, und was tue ich dann? Ich habe kein eigenes Vermögen und ich befinde mich auf einer verdammt riskanten Mission. Ich kann keine zusätzlichen Probleme gebrauchen.

Während Alex in seiner Tasche kramt, die Hose offen, den Oberkörper nackt und leicht verschwitzt, ziehe ich meinen Slip wieder hoch und stehe auf.

Er dreht sich zu mir um und ein leicht ungläubiger Ausdruck tritt auf seine Züge. »Was wird das?«

»Tut mir leid.« Ich raffe meine Sachen zusammen, alles bis auf die Knöpfe meiner Bluse. »Aber ich kann das nicht. Ich bin ... verheiratet.«

Damit stürze ich ins Bad und mache die Tür hinter mir zu. Ich lehne mich dagegen, taste nach dem Lichtschalter, und kaum flammt die Deckenlampe auf, sehe ich mich selbst im Spiegel an. Mein Zopf ist hin, mein Haar total wirr. Ich ziehe das Haargummi heraus, schiebe es über mein Handgelenk, dann wische ich mir die verschmierte Mascara unter den Augen weg.

Ich trete näher an den Spiegel heran. Meine Wangen sind rot. Ich sehe aus, als hätte ich Sex gehabt. Und zu allem Übel hat Alex auch noch Spuren an meinen Brüsten hinterlassen, kleine Abdrücke, die ich Salvatore nie im Leben erklären kann.

»Was machst du, Alessia ...?«, wispere ich beinahe lautlos, stelle das kalte Wasser an und lasse es mir über die Handgelenke laufen.

Ich muss einen klaren Kopf bekommen. Schnellstens. Und dann muss ich gehen.

Gerade will ich mich nach meinem BH bücken, den ich mit den anderen Sachen achtlos zu Boden habe fallen lassen, als sich die Tür öffnet.

Alex bleibt einen Moment lang im Rahmen stehen. Durch den Spiegel sieht er mich an und ich erwidere seinen Blick. Noch immer ist er oben ohne. Noch immer verrät der Ausdruck in seinen Augen, wie sehr er mich will und das Kribbeln in meinem Inneren zeigt mir, wie sehr ich ihn will.

Er kommt näher. Ich blicke ihm entgegen. Er bleibt dicht hinter mir stehen, ich spüre die Hitze, die sein Körper abstrahlt und obwohl er mich gar nicht berührt, bekomme ich eine Gänsehaut, meine Nippel richten sich auf und zwischen meinen Beinen wird alles ganz warm, wie elektrisch aufgeladen.

Keiner von uns sagt ein Wort. Wir sehen einander nur durch den Spiegel an, uns genau in die Augen, und ich lehne mich ganz leicht zurück, bis ich seine Haut an meiner spüre. Seine Hände legen sich auf meine Seiten, ziehen erneut meinen Slip herunter, und diesmal gleitet er zu Boden.

Ich steige hinaus, spüre das kühle Email des Waschbeckens an meiner Mitte. Alex zieht seine Hose herunter, und dann drückt seine Härte gegen meinen Hintern und er reibt sich leicht an mir, lässt mich die volle Größe seiner Erektion spüren. Ich erschauere.

Die Feuchtigkeit, die er auf meiner Pobacke hinterlassen hat, verrät mir, dass er sich das Gummi bereits übergezogen hat.

Noch immer sehe ich ihn an, als ich spüre, wie seine Spitze von hinten gegen meine geschlossenen Schenkel stößt. Ich stelle mich etwas breitbeiniger hin, und als er sich zwischen meine Beine schiebt glaube ich einen Moment lang, dass ich schon jetzt so weit bin, weil das Kribbeln in meinem Körper sich schlagartig ganz auf meinen Unterleib konzentriert, was mich leise aufstöhnen lässt.

Ich beuge mich leicht vor, drücke meinen Hintern gegen Alex, und er beugt sich über mich, küsst von hinten meinen Hals, während er endlich in mich eindringt.

Ganz automatisch halte ich die Luft an, rühre mich nicht, fokussiere mich ganz auf das, was er tut. Schon lange hat sich kein Mann mehr so gut in mir angefühlt. Vielleicht sogar noch nie.

Er schiebt seine Härte in mich, bis er mich ganz ausfüllt und beginnt mich zu stoßen, kraftvoll, aber ohne jede Eile.

Ich lasse die Augen geschlossen, spüre seinen Bewegungen genau nach und genieße es, wie seine Lippen über meinen Nacken streichen, wie seine Arme meinen Körper umschließen. Wie er mich ganz vereinnahmt.

Seine Stöße werden ein wenig schneller und ich kann mein Stöhnen nicht länger unterdrücken.

»Alex ...«, keuche ich, und das stachelt ihn nur noch mehr an. Er packt meine Hüften, schiebt sich wieder und wieder tief in mich, bis mir schwindelig wird und meine Beine nachzugeben drohen.

»Ich hab dich«, höre ich seine Stimme dicht an meinem Ohr, gepresst und heiser, und als ich schwer in seine Arme sinke, hält er mich tatsächlich mühelos fest. Noch immer stütze ich mich dabei am Waschbecken ab, aber mein Gewicht hat sich so verlagert, dass ich ihn noch tiefer in mir spüre, und jetzt treibt er mich in den schieren Wahnsinn.

Ich will irgendwas tun, ihn dichter an mich ziehen, aber das geht nicht, also drehe ich nur den Kopf, seine Lippen finden meine und wir küssen uns atemlos, viel zu leidenschaftlich für zwei Menschen, die sich gar nicht kennen.

Mir wird die Luft knapp, mein Schwindel wird stärker, Alex stößt ein letztes Mal kraftvoll in mich und dann spüre ich, wie seine Härte in mir pulsiert und das Kribbeln in mir wird zu einer Explosion, grelle Blitze zucken vor meinen geschlossenen Lidern und mir wird einen Moment lang schwarz vor Augen.

Als ich die Lider wieder öffne, habe ich mich zu Alex umgedreht und die Arme um seinen Hals geschlungen. Ich hänge schwer an ihm, mein Kopf liegt an seiner Brust und ich lausche auf seinen rasenden Puls. Er hält mich fest, atmet mir schwer ins Haar.

Oh Mann. Keine Ahnung, wann ich zuletzt derart guten Sex hatte. Und ob überhaupt.

Aber gleichzeitig weiß ich, dass ich hier gerade den Fehler meines Lebens gemacht habe. Ich war doch schon drauf und dran zu gehen! Weshalb habe ich es nicht getan?

»Ich bin … ich bin verheiratet«, höre ich mich stammeln, so als würde es jetzt noch irgendeinen Sinn ergeben, mich zu rechtfertigen. Ich löse meinen verschwitzten Körper ein Stück weit von seinem und sofort protestiert alles in mir dagegen, aber es geht nicht anders.

»Du liebst ihn nicht«, erwidert Alex, auch nicht weniger heiser als ich. Er macht keine Anstalten mich loszulassen, sucht meinen Blick, und ich muss mich zwingen, nicht in seine tiefblauen Augen zu sehen.

»Er ist mein Mann. … Und ich muss jetzt nach Hause. Und das hier …« Ich schiebe ihn weg und endlich löst er seine starken Arme von mir. »Das wird nie wieder passieren.«

»Das glaubst du doch selber nicht!« Alex klingt jetzt ein bisschen sauer.

Sicher, vermutlich ist er es nicht gewöhnt, abgewiesen zu werden. Aber er hatte doch, was er wollte!

»Lass mich vorbei.« Mir wird klar, dass ich noch splitternackt bin und ich beginne, mich hastig anzuziehen.

»Luciana.« Alex packt meine Schultern und dreht mich zu sich, und ich sehe ihn wohl oder übel an. »Ich werde deinem Mann nichts sagen.«

»Und das macht es jetzt besser?!«, fahre ich ihn an, dann mache ich mich los und ziehe schnell den Rest meiner Klamotten über. Die Bluse knote ich kurzerhand zu, dann stürze ich aus dem Bad und greife im Vorbeigehen nach meinen Schuhen.

»Luciana!« Alex folgt mir. »Wo willst du denn jetzt hin, dein Wagen ist längst weg!«

»Ich nehme mir ein Taxi.« Noch immer barfuß reiße ich die Zimmertür auf, und dann stürze ich raus in den schwülwarmen Abend.

»Was ist mit dieser Frau los?«, höre ich Alex noch hinter mir und beschleunige meine Schritte, damit er gar nicht erst auf die Idee kommt, mir zu folgen. Kaum ist die Hauptstraße in Sicht, winke ich auch schon nach einem Taxi. Keine Ahnung, ob Alex mir jetzt hinterherkommt oder nicht, aber ich drehe mich zumindest nicht mehr um. Ich muss nur weg. Meine Kontrolle wiedererlangen. Und dafür sorgen, dass sich so etwas hier tatsächlich niemals wiederholt.

KAPITEL 10

Ich hämmere auf den Knöpfen des Aufzugs herum, weil sich die Türen für meinen Geschmack viel zu langsam öffnen. Ich quetsche mich hindurch und durchquere mit schnellen Schritten den Eingangsbereich unseres Penthouses.

Was habe ich mir nur dabei gedacht?

Das, was zwischen Alex und mir gelaufen ist, war dumm, unüberlegt und unprofessionell. Und ich weiß beim besten Willen nicht, was mich dazu getrieben hat.

Eine kalte Dusche wird mir nicht nur helfen, seinen Geruch abzuwaschen, sondern auch, einen klaren Kopf zu bekommen.

Ich stürme ins Bad, knalle die Tür hinter mir zu und bin sofort dabei, mich aus meinen Klamotten zu schälen, denn es fühlt sich an, als würden mir die teuren Designerkleider die Luft abschnüren. Zum Glück scheinen Salvo und Tommaso noch nicht da zu sein, sodass ich die kaputte Bluse unauffällig entsorgen kann. Aber dazu später. Zuerest lasse ich alles achtlos auf dem Boden zurück und stelle mich in die Duschkabine. Ich drehe das Wasser auf und kann gerade noch einen Aufschrei unterdrücken, als es eiskalt über meine Haut rinnt. Eine Gänsehaut überzieht meinen Körper, doch nach wenigen Sekunden habe ich mich an die Kälte gewöhnt und schaffe es, tief und gleichmäßig zu atmen. Ich schließe die Augen und versuche einen Moment an gar nichts zu denken, mich nur auf das Wasser zu konzentrieren und darauf, dass sich mein Puls beruhigt.

Als ich das Gefühl habe, endlich wieder klar im Kopf zu sein, gestatte ich mir einen Gedanken an Alex.

Was ist da gerade passiert?

Wie konnte ich derart die Beherrschung verlieren?

Ich denke daran wie Alex' Arme mich von hinten umfangen haben, wie wir einander durch den Spiegel tief in die Auge gesehen haben …

Es wäre auch zu diesem Zeitpunkt noch leicht gewesen, ihn zu stoppen und einfach nach Hause zu fahren. Aber ich habe es nicht getan.

Ich lasse den Abend Revue passieren. Es hat so viele Momente gegeben, in denen ich einfach die Notbremse hätte ziehen können …

Ich hätte ihn gar nicht erst ins Motel fahren müssen, ich hätte nicht mit reinkommen müssen und erst recht hätte ich mich nicht auf Körperkontakt einlassen dürfen.

»Verdammt!« Mit der flachen Hand schlage ich gegen die Fliesen. »So eine Scheiße!«

Wut kocht in mir hoch. Ich bin wütend auf mich selber, darauf, dass ich mir im Weg stehe. Ich hatte ganz konkrete Pläne und eine Affäre war da ganz bestimmt nicht vorgesehen. Nein, korrigiere ich mich. Ich habe immer noch ganz konkrete Pläne und ich werde Salvatore und das ganze Cosentino-Imperium hochgehen lassen, so wie ich es mir geschworen habe. Daran werde ich mich weder von Alex noch den Cosentinos selber hindern lassen.

Gut, ich habe mit Alex Silva geschlafen.

Ich gebe zu, dass es falsch war.

Aber es hat rein gar nichts bedeutet, weder für mich persönlich noch für meine Pläne. Morgen werde ich ihm vollkommen professionell gegenübertreten, denn er ist wie alle anderen nur Mittel zum Zweck.

Ich werde Beweise sammeln und mich weder von Alex noch Salvo, Tommaso oder sonst wem von meinen Plänen abbringen lassen.

Das klingt alles so einfach, aber werde ich es tatsächlich schaffen, mich von Alex fernzuhalten?

Ich horche in mich. Er ist attraktiv. Mehr als das. Eigentlich ist er genau der Typ Mann, der mich schon immer beeindruckt hat. Aber ist da mehr? Habe ich Gefühle für ihn?

Dafür kenne ich ihn doch eigentlich viel zu wenig. Alles, was ich gerade in mir spüre, ist der Tatsache geschuldet, dass wir uns gerade so nah waren. Es ist klar, dass ich mich im Augenblick irgendwie mit ihm verbunden fühle. Aber steckt mehr dahinter? Ich glaube es nicht. Und muss ich mir wirklich Sorgen machen, dass er mich erpressen könnte oder sonst was? Ich denke daran, wie er sich seinen Platz in Salvatores Team erkämpfen wollte. Er scheint ein Ehrenmann zu sein. Und er hat mir bisher auch keinen Grund gegeben, etwas anderes zu glauben.

Beruhigt darüber, dass ich mir keinen Plan B ausdenken muss, stelle ich das Wasser ab. Jetzt fühle ich mich schon gleich viel besser. Ab morgen werde ich wieder vollkommen fokussiert sein. Ich greife nach meinem Duschtuch, doch eine Hand schnellt vor und legt sich drauf, hält es mit ungeheurer Kraft fest.

Erschrocken fahre ich herum und starre den muskulösen Oberkörper an, der sich direkt in meinem Sichtfeld befindet.

»Was ...?« Es dauert nur einen kurzen Moment, bis ich meine Stimme wiedergefunden habe. »Raus hier, sofort! Bist du jetzt vollkommen übergeschnappt?!«

Doch Tommaso denkt weder daran zu verschwinden, noch geht er mir aus dem Weg oder gibt mein Handtuch frei. Er steht mit seinem massigen Körper vor mir und versperrt mir den Ausstieg aus der Duschkabine.

»Hörst du schlecht? Du hast hier drinnen nichts zu suchen. Verschwinde, oder –«

Weiter komme ich nicht, denn Tommaso packt meinen Oberarm und dreht mich grob herum, sodass ich mit dem Gesicht gegen die nassen Duschfliesen gedrückt werde. Mit der anderen Hand packt er meinen Nacken und ich fühle mich wie in einem Schraubstock.

»Nimm sofort deine Finger von mir ...«, keuche ich, doch es klingt nicht halb so energisch, wie ich es gerne hätte.

Meine Gedanken rasen.

Was hat er vor?

Will er mich vergewaltigen? Hier? In der Wohnung seines Vaters, meines Mannes?

Wenn Salvo das rauskriegt, dann ...

Mit einem Mal wird mir übel. Was ist, wenn es Salvatore persönlich war, der diesen Übergriff angeordnet hat? Vielleicht hat er mitbekommen, was zwischen mir und Alex war und das ist seine Art, sich an der Ehebrecherin zu rächen.

Ich zwinge mich, Ruhe zu bewahren, was im Angesicht der Tatsache, dass Tommaso mich immer noch bombenfest hält, mir warm in den Nacken atmet und kein Wort sagt, gar nicht so leicht fällt.

Worauf wartet er?

Sobald er zudringlich wird, sobald er wirklich Gewalt anwendet, werde ich mich wehren müssen. Ich bin gut ausgebildet und auch wenn Tommaso ein gedopter Gorilla ist, bin ich mir sicher, dass ich ihm entkommen könnte. Alleine schon, weil ich den Überraschungseffekt auf meiner Seite habe. Dann wäre nur leider meine Tarnung dahin, also muss ich erstmal sicher sein, dass er mir auch tatsächlich an die Wäsche will.

»Tommaso«, versuche ich es wieder. Es fällt mir schwer, nicht einfach meinen Fuß hochzureißen und meinen Hacken in seine Weichteile zu rammen.

»Ich weiß es«, zischt er nun endlich.

Doch das bringt mir nicht viel, da ich nicht weiß, wovon er spricht.

»… Was meinst du?« Ich versuche meine Stimme ängstlich klingen zu lassen und nicht zornig. Ich bemühe mich, so zu reagieren, wie es Luciana Cosentino und nicht Alessia Calliari tun würde.

»Ich weiß, dass du etwas planst und dass du meinem Vater schaden willst.« Tommaso verstärkt den Griff um meinen Hals und langsam tut es weh.

In Gedanken ermahne ich mich, es einfach über mich ergehen zu lassen und diesem aufgeblasenen Affen nicht zu zeigen, was ich alles für Angriffe auf seine Männlichkeit starten könnte.

Wie es aussieht, hat er wieder einmal rein gar nichts gegen mich in der Hand. So geht es immer mal wieder. Ich war Tommaso von Anfang an ein Dorn im Auge und es gab auch vor meiner Ehe mit Salvo einige Momente, in denen er meinte, mich entlarvt zu haben. Mal als Heiratsschwindlerin, mal als Fremdgängerin, mal als verdeckte Ermittlerin. Es waren immer nur fixe Ideen, nie hatte Tommaso irgendwelche Beweise für seine Behauptungen.

Und auch heute ist das alles nur heiße Luft.

»Das will ich nicht, bitte Tommaso, lass mich los«, flehe ich, auch wenn mir das vollkommen zuwider ist.

»Du solltest schön vorsichtig sein, Fräulein«, raunt er mir ins Ohr. »Ich habe dich im Auge. Ich weiß absolut sicher, dass du etwas im Schilde führst. Ich habe nur noch nicht genügend Beweise ...«

»Das ist totaler Unsinn! Ich liebe deinen Vater, ich würde ihm niemals schaden!«

»Ach ja?« Tommaso verstärkt den Druck auf mich noch etwas.

Wie viel wiegt der Typ? Eine Tonne?

Langsam fällt mir das Atmen schwer. »Ja, ich ...«

»Liebling, bist du da?«, ertönt in diesem Moment Salvos Stimme. Meine Rettung.

»Ich bin hier«, krächze ich.

Sofort lässt Tommaso von mir ab und ich wiederhole meine Worte jetzt lauter, wobei ich es mir nicht nehmen lasse, Tommaso zumindest böse anzufunkeln.

Er deutet auf seine Augen, dann auf mich und macht mir so klar, dass er mich im Blick hat. Dann macht er sich auf den Weg zur Badtür, die gerade geöffnet wird.

Schnell wickle ich mir ein Handtuch um.

»Mein Engel, ich habe dich -« Salvo bricht ab, als er seinen Sohn entdeckt. Dann lässt er seinen Blick zu mir

herüber schnellen, an meinem tropfnassen Körper
hinab. »Tommaso, was tust du hier?«

»Mutter hat mich gerufen«, sagt er, zuckt mit den
Schultern und verlässt das Bad.

Dieser kleine, dreckige Mistkerl!

Ohne ein Wort zu sagen sieht Salvo mich an und ich
weiß, dass es jetzt an mir ist, die Situation zu entschär-
fen.

»Da war eine Spinne in der Dusche, ich war wie erstarrt! Da du nicht da warst, habe ich nach Tommaso
gerufen«, erkläre ich und versuche meine Stimme ein
wenig hysterisch klingen zu lassen.

Salvo, der zwar ein skrupelloser Mafiaboss, aber dabei auch irgendwie ein gutmütiger Idiot ist, fängt an zu
lächeln. Dann nimmt er mich tröstend in die Arme.

»Mein armer Schatz ... Hast du dich sehr erschreckt?«

Ich komme mir vor, als wäre ich zwischen lauter Irren gelandet. Diese Familie ist einfach unglaublich. Als
ich im Ivory knapp einer Vergewaltigung entkommen
bin, hat sich niemand darum geschert und jetzt erzähle
ich was von einer harmlosen Spinne und ernte Salvos
Mitgefühl?

Mir soll alles Recht sein, solange er nicht vermutet,
dass ich etwas mit seinem Sohn laufen hätte. Und auch
nicht mit irgendwem anders.

Schlagartig macht sich wieder das schlechte Gewissen in mir breit.

Nicht Salvatore, sondern meinem Vater gegenüber.

Wenn er mir zusieht, dann hoffe ich, dass er mir meinen Ausrutscher verzeiht und mir glaubt, dass ich ab
sofort wieder fokussiert sein werde.

»Es geht schon wieder«, sage ich und drücke Salvo sanft von mir. »Ich dusche schnell zu Ende und bin dann sofort bei dir.«

Salvo mustert mich, dann nickt er und gibt mir einen Kuss. »Wenn noch so ein Ungetüm auftauchen sollte, dann ruf nach mir, ich bin jetzt da.«

Ich nicke. Mit einem Insekt traut er es sich also aufzunehmen.

»Mein Held«, seufze ich scherzhaft und zwinkere ihm zu. »Bis gleich.«

»Bis gleich.«

Ich warte, bis Salvo draußen ist, dann drehe ich die Dusche wieder an, sodass es den Anschein hat, als würde ich wirklich darunter stehen.

In Wahrheit lasse ich das Handtuch fallen und betrachte meinen Oberarm und so gut es geht meinen Nacken. Die Stellen, an denen Tommaso mich gepackt hat, verfärben sich langsam. Ich kann nur hoffen, dass sie nicht blau werden.

Ich versuche nicht wieder sauer zu werden beim Gedanken daran, was diesem Riesenidioten eigentlich einfällt.

Stattdessen starre ich mir durch den Spiegel in die Augen und nehme mir selber ein Versprechen ab: Ich werde nicht nur Salvatore, sondern auch Tommaso ans Messer liefern.

Alex

»Okay, komm erst mal mit. Bevor das Training losgeht, musst du zum medizinischen Check. Wir haben allerdings das Glück, einen Arzt gleich hier zu haben.«

»Hier im Gym?«, hake ich nach, während ich diesem Leo durch den Trainingsraum mit den Geräten folge.

»Eine Etage höher. Er wird dich vernünftig untersuchen, um festzustellen, ob du vielleicht ... zusätzlich zum Training eine Sonderbehandlung benötigst, um bis Samstag fit genug fürs Turnier zu sein.«

Eine Sonderbehandlung. Weshalb betont er das Wort so seltsam? Keine Ahnung, kann mir aber eigentlich auch egal sein. Ich werde tun, was immer nötig ist, damit Salvatore Cosentino mir vertraut.

Wie zum Beispiel, mit seiner Frau zu schlafen.

Ich schüttle den Kopf über mich selbst, während ich Leo ins Treppenhaus folge. Ich weiß echt nicht, was gestern mit mir los war. Ich sollte Luciana Cosentino hassen. Aber als sie da gestern so vor mir saß, in der Limousine, in ihren aufgesetzt braven Klamotten ... Ich konnte nicht anders. Ich wollte sie, und ich würde sie jetzt wieder wollen, wenn sich die Gelegenheit ergeben würde.

»So, hier wären wir.« Leo drückt auf eine Klingel ein Stockwerk über dem Gym und sofort geht ein Summer. Wir treten ein und mir fällt gleich auf, dass diese Praxis hier ziemlich provisorisch aussieht. Einfache Möbel im Wartebereich, keine Rezeption. Es riecht nach Farbe. Drei Türen, schwer und aus Metall, als wäre das hier eigentlich eher als Lager gedacht. Solche einfachen Praxen kenne ich aus Puerto Rico, aber in den Staaten hätte ich das nicht erwartet.

»Wir sind da, Doc!« Leo bleibt stehen und wischt sich über die Stirn. Er ist völlig verschwitzt von den zwei Treppen nach oben. Ich glaube, der Typ steht kurz vor seinem nächsten Herzinfarkt.

»Ah, hervorragend.« Ein bärtiger alter Mann kommt aus einem der anderen Räume und ich erkenne ihn sofort.

Das ist derselbe Arzt, der schon früher, als Harley noch für die Cosentinos gekämpft hat, für die Fighter zuständig war. Ich habe Fotos von ihm gesehen, in den Ermittlungsakten, die mir Dylan geschickt hat. Er hatte damals mit Doping zu tun. Er hat seine Zulassung verloren. Komisch, dass er dann hier ist. Aber irgendwie auch nicht.

»Nennen Sie mich Greg.« Der Arzt, der eigentlich gar keiner mehr sein dürfte, lächelt mich an. »Salvatore hat heute Morgen schon von Ihnen geschwärmt, und ich muss wirklich sagen, beeindruckender Körperbau.«

Steht dieser Kerl auf mich oder was?

»Danke«, sage ich. »Wollen wir die Sache jetzt hinter uns bringen? Ich würde gern zum Training.«

»Aber sicher.« Greg nickt Leo zu. »Ich schicke ihn runter, sobald wir fertig sind.«

Leo nickt ebenfalls, dann ist er auch schon wieder verschwunden und ich bin allein mit einem der Männer, die damals dabei waren. Die zu Luigi Cosentinos Team gehörten. Ganz automatisch balle ich die Hände zu Fäusten, aber ich weiß, dass ich dem Kerl nichts tun darf. Ich muss mich beherrschen. Unbedingt.

»Kommen Sie mit, Junge.« Der Arzt oder ehemalige Arzt oder was immer er ist geht vor in ein Behandlungszimmer, das neben einem Schreibtisch und einer Liege auch mit einem verkabelten Spinningrad ausgestattet ist. »Auch als Kämpfer müssen Sie einen Belastungstest absolvieren. Damit fangen wir am besten gleich an.«

»Was, wenn ich nicht fit genug bin?«, frage ich und trete auf das Rad zu. »Kann ich dann bei der ersten Fight Night nicht dabei sein? Oder fliege ich gleich ganz raus?«

»Mister Cosentino hat großes Interesse daran geäußert, dass Sie dabei sind«, erwidert er.

»Das heißt?«, frage ich, während ich mich auf den Sattel setze.

»Nun ja. Könnten Sie Ihr T-Shirt ausziehen?« Sobald ich das getan habe, fängt er an, Elektroden an meinem Oberkörper festzukleben. Wie bei einem EKG. »Das heißt im Klartext, dass wir alles tun werden, um Sie dabei zu haben.«

»Was heißt das, alles? Entweder bin ich fit oder nicht.«

Der Arzt sieht zu mir auf und lächelt dann auf eine Art, die wohl beruhigend wirken soll. »Lassen Sie es mich so sagen: Es gibt immer Mittel und Wege, in sehr kurzer Zeit sehr fit zu werden. So fit wie Tommaso gestern, wenn Sie verstehen.« Er zwinkert mir zu.

Und auf einmal kapiere ich. Oder zumindest glaube ich, dass ich das tue. Dass Tommaso gestern nicht K.o. gegangen ist, obwohl ich ihm mehrere Treffer versetzt habe, die ihn sofort hätten ausknocken müssen, war kein Zufall. Es lag auch nicht daran, dass er einen besonders starken Siegeswillen hatte oder sonst was. Nein, die Wahrheit ist, dass er gedopt war.

Er hatte irgendwas intus, das dafür gesorgt hat, dass er keine Schmerzen spürte oder dass er so viel Adrenalin im Blut hatte, dass er einfach nicht umfiel.

»Ja, ich verstehe«, gebe ich ziemlich beherrscht zurück. Ich darf mir immer noch nichts anmerken lassen. »Aber ich glaube nicht, dass das nötig ist.«

Der Arzt lacht. »Dann zeigen Sie mal, was Sie können. Drücken Sie auf Start und legen Sie los. Das Rad erhöht automatisch den Widerstand.«

Fahrradfahren also. Irgendwie albern, aber gut. Ich drücke auf den Startknopf und lege los. Sollte kein Problem sein. Ich bin härteres Training gewöhnt.

»Wie lange machen Sie schon Kampfsport?«, fragt mich der Arzt, nachdem er an seinem Schreibtisch Platz genommen hat.

»Seit ich zwölf war.«

Er tippt irgendwas ein. »Turniererfahrung?«

»Nein.«

»Das Entscheidende ist, dass Sie dort, wenn Sie nicht in der ersten Runde rausfliegen, mehrere Kämpfe nacheinander absolvieren müssen. Bis zu drei bei der ersten Fight Night. Trauen Sie sich das zu?«

»Claro.«

Er sieht mich an. »Machen Sie sich bewusst, dass ein Ausscheiden in der ersten Runde bedeutet, dass Sie raus sind, und zwar ganz raus. So läuft das neue K.o.-System der Cosentinos. In jeder Fight Night treten acht Männer an. Die schlechtesten vier fliegen und werden beim nächsten Termin durch vier neue ersetzt. So wird die Spannung aufrecht erhalten.«

»Ich werde mich nachher schon mal von den vier größten Schwächlingen verabschieden.«

Der Arzt lacht, dann tippt er etwas in seinen Computer ein. Ich sehe auf die Fahrradanzeige. Mein Puls ist bei 58. Sieht bisher nicht aus, als hätte ich Doping nötig.

Aber was tue ich, wenn sie mir irgendein Zeug andrehen wollen? Macht es mich verdächtig, wenn ich Nein sage? Gehört es zu den Anforderungen hier, dass man mitspielt, egal was sie sagen?

Ich schätze, ich darf ihnen einfach keine Veranlassung geben. Sie müssen glauben, dass ich das Turnier so bestehen kann. Also bemühe ich mich, ruhig zu atmen, meinen Puls weiter niedrig zu halten. Greg stellt mir währenddessen ein paar weitere Fragen.

»Ich bin fit«, antworte ich immer wieder. »Das können Sie mir ruhig glauben.«

»Und wie sieht es mit dem Kampf gestern aus? Haben Sie noch Schmerzen deswegen?«

Gerade will ich etwas antworten, als von draußen ein Geräusch zu hören ist – die Tür. Sie wird geöffnet und wieder geschlossen. Greg runzelt die Stirn und sieht auf die Uhr, und dann ist noch eine Tür zu hören, diesmal näher an uns dran. Irgendjemand geht anscheinend in einen der Nebenräume.

»Ich habe doch heute gar keine weiteren Termine«, murmelt Greg und steht auf.

»Stimmt was nicht?«, frage ich.

»Doch, doch. Alles in Ordnung. Ich sehe nur schnell nach, wer da ist. Ich erwarte heute nämlich keine Patienten mehr.« Damit steht er auf und ist einen Moment später zur Tür raus. Ich frage mich, warum er so nervös ist.

Ich höre, wie er die Nebentür öffnet – und anschließend eine weibliche Stimme. Eine Stimme, die ich kenne.

Sofort halte ich inne und lausche. Ich verstehe kein Wort, aber die Stimme gehört definitiv zu Luciana

Cosentino. Dass sich mein Puls nun doch ein wenig erhöht, ignoriere ich. Stattdessen höre ich genauer hin.

»... nicht gewusst, dass Sie heute hier sind, Doc.«

»Ich muss doch noch den Nachzügler untersuchen.«

Eine kurze Pause, ehe sie antwortet: »Alexander Silva.«

Die Art, wie sie meinen Namen sagt, verrät mir, dass sie gerade an gestern denkt. Und ich tue genau dasselbe. Wie sich ihr straffer, fester Körper unter meinen Händen angefühlt hat. Wie sie versucht hat, standhaft zu bleiben und es doch nicht konnte. Die weiche Haut ihrer Brüste ... Ich weiß noch, dass ich bei unserer ersten Begegnung dachte, ihr Körper wäre mir zu dünn. Dabei stimmt das gar nicht. Ich glaube, ich wollte sie nur vor mir selbst schlecht machen, weil ich mich hier eigentlich nicht auf eine Frau einlassen wollte. Aber ich hatte keine Wahl. Sie ist der Wahnsinn.

Verflucht. Ich schüttle den Gedanken ab und versuche, mich wieder auf diesen Test zu konzentrieren. Doch kaum habe ich wieder zu treten begonnen, öffnet sich die Tür, der Doc erscheint und ich sehe Luciana im Empfangsbereich stehen. Sie wirkt erschrocken, irgendwie ertappt.

»Wenn Sie irgendeine Akte brauchen, Mrs Cosentino, dann sagen Sie mir einfach Bescheid. Ich suche sie dann für Sie heraus.«

»Ja, wie gesagt, ich dachte Sie wären heute nicht hier.« Luciana streicht sich eine Strähne ihres dunklen Haars hinters Ohr, das sie zu meiner Überraschung heute offen trägt. Sie blickt dem Arzt nach – und dann sieht sie zu mir herüber.

Ich erwidere ihren Blick und weiß, dass uns beiden dieselben Bilder im Kopf herumgeistern. Wir zwei, sie und ich, auf dem Teppich in meinem Motelzimmer ...

»Guten Morgen, Alexander«, sagt sie.

»Für dich Alex«, gebe ich zurück.

»Für Sie immer noch Mrs Cosentino.«

Ach ja? Dass ich sie auf einmal bei ihrem Nachnamen nennen muss, ist mir neu. Was denkt sie? Dass sie die Dinge zwischen uns damit ungeschehen machen kann? Ich kann nicht anders, als über ihren Versuch, distanziert zu sein zu grinsen.

»Como quieras«, sage ich. Wie du willst.

Der Arzt steht in der Zeit im Türrahmen und sieht von ihr zu mir und wieder zurück. Wenn er nicht merkt, dass zwischen uns was gelaufen ist, dann ist er taub oder wirklich schwul.

»Danke.« Luciana mustert mich einen Moment zu lang. »Wir sehen uns später unten«, sagt sie dann. »Für dich steht heute ein Sondertraining an. Eine Einzeleinheit. Mit Julio. Nur, damit du Bescheid weißt.«

Ein Einzeltraining also. Cosentino scheint es wirklich ernst damit zu meinen, dass ich der neue Unbesiegte werden soll. Wenn er wüsste, wie nahe ich dem früheren Unbesiegten stehe und dass genau er mein erster Trainer gewesen ist, würde er vermutlich aus den Designerschuhen kippen. Genau wie seine Frau. Die ich wirklich nicht länger so anglotzen sollte. Aber irgendwie kann ich es auch nicht lassen.

»Ich hatte gestern Abend noch eine ganz gute Einheit«, sage ich. »Ich denke, ich werde am Samstag ziemlich unschlagbar sein.«

Sie wird rot. Aber nicht vor Verlegenheit, sondern vor Zorn, das erkenne ich ganz genau. »Das ist ja toll«, sagt sie, »aber als deine Managerin werde in Zukunft ich bestimmen, wann du trainierst und wann nicht. Du darfst dich nämlich auch nicht überanstrengen, ist dir das klar?«

Mann, sie ist ziemlich süß, wenn sie sich so aufregt. »Sonnenklar«, erwidere ich.

Sie nickt. »Gut.« Damit wendet sie sich ab und ich sehe ihrem Hintern nach, der heute in einer engen schwarzen Stoffhose steckt.

Kaum ist sie weg, kommt der Doc wieder zu mir ins Zimmer. »Die Dame mischt sich ganz schön ein«, sagt er. »So was hatten wir hier früher nicht.«

»Was meinen Sie?«, frage ich, weil es mir nicht gefällt, wie er über sie redet.

»Die Krankenakten der Fighter habe ich immer unter Verschluss gehalten. Jetzt behauptet sie, dass sie sich einarbeiten will, für den Fall, dass sie bald das ganze Team managt.«

»Klingt für mich nach einer fleißigen Frau«, sage ich.

Der Arzt nimmt wieder an seinem Schreibtisch Platz und sieht für einen Moment ins Leere. »Ja«, sagt er dann. »Sie haben bestimmt Recht. Ich bin heutzutage einfach nur etwas vorsichtiger als damals, das ist alles.«

Ich sage nichts dazu. Aber auch ich frage mich jetzt, was zur Hölle Luciana eigentlich hier gesucht hat. Wofür braucht sie als Teammanagerin Einsicht in irgendwelche Krankenakten? Wer weiß, vielleicht wusste sie, dass ich hier bin und hat es auf dieses Treffen angelegt. Würde mich nicht wundern.

Immer noch grinsend schiebe ich auch den Gedanken weg und konzentriere mich wieder auf den Ausdauertest.

»Weiter so«, sagt der Doc. »Bisher keine Besonderheiten ... bis auf eine kleine Spitze im Puls.«

Tja, dafür kann ich mich dann wohl bei Luciana bedanken.

Alessia

Eine gute Stunde nach unserer Begegnung in der Praxis habe ich keine Ausrede mehr, nicht ins Gym zu gehen. Nachdem ich von Greg erwischt worden war, habe ich erst mal die Flucht ergriffen. Ich brauchte frische Luft und musste mich wieder beruhigen. Nicht wegen Alex. Also nicht nur wegen Alex. Sondern vielmehr, weil das gerade wirklich nicht gut gelaufen ist. Er hätte mich nicht sehen dürfen. Ich habe extra in Salvos Terminplaner nachgesehen, ob heute irgendwelche Untersuchungen anstehen, aber bei keinem der Kämpfer gab es einen Eintrag. Also war ich davon ausgegangen, dass der Doc nicht hier sein würde und ich in Ruhe nachsehen kann, ob schon irgendeiner der Kämpfer mit illegalen Substanzen behandelt worden ist. Wenn ich den Kreislauf aus Doping und manipulierten Wetten, den die Cosentinos hier veranstalten, aufdecken will, dann muss ich dort beginnen. Bei dem Zeug, das die Sportler verabreicht bekommen..

Ich kann nur hoffen, dass Greg nicht gleich zu Salvo läuft. Aber für den Fall, dass er es doch tut, habe ich mir schon halbwegs überzeugende Argumente zurecht gelegt.

An der Tür zum Trainingsraum bleibe ich stehen und stelle zufrieden fest, dass keiner der Typen an den Geräten mich mit irgendwelchen blöden Kommentaren nervt. Gut. Die haben wohl verstanden, dass sie mir so gar nicht erst kommen brauchen.

Ich setze ein Lächeln auf, streiche mein Haar glatt, das heute offen ist, damit niemand die Spuren von Tommasos Attacke auf meinen Hals sieht, und trete ein.

Und dann würde ich am liebsten gleich wieder nach draußen laufen. Denn im Käfig befindet sich kein Geringerer als Alex, und zwar beim Pratzentraining mit Julio. Julio hat zwei Polster in den Händen und tänzelt vor Alex her, während er ihm in schneller Abfolge Kommandos gibt: »3,2,3! 3, 1,2! 1,2,2! Schneller, schneller!«

Alex folgt seinen Bewegungen, reagiert auf jedes Kommando mit einer Kombination aus Faustschlägen, und ich kann nicht glauben, wie sexy er ist. Er trägt kein Shirt und man sollte meinen, dass ich mich an den Anblick langsam gewöhne. Tue ich aber nicht. Sein verschwitzter Rücken ist so perfekt trainiert, als wäre er ein Model aus einer Fitnesszeitschrift und ich würde am liebsten sofort zu ihm stürzen, ihn zu mir drehen und ihn küssen, so wie wir uns gestern geküsst haben. Aber stattdessen starre ich ihn nur an, seine geschmeidigen Bewegungen, seine gezielten Punches, die Art und Weise, wie die Muskeln in seinen Armen sich spannen, wann immer er zu einem weiteren Hieb ansetzt.

»3,1,2! 2,2,1! Sehr gut! Weiter so! Komm schon!« Sogar Julio wirkt begeistert, und das tut er sonst nie. Er ist ein relativ alter Trainer und kommt mir die meiste Zeit ziemlich gelangweilt vor, aber heute erscheint er total motiviert. Wahrscheinlich merkt er selbst, dass Alex anders ist als die anderen Fighter hier. Seine Bewegungen haben nichts Schwerfälliges an sich, sie wirken total natürlich. Als hätte er sein Leben lang nichts anderes gemacht, als zu kämpfen.

»Hey, rein oder raus, hier zieht's!«, ruft irgendein Typ hinter mir.

Ich blicke auf die geöffneten Fenster im Trainingsraum, hebe entschuldigend die Hand, dann trete ich ein und sehe mich um. Das ganze Team ist da, alle acht Kämpfer. Manche trainieren auf den Matten in der Ecke zu zweit, andere beschäftigen sich allein mit Liegestützen und anderen Kraftübungen. Tommaso ist natürlich auch hier. Er springt Seilchen und starrt in Richtung Oktagon. Es scheint ihm nicht zu passen, dass sich sein Personal Trainer gerade mit einem anderen Fighter befasst.

»Hey Jungs!«, sage ich laut und deutlich, damit niemand den Eindruck bekommt, ich sei eingeschüchtert von so viel Testosteron.

Und dann passiert es. Alex blickt über die Schulter in meine Richtung, Julio nutzt sofort den Moment und lässt eine der Pratzen gegen sein Gesicht klatschen, was Alex zum Stolpern bringt, und schon landet er auf dem Hosenboden.

Gelächter.

Ich verschränke die Arme und kann mir das Grinsen nicht verkneifen. »Was?«, frage ich. »So leicht abzulenken?«

»Unser puertoricanischer Freund fährt wohl auf die Frau vom Chef ab!«, ruft irgendwer und für einen Moment wird mir mulmig, auf eine seltsam paranoide Art, aber dann ruft ein anderer: »Tun wir das nicht alle?«, und als weiteres Gelächter folgt, entspanne ich mich.

Alex rappelt sich auf. Sein unverschämtes Grinsen sitzt auch jetzt noch. »Man wird doch wohl seiner Managerin Hallo sagen dürfen. Das ist nur höflich.«

»Beim Training hast du gar keinem Hallo zu sagen«, raunzt Julio sofort. »Da hat dich nur das Training zu interessieren, capisci?«

»Ja, schon klar.« Alex nimmt ein Handtuch entgegen, das er ihm hinhält, und wischt sich damit den Schweiß aus dem Gesicht.

Ich komme näher, bemühe mich wieder um Professionalität. »Wie läuft es denn?«

»Ziemlich gut«, sagt er. »Ich nehme mal an, dass ich das Turnier schon gewonnen habe, wenn ich mir den müden Haufen hier so ansehe!« Er hakt die Finger in die Gitter und durchblickt die Halle.

Ein paar der anderen protestieren, aber das scheint Alex nicht zu stören. Er grinst zu mir herunter und mir entgeht nicht, dass seine Augen sich dabei nicht auf meine, sondern auf eine Stelle ein Stück weiter unten heften. Dann sieht er mir wieder ins Gesicht und zwinkert mir zu. Gott! Kann er die blöden Anspielungen bitte lassen?

»Wir werden sehen, wie gut du dich schlägst«, sage ich. »Gestern hast du verloren.«

»Ja, aber es kam mir fast wie ein Sieg vor, als ich später am Abend noch mal darüber nachgedacht habe«, setzt er unseren Schlagabtausch von vorhin fort.

»Es war keiner«, sage ich und denke daran, wie seine Lippen über meinen Hals gewandert sind, wie sie ...

Zum Teufel mit den Erinnerungen. Ich darf nicht dauernd daran denken!

»Und es wird auch am Samstag keiner sein!«, mischt sich glücklicherweise eine dritte Person ein, ehe ich in die Verlegenheit komme, noch etwas sagen zu müssen. Doch im nächsten Moment realisiere ich, zu wem die Stimme gehört und schließe entnervt die Augen. Tommaso. Er kommt näher.

»Ah, meine kleine Conchita hat auch noch was dazu zu sagen«, kommentiert Alex.

»Pass auf, wie du mit mir sprichst!«, faucht Tommaso, schiebt mich grob zur Seite und stellt sich Alex gegenüber.

»Pass auf, wie du sie anfasst«, entgegnet dieser und sämtliche Ironie, sämtliche Lockerheit ist aus seiner Stimme verschwunden.

»Sonst?«, fragt Tommaso.

»Jungs.« Ich verschränke die Arme. »Hört auf jetzt.« Dass die beiden wegen mir in noch härteren Streit geraten, kann ich echt nicht gebrauchen. Wenn Tommaso auch nur zu ahnen beginnt, dass ich Alex etwas bedeute, habe ich ein Problem.

Moment. Wie komme ich darauf, dass ich ihm etwas bedeute? Wir hatten einmal Sex, mehr nicht.

»Ich warne dich, pendejo«, sagt Alex ungeachtet meiner Worte, den Blick immer noch fest auf Tommaso geheftet. Diese Beschimpfung, die er da gerade von sich gegeben hat, bedeutet meines Wissens nach Trottel oder Schwachkopf. »Wenn ich eins nicht ausstehen kann, dann sind das Typen, die sich Frauen gegenüber wie Arschlöcher verhalten. Also benimm dich, oder ich zerleg dich noch vor Samstag in deine Einzelteile.«

Tommaso starrt zu ihm auf und sein Gesicht wird immer roter. Dann löst er sich von seinem Platz und ist drauf und dran, zu Alex in den Käfig zu springen – aber im letzten Moment gehen Julio und einer der anderen Fighter dazwischen.

»Hey! Schluss jetzt! Seid ihr zwei verrückt geworden?!« Julio blickt fassungslos von einem zum anderen. »Wir haben eine Fight Night vor uns! Ihr habt beide gerade erst einen Kampf hinter euch und müsst bis Samstag topfit werden! Das heißt, keine Prügeleien, keine Rangeleien bis dahin! Wenn ihr das nicht hinbekommt, dann nehme ich euch direkt aus dem Team! Unprofessionelles Verhalten kann ich hier nicht gebrauchen! Habt ihr das kapiert?!«

Die beiden Männer starren sich wütend an. Tommaso atmet heftig und wirkt wie eine Dampflok kurz vor dem Start. Alex hingegen wirkt körperlich ganz ruhig, nur in seinen Augen brennt die pure Verachtung, und seine Fäuste sind so fest geballt, dass jeder Muskel an seinen Armen deutlich hervortritt.

»Ob ihr das kapiert habt?!«

»Ja«, presst Tommaso hervor.

»Sí«, sagt schließlich auch Alex. Dann wendet er sich ab und geht ein paar Schritte durch den Käfig, und ich sehe ihm deutlich an, wie schwer es ihm fällt, sich zurückzuhalten. Schon einmal ist mir aufgefallen, dass dieser Mann verdammt viel aufgestaute Wut in sich trägt. Das war am ersten Tag, als er den Kerl niedergeschlagen hat, der mich angegriffen hat. Gewalt gegen Frauen scheint wirklich ein Problem für ihn zu sein.

Wer weiß, was er schon alles erlebt hat? Wer weiß, aus was für familiären Verhältnissen er stammt. Mein Gott, ich weiß gar nichts über ihn. Und doch habe ich das Gefühl, ihm so verdammt nah zu sein.

»Alex.« Ich gehe ein Stück um den Käfig herum und nutze den Moment, in dem Julio und die anderen sich auf Tommaso konzentrieren.

Er sieht über die Schulter zu mir. Noch immer brennt dieser Zorn in seinem Blick.

»Reiß dich zusammen«, sage ich leise und lege die Hände an die Gitter. »... Ich will, dass du das Turnier am Samstag gewinnst, alles klar?«

Alex sieht mich noch einen Moment an, dann schaut er zu Tommaso, dann wieder zu mir. Er nickt knapp, dann gibt er sich sichtlich einen Ruck und wendet sich wieder Julio zu. »Okay, lass uns weitermachen!«

KAPITEL 11

Ich treffe mich mit Salvo zu einem späten Mittag- oder frühen Abendessen im Chateau, einem der edelsten Restaurants von ganz Chicago. Auch Pina und ihr Mann sind bereits da, als ich mich durch die kleinen eckigen Tische zu dem Fensterplatz schiebe, den die Cosentinos für uns reserviert haben.

»Hallo«, sage ich und gebe Salvo, der aufsteht, um mich zu begrüßen, einen Kuss. Dann blicke ich über seine Schulter auf die Aussicht, die man von hier hat. Das Restaurant liegt im obersten Stockwerk eines Wolkenkratzers und man kann die gesamte Skyline der Stadt von hier sehen. Einerseits ist das ziemlich atemberaubend, andererseits aber auch gar nicht mein Ding. So viel Beton, Glas und Stahl, flimmernd in der Sommerhitze. Einen Moment lang denke ich an früher, an meine Kindheit. An die Zeit, als mit meiner Mutter noch alles in Ordnung war. Oft fuhren wir im Sommer aus der römischen Hitze runter ans Meer. Ich denke daran, wie wir in den Wellen tobten, uns Eis kauften und uns gegenseitig mit Sonnenöl einschmierten. Meine Mutter war jung, als sie mich bekommen hat, und im Grunde genommen war sie immer eher eine große Schwester für mich. Als ich 14 war, war sie gerade 31, aber sie wirkte jünger und wir hatten eine Menge gemeinsame Themen. Filme. Musik. Wir konnten über alles Mögliche miteinander reden.

Sie ist jetzt seit sieben Jahren tot. Sie fehlt mir. Ich erinnere mich noch, wie ich sie gefunden –

»Warum setzt du dich nicht, meine Sonne?«

Ich blinzle und sehe in Salvos amüsiertes Gesicht. »Ich habe ... nur für einen Moment die Aussicht genossen.«

»Ja, die ist atemberaubend, nicht?« Pinas Mann lächelt zu mir auf. »Die habe ich an Chicago immer am meisten geliebt.« Er hat früher schon hier gelebt und sich nie so richtig in Italien eingewöhnt. Sicher ist er froh, wieder hier zu sein.

»Das glaube ich gern.« Ich setze mich endlich und schnappe mir die Karte. »Und? Was könnt ihr empfehlen?«

»Die Muscheln«, sagt Salvo. »Du solltest dich endlich mit Meeresfrüchten anfreunden.«

»Ich tu mich eben schwer mit schleimigem Essen. Ich denke, ich nehme das Steak in Portweinsoße.«

Salvo winkt eine Bedienung heran, die aussieht wie eine Staatsanwältin, und bestellt für uns alle. Dann sieht er mich an und lächelt. »Und? Wie läuft es im Gym?«

»Mein Kämpfer macht sich gut. Keine Ahnung, was mit den anderen ist, für die bin ich ja nicht zuständig.«

Salvo lacht leise und sieht die anderen beiden an. »Sie ist so ehrgeizig.«

»Ich verstehe dich nicht, Luciana.« Pina schüttelt den Kopf. »Du bist die Einzige von uns, die keinen Finger krumm machen müsste. Salvo würde es doch gefallen, dich von vorne bis hinten zu verwöhnen.«

»Ich weiß. Aber das ist mir einfach zu ... sei mir nicht böse, Salvo ... langweilig. Ich brauche etwas zu tun. Und ich könnte locker das ganze Team managen. Ihre Termine koordinieren. Interviews, gesundheitliche Checkups, Trainingseinheiten ... So was macht mir Spaß.«

»Das muss ich nicht verstehen.« Der Wein wird aufgetischt und Pina nimmt einen Schluck, ehe sie weiterspricht. »Ich bin jetzt schon vollkommen gestresst, und der Club hat noch nicht einmal geöffnet.«

»Ich kann nicht klagen«, wirft ihr Mann ein. »Es fühlt sich sogar ganz gut an, endlich wieder meiner eigentlichen Arbeit nachzugehen.«

Er schreibt gerade an ein paar Artikeln, die er dann an die lokalen Zeitungen und Online-Magazine weitergeben wird. Dazu werden morgen Fotografen ins Gym sowie ins Ivory kommen, die unsere neuen Kämpfer und den frisch renovierten Club in Szene setzen.

Salvo trinkt ebenfalls einen Schluck Wein. »Die Stadt hat jahrelang auf die Rückkehr des Ivory gewartet. Alle sind mehr als bereit. Das wird ein Riesenerfolg!«

Ich nicke, doch das Ivory oder der Erfolg der Cosentinos könnten mir nicht egaler sein. Ich denke an den Mann, mit dem ich gestern Abend zusammen war. Und an meine Mission. Und zum ersten Mal überhaupt beginne ich mich zu fragen, wie ein Leben danach aussehen könnte, und für einen Moment verliere ich mich in einem Tagtraum. Alex und ich in einem Auto. Es ist ein Cabrio und warmer Sommerwind rauscht mir durchs Haar. Um uns herum Palmen, dichtes Grün, in der Ferne Meeresrauschen. Vor uns die freie Straße. Wir küssen uns.

»Und zur Einstimmung ...« Salvo lächelt in die Runde. »... schlage ich vor, dass wir morgen Abend eine kleine Feier im Penthouse veranstalten. Die ganze Belegschaft soll kommen. Das Personal, die Fighter, die Familie. Ich will, dass wir von Anfang an klarmachen, was das neue Ivory auszeichnet. Wir alle sind eine Familie.«

»Bis auf die vier armen Vögel, die Fight Night für Fight Night rausfliegen, wenn sie verlieren«, gibt Pinas Mann voller Schadenfreude zurück.

Salvo lacht leise. »Ja. Aber wir werden eine so glückliche Familie sein, dass der Anreiz groß ist, dabei zu bleiben. Ich will, dass diese Männer sich für uns die Seele aus dem Leib prügeln, und dafür sorgen wir, indem wir freundlich sind. Also, laden wir alle ein.« Er sieht mich an. »Das kannst du tun, wenn du so gerne Termine koordinierst, Liebes. Sag ihnen, sie sollen um acht da sein. Und bereite deinen Schützling darauf vor, dass ich mich mit ihm unter vier Augen unterhalten will.«

»Sechs«, sage ich und trinke einen Schluck Wein.

Salvo lacht, dann legt er den Arm um mich und drückt mich an sich. »Und da soll noch mal einer sagen, junge schöne Frauen seien für einen Mann wie mich nichts als Dekoration!«

»Du solltest aufpassen, Salvo.« Pina zwinkert mir zu. »Eines Tages bootet sie dich aus.«

Alex

Es ist eine viel zu warme Nacht. Natürlich kenne ich das aus Puerto Rico, aber da ist es nicht so schwül. Ich liege auf dem Bett in meinem Motelzimmer, das Fenster ist weit offen und ich kriege kein Auge zu. Natürlich ist die Hitze daran schuld, genau wie die Polizeisirenen, die in regelmäßigen Abständen zu hören sind. Auf keinen Fall liegt es daran, dass ich in einer Tour an Luciana Cosentino denke. Und zu allem Überfluss bekomme ich dann auch noch eine Nachricht von Hector:

Na, wie läuft es mit der Rache?

Rache, ja. Das und nichts anderes ist der Grund, aus dem ich hier bin. Und dem Mafiaboss die Frau auszuspannen, ist nicht das, was meine Rache ausmachen soll. Im Gegenteil. Ich will mit keinem von den Cosentinos etwas zu tun haben. Auch nicht mit ihr, denn wenn sie einen von ihnen geheiratet hat, dann ist sie kein Stück besser. Dann ist sie Abschaum, so wie Salvatore, Luigi, Terry und all die anderen.
Ich schüttle den Kopf und schreibe zurück:

Gut. Ich bin im Team.

Die Antwort kommt direkt:

Du hast dich aber schnell hochgeschlafen!

Dahinter ein Tränen lachender Smiley. Hochgeschlafen. Von wegen! Ich tippe eine Antwort und kapiere erst, was ich geschrieben habe, als ich schon auf Senden gedrückt habe:

Cosentinos Ehefrau ist der Hammer.

Und dann klingelt mein Handy. Hector ruft an.
»Es ist mitten in der Nacht, compadre«, sage ich, kaum dass ich rangegangen bin.

»Juckt mich nicht. Seit wann stehst du auf Ältere?«

»Sie ist nicht älter«, antworte ich. »Sie ist maximal so alt wie ich.«

»Dann ist es doch klar, was das für eine Frau ist. Eine, die einen älteren Mann heiratet, der zufälligerweise auch noch reich ist? Komm schon.«

»Lo sé«, gebe ich zurück. Ich weiß. »Es war auch nichts Ernstes, amigo. Nur Sex.« Ich glaube meine Worte selbst nicht. Aber das muss Hector ja nicht wissen.

»Woh! Momento! Du hast mit der Frau von Cosentino geschlafen?!«

»Sí«, gebe ich zu.

Hector lacht, aber er klingt dabei, als würde er gleich anfangen zu heulen.

»Krieg dich ein. Es war nichts, und Cosentino wird nie davon erfahren. Ist doch klar. Oder denkst du, sie läuft direkt zu ihm und berichtet ihm davon, he?«

»Woher weißt du, dass sie das nicht aus lauter schlechtem Gewissen tut? Und dann kannst du deinen Plan vergessen! Einen Plan, auf den du dein ganzes Leben hingearbeitet hast. Für den du dein Leben sogar riskierst! Alter. Ich weiß ja, dass kein Rock vor dir sicher ist, aber dieser eine sollte für dich mit einem Vorhängeschloss und einem Elektrozaun gesichert sein. Verstehst du, was ich dir sagen will? Das ist die eine Frau, die du nicht haben kannst. Also lass die Finger von ihr!«

Ich atme tief durch und denke an Luciana. Was Hector da sagt, macht Sinn. Sie ist tatsächlich die einzige Frau auf der ganzen Welt, von der ich die Finger lassen sollte. Aber ist das der Grund, aus dem sie mir so gut gefällt? Aus dem ich seit gestern fast pausenlos an sie denke? Ich meine, ich hatte sie immerhin schon, oder nicht? Dann könnte sie mir doch jetzt egal sein, wenn es nur darum gegangen wäre.

»Alex«, sagt Hector eindringlich. »Hör auf deinen besten Freund. Vergiss sie. Zieh das durch, wofür du nach Chicago geflogen bist, und dann komm zurück. Hier ist deine Familie. Hier kannst du endlich ein normales Leben anfangen, wenn du deinen Frieden mit diesem Mafiaclan gemacht hast.«

Meinen Frieden. Als ginge es um Frieden. Ich denke an damals, an die Nacht, als meine Mutter aus der Geiselhaft der Cosentinos befreit wurde. Ich war weit weg, in Somerset, aber sie bestand darauf, mit mir zu sprechen, am Telefon, nur kurz. Patricia gab mir den Hörer, und ich habe sie im ersten Moment nicht erkannt. Sie klang wie ein anderer Mensch, und sie blieb ein anderer Mensch. Was die Cosentinos mit ihr gemacht haben, ist nie geheilt. Und was ich mit ihnen machen werde, wird ebenfalls nie heilen.

Aber auch Luciana ist eine Cosentino.

»Ich muss Schluss machen«, sage ich zu Hector.

»Ja, mit ihr.«

»Hector. Da läuft nichts. Das war eine einmalige Sache.«

»Mich musst du davon nicht überzeugen. Überzeug dich selbst, das reicht schon.«

»Keine Sorge.« Ich richte Grüße an Marisol aus, dann verabschiede ich mich und lege auf.

Hector hat Recht, das ist mir vollkommen klar. Es war ein riesiger Fehler, Luciana auch nur anzufassen. Aber jetzt ist es zu spät, die Sache rückgängig zu machen. Also bleibt mir nur eins übrig: Ich muss sie mir aus dem Kopf schlagen. Mit aller Gewalt, wenn nötig.

Die Straße vor dem Studio ist vollkommen zugeparkt und ich höre immer lauter die Kameras klicken, während ich mich der Tür nähere. Als ich durch den Bereich mit den Geräten laufe, kommt Stimmengewirr hinzu, und als ich dann schließlich das Trainingscamp betrete, bin ich nicht überrascht, als ich insgesamt acht Fotografen entdecke, die zwischen den Kämpfern unterwegs sind, mit ihnen reden und immer wieder Bilder machen.

Auch Salvatore ist heute hier, und er sonnt sich mehr als seine Fighter im Blitzlicht. Immer wieder lässt er sich mit Tommaso ablichten und betont, dass der Junge sein ganzer Stolz sei. Tommaso freut sich sichtlich über die Aufmerksamkeit seines Vaters und strahlt bis über beide Ohren. In seinem engen schwarzen Muscleshirt und mit den teuren, auf ausgewaschen gemachten Jeans sieht er aus wie ein Bodybuilder aus den Neunzigern, aber er scheint sich vorzukommen wie ein richtiger Adonis. Er stolziert herum, als hätte er Rasierklingen unter den Armen, und das nervt mich vom ersten Moment an tierisch. Trotzdem nähere ich mich meinem Mann und seinem Kampfhahn von Sohn, um Hallo zu sagen – doch auf halber Strecke bleibe ich plötzlich stehen und spüre, wie sich alles in mir beinahe schmerzhaft zusammenkrampft.

Ich habe Alex entdeckt. Er steht in der Nähe der Fenster und posiert nicht für die Fotografen – stattdessen unterhält er sich mit einer aufreizenden Blondine, die zwar eine Kamera in der Hand hält, ansonsten aber eher aussieht, als sei sie direkt einem Porno entsprungen.

Na ja, eigentlich nicht. Sicher, sie trägt High Heels und ihr Rock ist nicht der längste auf Erden, aber ansonsten wirkt sie mit ihrem sorgsam gelegten Haar und der dickrandigen schwarzen Brille schon seriös. Aber für mich sieht es dennoch aus, als würde sich da gerade die billigste aller Frauen an Alex heranmachen. Oder vielmehr er an sie.

Er stützt sich an der Wand neben ihr ab und steht für meinen Geschmack viel zu dicht vor ihr. Seine Trainingshose sitzt viel zu tief und das dünne Shirt zeigt viel zu viel von seinem perfekten Körper. Sie starrt auf seine Brustmuskeln, das kann ich von hier aus sehen, und dann bringt er sie zum Lachen und sie wirft den Kopf in den Nacken, und ich spüre, wie Zorn in mir aufflammt.

Sicher hat er gerade einen seiner lockeren spanischen Sprüche gebracht, irgendwas mit chica und corazon und amor, und schon schmilzt sie dahin. Klar. Mich hatte er ja jetzt in seinem Bett, also kann er sich getrost der Nächsten widmen. Zumindest scheint er das zu glauben. Aber wenn er allen Ernstes denkt, dass die Sache so läuft, dann hat er sich gehörig geschnitten!

Ich vergesse, dass ich eigentlich zu Salvatore gehen wollte, setze mich in Bewegung und halte auf Alex zu. »Alexander!«

Zuerst beachtet er mich gar nicht. Er sagt etwas zu der Blondine, sie lacht wieder und dann sieht sie ihm tief in die Augen. Also wiederhole ich seinen Namen, und ich höre selbst, wie sauer ich klinge. Das sollte ich nicht. Ich sollte mir nicht anmerken lassen, dass es mich stört, was er da tut. Aber ich fürchte, dafür ist es jetzt zu spät.

Er dreht sich zu mir um und mustert mich mit einem schiefen Grinsen auf den Lippen, von dem ich weiß, dass es nicht mir, sondern ihr gilt, und das macht mich rasend.

»Mrs Cosentino«, sagt er und nickt höflich, und sofort schießt die Blondine an ihm vorbei und hält mir die Hand hin.

»Sie sind Luciana Cosentino? Oh mein Gott, wie schön, dass Sie da sind! Die ganze Stadt redet schon über Sie! Ich stalke Ihr Facebook seit zwei Wochen! Es ist total verblüffend, eine so hübsche und junge Frau im Umfeld des Ivory zu sehen! Früher war das Männersache und die Frauen kamen nur zum Jubeln, hab ich mir sagen lassen! Wem werden Sie denn zujubeln, wenn die Fight Night am Samstag startet?«

Mein Gott, die redet wie ein Wasserfall, und im Grunde genommen hab ich gar keine Lust, mit ihr zu sprechen. Schon gar nicht, als ich sehe, wie Alex sie anblickt. Er checkt sie ab. So, wie er es mit mir getan hat. Und ich koche innerlich.

»Ich werde niemandem zujubeln«, sage ich und will noch etwas hinzufügen, aber Alex kommt mir zuvor.

»Auch nicht mir? Du bist meine Managerin, cariño.«

Tz, kommt er mir jetzt ernsthaft mit diesem Spitznamen? Daran, mich höflich zu siezen, hat er sich ja echt lange gehalten!

»Ist das wahr?« Die Blondine blickt von ihm zu mir. »Dann brauche ich unbedingt ein Foto von euch beiden! Kriegen wir das hin?«

»Aber sicher«, sagt Alex und zieht mich in seinen Arm. »Wenn ich dafür deine Handynummer kriege.«

Die Blondine lacht. »Aber sicher doch!« Damit hebt sie ihre Kamera vors Gesicht und ich spüre, wie die Wut in mir zu einem fast körperlichen Schmerz wird. Dieser Arsch! Reißt er da gerade wirklich genau vor meinen Augen die Nächste auf?

»Wow, das ist ein tolles Foto!« Die Blondine blickt auf ihr Display. »Sie haben so eine Entschlossenheit im Blick, Mrs Cosentino. Sie sehen aus wie eine knallharte Geschäftsfrau. Nur schöner.«

»Das freut mich. Aber jetzt habe ich leider noch was zu tun. Und du auch.« Ich blicke zu Alex auf. »Wir müssen uns unterhalten.«

»Müssen wir?«, fragt er. »Ich dachte, wir müssen alle den ganzen Morgen hier im Trainingsraum sein, wegen der ... Presse.«

»Die Presse wird auch für zwei Minuten auf dich verzichten können. Komm schon!« Ich nicke der Blondine knapp zu, gehe an ihr vorbei und bin froh, dass mir Alex nach einem Moment tatsächlich folgt.

»Wohin läufst du?«, fragt er hinter mir.

»Komm einfach mit!« Ich verlasse den Trainingsraum, durchquere das Gym und trete dann in die Damenumkleide, weil wir hier hundertprozentig ungestört sind. Hier sind fast nie Frauen, und für den regulären Betrieb ist das Studio heute ohnehin geschlossen.

Alex folgt mir. »Eigentlich darf ich hier gar nicht rein, weißt du?«

Kaum ist die Tür hinter ihm zugefallen, fahre ich zu ihm herum. »Was soll das?!«

»Was soll was?«, fragt er und sieht mir dabei so gelassen in die Augen, als würde ich ihm gerade den Wetterbericht vorlesen.

»Du weißt genau, was ich meine! Du und diese blonde Schlampe, was läuft da?!«

Alex' Lippen verziehen sich zu einem Schmunzeln. »Was da läuft? Ich weiß es noch nicht. Ich habe sie gerade vor zehn Minuten kennengelernt, also ...«

»Also dachtest du, hey, ich hatte ja schon seit vorgestern keinen Sex mehr, also reiße ich mir gleich mal die Nächste auf?!«

»Woher willst du wissen, dass ich seit vorgestern –?«

Das reicht. Den Rest dieses Satzes muss ich nicht hören. Wie von allein hebt sich meine Hand und klatscht in Alex' Gesicht.

Er verstummt, als sein Kopf zur Seite fliegt. Aber das reicht mir noch nicht. Ich knalle ihm noch eine. Doch als ich zum dritten Mal aushole, ist er schneller. Er hält mein Handgelenk fest, und als ich den anderen Arm hebe, packt er auch das zweite.

»Lass mich los!«

Er macht keine Anstalten dazu, stattdessen drängt er mich, noch immer meine Arme festhaltend, gegen die Spinde in meinem Rücken.

»Du sollst mich loslassen!«

»Und du solltest dich beruhigen. Es reicht.«

»Es reicht?«, zische ich. »Es reicht, wenn du aufhörst, mich wie eine Hure zu behandeln, die du gevögelt hast und die du jetzt ablegen kannst wie ein –«

»Halt deine Klappe, verdammt noch mal«, unterbricht er mich, und der letzte Rest seiner überlegenen

Gelassenheit ist dahin. »Willst du, dass es jemand mitbekommt, he? Willst du unbedingt, dass dein Mann davon erfährt?«

»Was interessiert es dich?«, fahre ich ihn an, aber dann verstehe ich und spüre selbst, wie ein spöttisches Lächeln mein Gesicht überzieht. »Oh, verstehe. Du hast Angst, rauszufliegen, was? Tja, dann hättest du dir vielleicht überlegen sollen, ob du es mit der Frau von deinem Chef treibst und dir stattdessen lieber gleich eine drittklassige Schlampe an der nächsten Straßenecke suchen sollen. Das scheint auch eher dein Niveau zu sein!«

»Beruhig dich«, fordert er, und mir fällt auf, dass er mir jetzt nicht mehr in die Augen sieht. Auch der Klang seiner Stimme hat sich verändert, er hört sich rauer an.

»Sag mir nicht, was ich zu tun habe!«

»Luciana ...«

»Was? Kommen jetzt die Ausflüchte? Spar sie dir. Ich habe keine Zeit, mit einer männlichen Hure zu diskutieren.«

Ich will mich losmachen und an ihm vorbei aus der Umkleide stürmen, aber er hält immer noch meine Arme fest. Einen Moment lang sagt er nichts, aber dann blickt er mir doch wieder in die Augen, und der Ausdruck in seinen hat sich verändert.

»Was erwartest du?«

»Was ich ...«

»Ja, sag es mir. Wie stellst du dir das mit uns vor?«

Auf diese Frage war ich nicht vorbereitet und ich hasse es, dass ich jetzt ins Stocken gerate. Denn er hat vollkommen Recht, wenn er gerade versucht mich darauf hinzuweisen, dass das mit uns eigentlich gar nicht funktionieren kann.

»Du bist verheiratet, das hast du selbst gesagt«, fährt er fort und in seinen Augen funkelt dabei beinahe derselbe Zorn wie an unserem ersten Tag, im Flur des Ivory. »Und nicht mit irgendwem, sondern mit Salvatore Cosentino. Würdest du ihn verlassen? Für uns?«

Ich stammle etwas, aber es ergibt keinen Sinn, also mache ich den Mund gleich wieder zu.

Salvatore verlassen? Wie soll ich denn? Diese Ehe war mein erster großer Teilsieg. Wenn ich ihn verlassen würde, dann wäre mein ganzer Plan dahin. Dass ich überhaupt darüber nachdenke, ist schon ein Witz. Ich schüttle den Kopf, schaue auf und stelle fest, dass Alex mir genau in die Augen sieht.

Er nickt langsam. »Dachte ich mir. Du bist eben eine Cosentino.«

»Alex, ich ...« Auf einmal halte ich seinem Blick nicht länger stand. Ich sehe weg, auf seinen definierten Oberkörper, seinen Ausschnitt, aus dem sein Tattoo hervorblitzt. Mi vida loca. Mein verrücktes Leben. »Hör zu, ich kann dir das alles nicht im Detail erklären. Aber ich kann ihn nicht verlassen.«

»Schon klar, du hast sicher hart für die Hochzeit mit ihm gearbeitet, he?«

Da ist eine Spur von Verachtung in seiner Stimme, und das gefällt mir nicht. Bisher war es mir immer recht, wenn die Leute dachten, dass ich einfach eine junge Frau auf der Suche nach Luxus wäre, die aus diesem Grund einen alternden Geschäftsmann heiratet.

Weil diese Identität die perfekte Tarnung für mich war. Aber dass Alex so von mir denkt, will ich nicht.

»Es ist nicht so, wie du glaubst«, sage ich und begebe mich damit bereits auf gefährliches Terrain, denn ich verrate eigentlich viel zu viel.

»Wie ist es dann?«

»Das kann ich dir nicht sagen.«

Er lacht kurz und hart. »Schon klar.«

Ich zwinge mich, ihn wieder anzusehen. »Du musst mir einfach glauben, dass ... dass das mit uns für mich nicht nur ein One-Night-Stand war. Aber –«

»Für mich vielleicht schon«, sagt er und ich spüre genau, dass seine Worte nur seinem puertoricanischen Stolz geschuldet sind. Trotzdem treffen sie mich.

»Unsinn«, sage ich.

»Du kennst mich nicht«, erwidert er.

»Du mich auch nicht.«

Einen Moment lang blicken wir einander in die Augen, wie Kontrahenten kurz vor einem Boxkampf, die versuchen, einander einzuschätzen. Und dann geht alles viel zu schnell. Alex lässt meine Handgelenke los, packt mein Gesicht mit beiden Händen und küsst mich voller Leidenschaft. Ich schlinge die Arme um seinen muskulösen Körper, ziehe ihn dicht an mich, um all das noch mal zu spüren, was vorgestern Abend zwischen uns passiert ist. Tief sauge ich seinen männlichen Duft ein, dabei schließe ich die Augen und konzentriere mich ganz auf seinen Kuss, der mir binnen Sekunden den Atem raubt. Was macht dieser Mann nur mit mir? Ich lehne mich an das kühle Metall in meinem Rücken, spüre seinen Körper ganz dicht an meinem und schnappe nach Luft, als seine Lippen von meinen ablassen und über meinen Hals wandern. Für den Bruchteil einer Sekunde denke ich an die Blessur, die Tommasos Attacke dort hinterlassen hat und bete, dass Alex sie nicht sieht ...

Aber dann ist von draußen ein Geräusch zu hören, ein lauter Knall, vermutlich als einer der Reporter gegen einen Hantelständer stößt oder irgendetwas umwirft, und wir lassen gleichzeitig voneinander ab, wenden uns beide alarmiert der Tür zu.

»... Es kommt keiner«, sage ich nach einem Moment atemlos.

»Nein«, erwidert Alex.

Ich richte mich auf, streiche mein Haar glatt, dann meine Bluse. »Ich muss gehen!«

»Ja, du solltest«, sagt Alex, auch nicht weniger atemlos als ich.

Ich blicke zu ihm herüber. »Wir sehen uns heute Abend bei uns zu Hause. Salvo lädt alle Mitarbeiter aus dem Ivory zu einer kleinen Feier ein, ehe es morgen losgeht.«

»Ich sehe, ob ich kommen kann.«

»Alex.« Ich blicke ihn eindringlich an. »Bitte komm. Salvatore ist das wichtig. Du willst doch einen guten Stand bei ihm haben.«

Damit reiße ich mich endgültig los und gehe zur Kabinentür. Ich spüre seinen Blick in meinem Nacken und möchte nichts dringender, als wieder zu ihm laufen. Aber das geht nicht. Also mache ich, dass ich verschwinde, ehe ich doch noch schwach werde.

KAPITEL 12

Eingeladen zu sein in das private Penthouse von Salvatore Cosentino ist vor allem eins: eine verflucht große Chance.

Wenn es Beweise für die Ermordung meines Vaters durch Terry Grimes gibt, dann vermutlich in E-Mails oder alten Messenger-Nachrichten. Auch größere Überweisungen an Grimes könnten ein Hinweis sein. Aber ich darf mir nichts vormachen: Das alles ist Jahre her und es wird verdammt schwer werden, überhaupt noch was zu finden. Ich müsste an einen Laptop herankommen, denn Handys wechselt man häufiger. Ich müsste unbemerkt alle Daten kopieren. Wie das geht, habe ich längst gelernt. Dylan Coleman, ein alter Polizeikollege von Harley, hat mir dabei geholfen. Ihm passt es auch nicht, dass die Cosentinos davongekommen sind, während meine Familie die Staaten verlassen und in den Zeugenschutz gehen musste, also hat er mich nicht nur mit sämtlichen Akten versorgt, um die ich ihn gebeten habe, sondern mir auch Dinge beigebracht – oder mich an Freunde von ihm verwiesen, die ihm einen Gefallen schuldig waren. Mehrfach hat er mich in Puerto Rico besucht, natürlich nicht in Arecibo, in der Nähe meiner Familie, sondern immer an geheimen Treffpunkten. Er ist einer der Gründe, aus denen ich auf das hier seit Jahren perfekt vorbereitet bin.

Ich drehe den kleinen Speicherstick, den ich hoffentlich heute noch benutzen können werde, in den Händen, dann lasse ich ihn in meine Hosentasche gleiten. Dann jedoch überlege ich es mir anders, hole ihn wieder heraus und schiebe ihn stattdessen in meinen Socken, auf der Innenseite meines Knöchels. Denn wer weiß, ob bei den Cosentinos nicht die Taschen durchsucht werden. Oder ob ich einer bestimmten Cosentino nicht noch einmal ziemlich nahe komme …

»Basta, idiota«, fahre ich mich selbst an, während ich mich auf die Bettkante setze, um meine Schuhe anzuziehen. Hör auf damit, du Idiot.

Ich muss sie mir aus dem Kopf schlagen. Gefühle für sie zu haben gefährdet nicht nur meinen Plan, sondern es widerspricht auch allem, was in meinem Leben bisher wichtig war. Luciana Cosentino ist der Feind. Ich sollte sie hassen. Wenn ich das nicht tue, wie glaubwürdig bin ich dann noch? Wie kann ich mich selbst noch im Spiegel ansehen?

Vielleicht sollte ich noch einmal zu der Brücke fahren, mir die Schweißnähte ansehen, mir klarmachen, was diese Familie meiner angetan hat. Ich bin der Einzige, der imstande ist, Rache zu üben. Meine Mutter ist dazu nicht imstande, Patricia selbstverständlich auch nicht. Harley und Megan haben Kim, außerdem hatten sie ihre Chance und haben sie vertan, weil sie sich nicht für den Kampf, sondern für die Flucht entschieden haben. Und was war der Grund? Ihre Liebe zueinander.

Liebe ist Gift, wenn es darum geht, einen Plan zu verfolgen. Für Gerechtigkeit zu sorgen. Und darum werde ich mich auf gar keinen Fall in Luciana Cosentino verlieben.

Ich stehe auf und mein Blick fällt auf die kleine weiße Karte, die auf der Ablage über dem Kühlschrank liegt. Es ist die Visitenkarte der blonden Pressefotografin. Ich soll sie anrufen. Jederzeit. Am besten wäre es, ich würde es sofort tun und mich direkt für übermorgen mit ihr verabreden. Normalerweise würde ich das ohne zu zögern machen. Bisher habe ich es immer so gemacht – eine Frau kennengelernt, was mit ihr gehabt, dann die nächste kennengelernt. Die Sache mit Marisol war die einzige, die etwas länger ging, und das lag wahrscheinlich daran, dass sie meine Pläne kannte und sich irgendwie damit arrangiert hat. Zumindest für eine Weile. Aber auf etwas wirklich Ernstes habe ich es nie ankommen lassen, und das werde ich auch nicht tun. Nicht, bis ich hier fertig bin. Und wenn es so weit ist, dann wird Luciana vermutlich mit dem Rest ihres verkommenen Clans im Knast sitzen und alles, was uns noch verbindet, wird eine kurze gemeinsame Vergangenheit sein.

Stört mich diese Vorstellung? Nein, verdammt! Kein Stück.

Ich gehe herüber zur Badezimmertür und sehe ein letztes Mal in den Spiegel, ehe ich das Motel verlasse.

»Deja de mentir a ti mismo«, sage ich zu meinem Ebenbild. Hör auf, dich selbst zu belügen.

Ja, es wird mich stören, wenn sie hinter Gittern ist. Aber das ändert nichts. Ich bin nicht Harley. Ich bringe zu Ende, was ich angefangen habe.

Alessia

»Meine Sonne! Du siehst wundervoll aus!«

Ich drehe mich zur Schlafzimmertür um und blicke Salvo entgegen. Er hat sich in einen cremefarbenen Anzug geworfen, der seine Haut beinahe sonnenverbrannt wirken lässt. Ich hingegen trage ein nachtblaues Kleid, vorn relativ weit geschlossen, aber hinten mit einem weiten, wasserfallartigen Rückenausschnitt. Die Seide, aus der es besteht, schimmert leicht und es betont perfekt meine Taille und, da es gerade bis knapp übers Knie reicht, meine Beine. Dazu trage ich High Heels, was ich immer noch nicht gerne tue – ich würde sie jederzeit gegen ein Paar Boots tauschen, wenn ich könnte.

Mein Haar ist immer noch offen, fällt aber jetzt in weichen Wellen über meine Schultern, und geschminkt habe ich mich besonders sorgfältig.

Der Grund dafür, dass ich mir so viel Mühe gegeben habe, ist so offensichtlich wie ärgerlich: Alex wird kommen. Und ich will ihm gefallen.

Den ganzen Nachmittag über habe ich mich dagegen gesträubt, habe darüber nachgedacht, einen Hosenanzug anzuziehen und mir dazu einen strengen Haarknoten zu machen. Aber das hätte nicht nur Salvo gewundert, sondern mir auch selbst nicht gefallen. Ich hätte mich unwohl gefühlt, verkleidet. Doch das will ich nicht. Ich will, dass er mich schön findet, dass er mich haben will.

Auch wenn er mich nicht haben kann. Und ich ihn nicht.

»Danke«, sage ich und lächle. »Ich dachte, es ist ein besonderer Abend, da muss auch ein besonderes Outfit her.«

»Du wirst sämtliche Gäste mit deiner Schönheit überstrahlen.« Salvo legt die Hände auf meine Taille und mustert mich zufrieden von oben bis unten. »Apropos. Ein paar sind schon da, du solltest also langsam nach draußen kommen. Sie warten auf die Gastgeberin.«

Mein Herz schlägt ein wenig schneller. Ist er schon hier? Ich kann Salvatore unmöglich danach fragen. »Ich komme sofort«, sage ich daher und lege ihm, als er mich küssen will, schnell einen Finger auf die Lippen. »Liebling. Mein Lippenstift.«

Salvo lächelt entschuldigend und küsst mich schließlich auf die Wange anstatt auf den Mund. Gut. Seit vorgestern ist es mir unangenehmer denn je, wenn er mir nahe kommt. Ich komme mir vor, als würde ich Alex mit ihm betrügen – so bescheuert das ist.

»Ich organisiere dir schon mal einen Champagner«, sagt Salvatore, lässt mich los und verlässt dann das Schlafzimmer.

Ich trete an meinen Schminktisch, lege zwei Spritzer Parfum auf und mustere mich noch mal. Ich sehe verkleidet aus, aber gut. Und Alex kennt mich nicht. Er wird nicht merken, dass ich quasi in einem Kostüm stecke.

Zuversichtlich lächle ich mir zu, dann wende ich mich vom Spiegel ab, schnappe mir meine Clutch und verlasse das Schlafzimmer.

Im großen Wohnzimmer haben sich tatsächlich schon einige Gäste eingefunden. Pina und ihr Mann, die für heute einen Babysitter haben, sitzen mit Gläsern auf dem Sofa und unterhalten sich mit einem Mann, von dem ich weiß, dass er nachträglich als Barkeeper eingestellt worden ist.

Leo steht an der Fensterfront und redet mit einer Kellnerin und einem der Fighter, der wie ein Profiwrestler aussieht und leider nicht Alex ist.

An dem Buffet, das Salvatore extra von einem Cateringservice hat bringen lassen, stehen zwei weitere Kämpfer und albern mit Tommaso herum, der in seinem Anzug aussieht wie ein Konfirmand.

Alex ist leider noch nicht hier und ich hoffe, dass er den Termin nicht sausen lässt – aus gleich zwei Gründen. Über den ersten davon habe ich schon den ganzen Tag nachgedacht und der zweite ist das Gespräch unter vier Augen, das Salvo mit ihm führen will. Mit Sicherheit geht es dabei um etwas Bedeutungsvolles, die Fights betreffend. Und wenn es bedeutungsvoll ist, dann ist es bei den Cosentinos immer illegal.

Also bleibt mir nichts anderes übrig, als zu Salvo herüber zu gehen. Er spricht mit zwei Männern, die wichtig aussehen mit ihren Maßanzügen und dem teuren Schmuck.

»Salvo«, sage ich, während ich mich langsam nähere.

»Da ist sie ja!« Salvatore reicht mir eine Hand, zieht mich zu sich und lässt mich eine Drehung machen, um mich zu präsentieren. »Sieht sie nicht bezaubernd aus?«

Er erntet zurückhaltende Zustimmung – anscheinend sind die Männer zu elegant, um extrovertiert zu reagieren oder ich gefalle ihnen einfach nicht.

Mein verhaltenes Lächeln ist nicht einmal gespielt, als ich ihnen einen guten Abend wünsche.

Ich kenne die Kerle nicht, aber offenbar müssten wir uns kennen, denn Salvo stellt uns nicht vor. Oder aber sie sind nicht nur wichtig, sondern extrem wichtig und legen viel Wert auf ihre Anonymität.

Wenn sie mit den Wetten und dem Doping zu tun haben, dann möchten sie wahrscheinlich, dass ihre Identität geheim bleibt.

Dass ich ungelegen komme und in ein Geschäftsgespräch hereingeplatzt bin, merke ich spätestens jetzt. Denn einen Moment herrscht unbehagliches Schweigen, dann sagt einer der Männer etwas übers Wetter.

Ich fühle mich nicht nur unbehaglich, sondern bin auch ziemlich sauer, dass mein Mann immer noch Geheimnisse vor mir hat. Ich dachte, ich hätte mir sein Vertrauen bereits so weit erarbeitet, dass er mir gegenüber nichts mehr verheimlicht.

Aber weit gefehlt.

Die Situation wird immer abstruser, als die drei nach dem Wetter das nächste Smalltalk-Thema abhaken. Offenbar warten sie nur darauf, dass ich mich wieder verziehe.

Erleichtert stelle ich fest, dass sich in diesem Moment die Aufzugtüren öffnen und Alex die Party betritt.

Er macht einen Schritt aus der Kabine raus und bleibt dann stehen, als müsse er erstmal kapieren, was hier vor sich geht. Heute Abend trägt er eine Lederjacke, und das hebt ihn deutlich von allen anderen hier ab. Auf positive Art. Er sieht blendend aus.

»Entschuldigt mich.« Ich lege Salvo eine Hand auf dem Arm und löse mich von ihm.

Ich kann die Anspannung förmlich fühlen, die von den beiden Männern abfällt, als ich mich auf den Weg zu Alex mache.

Alex

Ich hasse Snobs. Ich hasse Cocktailpartys und ich hasse Champagner und Häppchen. Kein Wunder, dass eine Feier bei den Cosentinos also genau so aussieht. Einen Moment bin ich versucht, den Aufzug zurückzurufen und einfach wieder zu fahren. Noch scheint mich niemand bemerkt zu haben, also wäre es leicht, einfach wieder zu verschwinden.

»Alex, hey.«

Zu spät.

Ich drehe mich um, auch wenn das nicht nötig wäre, ich habe sie direkt an ihrer Stimme erkannt.

»Mrs Cosentino.« Ich hebe beide Augenbrauen, während ich das sage, um zu verbergen, dass mich ihr Aussehen in Wahrheit umhaut. Sie sieht wunderschön aus in diesem – wahrscheinlich sündhaft teuren – Designerfummel, mit ihren offenen Haaren und diesem Blick ...

Sie sieht toll aus, aber auch verkleidet. Ich weiß nicht, wem sie etwas vormachen will, aber mich kann sie nicht täuschen.

»Schön, dass du kommen konntest. Champagner?« Sie wendet sich ab, um einem Kellner zwei Gläser abzunehmen.

Ich erhasche einen Blick auf ihre Rückseite, auf den tiefen Ausschnitt ... und den Ansatz eines blauen Flecks an ihrem Nacken.

»Wer war das?!« Ich streiche ihr die Haare zur Seite und sehe, dass sich der Bluterguss fast bis nach vorne zu ihrem Hals zieht.

Luciana fährt zu mir herum. »Alex, bist du verrückt geworden? Nicht hier!«, faucht sie und ordnet ihre Frisur wieder.

Nicht hier? Scheiße, glaubt sie, ich will sie vor aller Augen anmachen oder was? »Ich will wissen, wer das war!«

»Es geht dich aber nichts an.«

»Ach, so ist das jetzt also?«

Ihre Augen sprühen Funken. »Ganz genau so.«

Das reicht.

Ich packe sie am Handgelenk und will sie mit mir ziehen, irgendwohin, wo wir ungestört reden können. Doch sie lässt sich nicht so einfach mitziehen. Sie stemmt sich gegen mich und schimpft leise auf Italienisch, was sich ziemlich sexy anhört. Dann macht sie sich los und ich packe sie nicht erneut, weil die Leute um uns herum bereits gucken.

Deshalb beuge ich mich nur zu ihr rüber und zische: »Sag mir, wer das war oder ich verprügle einfach jeden Scheißwichser in diesem Raum!« Offenbar habe ich lauter geflüstert, als ich es vorhatte, denn die Leute starren uns immer noch an.

Auch Luciana scheint das zu bemerken, denn sie stößt mir mit dem Ellbogen in die Seite und lacht schallend.

Irritiert sehe ich zu ihr herüber.

Ist sie betrunken oder verliert sie gerade ihren Verstand?

»Du bist so lustig!«, sagt sie eine Spur zu laut und legt mir eine Hand auf den Unterarm. Leise, nur an mich gewandt, fügt sie hinzu: »Sei froh, dass ich dich nicht zu Boden geschickt habe.«

Jetzt verstehe ich und versuche mich ebenfalls an einem Grinsen, das sich wie eine Grimasse anfühlt, denn ich bin immer noch sauer. Irgendwer hat es gewagt, meine chica so anzufassen. Und dafür wird er bezahlen.

Meine chica? Mein Mädchen?

Ich sollte so wirklich nicht denken.

»Du musst mir sagen, wer es war«, flüstere ich. »... Bitte«, füge ich dann widerwillig hinzu.

»Salvo!«

»Dein Mann war es?« Das war ja klar. Dieser verfluchte Mistkerl ...!

Sie schüttelt den Kopf, stößt mir wieder in die Rippen und hebt dann einen Arm, um Cosentino zu uns zu winken.

Jetzt verstehe ich, was sie vorhat. Sie bringt ihren Kerl ins Spiel, damit ich nicht weiter nachfrage. Aber ich werde es schon noch herausfinden.

»Alexander, wie schön«, begrüßt mich Cosentino. Er schüttelt meine Hand und lässt seine schmierigen Finger ein bisschen zu lange für meinen Geschmack um meine gelegt.

Ich entziehe sie ihm und stecke sie in meine Hosentasche. »Tolle Party.«

»Ach, warte erst einmal ab, bis sie im vollen Gange ist! Wenn du erst die Tänzerinnen siehst, die später noch kommen und –«

»Die wird er leider verpassen«, grätscht Luciana dazwischen und ich kann nicht anders, als sie erstaunt anzusehen. Diese Frau überrascht mich doch immer wieder.

»Wird er das?«

»Ja. Werde ich das?«, greife ich Cosentinos Frage auf und fixiere Luciana mit meinen Augen. »Hilf mir auf die Sprünge, warum werde ich das?«

Luciana lacht, als hätte sie einen dummen Jungen vor sich. »Schon vergessen, dass du früh wieder nach Hause musst?«

»Muss ich wohl.« Ich wende mich ihrem Mann zu. »Die Tänzerinnen werde ich also nicht mehr mitbekommen. Ich muss früher nach Hause, weil ...« Ich bin gespannt, wie schnell Luciana jetzt wieder reagiert.

Blitzschnell, wie ich feststellen muss.

»Morgen früh treffen wir uns zum Frühstück. Ziemlich früh. Wir sprechen seine Ernährung durch. Und da danach noch ein hartes Training ansteht, muss er früh ins Bett.« Sie sagt es so beiläufig, dass ich fast glauben könnte, ich hätte den Termin mit ihr verpeilt. Aber nur fast ...

Eine Verabredung zum Frühstück also. Dann werde ich die Lady direkt mal darauf festnageln, damit sie morgen nicht noch spontan einen Rückzieher macht.

»Ich hole dich um sieben Uhr hier ab, richtig?«

Jetzt ist es Luciana, die mich erstaunt ansieht.

»Richtig«, sagt sie gedehnt.

»Dann ist ja alles geklärt.« Cosentino, der nicht nur ein brutaler Mafiaboss, sondern auch der größte Idiot aller Zeiten ist, weil er überhaupt nicht zu merken scheint, was zwischen seiner Frau und mir los ist. Er

legt einen Arm um mich und einen um seine Frau,
dann läuft er mit uns los, auf eine geschlossene Tür zu.
»Bevor die Party beginnt, haben wir drei noch etwas zu
besprechen.«

Jetzt geht es also los.

Alessia

Ich bin verwundert darüber, dass Salvo gar keine Diskussion anfängt, dass ich bei dem Gespräch dabei sein
will, sondern mich einfach wortlos passieren lässt, bevor er die Tür des Arbeitszimmers hinter uns schließt.
Jetzt liegt es an mir, mich so unauffällig wie möglich zu
verhalten. Ich krame in meiner Clutch nach meinem
Lippenstift, in Wirklichkeit stelle ich aber die Aufnah-
mefunktion meines Handys an. Dann lege ich demonstrativ dunkelroten Lipgloss auf.

Salvatore lässt sich in einen Sessel fallen und bietet
Alex einen Platz ihm gegenüber an.

Alex sieht sich ein bisschen zu lange um, bevor er sich
betont langsam setzt. Ich frage mich, warum er sich
nicht einmal benehmen kann. Wenn er auf mich wütend ist, dann ist das eine Sache, aber warum muss er
schon wieder anfangen, meinen Mann zu provozieren?

Alex lässt immer noch seinen Blick schweifen und
bleibt dann an mir hängen. »Schick«, sagt er schließlich
und wendet sich endlich Salvo zu. »Die ganze Hütte.«

»Liebling, komm doch zu uns.« Salvatore streckt mir
die Hand entgegen und zieht mich auf seinen Schoß.

Wieder heften sich Alex' Augen auf mich. »Für mich
wäre das zwar nichts ...«

Ich schlucke eine bissige Bemerkung herunter, denn ich weiß ganz genau, worauf er anspielt. Stattdessen lehne ich mich an meinen Mann und lege einen Arm um seinen Hals. Das ist zwar wenig professionell, aber mich auf seinen Schoß zu ziehen, war auch nicht sehr professionell von Salvo, also denke ich, dass wir es heute Abend betont locker angehen lassen. Ein Gespräch unter Freunden sozusagen.

Alex' Miene verfinstert sich. »Billig«, faucht er.

»Wie ... bitte?« Ich blinzle irritiert.

Will er mir etwas sagen? Und das direkt vor Salvo?

Doch Alex' Haltung entspannt sich etwas und er lehnt sich im Sessel zurück. »Meine Einrichtung. Sie ist ... wie sagt man? Billig.«

Salvo lacht. »Das muss nicht so bleiben, mein Junge. Ich habe große Pläne mit dir.«

Innerlich atme ich auf. Anscheinend ist Alex klug genug, um uns nicht vor Salvo zu verraten. Ich stelle meine Tasche auf dem Boden ab und hoffe, dass das kommende Gespräch gut genug zu verstehen sein wird.

»Sie wollen, dass ich am Samstag gewinne.«

»Nicht nur am Samstag.« Salvo legt sein Kinn auf meine Schulter und sieht Alex darüber hinweg an.

Ich frage mich, was dieses Gekuschel soll. Entweder hat er gemerkt, dass etwas zwischen Alex und mir läuft – lief! – oder zumindest, dass ich Alex interessiere und er will ihn aus der Reserve locken. Oder er will tatsächlich einfach nur ganz besonders harmlos rüberkommen.

An dem Blitzen in Alex' Augen sehe ich, dass ihm ganz und gar nicht passt, was Salvo da gerade abzieht.

»Kein Problem. Ich kann jedem jederzeit die Fresse polieren.«

Salvo lacht wieder. »Sehr gut, Junge, sehr gut! Dein Kampfgeist ist wirklich unglaublich.«

Alex und ich wechseln einen kurzen Blick. Wir beide wissen, wie der Spruch gemeint war.

»Ich habe mir Folgendes überlegt«, fährt Salvatore fort, als Alex nicht auf sein Geschleime reagiert. »Ich sehe sehr großes Potenzial in dir und möchte dich gerne aufbauen. Dafür ist es aber wichtig, dass du … nun ja, am Samstag wirklich auf keinen Fall verlierst.«

»Keine Sorge«, knurrt Alex.

Ich sehe lieber weg, weil ich nicht Gefahr laufen will, jetzt und hier über ihn herzufallen. Diese Wut gepaart mit Entschlossenheit und die an der Oberfläche brodelnde Eifersucht bringen mich beinahe um den Verstand. Vor den Augen meines Mannes wäre es auch mehr als dreist, wenn ich ihm ein zweites Mal fremdgehe.

»Tja, weißt du …« Salvo lehnt sich zurück und seine Stimme wird eine Spur kühler, gefasster … geschäftsmäßiger.

Ich bete, dass mein Handy ohne Probleme aufzeichnet, denn jetzt wird es offenbar richtig spannend.

»Ich fürchte, es besteht ein Risiko, dass du in der ersten Runde rausfliegst, und dann bist du ganz raus. Aus dem Team. Für immer. Ich weiß nicht, wie ich dich weiter mitziehen kann, wenn du ein zweites Mal in Folge verlierst.«

Alex atmet scharf ein.

Ich spüre, wie wenig es ihm passt, auf seine Niederlage angesprochen zu werden.

»Ich verliere kein zweites Mal.«

»Das möchte ich auch hoffen. Allerdings hilft Hoffen allein nicht immer. Ich habe einen Blick in das K.o.-System geworfen und du trittst schon in Runde 1 gegen unseren besten Mann an. Er hat es sogar geschafft, Tommaso auf die Bretter zu schicken.«

Zufällig weiß ich genau, dass Tommaso nur diesen einen Kampf gegen Alex hatte. Aber ich durchschaue, was Salvo hier versucht. Er baut Druck auf. Damit Alex einwilligt. Damit er sich auf das Doping einlässt. Und mir wird erst richtig klar, was hier gerade vor sich geht. Wir nutzen Alex aus. Nicht nur Salvo, auch ich. Salvatore will Geld mit ihm machen, will ihn mit Steroiden vollpumpen und dann in brutalen Fights verheizen. Und ich? Ich lasse einfach so zu, dass Alex mit Gift praktisch vergiftet wird, weil es meinem Plan in die Hände spielt.

So eine Scheiße.

Ich will nicht, dass ihm etwas passiert. Ich will meine Rache aber auch nicht aufgeben.

Alex ist alt genug. Wenn er sich auf Doping einlässt, dann ist das sein Problem, nicht meins. Und trotzdem ...

»Machen Sie sich keine Sorgen, Mister Cosentino.« Alex vermeidet jetzt jeglichen Blickkontakt mit mir. »Ich werde das schon packen.«

»Davon bin ich überzeugt. Ich möchte dich nicht scheitern sehen, deswegen biete ich dir meine Hilfe an.«

»Ihre Hilfe.«

Salvo nickt. »Ich mag dich. Ich möchte dich unterstützen – und nicht nur das. Ich werde dir helfen zu gewinnen und dich zur Reinkanation des Unbesiegten machen. Du wirst der Unsterbliche sein.«

»Inmortalidad es para los cobardes.«

Salvo braucht einen Moment. »Unsterblichkeit ist etwas für ... Was heißt cobardes?«

»Feiglinge. Sehe ich für Sie aus wie einer?«

»Alex«, zische ich.

»Ja.« Er sieht mich immer noch nicht an.

»Hör dir bitte an, was er zu sagen hat.« Damit erhebe ich mich. Vielleicht ist es besser, wenn ich kurz den Raum verlasse. Ich kann mir später immer noch anhören, wie das Gespräch weiter gegangen ist. »Ich hole euch was zu trinken.«

Ich frage sie nicht, was sie möchten, sondern verlasse das Arbeitszimmer auf direktem Weg.

So bin ich zumindest nicht mehr direkt an Alex' Untergang beteiligt.

***

Als ich wieder reinkomme, stehen Salvo und Alex am Fenster und reden leise. Beide sehen in meine Richtung und verstummen dann.

»Eure Drinks«, sage ich lächelnd, auch wenn mir gar nicht gefällt, was da zwischen den beiden läuft. Außerdem hoffe ich, dass mein Handy gut genug ist, um ihre Stimmen auch hier drüben aufzunehmen.

»Vielen Dank.« Salvo nimmt sein Glas, küsst mich auf die Wange und macht dann Anstalten zu gehen. »Wir sind hier fertig. Ich muss jetzt ein paar … Vorbereitungen treffen. Ich kann euch doch alleine lassen?«

Ich sehe zu Alex herüber, der angestrengt aus dem Fenster starrt, und nicke. »Ich will noch kurz wegen morgen mit ihm reden, dann kommen wir nach.«

»Dann bis gleich.« Damit lässt Salvatore uns allein.

»Was war das denn?«, frage ich, nachdem sich die Tür geschlossen hat.

»Das? Ich fürchte, das war dein Mann.«

Ich verziehe das Gesicht. »Du weißt genau, was ich meine.«

»Nein.« Alex wendet sich mir zu und lehnt sich mit dem Rücken an die Scheibe.

»Was habt ihr zwei besprochen?«

»Was wohl.« Alex nimmt einen tiefen Schluck und sieht finster über den Rand seines Glases hinweg.

»Was will er von dir?« Ich weiß nicht, warum ich diese Frage stelle, denn eigentlich weiß ich doch ganz genau was Salvo von Alex will. Aber ich will es von ihm hören. Will von ihm hören, dass er Salvatore durchschaut hat und sein Spielchen nicht mitspielt.

»Das solltest du als seine Frau doch wissen, oder nicht?«

»Doping«, bringe ich hervor. Jetzt ist es raus und es fühlt sich grauenvoll an.

»Sí.«

»Was hast du gesagt?«

»Dass ich es mir überlege.«

Ich mustere Alex. Er kann mir immer noch nicht in die Augen sehen und das gefällt mir nicht. Lügt er mich an?

Und wenn schon. Ich bin die Letzte, die sich darüber beschweren darf, denn schließlich bin ich auch alles andere als ehrlich.

»Du solltest wirklich nicht ...«

»Ich weiß, was ich tue.« Alex kippt seinen Drink herunter, dann stößt er sich vom Fenster ab.

»Wo willst du hin?«

»Nach Hause. Schon vergessen? Ich muss morgen früh raus.« Damit lässt er mich einfach stehen und geht.

Alex

Ich will nicht dopen. Und trotzdem ist das meine einzige Chance. Ich will Luciana nicht anlügen, aber ihr erzählen, dass ich mir gerade in Salvatore Cosentinos Büro direkt die erste Spitze verpassen lassen habe, will ich auch nicht.

Vermutlich kann sie sich sowieso denken, dass ich ja sagen werde, wenn sie noch einmal fragt. Also hoffe ich, dass sie es lässt.

Ich lasse mich in meinen Klamotten aufs Bett fallen und starre die rissige Moteldecke an.

Es war klar, dass mein Kontakt zu ihr nur Probleme bringen würde. Aber für einen Rückzieher ist es längst zu spät. Zwei Dinge haben mir heute Abend gezeigt, dass sie für mich mehr ist als nur eine Affäre. Zum einen waren da die blauen Flecken an ihrem Hals. Wenn ich daran denke, werde ich immer noch wütend. Sie muss mir sagen, wer ihr das angetan hat, damit ich demjenigen die Scheiße aus dem Leib prügeln kann. Morgen früh werde ich sie nochmal drauf ansprechen. Und wenn ich erfahre, dass es tatsächlich ihr Mann war, dann ...

Ja, was dann?

Bin ich bereit, für sie alles hinzuwerfen?

Ich fahre mir mit beiden Händen durchs verschwitzte Gesicht.

Es macht mich wahnsinnig, dass ich auf diese Frage keine klare Antwort habe.

Ich kann nicht augenscheinlich für jemanden arbeiten, der die Frau schlägt, die mir wichtig ist. Ich kann aber auch keinen Rückzieher machen und diesen Jemand mit dem durchkommen lassen, was er tut. Und das ist nicht nur häusliche Gewalt. Sondern auch Mord.

Mir bleibt einfach nur zu hoffen, dass er es nicht war und sie mir morgen den Namen irgendeines Kämpfers nennt, der handgreiflich geworden ist. Dem Kerl kann ich dann bedenkenlos die Eier abreißen, ohne meinen Plan zu gefährden.

Ich verstehe nicht, warum Cosentino ihr nicht hilft. Aber vielleicht tut er das ja. Schließlich ist er ihr Mann.

Womit wir auch schon beim zweiten Punkt des Abends wären, der mir unweigerlich klar gemacht hat, dass mir diese Frau eine Menge bedeutet. Ich glaube, ich war noch nie so rasend eifersüchtig, wie ich es bei ihr bin. Sicher, ich habe mir noch nie die Frau wegnehmen lassen, aber bei Luciana ist es nochmal was anderes. Es ist tiefergehend. Als ich sie und ihren Mann zusammen gesehen habe, war ich nicht nur wütend, hab mich nicht nur um die Frau betrogen gefühlt, die meiner Ansicht nach mir gehören sollte. Es tat auch körperlich weh. Die beiden so zu sehen, war nur schwer zu ertragen. Wenn ich mir vorstelle, was sie tun, wenn sie ungestört sind ...

Mir wird schlecht, was ich auf den Whiskey schiebe, den ich gerade geext habe. Ich habe keine Ahnung, wie gut sich Dopingmittel und Alkohol miteinander vertragen.

Die ganze Sache läuft irgendwie vollkommen verkehrt.

Aber was hilft es? Ich werde das Beste draus machen müssen.

Kapitel 13

Alessia

»Signore Cosentino? Da ist ein Mann an der Tür.«

Rosas Stimme reißt mich viel zu früh am Morgen aus meinen Träumen. Ich blinzle den Schleier weg, der sich über mein Sichtfeld gelegt hat.

Neben mir erhebt sich Salvatore leise aus dem Bett und zieht sich seinen schwarzglänzenden Morgenmantel an. Er wirft einen kurzen Blick in meine Richtung und ich schließe schnell die Augen.

Was hat er vor?

Während er zu Tür schleicht, sehe ich auf den Wecker. Kurz vor sieben.

Wir hatten gestern noch bis vier Uhr Gäste und ich fühle mich entsprechend gerädert.

Trotzdem sind meine Neugier und mein Ermittlungsdrang größer. Nachdem Salvo das Schlafzimmer verlassen hat, schwinge ich die Beine aus dem Bett und durchquere, so leise ich kann, den Raum.

Ich hoffe, dass Salvatore mit seinem Gast nicht direkt ins Arbeitszimmer geht.

Vorsichtig lege ich ein Ohr an die Tür und lausche.

»Mrs Cosentino«, sagt eine Stimme und ich erstarre. »Ich hätte nicht gedacht, dass Sie ohne Make-up so männlich aussehen.«

»Alexander!« Mein Mann lacht, doch mir ist alles andere als nach Lachen zumute.

Steckt Alex jetzt schon so tief in Salvos Machenschaften mit drin?

»Es tut mir leid, meine Frau schläft noch.«

Moment. Was …?

»Hat sie unsere Verabredung vergessen? Sie wollte mit mir einen Ernährungsplan aufstellen.«

Oh, Mist. Deswegen ist er hier?

»Ja richtig, das sagte sie gestern. Warten Sie einen Augenblick. Es ist spät geworden, aber ich hole sie.«

Kommt Salvo jetzt etwa hier rein?

Natürlich tut er das! Das ist schließlich sein Schlafzimmer, ich bin seine Frau und habe – zumindest muss es für ihn so aussehen – einen wichtigen Termin verpennt.

Was jetzt?

Ich sehe mich hastig um und ordne schnell mein Haar. Gerade als die Tür aufgeht, lasse ich mich auf die Bettkante fallen.

»Liebling?«

Ich springe auf und spiele die bestürzte Ehefrau. »Wie spät ist es? Wieso hat Rosa mich nicht wie vereinbart geweckt?« Es ist nicht gerade nett von mir, ihr die Schuld zu geben, aber ich kann auch nicht riskieren, dass Salvo mir den Manager-Job gleich wieder wegnimmt.

Salvo wirkt amüsiert. »Du hast Besuch.«

Ich schlage die Hände vor den Mund. »Ist Alexander schon hier? Ist es schon so spät?«

»Ist es. Hör zu. Es war gestern ein langer Abend. Wenn du möchtest, dann schicke ich den Jungen weg, damit du dich ausruhen kannst. Heute wird es wieder spät werden.«

Ich schnaube, denn ich hasse es, wenn er mich nicht ernst nimmt. »Rosa hat mich nicht geweckt, das ist alles. Ich bin topfit und in zehn Minuten fertig. Sag ihm das. Ach was. Ich sage es ihm selber. Leg du dich wieder hin.« Damit rausche ich aus unserem Schlafzimmer.

Und werde mir erst darüber bewusst, dass ich nur ein dünnes, cremefarbenes Negligé trage, als Alex' überhebliches Funkeln aus seinen Augen verschwindet und er mit offenem Mund an mir herabstarrt.

Ich verschränke die Arme vor der Brust, damit er nicht zu viel sieht.

»Wie schön, dass du da bist«, sage ich und hoffe, dass mein Blick meine Worte Lügen straft.

Er weiß doch ganz genau, warum ich das gestern mit dem Frühstück gesagt habe. Aber eigentlich kann ich froh sein, dass er hier ist. Schließlich war Salvo dabei, als wir uns verabredet haben und es würde mehr als unprofessionell wirken, wenn ich gegen Mittag immer noch im Bett gelegen und unsere Verabredung nicht wahrgenommen hätte.

»Ich freue mich auch.« Auch wenn meine Arme ihm die Sicht versperren, starrt er mich weiter an.

»Setz dich doch. Ich brauche nur zehn Minuten, dann bin ich so weit.«

Ich weiß zwar nicht, wie ich in der kurzen Zeit meine vermutlich pandaartigen Augenringe überschminken, meinen Kater wegduschen und mein strähniges Haar ordnen soll, aber ich werde es versuchen. Normalerweise bräuchte ich jetzt mindestens eine halbe Stunde Anlaufzeit und einen sehr starken Kaffee.

Bevor Alex mir irgendeinen anzüglichen Kommentar hinterher rufen kann, verschwinde ich im Bad.

Er wird gleich noch was von mir zu hören kriegen.

***

Ich halte mich zurück, als ich in Jeans, Shirt und mit einem ziemlich schnell hingeschmierten Make-up aus dem Bad komme. Ich halte mich auch im Aufzug zurück. Doch nachdem mir Alex die Tür eines blauen Mustang aufgehalten hat und wir beide eingestiegen sind, wettere ich los.

»Bist du eigentlich völlig verrückt? Du kannst doch nicht einfach mitten in der Nacht bei uns auftauchen und mich abholen! Was soll Salvatore denken?«

Alex sieht mich belustigt an, dann startet er den Wagen und fährt los. »Dass du mit mir Ernährungspläne durchgehen willst. Wie du es ihm gesagt hast.«

Ich schüttle den Kopf, weiß aber auch nicht, was ich dazu sagen soll. Der Grund, aus dem ich eigentlich wütend auf ihn bin, ist der, dass er sich gestern so seltsam verhalten hat und einfach abgerauscht ist. Und natürlich das, was ich auf den Tonmitschnitten gehört habe. Ich habe es gestern während der Party geschafft, mir die Aufnahme im Badezimmer mit Kopfhörer anzuhören. Alex hat gedopt. Und das sogar ziemlich bereitwillig.

Nur leider kann ich ihn nicht darauf ansprechen.

Es wäre auch ziemlich heuchlerisch, denn mein Problem ist immer noch dasselbe: Damit meine Rachepläne aufgehen, ist es nur von Vorteil, wenn jemand aus meinem direkten Umfeld mit illegalen Substanzen zu tun hat. Aber meine Gefühle protestieren, denn ich weiß, was diese Mittelchen für einen Schaden anrichten können. Und nicht nur das Dopingmittel ist gefährlich für Alex. Der Kontakt zu den Cosentinos ist es ebenfalls. Auch wenn ich mir solche Gefühle nicht leisten kann, möchte ich nicht, dass ihm etwas zustößt.

»Es tut mir leid«, gebe ich zu. »Du hast Recht. Gehen wir irgendwo was frühstücken.«

Alex gibt Gas und sieht zu mir rüber. »Entspann dich.«

Ich nicke und versuche es tatsächlich. Doch dann fällt mir wieder ein, was heute Abend ansteht. »Wirst du es packen?«

»Was?«

»Die Fight Night. Geht es dir soweit gut? Waren die medizinischen Tests okay? Ich meine ...«

Ganz unerwartet greift Alex nach meiner Hand und hält sie fest in seiner. »Machst du dir Sorgen?«

Ich nicke, wenn auch nur widerwillig. »Salvatore hat gute Kämpfer.«

»Mich zum Beispiel.«

Ich verziehe das Gesicht zu einem Grinsen. »Ich meine es ernst.«

»Ich auch.« Alex sieht wieder zu mir herüber, während er auf den Loop fährt. Anscheinend sieht man mir an, wie ernst es mir ist, denn auch Alex' amüsierter Ausdruck verschwindet. »Du musst dir keine Gedanken machen. Ich schaffe das schon.«

»Du musst gewinnen«, sage ich. »Oder zumindest Zweiter werden.«

»Zweiter?« Alex lacht kurz. »Das reicht dir, ja?«

Ich nicke. »Salvatore lädt die zwei Finalisten von heute Abend nach Sizilien ein. Adamo, sein Großvater, hat Geburtstag. Er ist ein großer Kampffan und Salvo möchte ihm eine kleine Show bieten.«

»Du willst mich dabei haben, he? Du willst mit mir verreisen.«

»Ich will nur, dass du mal nach Italien kommst, das ist alles.« Ich muss selber über meine müde Ausrede lachen.

Auch Alex lacht leise, dann sieht er wieder nach vorne. »Wie du willst«, sagt er dann und drückt meine Hand. »Reisen wir zusammen nach Italien.«

***

Italien wird wohl noch warten müssen – fürs Erste fährt Alex mit mir durch die Stadt, aus der City nach Westen, und ich genieße die morgendliche Stimmung. Kaum haben wir den Loop hinter uns gelassen, wird der Verkehr weniger und die Sonne brennt streckenweise auf leere Straßen und Bürgersteige. Nur wir scheinen unterwegs zu sein.

Verstohlen blicke ich zu Alex herüber. Im Gegensatz zu mir wirkt er kein bisschen übernächtigt. Sein sonnengebräunter Teint passt perfekt zu dem strahlend schönen Wetter, aber mir fällt auch auf, schon zum zweiten oder dritten Mal, dass seine Züge nicht wirklich puertoricanisch wirken. Er hat nicht das Gesicht eines Südländers, sondern eher das eines Nordamerikaners. Auch seine blauen Augen und sein Vorname sprechen dafür, dass er nicht ursprünglich aus Puerto Rico stammen kann.

»Erzähl mir was«, bitte ich, während er den Wagen weiter durch die südlichen Viertel Chicagos lenkt. »Was über dich.«

Ich sehe, dass er lächelt. »Was über mich? Erzähl du mir doch erstmal was über dich.«

»Mein Leben war langweilig«, versuche ich seine Frage abzuwenden. »Ich hab eigentlich von klein auf darauf hingearbeitet, mal einen steinreichen Mann zu heiraten. Nachdem ich mit fünfzehn die Schule geschmissen hatte, bin ich dann vermehrt auf Partys gegangen, um das perfekte Exemplar für mich zu finden. Champagner, Maniküre, Pediküre, du weißt schon, um viel mehr hat sich das alles bei mir nie gedreht.«

Alex sieht ab der Hälfte meiner Erzählung zu mir herüber und sein angedeutetes Grinsen verrät mir, dass er kein Wort davon glaubt. Ich gebe mir aber auch keine Mühe, meine Worte glaubhaft klingen zu lassen. Das hier ist ein als Scherz verpacktes Ablenkungsmanöver, mehr nicht.

»Schon klar«, sagt er und blickt wieder nach vorn. »Du sprichst nicht gerne über dich.«

»Und du?«, frage ich und betrachte dabei die Madonnen-Tätowierung auf seinem Oberarm. Sie ist mit schwarzer Tinte gestochen, detailreich, ziemlich gut, wenn ich ehrlich bin.

»Über mich weißt du schon eine Menge.«

In gewisser Weise hat er da Recht. Ich weiß, woher er kommt und als was er für gewöhnlich arbeitet, wie er dazu kam, so ein guter Kampfsportler zu sein und dass seine Mutter krank ist. Verflucht, und im Gegensatz dazu kennt er noch nicht einmal meinen richtigen Namen.

Ich seufze.

»Was ist los?«, fragt er.

»Ich denke nur gerade, dass es besser gewesen wäre, wenn wir uns in einem anderen Leben getroffen hätten.«

Alex schüttelt den Kopf. »Es gibt kein anderes Leben, cariño. Nur das hier.«

Ich lächle. Er glaubt also nicht an Wiedergeburt. »Bist du religiös?«, frage ich und blicke wieder auf die Madonna.

»Nein«, sagt er.

Ich runzle die Stirn. Warum lässt man sich die Heilige Maria tätowieren, wenn man nicht gläubig ist?

»Sie steht bei mir für etwas anderes.«

»Und was? Hattest du mal eine Freundin namens Maria?«

Alex lacht. Ich mag sein Lachen. Vor allem dann, wenn es aufrichtig wirkt. »Mehrere, aber das ist nicht der Grund.«

Ich boxe ihm vor den Arm und er runzelt die Stirn, anscheinend überrascht darüber, dass er es tatsächlich spürt.

»Ich will von deinen Marias nichts hören«, warne ich. »Nur von dieser einen.«

»Also gut. Sie steht bei mir für ... wie sagt man das ... dedicación.«

»Hingabe?«, frage ich. »Oder Opferbereitschaft?«

Alex nickt. »Ja. Manchmal muss man Opfer bringen.«

Ich betrachte ihn genau und habe das Gefühl, dass viel mehr Wahrheit hinter diesen Worten steckt, als mir in diesem Moment klar ist. Sicher, er bringt ein Opfer, indem er sich hier auf diese Kämpfe einlässt, um seiner kranken Mutter zu helfen. Aber das meint er nicht. Oder es ist zumindest nicht alles.

»Dann glaubst du immerhin an Gerechtigkeit«, sage ich. »Wenn man etwas opfert, bekommt man etwas zurück.«

»Sí. Und jetzt lassen wir die schweren Themen.« Er grinst zu mir herüber und parkt den Wagen am Straßenrand. »Wir sind da.«

Zuerst glaube ich, er erlaubt sich bloß einen Scherz. Ich sehe mich um und stelle fest, dass wir in einer beliebigen Straße sind, in irgendeinen ruhigen Vorort. Identische Einfamilienhäuschen mit Vorgärten, dazu kleine Geschäfte. Ein Liquor Store, eine Bäckerei, eine Apotheke, ein winziger Supermarkt. »Dafür sind wir jetzt so lange gefahren?«, frage ich.

»Klar doch.« Alex steigt aus, kommt um den Wagen herum und hält mir ganz gentleman-like die Tür auf. Er scheint es also wirklich ernst zu meinen. Oder legt er mich nur herein?

Misstrauisch mustere ich ihn, während ich mich abschnalle und aussteige.

»Was?«, fragt er.

Ich muss lachen. »Was tun wir hier, Alex? In der Vorstadt?«

»Du wolltest mit mir nach Italien.« Er streckt die Hand aus und deutet auf etwas rechts von mir. »Und ich hab dich so nah dran wie möglich gebracht.«

Langsam drehe ich den Kopf und entdecke erst jetzt das Restaurant, vor dem wir geparkt haben. Angelo's – 24/7 Pizza steht in geschwungenen Buchstaben auf einem Schild über der Tür.

Ich muss lachen. »Eine Pizzeria?!«

»Wie gesagt: So nah dran wie möglich.«

Ich sehe auf die Uhr. »Es ist ... gerade mal kurz nach acht!«

»Ich geh davon aus, dass die da auch Kaffee haben.«

Ich beiße mir auf die Unterlippe und sehe mir den Laden genauer an. Er wirkt gemütlich, dabei aber kein bisschen edel. In den Fenstern hängen angestaubte Girlanden in den Farben der italienischen Flagge, Pizzakartons stapeln sich bis unter die Decke. Woher Alex diese Pizzeria wohl kennt? Sein Motel liegt immerhin in einem ganz anderen Viertel.

»Was ist?«, fragt er. »Gehen wir rein oder willst du lieber irgendwo einen fettfreien Latte macchiato?«

»Willst du damit andeuten, dass ich dick bin?«, frage ich scherzhaft.

»Nein, aber dass du Angst hast, es zu werden.«

Ich stemme die Hände in die Hüften und sehe ihn kampflustig an. »Dann pass mal auf!« Damit schließe ich die Autotür und halte auf den Eingang des Pizzaladens zu.

Alex

Die Frau überrascht mich immer wieder. Nicht nur, dass ich die Stelle, an der sie mir vorhin im Wagen einen Faustschlag versetzt hat, immer noch spüre. Nicht nur, dass sie sich über die geldgeile Schlange, die sie im ersten Moment zu sein schien, lustig macht. Nein, sie hat sich auch noch eine große Pizza mit extra Käse bestellt. Und mit Ananas.

»Ich dachte, das ist für Italiener eine pecado mortal. Eine Todsünde.«

Lucianas dunkle Augen blitzen, während sie ein großes Stück von ihrer Pizza abbeißt. Die Hälfte hat sie schon weg. »Ist es auch. Aber mich sieht ja keiner. Und du wirst mich nicht verraten«, erwidert sie mit vollem Mund.

»Sei dir da mal nicht so sicher«, sage ich und schiebe meinen bereits leeren Teller von mir. Eigentlich sollte ich so was Fettiges am Kampftag gar nicht essen. Aber bis heute Abend werde ich davon gar nichts mehr spüren, schließlich habe ich gleich noch ein Training vor mir.

»Was soll das denn heißen?« Luciana blickt mir auf einmal direkt in die Augen. »Kann ich dir etwa nicht vertrauen?«

Ich bin mir nicht ganz sicher, ob sie diese Frage ernst meint oder aus Spaß stellt, aber eigentlich ist das auch egal, denn es ändert nichts an der Antwort: Sie kann mir natürlich nicht vertrauen. Und dass das so ist, sollte mich nicht stören, sollte mir kein schlechtes Gewissen verursachen. Tut es aber. Verflucht, was soll das auf einmal? Bisher ging es für mich mein ganzes Leben über in allererster Linie um meine Rache. Ich habe dafür meine Familie belogen, sie unglücklich gemacht und in gewisser Weise so ziemlich alle um mich herum benutzt. Ein schlechtes Gewissen hatte ich dabei nie. Ich sollte nicht ausgerechnet jetzt damit anfangen.

»Das dauert mir entschieden zu lange«, sagt Luciana.

Ich gebe mir einen Ruck und erwidere endlich: »Keine Sorge. Deine Vorlieben sind bei mir sicher.« Ich zwinkere ihr zu.

Ein leichtes Grinsen überzieht ihre Lippen und sie sieht weg. Dann wird sie ernster. »Das mit uns, Alex ... so schön es war ...«

Ein Teil von mir hofft, dass sie mir jetzt erklären wird, dass zwischen uns nie wieder etwas laufen wird. Doch ein viel größerer Teil von mir weiß im selben Moment, dass es keine Rolle spielt, was sie sagt. Dass ich sie will. Mehr denn je.

Luciana räuspert sich. »Das ist wirklich gute Pizza«, sagt sie dann. »Woher kennst du dieses Restaurant?«

Ich muss lachen. »Das war ein plötzlicher Themenwechsel.«

»Ich bin noch nicht bereit«, gibt sie zu.

»Für was?«

»Dir eine Abfuhr zu erteilen. Ein für alle Mal.«

Das wird sie auch nie sein, da bin ich mir ziemlich sicher. Aber das sage ich ihr nicht. »Trink deinen Kaffee«, sage ich stattdessen. »Du redest wirres Zeug. Du musst erstmal wach werden.«

Luciana schüttelt den Kopf und nimmt einen Schluck aus ihrer Tasse. »Du hast meine Frage noch nicht beantwortet«, sagt sie dann. »Woher kennst du dieses Restaurant?«

Ich hätte gehofft, sie hat ihre Frage vergessen. Denn dass ich aus Chicago stamme, dass sich nicht weit von hier das Gym meines Vaters befand und dass er mich nahezu jeden Samstag mit hierher genommen hat, darf sie nicht wissen. »Ich habe den Wagen in der Nähe gemietet und bin auf dem Rückweg daran vorbei gefahren.«

Luciana mustert mich lange. Einen Moment zu lange vielleicht. Dann nickt sie und greift nach einem weiteren Stück Pizza. »Verstehe.«

Aber das erneute Misstrauen in ihren Augen ist mir nicht entgangen. Ich muss vorsichtig sein mit dieser Frau. Verdammt vorsichtig.

Alessia

Er ist nicht ehrlich zu mir. Ich wurde dafür ausgebildet, zu erkennen, wenn ein Mensch lügt. Und Alex belügt mich. Gerade, als es darum ging, woher er dieses Restaurant hier kennt, hat er zuerst abgelenkt. Und auch beim zweiten Versuch hat es mir viel zu lange gedauert, bis die Antwort kam. Bei solch einfachen Fragen antworten ehrliche Menschen sehr spontan. Alex ist kein ehrlicher Mensch. Und dabei kommt er mir so offen und direkt vor. Aber in Wahrheit verschweigt er mir nicht nur Dinge, sondern er erzählt mir auch Dinge, die nicht stimmen. Ich muss verflucht vorsichtig mit ihm sein.

Warum um alles in der Welt habe ich dann trotzdem das Gefühl, dass ich ihm trauen kann?

»Fertig?«, fragt er, als ich das letzte Stück meiner Hawaii-Pizza aufgegessen habe. »Oder willst du noch eine?«

»Wenn das ein Versuch ist, mich abzufüllen: Das macht man mit Getränken, nicht mit Essen.«

Wieder lacht er, dann steht er auf, um zu bezahlen. Ich blicke ihm hinterher. Heute trägt er ein eher weites Shirt, dafür aber körperbetonte Jeans, und ich starre auf seinen Hintern, auch wenn ich nicht sollte. Ich

lasse meinen Blick an seinen schmalen Hüften hinauf-
wandern zu seinem trainierten Kreuz und erinnere
mich daran, wie er hinter mir stand und ...

Schluss damit.

Ich lächle ihm entgegen, als er zurückkommt. »Willst
du jetzt ins Gym?«, frage ich, auch wenn ich als seine
Managerin wohl eher vorgeben sollte, dass er jetzt ins
Gym muss. Aber ich bin gerade nicht in Stimmung.
Nachdem der Morgen bis jetzt so ungewöhnlich gelaufen ist, so vollkommen anders als alles, was ich mit
Salvo in den vergangenen Jahren erlebt habe, habe ich
überhaupt keine Lust, zurück in meine Rolle als Luciana Cosentino zu kehren. Noch einen Moment lang
will ich einfach nur Alessia sein. Zumindest, so weit das
geht. Denn es reicht, dass ich misstrauisch bin. Da muss
es Alex nicht auch noch werden. Er scheint sich mit
Salvo zu verstehen und wer weiß, ob er ihm nicht sagen
würde, wenn ich mich auffällig verhalte, um sich bei
ihm einen Vorteil zu verschaffen?

Vielleicht bin ich jetzt aber auch einfach nur paranoid.

»Nein«, sagt er und hält mir die Hand hin, um mir
hochzuhelfen.

Ich ergreife sie und lasse mich von ihm in die Höhe
ziehen. »Gut.«

Er grinst mich schief an. »Kein ›Du solltest trainieren,
heute ist die große Nacht‹?«

»Du hast mir versprochen, dass du das packst«, erwidere ich.

Alex sieht mich an, dann nickt er, und ich spüre, dass er absolut überzeugt davon ist, dass er dieses Versprechen mir gegenüber halten kann. »Komm«, sagt er und nimmt mich mit sich zur Tür.

Wir steigen wieder in den Wagen und ich frage nicht, wohin wir fahren. Ich lehne mich zurück, blicke aus dem Fenster, und taste nach ein paar Minuten nach Alex' Hand. Es dauert einen Moment, aber dann ergreift er meine Finger, so wie vorhin, und das fühlt sich so verflucht richtig an. Es jagt ein Kribbeln durch meinen ganzen Körper, das ich nicht empfinden sollte, das aber trotzdem da ist und mit jeder Berührung immer nur stärker wird.

Alex lenkt das Auto noch weiter aus der Stadt. Wir lassen die größeren Vororte hinter uns, bis es kaum noch Häuser gibt, und dann biegen wir auf eine Straße ein, von der sich links und rechts Wald befindet – von Sonnenlicht durchbrochen und so dicht, dass er beinahe wie ein Urwald aussieht.

»Wieso kennst du dich hier aus?«, frage ich schließlich doch.

»Das tue ich nicht. Ich fahre einfach.«

»Ohne Ziel?«

»Nein, chica. Es ist nur so, dass ich das Ziel noch nicht kenne.«

Ich lache leise. Was für ein Unterschied zu dem Leben, das ich eigentlich führe! Ich tue nie irgendwas ohne Ziel. Seit ich siebzehn war, nicht mehr. Ich öffne das Fenster, lasse mir den Fahrtwind um die Nase wehen und genieße es, wie Alex meine Hand fest in seiner hält.

Dann, irgendwann, biegt er noch einmal ab, wird langsamer und hält schließlich an. Zuerst denke ich, dass wir einfach nur auf einer Lichtung sind, dicht überwachsen wie in einem Dschungel. Fehlen nur noch die Palmen und die wilden Tiere. Aber dann höre ich das Rauschen von Wasser. Ich blicke kurz herüber zu Alex, dann steige ich aus, gehe in die Richtung, aus der es zu kommen scheint – und stelle fest, dass wir hier am Ufer eines Flusses sind. Vermutlich ist das der Chicago River, vielleicht aber auch ein anderer Strom, ich weiß nicht viel über Chicagos Gewässer. Aber irgendwie gefällt es mir, dass er mich nicht zum Lake Michigan gebracht hat, der riesig und wunderschön ist, aber irgendwie auch was für Angeber wie Salvatore, die es nötig haben, mit allem zu protzen, was sie finden können. Salvo ist der Typ Mann, der einen Fenstertisch mit Seeblick reservieren würde, man würde uns den teuersten Champagner bringen und dann …

Erschrocken drehe ich den Kopf, als ich plötzlich etwas aus dem Augenwinkel sehe. Dann realisiere ich, dass es nur Alex ist. Er läuft an mir vorbei.

Und er ist nackt.

Ich starre seinem Po hinterher, so wie vorhin im Restaurant, und ehe ich realisiere, was hier überhaupt passiert, hat er sich schon vom Ufer abgestoßen und einen Kopfsprung ins Wasser gemacht.

Was zur Hölle?

Ich stehe einfach nur da, blicke ihm nach und bin einen Moment lang vollkommen perplex. Dann taucht er auf, fährt sich mit den Händen durchs nasse kurze Haar und sieht mir erwartungsvoll entgegen.

»Was ist? Bist du wasserscheu oder was?«

»Natürlich nicht.« Ich muss lachen. »Aber ...«

Das Problem ist, dass ich natürlich keine Badesachen dabeihabe. Und wenn ich in Unterwäsche reingehe, dann ist diese später klatschnass. Zumindest den BH kann ich auch nicht weglassen, weil mein T-Shirt zu durchsichtig dafür ist.

Also bleibt mir eigentlich nur eine Möglichkeit, und es ist nicht so, dass ich grundsätzlich ein Problem damit hätte, nackt zu sein. Ich bin mit meinem Körper zufrieden, ich habe hart dafür gearbeitet – schließlich musste ich ja einem Mafiaboss gefallen. Aber Gott, wenn ich jetzt nackt ins Wasser gehe, mache ich mich als seriöse Chefin doch endgültig unglaubwürdig!

»Komm schon!«, ruft Alex. »Venga! Oder bist du zu feige, he?«

Jetzt reicht es mir. Ich lasse mich ja vieles nennen, aber feige sicher nicht. »Du wirst schon sehen, was du von deiner großen Klappe hast!«, rufe ich. Dann ziehe ich mir das Shirt über meinen Kopf, schaue nach einer Stelle, wo ich es hinlegen kann, ohne dass es schmutzig wird und entscheide schließlich, es zum Auto zu bringen. Dort angekommen, ziehe ich auch gleich meine Schuhe und meine Hose aus. Dann sehe ich über die Schulter zu Alex und stelle fest, dass sein überhebliches Grinsen verflogen ist. Sein Blick ruht immer noch auf mir, aber sein Gesichtsausdruck hat sich verändert und es liegt nichts als pures Verlangen darin.

Ich lächle ihm kurz zu, dann drehe ich mich wieder weg und zwinge mich, nachzudenken. Sollte ich das wirklich tun? Nein, auf gar keinen Fall. Ist es klug? Kein bisschen. Ist es vernünftig? Nicht in 100 Jahren.

Okay. Das wäre also geklärt. Ich spüre, wie mein Lächeln breiter wird, dann öffne ich meinen BH, streife ihn ab und ziehe schließlich auch mein Höschen aus. Ich spüre die schwülwarme Luft auf meiner Haut und habe für einen Moment das Gefühl, wir wären gar nicht mehr in den Staaten, sondern an einem exotischen Ort, der nur uns gehört. Und die Idee gefällt mir.

Ich atme tief durch, dann drehe ich mich um und stelle fest, dass Alex mich immer noch ansieht. Fast hatte ich damit gerechnet, dass er aus dem Wasser gekommen ist, lautlos wie immer, und dass er dicht hinter mir steht. Aber Fehlanzeige – er wartet, bis ich zu ihm komme.

Tja, das kann er haben. Ich setze mich in Bewegung und es gefällt mir, wie sein Blick über meinen Körper wandert, während ich mich dem Ufer nähere. Wie offensichtlich es ist, dass er mich will.

Ich trete näher und zögere einen Moment. Zuerst bin ich versucht, so elegant wie möglich ins Wasser zu klettern, einfach weil Eleganz das ist, was ich mir für die Cosentinos angewöhnt habe. Aber in Wahrheit ist mir so was ziemlich egal, und Alex was vorzumachen, während ich splitternackt vor ihm stehe, ist sowieso sinnlos. Also trete ich ganz an den Rand, spanne meinen Körper, und dann mache ich, genau wie Alex, einen Kopfsprung ins Wasser. Ich bin eine gute Schwimmerin, gleite pfeilgerade hinein und genieße es, in den eisigen Fluten zu versinken. Der Tag ist schon jetzt so heiß, dass diese Abkühlung gerade richtig kommt. Ich tauche bis zum Grund, streiche mit den Fingern über das steinige, moosige Flussbett, dann drehe ich mich, stoße mich ab und durchbreche kurz darauf die Oberfläche ... nur um festzustellen, dass Alex nicht mehr da ist.

Blitzschnell sehe ich mich nach seinem Wagen um. Wenn er abgehauen ist ...!!

Aber sein Wagen steht noch an Ort und Stelle. Ich drehe mich weiter, einmal langsam um mich selbst, aber ich kann ihn nirgends entdecken und ich höre ihn auch nicht, da ist nur das stetige Rauschen des Wassers und das Rascheln der Blätter im warmen Sommerwind, sonst nichts.

Gerade will ich seinen Namen rufen – als mich auf einmal starke Arme von hinten umfangen und ich an einen gestählten Körper gezogen werde. Seine klatschnasse Haut verrät mir, dass er untergetaucht war und ich grinse.

»Wenn du denkst, dass du mich erschrecken kannst ...« Ich lege meine Hände auf seine kräftigen Arme, spüre den Muskeln nach, die sich seine Unterarme hinaufziehen. Wie lange und hart er für diesen Körper trainiert haben muss.

»Ich glaube, das konnte ich«, sagt er leise. Ich spüre seinen Atem dicht an meinem Hals und schließe die Augen, während er mein nasses Haar zur Seite streicht und seine Lippen dann sanft über meine Haut gleiten lässt. Er fühlt sich so gut an. Viel zu gut. Er haucht einen Kuss auf meinen Nacken, und dann fordert er ganz unvermittelt:

»Sag mir, wer es war.«

Zuerst habe ich keine Ahnung, wovon er redet. Dann jedoch spüre ich, wie seine Finger über meinen Hals fahren und wie der sachte Druck einen stärkeren

Schmerz verursacht, als das eigentlich der Fall sein sollte. Und dann fällt mir der blaue Fleck wieder ein.

»Das ist nicht der Rede wert«, sage ich leise.

»Für mich schon.«

»Alex ...« Ich drehe mich in seiner Umarmung um, schlinge die Arme um ihn und küsse ihn leidenschaftlich. Einen Moment lang macht er mit, kostet meinen plötzlichen Vorstoß aus, aber dann schiebt er mich leicht von sich und ich erkenne den Zorn in seinen Augen.

»Dimelo. Sag es mir.«

»Es geht dich aber nichts an.«

»Natürlich tut es das.«

»Wieso?«, frage ich und lache etwas ungläubig, wobei ich versuche, mich aus seinem Griff zu befreien. »Ich bin nicht deine Frau und ...«

Er hält mich fest, mühelos, mit einem Arm. Mit der anderen Hand hebt er mein Kinn an, sodass ich ihn ansehe.

»Dein Mann. Was hat er getan, als er diese Verletzung gesehen hat, hm? Sag es mir.«

»Er hat sie nicht gesehen«, erwidere ich wahrheitsgemäß.

Alex mustert mich ungläubig. Einen Augenblick lang sagt er nichts. Und als er es schließlich tut, lauten seine Worte: »Dann ist er auch nicht dein Mann.«

Ich halte seinem Blick stand und spüre, wie dieser eine Satz ein Feuer tief in meinem Inneren entfacht. Nein, Salvatore ist nicht mein Mann, nicht wirklich. Er ist nur eine Marionette. Dieser Kerl, der hier vor mir steht, sollte mein Mann sein. Genau er.

Ich schlucke, lasse zu, dass sich das Feuer ausbreitet, dass es stärker wird. Dass mein Verstand die Tatsache zu akzeptieren beginnt, dass ich ernste Gefühle für Alex habe.

»Tommaso«, sage ich dann.

»Dieser kleine Pisser«, zischt Alex. »Gott, ich wusste es …!!«

»Du wusstest es? Woher?«

»Wie er dich ansieht.«

Ich lache leise. »Ja, er hasst mich.«

»No. Er will dich. Aber er weiß, dass er dich nicht haben kann. Und jetzt kann er das erst recht nicht mehr. Denn wenn ich mit ihm fertig bin, dann bekommt er nur noch einen Grabstein mit seinem Namen darauf.«

Ein Schauer überläuft meinen Körper, als ich erkenne, mit welchem Ernst Alex diese Worte ausspricht. Das ist kein Spruch, das ist kein Witz. Ich fühle, wie wütend er ist, genauso wie damals, als mich dieser Kerl im Flur des Ivory angemacht hat. Gewalt gegen Frauen scheint für ihn die größte Todsünde überhaupt zu sein.

Ich blicke zu ihm auf, fahre mit beiden Händen über seine Arme, bis hinauf zu seinen angespannten Schultern. »Versprich mir, dass du keine Dummheiten machst.«

»Das tue ich«, sagt er viel zu schnell, und ich weiß auch warum: Mich gegen Salvos Sohn zu verteidigen, ist für ihn keine Dummheit.

»Alex. Du musst Ruhe bewahren. Das ist wichtig für mich.«

»Wieso? Nur wegen deiner Ehe mit diesem reichen –«

»Ich erkläre es dir«, unterbreche ich ihn und er verstummt. Sofort wird mir klar, was ich da gerade gesagt habe und ich füge schnell hinzu: »Irgendwann. Ich erkläre es dir irgendwann, versprochen. Aber fürs Erste musst du mir einfach vertrauen und bitte die Finger von Tommaso lassen. Zumindest außerhalb des Käfigs.«

Alex sieht mich an, ziemlich lange und ziemlich unentschlossen. Er will ihn fertigmachen, das weiß ich, und er wiederum weiß, dass er es nicht in der Hand hat, ob er heute Abend gegen Salvos Sohn antreten wird oder nicht. Die Gegner in Runde 1 der Fight Night werden ausgelost.

»Ich weiß nicht, ob ich das kann«, gibt er schließlich zu.

»Tu es für mich.« Ich hebe die Hände und streiche ihm durchs Gesicht. Seine Wangen fühlen sich kratzig an. »Ich muss mich auf dich verlassen können«, füge ich leiser hinzu. »Wenn ich das kann, dann kannst du dich auch auf mich verlassen. Versprochen.«

Alex schüttelt leicht den Kopf. Seine blauen Augen brennen noch immer vor Wut, aber er widerspricht nicht. Stattdessen fragt er: »Was bedeutet das? Was ist das mit uns, Luciana? Was ist es wirklich?«

Ich atme tief durch, sehe auf seine Brust. »Eine Affäre«, sage ich dann. »Zumindest jetzt.«

»Eine Affäre. Das klingt, als würde es nur um Sex gehen.«

»Tut es das für dich?«, frage ich.

»Natürlich nicht«, sagt er, als wäre das völlig selbstverständlich. »... Auch wenn ich mir das eine kurze Zeitlang eingeredet habe.«

Ich nicke. Nicht nur er. »Für mich ist es auch mehr. Und ich hoffe, dass es noch viel mehr sein wird ... Irgendwann.«

Ich blicke auf und er nickt wieder. »Sí. Das hoffe ich auch.«

Ich lächle, dann gleite ich näher an ihn heran, schlinge die Arme um seinen Hals und küsse ihn leidenschaftlicher denn je. Ich will mit ihm nicht länger über Tommaso reden, über Salvatore oder die Zukunft. Nicht jetzt. Ich will, dass er versteht, dass er mir vertrauen kann. Dass ich weiß, was ich tue. Und dass Tommasos Angriff bei mir keine Spuren hinterlassen hat. Ich kann mich gut durchsetzen, das konnte ich schon immer, und einen blauen Fleck nehme ich dafür in Kauf. Am Ende wird er bezahlen, so oder so.

Ich schlinge die Beine um Alex' Körper und lasse ihn meine Mitte ganz dicht an seiner spüren, und ganz langsam scheint er sich wieder auf andere Dinge als seinen Zorn fokussieren zu können. Seine Arme halten mich, während er meinen Kuss tief und voller Verlangen erwidert und ich spüre, wie seine Männlichkeit anzuschwellen beginnt. Das kalte Wasser scheint ihm nicht das Geringste anzuhaben, er fühlt sich genauso groß und hart an wie beim letzten Mal, und mein Puls beschleunigt sich leicht.

Noch dichter drücke ich mich gegen ihn, während das Wasser unsere Körper umströmt und unser Kuss immer sehnsuchtsvoller wird. Dann löst Alex seine Lippen von meinen, hebt mich ein Stückchen höher und beginnt sich meinen Brüsten zu widmen, die nun aus dem Wasser ragen. Meine Nippel sind bereits hart und sobald ich spüre, wie seine Zunge sie umkreist, fühlt sich mein ganzer Körper wie elektrisiert an. Ein Kribbeln zieht sich bis in meinen Unterleib und ich reibe mich an Alex, signalisiere ihm, dass er mich haben kann. Dass er mich nehmen soll.

Zuerst wirkt es, als sei er bereit. Ich spüre, wie seine Härte zwischen meine Schamlippen gleitet und kann mein Stöhnen kaum unterdrücken, aber dann zögert er.

»Ich hab ... kein Gummi hier«, keucht er atemlos.

Ich schlucke und blicke in Richtung Auto. Dort hat er sicher welche, aber ich will nicht aus dem Wasser, ich möchte keine Sekunde mehr länger warten. Ich will ihn jetzt. »... Ich nehme die Pille«, flüstere ich heiser. »... Verhütest du sonst?«

Er nickt. »Immer.«

Ich nicke ebenfalls. Wir sehen uns in die Augen und mein Herz schlägt etwas schneller, als mir klar wird, was ich ihm da gerade erlaubt habe. Gleich werde ich ihn in mir spüren, ganz direkt, ohne irgendetwas zwischen uns. Ich atme tief ein, halte die Luft an, und wir blicken einander immer noch in die Augen, während er meinen Körper langsam auf seine Erektion gleiten lässt, während er sich Zentimeter für Zentimeter in mich schiebt. Es fühlt sich fantastisch an. So gut, dass mir auf der Stelle schwindelig wird, dass mein Herz rast und ich kaum noch Luft bekomme.

Mit einem Keuchen lege ich den Kopf in den Nacken, weil ich Alex' Blick nicht länger standhalte. Ich starre hinauf ins Blätterdach, während er mich ganz ausfüllt, seine Hände auf meinen Rücken gleiten lässt, mich festhält und sich langsam in mir zu bewegen beginnt. Er fühlt sich so warm in mir an, dass der Kontrast zum kalten Wasser meinen Kreislauf zusätzlich durcheinander bringt.

»Oh Gott ...«, flüstere ich, während seine Härte in mir noch mehr anzuschwellen scheint und dabei Stellen berührt, die Salvo vermutlich noch nicht mal mit der Lupe finden würde. Ich will, dass das hier nie endet. Und gleichzeitig kann ich den Höhepunkt nicht erwarten. Ich drücke mich gegen Alex, fange seine Stöße auf, lege meinen Kopf an seinen Hals und sauge sacht an seiner Haut, während er mich weiter festhält und mich beinahe in den Wahnsinn treibt. Was ich beim Sex mit ihm empfinde, habe ich nie zuvor gespürt. Er sorgt dafür, dass ich zu keinem klaren Gedanken mehr fähig bin, dass ich mich nur noch auf ihn konzentriere, seinen männlichen Duft, das Spiel seiner Muskeln, seine feuchte Haut. Ich schließe die Augen, spüre, wie seine Stöße intensiver werden, lausche seinen keuchenden Atemzügen, und als sich mein Unterleib schließlich zusammenzieht, so heftig, dass es beinahe schmerzhaft ist, und der Orgasmus mich dann wie eine Welle überspült, fühle ich, dass auch Alex so weit ist. Er ergießt sich in mich, was bisher außer Salvo noch nie ein Mann durfte, und es gibt nichts, was mich daran stört. Ich genieße einfach nur seine bedingungslose Nähe, die Glückshormone, die mich durchfluten, seine immer noch heftigen Atemstöße. Nur unwillig löse ich meinen Kopf von seinem Hals, und augenblicklich finden seine Lippen meine und wir küssen uns erneut, obwohl wir immer noch kaum Luft bekommen.

»... Ich fürchte, ich bin immer noch nicht bereit«, flüstere ich, als wir beide atmen müssen. »... Dir eine Abfuhr zu erteilen.«

»Das wirst du niemals sein«, erwidert er und die Überzeugung in seiner Stimme verblüfft und amüsiert mich zugleich. Er ist sich seiner Sache ganz schön sicher.

»Im Moment zumindest bin ich es nicht«, gebe ich zu, sehe ihn an und streiche mit den Fingern über sein Gesicht. Mir gefällt, wie er aussieht. Er ist unheimlich attraktiv, und alles an ihm hat so eine Entschlossenheit an sich. »... Aber wie soll das mit uns weitergehen, Alex? Wenn Salvo was merkt ...«

»Das wird er nicht«, erwidert er und küsst meine Finger. »Wir werden aufpassen.«

»Bekommen wir das hin?«, frage ich leise.

»Verlass dich darauf.« Noch einmal küsst er meine Hand, dann zieht er sich langsam aus mir zurück und mir wird erst jetzt klar, dass er noch in mir war. Es fühlte sich an, als wäre alles richtig. Als wäre alles so, wie es sein sollte.

Ich seufze, als er mich zu Boden sinken lässt. »Wir müssen langsam los.«

»Ja. Ich muss heute noch ein paar Kämpfe gewinnen.« Ich lächle ihn an, dann umarme ich ihn fest. Er wird ein paar Kämpfe gewinnen. Das weiß ich einfach.

Kapitel 14

Alex

»Los! Zeig mir deinen besten Jab! Das ist schon alles? Das kann noch nicht alles sein! Schlag zu! Richtig! Genau, so meinte ich das!«

Dieser Julio ist ein guter Trainer, aber er geht mir ganz schön auf die Nerven. Was soll das heißen, mein bester Jab? Ich zeige immer meinen besten Jab. Ich kämpfe nicht halbherzig. Nie. Sonst könnte ich es doch gleich lassen.

»Okay, und jetzt ein paar Kicks! Hau mich weg, na los!«

Er verändert die Position der Pratze und ich tue, was er verlangt. Keine meiner beiden Kampfsportarten ist besonders intensiv, was Kicks angeht, aber ich bin trotzdem ganz gut darin, was ich vor allem Luis zu verdanken habe, der neben dem Jiu Jitsu Muay Thai betreibt und mir einiges beigebracht hat. Ich kann Boxen, ich kann gut mit meinen Beinen umgehen und ich bin ziemlich gut im Bodenkampf. Keine Ahnung, was die anderen können, aber dass ich heute Abend gewinnen werde, steht trotzdem so gut wie fest, da muss sich Luciana überhaupt keine Gedanken machen.

Luciana.

Verflucht noch mal, allein ihren Namen zu denken lenkt mich ab. Und so ist es auch kein Wunder, dass ich die Pratze beim nächsten, gedrehten Kick nicht erwische und stattdessen ins Straucheln gerate.

»Was war denn das, he? Heute Abend kann das dein Ende sein!«

»Das glaubst du doch selber nicht«, sage ich und grinse, aber insgeheim ist mir schon klar, dass diese Frau mein Ende sein kann. Ich sollte sie fallenlassen und mich auf meinen Plan konzentrieren. Stattdessen werde ich mich auf beides konzentrieren – den Plan und sie.

»Machen wir eine kurze Pause!« Julio hört auf, vor mir herumzutänzeln und ich greife nach meiner Wasserflasche, um einen großen Schluck zu trinken. Währenddessen kommt mein Trainer näher und fragt leise: »Hast du dein Wundermittel heute schon genommen?«

Ich betrachte ihn leicht zweifelnd. Er weiß davon? »Warum so leise?«, frage ich.

Julio deutet auf die anderen Kämpfer, die abseits des Oktagons trainieren. »Sie müssen ja nicht alles hören.«

»Also bekommen wir nicht alle was?«

»Nur die, mit denen Salvatore große Pläne hat.« Er zwinkert mir zu und haut mir auf die Schulter, dann verlässt er den Käfig, um ebenfalls etwas zu trinken.

Große Pläne, das ist wohl mein Stichwort. Ich denke an das, was Luciana vorhin gesagt hat. Ich muss unbedingt mit nach Sizilien. Ich muss den Cosentinos so schnell wie möglich so nah wie möglich kommen, und das ist die perfekte Chance.

Ich wende mich dem Käfiggitter zu, sehe mir meine möglichen Kontrahenten für nachher genau an. Egal, wer es ist. Ich werde ihn fertigmachen. Langsam lasse ich meinen Blick über die Menge wandern. Dann sehe ich zur Tür. Sie steht offen, und draußen, im größeren Teil des Studios, sehe ich Luciana. Sie redet mit ihrem Mann und lässt sich nichts von heute Morgen anmerken. Dann umarmt sie ihn und ich höre bis hierher ihr Lachen. Was will sie nur von diesem Kerl? Ich spüre rasende Eifersucht in mir aufsteigen und wende mich ab, ehe ich noch etwas Dummes tue. Ich wünschte, ich würde sie besser kennen, sie besser verstehen. Ich soll ihr vertrauen, hat sie gesagt. Stattdessen will ich einfach nur da raus gehen und Salvatore Cosentino den Kopf abreißen. Es ist ungewohnt, dass die Rache für meine Familie jetzt nicht mehr der einzige Grund dafür ist. Aber es muss der Hauptgrund bleiben, rufe ich mir vor Augen. Ich darf Luciana nicht über meine Ziele stellen.

Wenn das so leicht wäre.

Alessia

Als wir am Abend das Ivory betreten, kommt mir heute Morgen so weit weg vor, als hätte es sich bei meinem Treffen mit Alex um nichts als einen Traum gehandelt. Bei ihm zu sein fühlte sich an wie ein ganz anderes Leben. Aber mein wahres Leben ist das hier. Aussteigen aus der Limousine, mich bei Salvo unterhaken und auf meinen High Heels Richtung Eingang stolzieren. Vorbei an der Schlange der Wartenden, die sich die Beine in den Bauch stehen und offensichtlich schon ganz wild auf ein bisschen Gewalt sind.

»Heute klingelt die Kasse«, raunt mir Salvatore beim Blick auf all die Menschen hier draußen zufrieden zu.

Er könnte Recht haben. Der Einlass läuft schon seit einer guten Stunde und es stehen sicher immer noch hundert Wartende hier draußen, Männer und Frauen, und alle wirken begeistert.

»Hoffen wir, dass die Kämpfe unterhaltsam sind«, sage ich.

Salvo lacht. »Glaub mir! Sie werden es sein.«

»Machst du dir Sorgen um Tommaso?«, frage ich.

»Oh nein, ganz sicher nicht. Der Junge hat lange und intensiv auf das hier hingearbeitet. Außerdem ist er ein Siegertyp. So wie sein Vater.«

Gott. Ich kann nur hoffen, dass Alex den ›Siegertypen‹ so richtig schön auf die Bretter schickt!

Wir gehen die Treppe hinunter und einer der Männer von der Tür macht uns den Weg frei, was auch nötig ist, denn der Club ist bereits brechend voll. Die Leute an der Bar kommen mit dem Ausschenken kaum nach. Das Licht ist gedämpft, die Musik ist laut und aggressiv, und im Moment könnte man eigentlich noch meinen, das hier sei ein ganz gewöhnlicher Club – wäre da nicht das Oktagon, das riesig, frisch poliert und protzig in seiner Ecke steht, von einem Scheinwerfer beleuchtet, und darauf zu warten scheint, dass es endlich zum Einsatz kommt.

Ich sehe mir die Gäste genauer an. Manche von ihnen sind gekleidet, als wollten sie tatsächlich in den Club, einige der Frauen tragen kleine Glitzerkleidchen und haben die Haare aufwändig toupiert. Andere jedoch, vor allem die Männer, haben viel Jeans und Leder an sich, manche nietenbesetzte Jacken, andere die Kutten irgendwelcher Bikergangs. Eines jedoch haben die Anwesenden alle gemeinsam: Sie sehen nicht arm aus, sondern wie Menschen mit Geld, die Lust auf Wetten haben. Die PR hat also gezogen. Alles läuft genau wie Salvo es wollte. Das ist gut. Ich muss mein Bestes tun, um so viel wie möglich mitzubekommen. Morgen werden sicher irgendwelche Gelder ausgezahlt, er wird wichtige Telefonate führen mit Menschen, die diese Gelder für uns waschen. Ich muss Beweise sammeln. Immer mehr Beweise. Bis ich genug habe, um ihn so richtig festnageln zu können. Nicht für ein paar Wochen oder Monate U-Haft, aus der er sich dann freikaufen kann. Sondern für eine lange, lange Zeit. Und ich hoffe, dass es ihm im Gefängnis kein Stück besser ergehen wird als Luigi.

»Wollen wir nichts trinken?«, frage ich, als wir die Bar beinahe hinter uns gelassen haben.

»Später. Lass uns erst mal nach hinten gehen und nach unseren Kämpfern sehen. Wir haben sie die letzten Tage ordentlich eingepeitscht. Nicht, dass sie sich jetzt schon an die Kehle gehen!«

Ein nervöses Kribbeln macht sich in mir breit, als ich daran denke, gemeinsam mit Salvo Alex gegenüber zu treten. Seit unserem Abenteuer heute Morgen habe ich gründlich geduscht, aber ich bilde mir ein, dass ich immer noch nach ihm rieche, und dass er überall an mir Spuren hinterlassen hat, die mein Mann eigentlich sehen müsste. Wie schaffe ich es, ihm gleich neutral gegenüberzutreten, wenn da doch, sobald ich auch nur an ihn denke, gleich wieder dieses warme Gefühl in mir ist?

Wir lassen uns von unserem Personenschützer bis zum Oktagon und daran vorbei führen. Dann klettern wir unter einer roten Kordel hindurch, die auf beiden

Seiten einen schmalen Gang zwischen dem Käfig und dem Gang abtrennt, der zu den Büros und Kabinen führt. Hier entlang werden die Kämpfer nachher einmarschieren. Ich frage mich, wie das bei Alex aussehen wird. Geht er einfach ganz geradlinig auf das Oktagon zu, den Blick starr geradeaus gerichtet? Oder wird er sich feiern lassen? Ich denke an die Frauen, die ihm zujubeln werden. Er ist der bestaussehendste unserer Kämpfer. Ob sie die Hände ausstrecken und versuchen werden, ihn anzufassen? Ich spüre, wie sich Eifersucht in mir breit macht. Diese Weiber sollen sich einen anderen zum Anhimmeln suchen, sie ...

»Au.« Salvo lacht und blickt auf meine Hand, die ich, ohne es zu merken, in seinen Arm gegraben habe. »Was ist denn los? Hast du etwa Angst? Du musst nicht mit nach hinten, wenn du nicht willst.«

»Doch, ich will«, sage ich ein wenig zu schnell und versuche dabei, dem Widerstreit der Gefühle in meinem Inneren Herr zu werden. »Ich bin nur etwas aufgeregt. Wegen Tommaso. Und weil ich mir Sorgen mache, dass etwas schief geht.«

»Das wird es nicht, meine Sonne. Auf diesen Abend haben wir seit Jahren hingearbeitet. Er wird perfekt sein.«

Ich nicke und warte ab, während Salvatore an die erste Kabinentür klopft. Ich weiß von ihm, dass Alex und Tommaso je eine Einzelkabine haben – angeblich wegen ihres Favoritenstatus, aber ich bin mir sicher, dass zumindest bei Alex auch dahinter steckt, dass er unbemerkt dopen können soll. Doch als wir in diese hier eintreten, stelle ich fest, dass es nur die Sammelumkleide der anderen Kämpfer ist und bin gleichermaßen erleichtert und enttäuscht. Ich warte abseits, während Salvo ein paar motivierende Worte sagt, atme den Geruch von Schweiß und Vaseline ein und sehe einem der Typen desinteressiert dabei zu, wie er Liegestütze macht, wahrscheinlich um seine Muskeln gleich beeindruckender aussehen zu lassen.

Dann wendet sich mein Mann wieder mir zu und nimmt mich in den Arm, und irgendjemand sagt was von Maskottchen. Diese Schwachköpfe. Die Hälfte von ihnen könnte ich vermutlich fertigmachen. Ich darf es mir nur nicht anmerken lassen.

»Lassen wir diese Männer hier in Ruhe ihre Vorbereitung zu Ende bringen und sehen wir, was unsere zwei Sonderfälle machen«, sagt Salvo zufrieden und nimmt mich mit raus, und sogleich beginnt mein Herz ein wenig schneller zu schlagen.

Auf dem Flur kommt uns Pinas Mann entgegen, er wirkt beschäftigt und hat, ganz altmodisch, einen Skizzenblock dabei.

»Terry!« Salvo drückt ihn mit dem freien Arm ebenfalls an sich. Die Zufriedenheit macht ihn ziemlich anhänglich. »Wie läuft es bei dir?«

»Gut«, sagt er. »Ich habe schon einige fantastische Statements zusammen.«

Seine Aufgabe ist es, heute Abend kurze Interviews mit den Kämpfern zu führen und daraus während der Nacht einen mitreißenden Artikel zu basteln, der dann morgen auf gleich mehreren Newsportalen online geht. Salvo ist es wichtig, bei diesem Neustart so viel wie möglich selbst zu kontrollieren.

»Wir sind auf dem Weg zu Alex Silva. Hast du von ihm schon was?«

»Nein, ich komme am besten direkt mit. Der Junge wirkt auf mich, als hätte er eine Menge zu sagen.«

»Ja, mein Lieber. Ich sage dir, aus ihm kann ein großer Kämpfer werden. Warten wir es ab!«

Es ist fast lustig, wie sehr Salvo Alex feiert. Wenn man bedenkt, dass er heute Morgen noch in mir gewesen ist. Und dass ich keine Sekunde davon bereue.

Ich lächle meinen Mann an, so verliebt ich kann, um schon mal ein paar Punkte zu sammeln für den Fall, dass ich mich gleich nicht im Griff habe. Dann bleibe ich mit ihm stehen und warte, während er anklopft.

»Sí!«, sagt Alex und ich beiße mir auf die Unterlippe. Ich würde mich gern auf Spanisch mit ihm unterhalten können. Vielleicht lerne ich es. Sollte für eine Italienerin nicht so schwer sein.

Salvo tritt ein und zieht mich mit sich. Ich schlucke. Ich war ja auf vieles vorbereitet, aber darauf nicht. Alex steht mit dem Rücken zu uns an dem einzigen Spind, der sich in diesem Raum befindet. Auf dem Boden zu seinen Füßen liegt ein Handtuch. Und er ist vollkommen nackt. Schon wieder! Was bildet dieser Mann sich ein, dauernd nackt vor mir herumzulaufen?

Auf der Stelle senke ich den Blick, um nicht auf seinen nackten Hintern zu glotzen.

Salvo hingegen lacht nachsichtig. »Mio dio! Wir hätten doch gewartet!«

»Warum? Sie werden mir nichts weggucken, Boss.«

Ich räuspere mich.

Alex sieht über die Schulter zu mir, erstarrt einen Moment in der Bewegung. Und dann erscheint ein unverschämtes und dabei viel zu offensichtliches Grinsen auf seinen Lippen. Verdammt! Kann er bitte etwas vorsichtiger sein?

»Mrs Cosentino«, sagt er. »Tut mir wirklich leid, wenn ich Sie verlegen mache.«

»So schnell bin ich nicht verlegen zu machen, Alex. Oder willst du andeuten, dass ich prüde bin?«

»Ich will es nicht hoffen«, erwidert er und fügt zum Glück hinzu: »Für Mister Cosentino.«

Dann zieht er sich endlich eine Unterhose an und ich möchte ihm für seine blöden Sprüche an die Gurgel gehen und mich gleichzeitig einfach auf ihn stürzen und ihm seine knappen Retro Pants gleich wieder vom Körper reißen.

Stattdessen blicke ich herüber zu Salvo, der ein totales Poker Face aufgesetzt hat. Merkt er was? Ich hoffe nicht! Wir müssen uns zusammenreißen. Wir beide. Ich sehe nur halb hin, während Alex sich eine knielange Boxhose überzieht, die komplett schwarz ist.

»Nun ja, wenn du dann fertig bist mit anziehen, Junge, hätte ich noch einen kleinen Job für dich, bevor es losgeht.«

»Ich muss mich eigentlich noch aufwärmen«, widerspricht Alex.

Muss er meinem Mann dauernd widersprechen? Ich weiß echt nicht, wie lange sich Salvo das gefallen lassen wird.

Im Moment jedoch scheint er von Alex noch angetan genug, um ihm dieses Verhalten durchgehen zu lassen. »Es dauert nicht lange«, sagt er. »Es geht nur darum, meinem Schwager für seinen Artikel ein paar Fragen zu beantworten.« Er winkt Terry zu sich, wobei Alex immer noch von uns abgewandt dasteht und seinen Spind abschließt.

»Ihr Schwager ist ein Reporter?«, fragt er.

»Ja, das ist er. Und er würde sich freuen, deine Bekanntschaft zu machen«

Alex dreht sich um, sieht von Salvatore zu Pinas Mann, und ganz plötzlich, von einer Sekunde auf die andere, verändert sich ... einfach alles.

Aus seiner bis gerade noch entspannten Körperhaltung wird ein angriffslustiges Lauern, all seine Muskeln scheinen sich bis aufs Äußerste zu spannen. Und gleichzeitig beginnt in seinen Augen blanker Hass zu lodern. Ich habe ihn gesehen, wenn er wütend war. Aber das war nichts im Vergleich zu dem, was jetzt gerade passiert. Es ist beängstigend. Er sieht aus, als würde er in der nächsten Sekunde einen Amoklauf starten.

»Ähm, Mister Silva«, sagt Terry dann auch einigermaßen irritiert. »Wir hatten noch nicht das Vergnügen, Sie waren ja gestern nur so kurz auf der Party. Ich würde mich gern vorstellen.« Er streckt die Hand aus. »Mein Name ist Terry Cosentino.«

»Ich weiß, wer Sie sind«, erwidert Alex und macht keine Anstalten, seine Hand zu ergreifen.

»Okay, dann ... hat Ihnen mein Schwager schon von mir erzählt, nehme ich an?«

»Nein, habe ich nicht«, sagt Salvo, und der Unterton in seiner Stimme gefällt mir nicht.

Ich habe das Gefühl, irgendwas tun zu müssen, irgendwie zu Alex durchdringen zu müssen, damit er sich zusammenreißt, aber ich weiß nicht, wie. Ich weiß ja nicht einmal was er plötzlich hat.

»Das war auch nicht nötig«, sagt Alex und macht einen Schritt auf Terry zu. »Sie sind Terry Grimes.«

»Ja, das ... war mein Name, bevor ich meine Frau kennengelernt habe. Woher kennen Sie ...?«

»Alex hat mir erzählt, dass er alles über den Unbesiegten gelesen hat, nachdem Salvo ihn ihm gegenüber erwähnt hat. Dabei ist er wohl auf ein paar ältere Artikel von dir gestoßen, Terry.« Kein Wort davon ist wahr, und ich weiß selbst nicht, weshalb ich es für nötig halte, meinem Mann und meinem Schwager diese Lüge aufzutischen. Doch ich weiß einfach instinktiv, dass die Lage für Alex gerade verdammt brenzlig zu werden droht.

Terry lacht und scheint sich dabei ein wenig unwohl zu fühlen. »Oh. Ja.« Er rückt seine Brille zurecht. »Ich habe damals einiges geschrieben ...«

»Ja, ich weiß.« Alex steht jetzt ganz dicht vor ihm und sieht aus, als würde er jeden Moment auf ihn losgehen. Aber nicht, um ihm eine reinzuhauen. Sondern um ihm den Hals umzudrehen. Die Vorlage, die ich ihm geliefert habe, interessiert ihn offenbar gar nicht und ich muss mir wirklich etwas einfallen lassen, ehe noch ein Unglück geschieht.

»Alex ist, glaube ich, schon ziemlich im Kampfmodus.«

»Offensichtlich«, sagt Salvo, wieder mit diesem Unterton.

»Das ist nicht gut, man soll nicht wütend in den Ring gehen ... habe ich gelesen.« Gott, hoffentlich glaubt er mir. In Salvos Gegenwart lese ich allerhöchstens mal ein Modemagazin, aber andererseits ist es angesichts meines neuen Jobs wohl nicht so unrealistisch, dass ich mich aufs Fight-Business eingestellt habe. »Er sollte noch mal an die frische Luft. Kannst du dein Statement auch später abfragen, Terry?«

»Ja, das ... das wäre vermutlich besser.« Terry nickt und scheint froh zu sein, dass er sich von Alex abwenden kann. »Ich spreche erst mal mit Tommaso«, sagt er und verlässt an Salvatore und mir vorbei die Kabine.

Salvo jedoch macht keine Anstalten zu gehen. Er mustert Alex und seine Missbilligung ist unverhohlen. »Es ist mir egal, was ihr Jungs untereinander treibt. Aber meine Mitarbeiter werden mit Respekt behandelt, ist das klar?«

Alex antwortet nicht gleich. Seine Fäuste sind geballt und er wirkt immer noch, als würde er jeden Moment die Beherrschung verlieren.

»Ich schätze, er muss wirklich einen Moment an die frische Luft.« Ich trete auf Alex zu und packe ihn am Arm, doch zu meinem Erstaunen macht er sich los.

»Gute Idee«, zischt er, und dann stürmt er nach draußen.

»Ich regle das«, sage ich und folge ihm den Gang hinunter, Richtung Hinterausgang.

»Alex!«

Er wartet nicht auf mich, dreht sich nicht nach mir um, sondern läuft einfach nur weiter, bis er die schwere Stahltür erreicht hat. Er lässt sie hinter sich und ich schaffe es gerade noch, mit hindurch zu schlüpfen, ehe sie wieder ins Schloss fällt.

»Hey!« Sobald wir allein sind, packe ich Alex an den Schultern und drehe ihn zu mir. »Was zur Hölle ist denn los mit dir?!«

»Geh rein, Luciana. Geh zu deinem Ehemann!« Er macht sich los und geht ein paar Schritte weg, und seine Worte machen mich wütend und verletzen mich zugleich. Was fällt ihm ein, plötzlich so zu tun, als wäre ich nichts als Salvatores Ehefrau für ihn?

Ich verschränke die Arme und beobachte, wie er tief durchatmet, wie er nicht zu wissen scheint, wohin mit seinem Zorn. Zuerst glaube ich, er wird gleich mit voller Wucht gegen die Betonwand schlagen und sich die Finger brechen. Dann sieht er zur Tür und ich rechne fest damit, dass er zurück nach drinnen geht und Terry oder Salvo oder einfach irgendwen verprügelt.

Sicherheitshalber stelle ich mich ihm in den Weg. »Sag mir, was los ist!«, fordere ich. »So kannst du nicht einfach mit jemandem von den Cosentinos reden!«

»Wieso nicht?«, fragt er. »Was ist so besonders an den Cosentinos, he? Sie betreiben einen Club für MMA-Fights, mehr nicht, oder?« Ich erkenne einen provokativen Unterton in seiner Stimme, der mich ziemlich irritiert. »Weshalb muss ich aufpassen, wie ich mit ihnen rede? Damit sie mich nicht feuern? Ist es das? Oder willst du mir vielleicht was anderes sagen, he?«

Ich sehe ihn noch einen Moment lang an, dann atme ich tief durch. »Hör auf, Alex.«

»Ich soll aufhören? Wieso? Hast du Probleme mit der Wahrheit?!«

Er steht jetzt ziemlich dicht vor mir, so wie vor Terry gerade, aber ich habe keine Sorge, dass er versuchen wird, mich zu schlagen. Dennoch gefällt mir das hier nicht. Weil ich spüre, dass er auch sauer auf mich ist. Und ich glaube, ich weiß genau, wieso.

»Was ist denn die Wahrheit, deiner Meinung nach?«, frage ich so ruhig ich kann, aber ich höre selbst, dass meine Stimme zittert. Ich blicke auf Alex' Schulter und spüre dabei genau, wie sein Blick versucht, meinen einzufangen. Aber ich will ihm jetzt nicht in die Augen sehen.

»Die Wahrheit ist, dass du einen verfickten Mafiaboss geheiratet hast! Jemanden, der Menschen aus dem Weg räumt, wenn sie ihm nicht passen! Du hast einen Mörder geheiratet, Luciana!«

»Woher willst du das wissen?«, frage ich, immer noch vollkommen beherrscht – zumindest äußerlich.

»Das weiß doch jeder!«

Noch einen Moment lang sehe ich auf seine Schulter. Dann hebe ich den Blick und schaue ihm in die Augen. »Du verurteilst mich also.«

»Ich will wissen, weshalb du dich mit solchen Leuten abgibst.«

»Ich will auch wissen, weshalb du es tust.«

»Das weißt du«, erwidert er, jetzt ebenfalls ein bisschen beherrschter.

»Wegen dem Geld«, erwidere ich voller Ironie, denn er kann mir nichts vorwerfen, das er selber tut. Wenn er mich für Salvatore Cosentinos Hure hält, dann muss er sich selbst auch dafür halten. Und ich sehe an seinem Blick, dass ihm das klar ist. Aber ich sehe auch noch etwas anderes in seinen Augen: Er ist nicht ehrlich zu mir. Und ich bin auch nicht ehrlich zu ihm. Aber ich spüre, dass wir in diesem Moment beide kurz davor sind, es zu sein. Vielleicht sollte ich den Anfang machen. Vielleicht sollte ich sagen: Alex, hör zu. Ich bin nicht die, für die du mich hältst. Mein wahrer Name ist Alessia Calliari, ich stamme nicht aus Sizilien, sondern aus Rom und ich bin –

»Ich muss wieder rein«, sagt Alex. »Es geht gleich los.«

Okay. Er hat sich also dafür entschieden, mir nicht die Wahrheit über sich zu sagen.

Gut. Dann werde ich ihm auch meine Wahrheit nicht verraten.

Stattdessen nicke ich. »Sei bitte vorsichtig. Man sollte wirklich nicht wütend in den Käfig steigen.«

»Hast du das auch in deinem Krav-Maga-Kurs gelernt?«

Ich presse die Zähne aufeinander, weil mir die Ironie in seiner Stimme gar nicht gefällt. Aber dann reiße ich mich zusammen und greife nach seiner Hand. »Lass uns das hier bitte durchziehen. Was immer es für dich ist, zieh es durch. Und dann wird es hoffentlich eine Zeit geben, in der wir ...«

Ich muss nicht weiterreden. Alex blickt mir in die Augen und nickt langsam. Ich erkenne an seinem Blick, dass er immer noch absolut wütend ist. Aber er hat sich jetzt wieder im Griff. Gut. Er darf auf keinen Fall irgendwelche Dummheiten machen.

Wie um mir zu versichern, dass er das nicht tun wird, drückt er meine Hand, dann lässt er mich los und geht in Richtung Tür.

Ich bleibe noch stehen, atme tief durch und versuche einen klaren Kopf zu bekommen, während ich darauf warte, dass sich die Stahltür öffnet und wieder schließt. Doch das tut sie nicht.

Stattdessen höre ich Alex' Stimme hinter mir: »Luciana?«

Über die Schulter blicke ich zu ihm.

»Was würdest du tun, wenn ich auch ein Mörder wäre?«

Ich schlucke hart. Mit so einer Frage habe ich nicht gerechnet. Alex soll ... jemanden getötet haben? »Bist du denn einer?«, frage ich leicht gepresst.

»Noch nicht.«

Seine Worte lösen einen ganzen Sturm aus Gedanken in meinem Kopf aus. Was um alles in der Welt hat er vor? Was wird er tun? Wen will er umbringen? Und wieso, um alles in der Welt?

Aber ich weiß, dass ich all diese Fragen jetzt nicht stellen kann. Die Fight Night beginnt gleich und er kann sie auf keinen Fall einfach hinwerfen, denn dann wird mein Ehemann – der Mörder – richtig ungemütlich. Das hier ist also kein guter Zeitpunkt für ein klärendes Gespräch. »Sei gleich ... einfach ein bisschen vorsichtig mit deinen Gegnern, okay? Dann bringst du schon keinen von ihnen um die Ecke. Und dann reden wir. In Ruhe.«

Alex blickt mich an. Dann lacht er leise, ein wenig ungläubig, und schüttelt den Kopf. »Wir sehen uns nachher«, sagt er und greift nach der Türklinke.

»Alex.«

Noch einmal hält er in der Bewegung inne.

»Viel Glück.«

»Danke«, sagt er.

Dann geht er rein und lässt mich mit hundert Fragen zurück, die ich ihm stellen will; und mit hundert Antworten, die ich ihm geben will. Aber beides geht nicht.

Alex

Ich stehe in meiner Kabine und versuche mich zu beruhigen. Doch Terry Grimes und Tommaso Cosentino machen es mir nicht gerade leicht. Ich muss nur an sie denken und schon schnellt mein Puls in die Höhe.

»Verfluchte Wichser!« Ich schlage mit der Faust vor die Wand und der Schmerz, der dabei von meinen Fingern in meine Schulter rast, lässt mich etwas klarer denken.

Ich darf jetzt einfach nichts überstürzen. Meine Pläne in Bezug auf Terry Grimes laufen hervorragend und mit etwas Glück werde ich Tommaso Cosentino gleich im Käfig zeigen können, was es heißt, eine Frau so anzufassen, wie er es mit Luciana getan hat. Zwar hat sie mich angefleht, ihn nicht mit der Sache zu konfrontieren, aber das bedeutet ja nicht, dass ich ihm gleich im Kampf nicht den Arsch aufreißen darf.

Also gut ...

Ich muss mich wirklich beruhigen.

Nur widerwillig lasse ich mich auf die Bank fallen, aber ich weiß, dass es mir nichts bringt, wenn ich durch die Kabine tigere, als wäre ich verhaltensgestört. Außerdem muss ich mir noch diese bescheuerte Spritze verpassen.

Ich ziehe meine Sporttasche hervor und krame die Ampulle heraus, die mir Salvatore gestern gegeben hat. Ich muss ab sofort jeden Tag Anabolika nehmen und jetzt, unmittelbar vor dem Kampf, irgendeine Giftmischung aus Methadon und Amphetamin. Eine Weile starre ich das Fläschchen einfach nur an, doch es wird mir nicht sympathischer. Genau so wenig wie ich mich mit dem Gedanken anfreunden kann, gedopt gegen die anderen anzutreten. Als hätte ich das nötig ...

Außerdem weiß ich durch meinen Onkel Harley, dass die Cosentinos ihren Kämpfern gerne mal Mittel unterschieben, die den Verstand vernebeln. Aber Salvatore will mich aufbauen und mich nicht zugrunde richten, also denke ich, dass ich das Zeug schon nehmen kann.

Ich ziehe die Spritze auf und komme mir vor wie der letzte Junkie aus Arecibo, als ich meine Faust so lange öffne und schließe, bis die Venen hervortreten. Eigentlich hätte ich mir auch einfach einen Gürtel um den Oberarm schnallen können, aber dann hätte ich mich endgültig wie der letzte Abschaum gefühlt, also muss es auch so gehen.

Als die Nadel in meine Ader eindringt, schließe ich die Augen.

Es ist nicht für lange, sage ich mir.

Bald schon werde ich den ganzen verdammten Cosentino-Clan ausrotten.

Doch ich komme nicht mehr dazu, mir das Zeug zu spritzen.

Meine Kabinentür fliegt auf und für einen Moment fürchte ich, dass es Luciana ist, die mich beim Doping erwischt. Aber es ist nur Greg, der Doktor, deshalb habe ich es nicht eilig, die Spritze aus meinem Arm zu ziehen und das Dopingmittel wegzuräumen.

»Ah, sehr gut. Du bereitest dich schon vor. Dann muss ich dir nicht helfen?«, fragt er und ich schüttle nur den Kopf.

Hat der Idiot nicht gesehen, dass die Spritze noch voll war? Umso besser. Dann werde ich zumindest diese Fight Night ohne weiteres Dopingmittel überstehen.

»Wann bin ich dran?«

»Gleich. Das Team kommt sofort zu dir und –«

»Ich brauche niemanden.«

»Aber –?«

»Niemanden. Hau ab und sagt mir einfach Bescheid, sobald ich dran bin.«

Der Arzt zuckt mit den Schultern. »Wie du willst.« Damit geht er.

Ich schiebe die Tasche wieder unter die Bank und fühle mich mit einem Male vollkommen leer.

Was tue ich hier eigentlich?

Ich stoße Luciana vor den Kopf, ich belüge sie und plane insgeheim ihre Familie auffliegen zu lassen.

Und um diese Pläne zu verwirklichen, bin ich auch noch bereit, mich mit irgendeiner Scheiße vollzupumpen.

Ich bin ein riesiger Idiot!

Ich werde diesen Kampf heute durchziehen, aber dann muss ich mir dringend etwas anderes überlegen, denn eins ist klar: Ich kann ihr nicht wehtun, und schon gar nicht kann ich sie mit den anderen in den Knast schicken. Sie sagt mir vielleicht nicht in jeder Hinsicht die Wahrheit – eigentlich spüre ich sogar ziemlich genau, dass sie mir etwas verheimlicht –, aber Luciana ist verdammt ehrlich zu mir, was ihre Gefühle mir gegenüber angeht. Sie ist eine tolle Frau und sie hat das, was ich hier tue, nicht verdient.

Es muss eine andere Lösung her.

Ich hab nur leider noch absolut keine Ahnung, welche.

KAPITEL 15

Alessia

Es hat angefangen. Der Club ist zum Bersten voll, die Stimmung ist aufgeheizt und alle jubeln den Kämpfern im Käfig zu, der jetzt von den Scheinwerfern in goldenes Licht getaucht wird. Jeder Muskel, jeder Schweißtropfen, ist auf diese Weise überdeutlich sichtbar. Die Musik ist aus und das Einzige, was neben dem Jubel zu hören ist, ist das Klatschen der Treffer und das Stöhnen der Fighter, wenn sie einen Treffer kassieren.

Ich beobachte den ersten Kampf nur halbherzig. Mit den Gedanken bin ich bei Alex und seinem seltsamen Verhalten.

Irgendwoher scheint er Terry zu kennen. Und er scheint eine ganz schöne Wut auf ihn zu haben.

Was würdest du tun, wenn ich auch ein Mörder wäre?

Vielleicht ist gestern auf der Party etwas zwischen ihnen vorgefallen, von dem ich nichts mitbekommen habe. Aber das ist Quatsch. Ich weiß, wann Alex gekommen und wann er wieder gegangen ist. Und während dieser Zeit war er fast ununterbrochen an meiner Seite. Die wenigen Minuten, die wir nicht zusammen waren, habe ich auf Band und da war er mit Salvo alleine.

Es muss etwas anderes sein, aber ich weiß beim besten Willen nicht, was.

Ich höre, wie die Menge um mich herum lauter wird und sehe zum Käfig.

Einer der Kämpfer hat sich den anderen über die Schulter geworfen und rennt mit ihm immer wieder gegen das Käfiggitter.

Die Zuschauer toben.

Und ein Blick herüber zu Salvo zeigt mir, dass er vollends zufrieden ist.

Natürlich. Der Laden ist voll und die Leute sind begeistert. Ich kann förmlich die Dollarzeichen in seinen Augen sehen. Er steht abseits neben Terry und hat mich bereits ein paar Mal zu sich herüber gewunken. Aber ich will jetzt nicht bei ihm sein. Ich weiß, dass Alex bald dran ist und quetsche mich durch die Menge, um auf der Seite zu stehen, an der er den Käfig betreten wird.

In der ersten Runde wird er gegen einen Gegner antreten, den ich nicht kenne. Klar, es ist einer unserer Männer, aber die kann ich alle noch nicht auseinanderhalten. Ich bin gespannt, wie er sich schlägt, aber ich habe ein gutes Gefühl. Mit einem hat Salvatore Recht: Er ist wirklich ein verdammt begabter Kämpfer. Und außerdem ist er gedopt. Ich bin nicht dumm genug zu glauben, dass das eine Mal gestern Abend ausgereicht hat, um ihn heute unbesiegbar zu machen. Ich bin mir sicher, dass sie ihm heute auch etwas geben werden. Und vermutlich für den Rest seiner Kämpferkarriere jeden Tag. Ich kann nur hoffen, dass es ihn nicht kaputt macht. Sonst werde ich mir ewig vorwerfen, dass ich das nicht verhindert habe.

Jubel wird laut und reißt mich aus meinen Gedanken. Der Fight ist vorbei. Einer der Männer liegt am Boden und steht erst auf, als ihn zwei Securitys an den Schultern packen und ihm helfen. Blut strömt aus seiner Nase und er wird mehr aus dem Oktagon getragen, als dass er selbst läuft. Sein Kontrahent lässt sich feiern, während auf der großen Leinwand, die über dem Käfig an der Wand hängt, bereits die nächsten Kämpfer angekündigt werden. Ich schlucke, als ich Alex' Namen lese und spüre, wie mich ein leichter Schauer überläuft, als ich die Fotos sehe, die über den Namen abgebildet sind. Während Alex' Kontrahent in typischer Fighterpose dasteht, hat Alex lässig die Arme verschränkt und sieht nicht in die Kamera, sondern hat den Kopf zur Seite gedreht und sieht desinteressiert aus. Als wäre er zu stolz, sich für die Kamera wie ein Stück Frischfleisch zu präsentieren. Ich lächle. Seine ganz und gar unschleimige Art gefällt mir. Sein Profil auch. Er hat keine Boxernase, was wohl bedeutet, dass er noch nicht viele Gesichtstreffer kassiert hat. Gut. So wird es hoffentlich auch bleiben.

Ich kriege nur am Rande mit, wie Alex' Gegner einläuft. Er wirkt angespannt und sein Blick flackert nervös. Salvatore hat anscheinend nicht nur Kämpfer mit viel Erfahrung ausgewählt. Die Zuschauer jubeln ihm zu, wie sie es bisher für alle Kämpfer getan haben. Klar, das hier ist die erste Fight Night. Es gibt noch keine Fanlager.

Meine Gedanken werden davon unterbrochen, dass der DJ, der mit seinem Pult auf einem Balkon über der Menge steht, Alex ankündigt. Ich sehe, wie der Rest der Zuschauer auch, in Richtung des Kabinenganges. Es dauert einen Moment, dann kommt Alex raus – und sofort erfüllt seine Präsenz den ganzen Raum. Er hat etwas an sich, das die anderen Kämpfer nicht haben. Ich kann nicht sagen, was es ist, aber es kommt mir bekannt vor. Aus den alten Videos, die ich vom Unbesiegten gesehen habe. Er hatte eine ähnliche Ausstrahlung. Kein Wunder, dass Salvatore Alex zu einem ebensolchen Star aufbauen will.

Alex wirkt entschlossen und konzentriert und beachtet die Menschen, die ihm zujubeln, gar nicht. Auch die Frauen nicht. Das ist auch sein Glück. Er geht zielstrebig durch die Menge auf den Käfig zu. Wie schon bei seinem Fight gegen Tommaso kommt er mir kein bisschen ängstlich vor. Dann ist er fast bei mir und ein nervöses Kribbeln breitet sich von meinem Nacken her über meinen ganzen Körper aus. Er ist nur noch wenige Meter von mir entfernt. Dann ist er so nah, dass ich ihn berühren könnte. Unsere Blicke treffen sich einen Augenblick und ich gestatte es mir, einen Moment lang in seinen blauen Augen zu versinken. Dann zieht etwas anderes meine Aufmerksamkeit auf sich.

Alex

Als ich Lucianas Blick bemerke, der langsam zu meiner Armbeuge wandert, an der immer noch etwas Blut klebt, wird mir bewusst, wie blöd ich eigentlich bin. Ich sollte wohl davon absehen, mir das Gift ausgerechnet in den Arm jagen zu wollen, schließlich kämpfe ich oberkörperfrei.

Jetzt wird sich vermutlich niemand was dabei denken. Sie werden glauben, ich musste noch zu einem

Bluttest. Aber wenn meine Adern irgendwann völlig zerstochen sind, fällt es auf.

Ich versuche ihr in die Augen zu sehen, aber sie starrt auf meine Armbeuge, als könne sie etwas dafür.

Dann wird mir die Käfigtür geöffnet und ich finde mich meinem Gegner Lachlan McIrgendwas gegenüber. Mich interessiert sein Name nicht. Mich interessiert nur, wie er K.o. geht.

Ich will es schnell hinter mich bringen, denn ich warte nur auf einen: Tommaso. Julio hilft mir mit den Handschuhen und dem Mundschutz, auch wenn das nicht nötig wäre, dann bin ich bereit.

Als der Fight beginnt, stürze ich mich sofort auf meinen schottischen Kontrahenten und verpasse ihm einen gezielten Schlag unters Kinn. Dann noch einen.

Die Menge jubelt. Sie haben bereits begriffen, dass der Kampf im vollen Gange ist.

Der Schotte allerdings nicht. Er scheint noch einen Moment zu brauchen. Ohne jegliche Deckung taumelt er gegen das Gitter, keine Spur von Angriffslust. Es ist fast zu einfach. Ich warte einen Moment, ob etwas von seiner Seite aus kommt.

»Komm her«, fordere ich ihn nuschelnd auf. »Schlag zu. Direkt hier hin, na los!« Ich deute auf meine Wange.

Der Schotte macht ein paar unbeholfene Schritte auf mich zu und sieht mich an, als hätte er große Angst vor dem, was ich als Nächstes tun werde.

Ich bin ratlos und hebe die Schultern. »Was ist los mit dir? Greif an!«

»Bring es zu Ende«, ruft jemand. Ich soll es zu Ende bringen, bevor es überhaupt angefangen hat?

»Greif an, verdammt!«

Und endlich setzt McSchlaftablette dazu an, seine Fäuste zu heben. Er platziert einen Treffer in der Luft rechts neben meinem Kopf und noch einen links daneben. Dann wird es mir zu blöd.

Ich tänzle zur Seite, hole Schwung und verpasse ihm einen gezielten Kick vor den Kopf. Der Schotte geht wie ein gefällter Baum zu Boden, die Menge jubelt und ich bin stinksauer.

»Das war toll«, ruft Julio, als ich den Käfig verlasse. Er klopft mir auf die Schulter, aber ich schüttle ihn ab.

»Toll? Ihr habt mir einen Can vorgesetzt!« Ich schüttle den Kopf und stürme zurück in meine Kabine.

Alessia

Dieser Schotte da gerade im Käfig war kein Gegner. Dieser Typ war Fallobst. Ein Can.

Salvatore scheint Alex nicht sonderlich viel zuzutrauen. Oder er wartet auf die ganz große Show und will nicht riskieren, dass Alex vorher ausscheidet ... Das wird mir klar, als ich einen Blick auf die Leinwand werfe, die aktuell das K.o.-System abbildet. Den ersten Kampf konnte Salvo durch einen einfachen Gegner noch manipulieren. So hat er nicht nur dafür gesorgt, dass Alex die erste Runde übersteht, sondern auch, dass er im Team bleibt. So viel dazu, dass die Gegner ausgelost werden!

In Runde zwei tritt Alex dann gegen einen anderen Sieger aus Runde 1 an. Und – wenn alles nach Salvos Plan läuft – wird auch Tommaso es in die zweite Runde schaffen. Ich kann mir vorstellen, dass sich Salvatore einen Finalkampf zwischen Alex und seinem Sohn wünscht. Zwei gedopte Kampfmaschinen, die sich bis aufs Blut bekämpfen.

Meine Güte, wo bin ich da nur reingeraten?

Als Nächstes betritt Tommaso den Käfig. Er genießt die Aufmerksamkeit und ich nutze den Moment, um auf die Toilette zu gehen. Diesem Idioten muss ich wirklich nicht zusehen.

Als ich zurückkomme zeigt mir die Leinwand an, dass Tommaso gewonnen hat – natürlich – und der vierte Kampf der Vorrunde ist in vollem Gange. Beide Fighter kommen mir fähig vor. Klar, wenn es nicht gerade um Tommaso oder Alex geht, gibt es keinen Grund, Fallobst in den Käfig zu schicken.

Der Kampf dauert länger als die beiden vorherigen und ich nutze die Zeit, um nach hinten zu gehen. In Alex' Kabine.

***

Ich klopfe und trete ein, ohne auf eine Antwort zu warten.

»Du hast gewonnen. Glückwunsch«, sage ich und bleibe vor Alex stehen.

Er sitzt auf einer Bank und sieht zu mir auf.

»Glückwunsch? Einen Dreijährigen zu verprügeln wäre schwerer gewesen. Dieser Kerl hat sich keine Sekunde lang gewehrt. Was sollte das?«

Na ja, was soll ich ihm darauf antworten?

»Hör mal, ich weiß, dass das irgendwie deiner Kämpferehre widerspricht. Aber für Salvo ist es wichtig, dass du es bis ins Finale schaffst. Du weißt doch, was er für Pläne mit dir hat und ...«

»Und er traut es mir nicht zu, es allein durch die beiden Vorrunden zu schaffen? War das damals bei diesem Unbesiegten auch so, dass ihm nur Cans vorgesetzt wurden?«

»Ich weiß es nicht«, gebe ich zu und setze mich dann doch neben ihn, ihm halb zugewandt, ein Bein untergeschlagen. »Ich war noch ein Kind damals.«

Er nickt langsam. »Schon klar.« Dann sieht er mich an. »Hör zu. Wie ich vorhin zu dir war ... Lo siento. Es tut mir leid.«

Ich erkenne, dass ihm diese Worte nicht ganz leicht fallen. Vermutlich ist er es nicht gewöhnt, sich zu entschuldigen.

Das kenne ich von mir selbst – Fehler eingestehen ist immer das schwerste. Alex und ich scheinen gleich dickköpfig zu sein und ich bin mir alles andere als sicher, das wir einander nicht irgendwann gegenseitig zerfleischen.

»Wir sind viel zu temperamentvoll füreinander«, seufze ich.

»Sí, sí, du solltest dringend bei dieser Schlaftablette Salvatore bleiben und ich werden mir am besten ...«

Ehe er auch nur ein Wort von einer anderen Frau sagen kann, drehe ich seinen Kopf zu mir und drücke meine Lippen auf seine, und er erwidert meinen Kuss ohne zu zögern, noch leidenschaftlicher als heute Morgen, wenn das überhaupt möglich ist.

Dann ertönt draußen im Club der Gong, der verkündet, dass die erste Runde vorbei ist und die zweite anbricht.

»Gewinn«, sage ich zu Alex.

»Kein Problem.«

»Nimm den Mund nicht zu voll.« Ich drücke ihm einen Kuss auf die nackte Schulter, dann stehe ich auf.

»Tue ich nicht. Sieh einfach zu, wie ich das mache.« Er wirft mir sein unwiderstehliches Grinsen zu.

Ich nicke, dann verlasse ich die Kabine. Er packt das schon. Und ich fürchte, ich muss mich derweil ein bisschen um meine Ehe kümmern – und Salvo darüber aushorchen, was die Wettquoten machen.

Mein Handy ist heute den ganzen Abend auf Aufnahme gestellt, und genauso ist es die Wanze, die ich im Büro versteckt habe. Gott, wenn Alex wüsste, wer ich wirklich bin …

Aber wer weiß. Vielleicht wäre er dann ja auch ziemlich froh.

Alex

Dieses Mal bin ich als Erster im Käfig und kann meinem Kontrahenten beim Einlaufen zusehen. Aber das tue ich nicht. Stattdessen sehe ich herüber zu Luciana, die bei Salvatore Cosentino steht und auf liebende Ehefrau macht. Wir wissen beide, dass sie ihn nicht liebt. Ich frage mich, warum sie dennoch bei ihm bleibt. Sie wirkt auf mich nicht wie eine Frau, die es auf Geld abgesehen hat. Sie gibt sich alle Mühe so zu wirken, aber ich spüre, dass das nur Fassade ist. Sie versteckt ihr wahres Ich hinter Designerklamotten und anderen Statussymbolen und ich frage mich ernsthaft, warum. Doch egal, wie sehr ich sie mit diesem Thema provoziere, sie verrät mir die Wahrheit einfach nicht.

Die Käfigtür geht etwas zu fest zu und ich sehe nun doch zu meinem Gegner. Er ist ziemlich groß und breit und hat etwas von Godzilla mit Tollwut. Er starrt mich an, als würde er mich am liebsten zum Frühstück verdrücken. Ich zwinkere ihm zu, was den Ausdruck in seinen Augen noch eine Spur wilder werden lässt.

Wir gehen auf unsere Plätze in der Mitte des Oktagons und warten auf den Countdown. Daran, wie Godzilla die linke Faust hält, erkenne ich, dass er mir damit direkt zur Begrüßung einen Haken verpassen will. Nachdem das ›Fight!‹ ertönt ist, das den Kampfbeginn markiert, ducke ich mich daher weg, drehe mich herum und verpasse ihm einen Low Kick. Der Tritt zusammen mit dem Schwung seines eigenen Schlags lässt meinen Gegner straucheln und ich lasse zwei, drei Schläge in die Rippen folgen, um ihn völlig aus dem Gleichgewicht zu bringen. Das Monster auf zwei Beinen fällt auf ein Knie, gibt ein wütendes Geräusch von sich und ist sogleich wieder auf den Füßen.

Schön, immerhin scheint der Kerl ein richtiger Kämpfer zu sein. McAngsthase von vorhin wäre jetzt schon bewusstlos oder hätte das Handtuch geworfen.

Ich tänzle um den Riesen herum, decke ihn mit Schlägen ein und versuche gleichzeitig, seinen auszuweichen. Er ist massig, aber dennoch schnell und so liefern wir uns eine Zeitlang einen Kampf auf Augenhöhe. Es macht fast schon Spaß, so wie meine vielen Trainingskämpfe zu Hause gegen Hector. Das Beste an der Sache ist, dass die Fights hier im Club anders aufgezogen sind als richtige, offizielle MMA-Kämpfe. Es gibt keine Runden. Es wird ohne Pause gekämpft, bis einer aufgibt, und ich könnte ewig so weitermachen. Aber irgendwann wird mir klar, dass ich meine Kräfte für Tommaso sparen muss und ich bringe mich in Position, um einen Takedown-Angriff zu starten.

Doch Godzilla wehrt mit einem Sprawl ab. Gar nicht schlecht. Aber immer noch nicht gut genug. Ich tänzle zurück, nur um dann direkt noch mal voll anzugreifen. Ich lasse meine Schläge jetzt in kurzer Abfolge auf ihn einprasseln, ohne ihm Atempausen zu geben. Zwar kassiere ich dabei auch ein paar Treffer, und dabei scheint es der Kerl gezielt auf meine Rippen abgesehen zu haben, die noch blau sind vom Kampf gegen Tommaso. Aber das kann ich ab, und so dauert es nicht länger als gute zwanzig Sekunden, bis ich meinen Kontrahenten so weit im Griff habe, dass ich ihn in den Guillotine Choke nehmen kann, eine Technik, bei dem ich ihm die Blutzufuhr zum Hirn einfach im Stand mit meinem Arm abklemme. Dieser Griff führt dazu, dass mein Kontrahent entweder abklopft oder bewusstlos wird. Der Riese versucht sich zu befreien und gibt dabei wütende Knurrgeräusche von sich. Aber wenn man erst mal im Choke ist, ist es verdammt schwer, da wieder rauszukommen – denn man bekommt schließlich keine Luft. Und tatsächlich. Es dauert nicht lange und er klopft an meinem Oberschenkel ab.

Ich lasse ihn los, habe gewonnen.

Die Leute toben.

Ich werde aus dem Käfig gelassen und gleich in meine Kabine geschleust. Julio redet auf mich ein, doch was er sagt, geht im Geschrei der Menge total unter.

»... super!« Das ist das erste Wort, das ich verstehe, als wir die Kabinentür hinter uns geschlossen haben. »Du baust Spannung auf und dann bringst du es – Zack! –

einfach zu Ende. So muss das aussehen, oder nicht?« Julio sieht an mir vorbei und will Zustimmung von …

Ja, von wem denn?

Ich drehe mich um und sehe erst jetzt, dass Leo und Salvatore Cosentino auf meiner Bank sitzen. Sie haben meine Sporttasche offen vor sich stehen und offenbar darin herumgewühlt. Ich ahne nichts Gutes.

»Hi«, sage ich, schnappe mir mein Handtuch und wische mir den Schweiß vom Oberkörper.

»Das war wirklich bemerkenswert.« Cosentino steht auf und kommt auf mich zu.

»Gut, dass es Ihnen gefallen hat.« Ich zeige mich unbeeindruckt, obwohl es in meinem Kopf arbeitet.

Was können sie in meiner Tasche gefunden haben? Eigentlich bewahre ich alles, was mir irgendwie zum Verhängnis werden könnte in meinem Motelzimmer auf. Trotzdem bin ich mir sicher, dass dieses Gespräch mehr als unangenehm werden wird. Die Art, wie Cosentino redet, sich bewegt, dieses Lauernde …

Ich kann nur hoffen, dass er keinen Wind von Luciana und mir bekommen hat.

Cosentino bleibt vor mir stehen und sieht mir in die Augen. »Sehe ich für dich aus wie ein Mann, der sich gerne an der Nase herumführen lässt?«

»Ich glaube, niemand tut das.« Ich versuche cool zu bleiben, auch wenn mir die Richtung, die unser Gespräch einschlägt, gar nicht gefällt. Wenn er mich jetzt zum Teufel jagt, dann weiß ich nicht, wie ich an Terry Grimes herankommen soll.

»Warum führst du mich dann an der Nase herum?« Cosentino mustert mich und ich checke ihn unauffällig nach Waffen ab.

Ich kann ihn mit einem gezielten Schlag K.o. gehen lassen. Mein alternder Trainer und der fette Leo wären auch keine Gegner, aber was dann?

»Tue ich das?«

Jetzt erhebt sich auch Leo und kommt auf mich zu. Er hält etwas in der Hand. Eine Spritze. Meine Spritze.

»Ich dachte, wir hätten eine klare Vereinbarung.« Cosentino sieht kurz zu Leo herüber und endlich dämmert mir, worum es hier geht.

Sie sind sauer, weil ich mir ihr Dopingmittel nicht gespritzt habe.

Was soll ich denn jetzt machen?

Greg hat gesehen, wie ich mir die Spritze gesetzt habe und sie unverrichteter Dinge wieder aus meinem Arm gezogen habe. Ich habe ihn absichtlich im Glauben gelassen, dass ich mir das Zeug verpasst habe. Jetzt sehen Leo und Salvatore, dass es nicht so ist, denn die Spritze ist noch aufgezogen.

»Also ...«, beginne ich, um noch etwas Zeit zu schinden. Aber mir fällt beim besten Willen keine Ausrede ein. »Ich dachte mir ...«

»Du sollst nicht denken!« Cosentino packt mich an den Schultern und zieht mich zu sich heran.

Mein erster Reflex ist es, ihn von mir zu stoßen und ihm eins auf die Nase zu geben. Aber ich beherrsche mich.

»Es läuft hier nicht so wie in den Favelas, aus denen du kommst!«

Ich widerspreche ihm jetzt einfach mal nicht.

»Wenn du mit mir etwas abmachst, dann erwarte ich auch, dass du dich daran hältst! Glaubst du, es reicht, wenn du nur einmal dopst, oder was?«

Danke für die Vorlage, Cosentino.

Ich nicke langsam. »Ich habe ja gestern erst was genommen ... Danach war mir ziemlich schlecht, da habe ich gedacht, dass es besser ist, wenn ich heute nichts nehme. Damit ich nicht ... wie heißt es? Vomito.« Ich hebe ratlos die Schultern und hoffe, dass man mir den Dummkopf abkauft.

Cosentino lässt mich los und mustert mich skeptisch. »Du kotzt mir nicht in den Käfig. Haben wir uns verstanden, mein Junge?«

»Sí.«

»Und du wirst trotzdem weiter nehmen, was wir dir geben. Verstanden?«

»Sí.«

Cosentino nickt zufrieden, dann deutet er mit dem Kinn auf Leo und geht ein Stück zur Seite. »Verpass ihm seine Ladung.«

Leo packt meinen Arm, drückt mit den Fingern der einen Hand meine Venen ab und rammt mit der anderen die Spritze hinein. Obwohl er kein Arzt ist, kommt es mir vor, als hätte er das schon ziemlich oft gemacht. Läuft ja echt seriös, der Laden hier.

Ich sehe zu Cosentino herüber. »Es tut mir leid, ich –«

»Verarsch mich nicht. Tu was ich sage, nimm deine Medizin und gewinn. Mehr verlange ich nicht.«

Meine Medizin. Ja, natürlich.

Ich nicke wieder brav. »Ich werde gewinnen«, sage ich und meine es auch genau so. Und wie ich gewinnen werde. Tommaso hat es schließlich nicht anders verdient, als von mir im Finale eine richtige Tracht Prügel verpasst zu bekommen.

»Das wollte ich hören.« Cosentino wartet, bis Leo fertig ist, dann gehen sie beide zur Tür.

Ich frage mich, warum es ihm so wichtig ist, dass ich siege. Dann wird mir klar, dass es an den Wetten liegen muss. Anscheinend kassiert er richtig ab, wenn ich gewinne.

Noch ehe Cosentino die Tür öffnen kann, geht sie auf und ein hagerer Typ kommt rein. Er wirkt aufgescheucht und flüstert Cosentino etwas ins Ohr.

Ich verstehe nicht jedes Wort, aber etwas Entscheidendes habe ich verstanden.

Tommaso hat den letzten Kampf verloren. Ich werde im finalen Fight nicht gegen ihn antreten.

Alessia

»Da bist du ja, mein Engel.« Salvo schlingt von hinten die Arme um mich und ich bin gezwungen, ihm statt Alex, der gerade zum Finale einläuft, meine Aufmerksamkeit zu schenken.

»Ja, ich bin so beeindruckt von all dem, dass ich ...«

»Setzen wir uns an die Bar. Dieses Gedrängel ist doch nichts für eine Frau.« Salvo nimmt mich an der Hand und zieht mich mit sich.

Am liebsten würde ich protestieren, aber ich darf nicht vergessen, dass ich die liebe, unbedarfte Ehefrau bin. Also folge ich ihm aus der Menge der Zuschauer zur Bar, an der es deutlich ruhiger zugeht.

Wir setzen uns und da Salvo sich mir und nicht dem Käfig zuwendet, muss auch ich ihm in die Augen sehen und verpasse den Start des Fights.

»Sie gefällt dir also? Diese Gewalt unter halbnackten Männern?«

Auch wenn Salvo freundlich wie immer spricht, liegt ein Unterton in seiner Stimme, der mir gar nicht gefällt. Und auch seine Worte sind seltsam. Irgendetwas muss vorgefallen sein. Es macht ihn wütend, so gut kenne ich meinen Mann.

»Ist alles in Ordnung?« Ich greife nach Salvos Hand.

Er sieht mich an, einen Moment, dann noch einen, dann verraucht seine Wut etwas. »Tommaso hat verloren«, sagt er.

Ich nicke und versuche betroffen zu wirken. In Wahrheit stand ich direkt am Käfig, als es passiert ist, und habe sein Scheitern innerlich gefeiert. Es war so schön zu sehen, wie der selbstgefällige Muskelberg verloren hat. Und das ist ja auch kein Wunder. Tommaso ist kein richtiger Kämpfer, sondern nur ein verwöhntes Söhnchen, das gefeiert werden will. »Ich habe es gesehen. Er hat sich wirklich gut geschlagen und es tut mir unendlich leid für ihn.«

Salvo lächelt. »Du hast einfach ein gutes Herz, mein Schatz.«

Die Menge jubelt und ich sehe zum Käfig herüber. Alex und sein Gegner stehen noch und liefern sich einen harten Fight. Ich bin beeindruckt, wie schnell und fließend sich Alex bewegt und wie präzise seine Treffer ihr Ziel erreichen. Doch ich muss mich leider von seinem Anblick losreißen und wieder Salvatore ansehen.

»Ihr seid meine Familie«, sage ich und die Worte hören sich in meinen Ohren falscher an denn je. Aber zum Glück merkt Salvo es nicht.

Er sieht jetzt auch dem Kampf zu und sein Blick ist wieder finsterer.

»Gibt es Ärger mit Alex?«

»Ärger«, antwortet Salvo gedehnt und sieht mich an. »Nein, eigentlich nicht. Der Junge ist etwas schwer von Begriff, das ist alles. Das ist aber kein Problem, das sich nicht mit ein bisschen Nachhilfe regeln ließe.«

Mir gefallen seine Worte gar nicht, aber ich darf auch nicht allzu viel Interesse an Alex zeigen. Vor allem nicht nach unserem Gespräch heute Morgen. Wenn wir das, was zwischen uns ist, fortführen wollen, dann müssen wir jetzt mehr als vorsichtig sein.

Salvo erhebt sich. »Wollen wir gehen?«

»Jetzt?«, frage ich eine Spur zu schrill. »Vor dem Ende der Fight Night?«

»Mein Sohn ist nicht mehr dabei, also ist es mir egal, wer gewinnt«, sagt Salvo, doch sein Blick straft seine Worte lügen. Und nicht nur der. »Ich muss nur eben etwas klären.« Er holt sein Handy raus und tippt eine schnelle Nachricht an Leo, die ich über seine Schulter hinweg mitlese.

Sag mir, wenn der Puertoricaner gewonnen hat. Und teil mir die Gewinnquote mit.

Dann steckt er sein Handy wieder ein, legt einen Arm um meine Hüfte und führt mich nach draußen.

Alex

Mein Gegner in der Finalrunde ist ein Schwarzer, der weiß, wie man fightet. Aber das weiß ich auch, und so weiche ich seinen wuchtigen Schlägen und Kicks immer wieder aus, was ihn wütender und wütender macht. Schweiß strömt über sein Gesicht und er starrt mich an, als würde er mich am liebsten tot sehen.

»Na komm schon.« Ich tänzle auf ihn zu und muss zugeben, dass ich langsam etwas erschöpft bin. Aber längst nicht zu erschöpft, um zu gewinnen. »Komm, zeig mir, was du kannst.«

Als er nicht gleich einen Angriff startet, zucke ich mit den Schultern, wende mich ab und gehe ein paar Schritte durch den Käfig, als würde ich eine kleine Pause einlegen. Die Menge johlt und ich kann richtig spüren, wie der Hass meines Kontrahenten ins Unermessliche wächst. Der Grund ist klar: Ich führe ihn vor. Zeige allen, dass ich ihn nicht ernst nehme. Und das Beste an der Sache ist, dass ich genau weiß, wie er darauf reagieren wird.

Ich spüre die Erschütterungen des Käfigbodens, als er auf mich zustürmt und höre seinen wütenden Schrei, als er vom Boden abspringt, auf mich zu, um mich mit sich zu Boden zu reißen. Im letzten Moment drehe ich mich herum und empfange ihn mit einem langen Haken, den er kommen sieht, dem er aber nicht ausweichen kann, weil er sich im Flug befindet. Und so kracht meine Faust mit voller Wucht in sein Gesicht, sein Kopf wird zur Seite geschleudert, sein ganzer Körper vollführt eine halbe Drehung – und dann knallt er zu Boden, was das Oktagon beben lässt und die Halle einen Moment lang zum Schweigen bringt. Sekundenlang ist alles still – dann bricht Applaus los, als hätte ich gerade den Dritten Weltkrieg gewonnen.

Julio kommt in den Käfig, schließt mich erst in die Arme wie seinen eigenen Sohn und reißt dann meinen Arm hoch.

»Ladies and Gentlemen!«, ertönt währenddessen die Stimme des DJ's: »Darf ich vorstellen? Der Sieger des Abends! Merkt euch seinen Namen: Alex Silva – der Unsterbliche!«

Der Jubel wird noch lauter und ich überblicke die Menge, aber nicht, weil mich interessieren würde, wie sie mich feiern, sondern weil ich auf der Suche nach jemandem bin. Doch ich kann sie nirgends entdecken, und auch ihren Mann nicht. Luciana und Salvatore scheinen bereits gegangen zu sein. Einen anderen entdecke ich dafür sofort: Tommaso. Er lehnt abseits an einer Säule, hat die Arme verschränkt und sieht mir voller Wut entgegen. Ich erwidere seinen Blick und fühle neuen Zorn in mir aufwallen.

Wir beide werden unseren Kampf noch kriegen. Darauf kann er sich verdammt noch mal verlassen – auch wenn er besser hoffen sollte, dass es niemals dazu kommt.

Kapitel 16

Der Tag beginnt sonnig und warm, so wie bisher alle Tage hier in Chicago. Ich trage ein leichtes Kleid und habe mir flache Sandalen erlaubt. Auch als Ehefrau eines Mafiabosses muss man ja nicht immer High Heels tragen.

Während Salvo schon ganz früh aufgebrochen ist, um im Ivory die Abrechnung für den gestrigen Abend zu machen, beschließe ich, den Tag mit einer kleinen privaten Feier zu beginnen. Gründe zum Feiern gibt es genug: Meine Wanze im Ivory nimmt immer noch fleißig auf und wird alles, was gleich über illegale Wetten und Doping geredet wird, festhalten. Das, was Salvo gestern über ›Nachhilfe‹ in Sachen Alex gesagt hat, habe ich ebenfalls auf Band und zusammen mit den passenden Beweisen kann ich es als Androhung von Körperverletzung werten lassen. Und, was noch besser ist: Alex hat gewonnen. Er hat die Fight Night für sich entschieden. Ich habe bereits ein Video seiner finalen Attacke auf YouTube gesehen und wow, war er gut.

Aber das werde ich ihm gleich wohl am besten persönlich sagen.

Ich steige aus dem Taxi, das ich ganz unverdächtig nehmen konnte, weil Salvatore mit dem Fahrer unterwegs ist, bezahle und schnappe mir die Tüte mit Sandwiches von der Rückbank, ehe ich die Tür schließe. Dann laufe ich über den Motelparkplatz und steige die Treppen zu Alex' Zimmer hinauf, und absurderweise fühle ich mich dabei, als würde ich nach Hause kommen – etwas, das ich seit Jahren nicht mehr gespürt habe.

Schnell nehme ich die letzten Stufen, laufe an den Türen der anderen Zimmer vorbei und hebe die Hand, um bei Alex zu klopfen. Aber dann zögere ich. Ob er überhaupt schon wach ist? Na ja, er kommt mir nicht unbedingt vor wie jemand, den man nicht aus seinem Schönheitsschlaf reißen darf.

Was macht dir wirklich Sorge, Alessia?

Ich schlucke, als es mir klar wird: Ich habe Angst, dass er nicht allein ist. Was, wenn ihm der Applaus gestern zu Kopf gestiegen ist und er einen der weiblichen Fans mit sich ins Motel genommen hat? Sowas kommt sicher häufig vor. Diese Fighter sind voller Testosteron, und wenn sich ihnen die Frauen willig an den Hals werfen, dann sagen sie sicher nicht Nein.

Ich lasse die Hand sinken und blicke langsam herüber zu dem Fenster neben der Tür. Nun, es wird sich wohl herausfinden lassen, ob er allein ist. Aber will ich das wirklich wissen?

Die Alternative wäre, einfach wieder abzuhauen, und das ist nicht meine Art. Also fasse ich mir ein Herz, gehe herüber zu dem Fenster und stelle die Papiertüte auf dem Boden ab. Dann lege ich vorsichtig die Hände an die Glasscheibe und beuge mich vor, um drinnen etwas erkennen zu können. Das Bett ist zerwühlt, aber leer. Es liegt keine Frau darin. Gut. Aber sie könnten auch unter der Dusche sein. Ich lasse meinen Blick herüber zur Badezimmertür wandern ...

Und dann umfassen auf einmal Hände meine Hüften, schieben sich sanft bis auf meinen Bauch, und zugleich spüre ich, wie sich ein Körper von hinten an meinen drückt und wie ein Kuss auf meinen Hals gehaucht wird.

Ich erstarre. Doch im nächsten Moment erkenne ich seinen Duft und kann mir ein leises, raues Lachen nicht verkneifen. »Erwischt«, gebe ich zu.

»Warum klopfst du nicht einfach an?«, fragt Alex leise und küsst ein weiteres Mal meinen Hals, wobei er sanft an meiner Haut saugt, was mir einen Schauer über den ganzen Körper jagt.

»Du wärst ja sowieso nicht da gewesen.« Ich genieße einen Moment lang seine unerwartete Nähe, dann drehe ich mich in seinem Griff zu ihm um. Er trägt Trainingsshorts und ein weites schwarzes Tanktop. Sein Körper glänzt und sein Haar ist schweißfeucht. Anscheinend war er gerade joggen.

»Ich war direkt hinter dir«, gibt er zu und drückt mir grinsend einen Kuss auf die Lippen.

»Du musst mit dieser ...« Ich erwidere seinen Kuss. »... lautlosen Ninja-Nummer aufhören.«

»Das kann ich dir nicht versprechen.«

Ich lache wieder, lege meine Arme um ihn und lasse die Hände über seinen feuchten Rücken gleiten. Der Taxifahrer ist längst weg, und selbst wenn er es nicht wäre, hätte er keine Ahnung, wer ich bin. Wir sind unbeobachtet und ich genieße es einen Moment lang, mich benehmen zu können, als wäre ich einfach seine Freundin.

»Ich hab Essen mitgebracht.«

»Hört sich gut an.« Alex küsst mich ein weiteres Mal und ich lasse meine Finger langsam in Richtung seines Hinterns gleiten, dabei spüre ich, wie er leicht zusammenzuckt, als meine Hand seine Nierengegend berührt.

Erst jetzt wird mir so richtig klar, dass er gestern wohl auch was abbekommen haben muss.

»Geht es dir gut?«, frage ich und mustere ihn prüfend.

Er nickt, und sein Gesicht zumindest ist tatsächlich unversehrt. Aber ich erkenne einen Bluterguss auf Schlüsselbeinhöhe, und auch seine Arme sind nicht frei von Blessuren.

»Warst du noch bei einem Arzt gestern? Greg?«

»Das war nicht nötig. Ich bin el inmortal, schon vergessen?« Sein Grinsen verrät mir, wie blöd er seinen neuen Kampfnamen findet. Aber er braucht einen. Für den Wiedererkennungswert.

»Gehen wir rein. Ich will mir das ansehen.«

»Meinen Körper, meinst du? Gut, denn ich will mir deinen auch ansehen.«

»Ha ha.« Ich schiebe ihn herüber zur Tür und hebe die Tüte auf, während er aufschließt. Dann lässt er mich in sein Zimmer und ich mag es, dass mir sein Geruch entgegenschlägt. »Zieh dich aus und setz dich aufs Bett.«

»Das klingt ziemlich gut!«, ruft er mir nach, während ich ins Bad gehe. Wenn mich nicht alles täuscht, dann habe ich bei meinem letzten Besuch hier einen Medizinschrank an der Wand gesehen. Ach ja, dort an der linken Seite. Gerade will ich ihn öffnen, als mir etwas auffällt, das auf dem Spülkasten der Toilette liegt. Spritzen. Ein paar verpackte Nadeln. Mehrere Fläschchen stehen dort auch. Diese Dinge sehen aus wie etwas, das ein schwerkranker Mensch benötigt. Oder ein Junkie. Aber wenn ich mir vorstelle, dass sich Alex dieses Zeug in die Venen jagt, dann kommt mir das einfach nur falsch vor. Ich weiß jedoch auch, dass er kaum eine Wahl hat, wenn er in Salvos Stall bleiben will. Er lässt meinen Informationen nach regelmäßig Blutbilder seiner Fighter anfertigen, und daran ließe sich erkennen, wenn Alex das Doping verweigern würde.

Verflucht. Ich hätte ihm nie vorschlagen dürfen, bei uns als Kämpfer anzufangen. Mit so etwas hätte ich rechnen müssen. Aber vielleicht kann ich ihn ja noch von der ganzen Sache abbringen.

Ich blicke kurz hinter mich, dann ziehe ich das Handy aus meiner Handtasche und mache ein Foto von dem Dopingmittel. Ich lade es in meine Cloud und lösche es direkt wieder, sodass es wenigstens nicht so leicht aufzuspüren ist. Anschließend wende ich mich von den Flaschen und Spritzen ab, hole Jod, Salbe und Verbandszeug aus dem Schrank, und dann gehe ich zurück ins Zimmer. Alex ist gerade dabei, sein Shirt abzustreifen. Achtlos wirft er es aufs Bett, dann dreht er sich zu mir um und ich erkenne, dass auch sein Oberkörper Verletzungen aufweist. Blaue Flecken, Abschürfungen.

»Und ich dachte, du wärst der Gewinner«, sage ich und komme näher.

Alex lacht. »Das hier ist völlig normal. Mein Gegner aus dem Finale hat die Nacht im Krankenhaus verbracht – Schleudertrauma und doppelter Nasenbruch. Und der Typ aus Runde 2 ...« Er verzieht das Gesicht und zuckt mit den Schultern. »Der auch. Leichte Luftröhrenquetschung. Das ist MMA.«

»Du hättest dich ebenfalls untersuchen lassen sollen.«
Ich komme näher und fahre mit den Fingern über seine
Brust. Dabei fällt mir ein Tattoo auf, das ich bisher noch
gar nicht gesehen habe. Trust steht in geschwungen
Buchstaben unter seiner linken Brust. Vertrauen.

»Wem vertraust du?«, frage ich und fahre die Schrift
mit den Fingern nach.

»Nur mir«, sagt er geradeheraus.

Ich runzle die Stirn.

»Daran soll mich diese Tätowierung erinnern. Ich
habe sie selbst gemacht.«

»Sowas kannst du?«, frage ich verblüfft.

Alex lacht kurz. »Denkst du, ich kann nur Fressen polieren?«

Ich blicke zu ihm auf und grinse leicht. »Zumindest
passt das zu dir.«

Alex' Blick nimmt einen Ausdruck an, als hätte ich
ihn eben herausgefordert. »Setz dich«, sagt er.

»Was?«

»Setz dich hin.« Er schiebt mich Richtung Bett, dann
geht er zum Nachttisch.

»Alex, ich möchte deine Wunden versorgen.« Widerwillig setze ich mich und lege das Verbandszeug und
das Handy, das ich immer noch in der Hand halte, wie
ich erst jetzt merke, neben mir ab. Auch meine Handtasche lege ich dazu.

»Das hat Zeit.« Er kramt in der Schublade herum,
dann kommt er zurück und hat einen Block mit dem

Logo des Motels darauf sowie einen Kugelschreiber dabei. Er setzt sich neben mich und sagt: »Dreh dich ein Stück zu mir um.«

Ich lache leise. »Was wird das jetzt? Entwirfst du ein Luciana-Tattoo?«

»So ähnlich«, sagt er. »Jetzt halt still.« Er nimmt den Block und den Stift zur Hand, mustert mich, dann streckt er die Hand aus und legt mir das Haar über die Schulter.

Ich lächle, aber es fühlt sich fast wie ein Grinsen an. Will er mich jetzt ... malen? Legt er mich herein und ich bekomme gleich eine Karikatur zu sehen? Oder ein Strichmännchen? Denn dass er so was wirklich drauf hat, kann ich mir beim besten Willen nicht vorstellen. Alex ist ein Mann fürs Grobe. Er schlägt Leute zusammen. Er ist bestimmt auch super im Holzhacken und darin, Autos einfach aus dem Weg zu heben, wenn sie eine Einfahrt zuparken. Aber Malen? Das passt ungefähr so gut zu ihm wie Ketchup zu Schokolade.

Gespannt betrachte ich ihn, während er mein Gesicht mustert und die ersten Striche macht. Er hält den Block so, dass ich nicht sehen kann, was er da treibt, aber sein konzentrierter Blick wirkt auf mich nicht, als würde er sich bloß einen Scherz erlauben. Im Gegenteil. Er sieht wirklich ernst aus, und auch die Art und Weise, wie er den Stift übers Papier gleiten lässt, wirkt nicht gerade, als hätte er das noch nie gemacht. Ich blicke auf seine Hand. Obwohl er gestern Handschuhe getragen hat, sind seine Fingerknöchel wund und man sieht ihnen deutlich an, dass er in Schlägereien verwickelt war. Ich lache lautlos. Nein, ein Künstlertyp ist er wirklich nicht.

»Stillhalten«, sagt er leise.

»Zu Befehl«, flüstere ich und gebe mir dann Mühe, mich wirklich nicht mehr zu bewegen. Ich bin so gespannt, was er da tut und beobachte ihn genau. Immer wieder blickt er auf, sieht sich Partien meines Gesichts ganz genau an und es gefällt mir, wie er die Augen dabei zusammenkneift. Und dass nichts mehr von dem gestrigen Zorn in seinem Blick liegt, während er an dieser Zeichnung arbeitet.

Ich denke über sein Tattoo nach. Er vertraut nur sich. Was bringt einen Menschen dazu, so zu sein? Was hat er in Puerto Rico alles erlebt? Ich muss unbedingt mehr über sein Leben erfahren und wüsste jetzt gerade ungefähr hundert Fragen, die ich ihm stellen will, aber ich darf mich ja nicht rühren, also hebe ich sie mir alle für später auf. Aus was für einer Gegend kommst du? Wie sind deine Eltern so? Wie warst du in der Schule? Warst du in Schwierigkeiten? Hast du schon mal was Kriminelles getan?

Ob er ehrlich zu mir sein wird?

Ich lenke mich von den vielen Dingen ab, die ich nicht weiß, indem ich mir sein Gesicht ganz genau ansehe, während er dasselbe mit meinem tut. Ich mag den energischen Schwung seiner Brauen. Seine gerade Nase. Seine Lippen, die nicht voll, aber trotzdem sinnlich sind. Sein kurzes Haar. Lieber als hier zu sitzen und stillzuhalten würde ich …

»So, du kannst dich jetzt selbst überzeugen, ob ich in der Lage bin, eine einfache Tätowierung zu machen.«

Mein Herz macht einen Sprung, als er mich angrinst und mir den Block entgegenhält. Ich nehme ihn ihm ab, sehe ihn eine Sekunde lang an, dann senke ich den

Blick auf das Papier – und kann nicht glauben, was ich da sehe.

Im Grunde genommen sehe ich einfach nur mich. Als würde ich in den Spiegel blicken. Aber gerade das ist so verblüffend. Er hat mich perfekt hinbekommen, mit wenigen Strichen, ein paar Schraffuren, die man mit dem Kugelschreiber eben machen kann. Er hat nicht nur meine Gesichtszüge, sondern auch den Ausdruck perfekt eingefangen und mir gefällt der kämpferische Blick, den ich auf seiner Zeichnung habe.

»Alex, das ist ...« Ich schüttle den Kopf und blicke ihn an. »Das ist wahnsinnig gut!«

Er grinst und hebt die Schultern, als wäre nichts dabei. »Als ich ein Kind war, hab ich drüber nachgedacht, Künstler zu werden.«

»Das hättest du tun sollen. Oder tu es einfach jetzt. Wenn du innerhalb von ein paar Minuten schon so was zustande bringst, dann ...«

»Sehe ich für dich wie jemand aus, der sein Leben damit verbringen könnte, den ganzen Tag nur vor einem Blatt Papier oder einer Leinwand zu sitzen?«

»Auf Leinwände malst du auch? Ich meine, so richtig, mit Pinsel und Farbe?«

»Sí.«

»Das ist ...« Ich lache ungläubig. »Kennt man dich? In Puerto Rico, meine ich? Hast du Ausstellungen oder so? Führst du ein Doppelleben?«

Er lacht mich aus. »Aber klar doch. Nein, ernsthaft. Ich habe eine Familie, die ihre Häuser mit meinen Bildern zugepflastert hat. Aber ich habe zu keinem mehr von ihnen viel Kontakt. Meine Wohnung ist nicht sehr groß, und seit ich dort lebe, werfe ich die Bilder in regelmäßigen Abständen weg. Also ja, ich habe Ausstellungen. Auf der Müllkippe.«

Ihn scheint das wirklich zu amüsieren, ich hingegen finde es gar nicht komisch. »Alex, das ist doch Verschwendung! Du steckst Zeit und Arbeit da rein, und dann wirfst du es einfach weg?«

»Und wenn schon. Todo pasa.«

»Was heißt das?«

»Alles ist vergänglich.«

Ich weiß nicht, wieso, aber seine Worte stimmen mich irgendwie traurig. Vielleicht, weil er Recht hat: Alles vergeht früher oder später. Dieser Moment hier zum Beispiel, diese Zeit, die wir ungestört verbringen können, wird sogar ziemlich schnell wieder vorbei sein. Und wer weiß, vielleicht werden diese wenigen heimlichen Momente alles bleiben, das wir je miteinander hatten. Ich möchte das nicht. Ich denke im Grunde genommen wie er. Alles geht vorbei, und das viel zu schnell, darum sollte man das absolut Beste aus seinem Leben machen.

Tue ich das? Nein, ich tue, was nötig ist.

Und er?

Ich atme tief durch. »Alex«, sage ich dann und lege den Block zur Seite.

»Was ist?«, fragt er, wobei sein Blick fest auf mir ruht.

»Hör zu, was ich dir jetzt sage, wird dir komisch vorkommen, weil ich diejenige war, die dich erst auf die Idee gebracht hat.« Ich sehe ihm in die Augen. »Aber ich möchte, dass du aufhörst, für Salvatore zu kämpfen.«

Alex lacht ungläubig. »Ach ja?«

»Ja. Ich glaube, du weißt nicht, worauf du dich eingelassen hast. ... Ich habe das Zeug in deinem Badezimmer gesehen. Die Medikamente. Sowas macht Menschen kaputt, Alex. Menschen sterben daran. Du kannst einen Herzinfarkt davon bekommen, oder einen Schlaganfall. Ich will nicht ...«

»Luciana.« Er sieht jetzt nicht mehr amüsiert, sondern ziemlich ernst aus. »Du kannst mir glauben, dass ich die Situation im Griff habe, okay?«

»Diese Mittel können dich süchtig machen«, widerspreche ich. »Du bist Barkeeper, du weißt nicht, was in der Szene los ist, und du weißt auch nicht, wozu meine Familie fähig ist.«

Alex scheint direkt etwas erwidern zu wollen, aber dann überlegt er es sich offensichtlich anders, denn er schweigt eine Weile, ehe er sagt: »Ich werde das durchziehen. Ich habe das angefangen, also bringe ich es auch zu Ende.«

Verständnislos schüttle ich den Kopf. »Aber wieso? Wenn ich es dir nicht vorgeschlagen hätte, dann wärst du doch gar nicht auf die Idee gekommen zu kämpfen. Weshalb bist du jetzt so versessen darauf?« Ich blicke auf seine lädierten Hände und beantworte mir die Frage selbst. »Es ist der Applaus, oder? Die Fans, der Jubel. Nach gestern Abend hast du Blut geleckt und jetzt ...«

»Das ist es nicht. Diese Menschen interessieren mich nicht, und ich glaube, das weißt du auch.«

Weiß ich das? Keine Ahnung, ich kenne diesen Mann doch gar nicht. Aber für jemanden, der aus dem fernen Puerto Rico kommt und nicht unbedingt wirkt, als wäre er mit dem goldenen Löffel im Mund geboren worden, ist es sicher etwas Besonderes, Fans zu haben.

Aber eigentlich hat Alex Recht. Ich kenne ihn besser. Ich weiß, dass er das nicht der Bewunderung wegen, sondern für seine kranke Mutter tut. Also was rede ich hier eigentlich?

Auf einmal kommt mir eine Idee. Eine ziemlich gute sogar. Eine, die die Dinge wirklich wieder geraderücken und mein Gewissen reinwaschen könnte. »Hör zu.«

Alex seufzt und steht auf. »Es ist nie gut, wenn eine Frau das sagt.«

Ich blicke ihm nach, wie er zum Fenster geht und ignoriere seinen Kommentar. »Ich habe kein eigenes Geld, da will ich dir nichts vormachen. Aber ich habe Salvatores Kreditkarte und kann im Grunde genommen ausgeben, so viel ich will. In Maßen natürlich, da es der Familie finanziell schon besser ging. Aber das wird sich durch die Fights ändern, und schon jetzt könnte ich sicher 500 Dollar oder vielleicht sogar mehr abzweigen und Salvo einfach erzählen, ich hätte es für Wellness und den Friseur oder was weiß ich ausgegeben. Das könnte ich deiner Familie oder gleich dir überweisen und du könntest es verwenden, damit deine Mutter eine bessere Behandlung bekommt. Wie teuer ist die Krankenversorgung in Puerto Rico? Bestimmt nicht allzu teuer, und wenn, dann überlege ich mir eben was, verkaufe ein paar Handtaschen oder –«

»Hör auf. Luciana. Hör auf.« Alex dreht sich zu mir um und lehnt sich mit verschränkten Armen ans Fenster.

Ich verstumme, sehe ihn hoffnungsvoll an.

»Ich will dein Geld nicht«, sagt er.

»Aber ...«

»Kein Aber. Schlag dir das aus dem Kopf.«

Seine Abwehr macht mich sauer. Was soll das denn? Es wäre eine einfache, ungefährliche Möglichkeit, er sollte wenigstens darüber nachdenken. »Könntest du dich bitte nicht so anstellen? Ich weiß, vermutlich bist du zu stolz, oder vielleicht steckt auch etwas ganz anderes dahinter, aber was auch immer es ist, sollte dir nicht wichtiger sein als deine Gesundheit und dein eigenes Leben!«

»Das kannst du meine Sorgen sein lassen. Beides.«

Ich mustere ihn kopfschüttelnd. »Ich will dir nur helfen, Alex.«

»Und ich will deine Hilfe nicht.«

»Es ist doch der Ruhm, oder?«

»Nein. Aber das ist jetzt nun mal der Weg, für den ich mich entschieden habe, und ich werde das nicht abbrechen, nur weil du dein Gewissen beruhigen willst.«

Tz! Das denkt er also? Dass ich ihm diese Möglichkeit anbiete, nur um ruhiger schlafen zu können? ... Na ja. In gewisser Weise hat er damit Recht. Trotzdem gefällt mir nicht, wie er mit mir spricht, und dass er sich so querstellt, erst recht nicht. »Ich werd mir nicht ansehen, wie du dich kaputtmachst, Alex.«

»Das mache ich nicht.«

»Das kannst du doch gar nicht abschätzen.«

»Glaub mir. Ich weiß, was ich tue.«

»Und ich soll dir einfach blind vertrauen?«, frage ich voller Ironie und blicke auf das Tattoo auf seinen Rippen.

»Ja«, fordert er und lässt seine flache Hand auf die Tätowierung klatschen. »Das hier betrifft mich, nicht dich.«

Ich lächle, aber es ist nicht echt und fühlt sich auch nicht so an. »Ich soll dir vertrauen, aber du traust mir nicht.«

»Das ist nichts Persönliches.«

»Es fühlt sich aber persönlich an.« Damit stehe ich auf, schnappe mir meine Tasche und gehe zur Tür.

»Wo willst du denn jetzt hin?«, fragt Alex.

»An die frische Luft. Wir sehen uns später oder morgen im Gym!«

»Jetzt hau doch nicht direkt ab!« Er folgt mir, aber ich öffne bereits die Tür und verlasse das Zimmer.

»Doch, das werde ich aber. Denk bitte über mein Angebot nach. Und sag mir Bescheid, wenn du dich entschieden hast!«

Ehe er noch mal widersprechen kann, knalle ich die Tür hinter mir zu und dann mache ich, dass ich verschwinde. Ich hasse es, dass er so stur sein muss. Dass ich mir Sorgen um ihn machen muss, obwohl ich dafür eigentlich gar keinen Kopf habe. Warum nur habe ich mich auf diesen Mann eingelassen?

Ich laufe zur Straße, winke mir ein Taxi heran und verschwinde damit schon zum zweiten Mal fluchtartig aus Alex' Motel.

Alex

Langsam gehe ich zurück zum Bett. Eigentlich sollte ich ihr folgen, aber als ich gerade raus wollte, habe ich gesehen, was sie dort hat liegen lassen – ihr Handy.

Ich nehme es von der Matratze, lasse das Display aufleuchten und wische probeweise darüber. Es entsperrt sich. Keine PIN. Das wundert mich. Wahrscheinlich liegt das an der Paranoia ihres Mafia-Ehemanns. Sicher durchsucht er ihr Telefon regelmäßig, und wenn sie den Zugriff verschlüsseln würde, würde ihn das misstrauisch machen. Ich sehe in Richtung Tür und weiß, dass ich es ihr wirklich bringen sollte. Aber ich zögere. Wenn ich es ihr zurückgebe, dann tue ich das nur, weil ich sie mag – weil ich sie viel zu sehr mag. Ich würde es tun, obwohl ich es möglicherweise gut gebrauchen kann. Wer weiß, vielleicht finden sich darauf irgendwelche Beweise. Ich rufe mir vor Augen, was die Cosentinos meiner Familie angetan haben und sage mir, dass es Luciana auch nicht wehtun wird, wenn sie ihr Handy erst morgen zurückbekommt. Ich kann es ihr unauffällig im Gym geben. Und wer weiß. Vielleicht merkt sie gleich, dass es weg ist oder hat es sogar schon gemerkt und kommt es sich selbst holen.

Das heißt, wenn ich etwas damit anfangen will, dann muss ich mich beeilen.

Ich sehe mir das Handy genauer an und erkenne, dass sie einen Messenger benutzt. Als ich ihn öffne, sehe ich, dass sie sich mit Salvatore, mit einer Frau namens Pina und sogar mit Terry schreibt. Ich öffne ihren Chat mit ihm und spüre, wie sofort neue Wut in mir aufsteigt, weil ich nicht will, dass dieser Mörder die Frau beschmutzt, die ich ... in die ich mich möglicherweise gerade verliebe.

Ich scrolle den Nachrichtenverlauf durch, finde aber nichts Hilfreiches. Was erwarte ich auch? Dass Terry ihr etwas in der Art schreibt wie ›Wir treffen uns heute alle zum Abendessen und übrigens, ich habe Dale Jones' Vater getötet‹?

Das ist Unsinn. Ich schließe den Messenger und öffne ihre E-Mail-App, aber um auf ihr Postfach zugreifen zu können, brauche ich ein Passwort. Als ich die App wieder schließe, stelle ich fest, dass sie eine weitere Anwendung hat, die hilfreich sein würde. Eine App, die auf einen virtuellen Speicher, eine Cloud, zugreift. Auch hierfür brauche ich ein Passwort. Wer weiß, vielleicht befinden sich in diesem Speicher ja irgendwelche Dokumente, die auf die Verbrechen der Cosentinos hindeuten. Möglicherweise nicht auf den Mord an meinem Vater, aber trotzdem auf irgendwas, das weiterhilft.

Ich schließe die Anwendungen, dann greife ich nach meinem eigenen Handy und rufe Dylan an.

»Coleman«, meldet sich eine tiefe Stimme.

»Dylan, ich bin's, Alex.«

Kurzes Schweigen, dann sagt Dylan: »Alex, hör zu. Dein Onkel hat mich angerufen. Er bittet mich, dir klarzumachen, dass –«

»Dafür ist jetzt keine Zeit«, unterbreche ich ihn. Ich habe selbst in den vergangenen Tagen mehrere Anrufe und Nachrichten von Harley und Megan ignoriert. Sie versuchen immer noch mich zu überreden, die ganze Sache abzubrechen. Aber dafür ist es viel zu spät. »Hör zu. Ich habe das Handy von Cosentinos Ehefrau. Es gibt mehrere passwortgeschützte Anwendungen. Könnte einer eurer Spezialisten einen Blick darauf werfen?«

Dylan seufzt. »Du bist auf ganz dünnem Eis unterwegs, Alex. Normalerweise dauert es Monate, sich das Vertrauen solcher Leute so weit zu erschleichen, dass sie nachlässig werden und man ihnen potenzielles Beweismaterial abnehmen kann.«

Seine Worte machen mich sauer. Ich habe mir nicht Lucianas Vertrauen erschlichen. Das mit uns ist einfach passiert und ich versuche lediglich, trotzdem weiter meinen Plan zu verfolgen. Weil ich es versprochen habe – mir selbst und meinem ermordeten Vater. »Bei mir geht es schneller. Also, kannst du was für mich tun? Dann bringe ich es vorbei.«

»Nein, bloß nicht!« Dylan macht eine kurze Pause, ehe er weiterspricht. »Du bist heute in der Zeitung, Alex. Du bist der neue Goldjunge der Cosentinos. Die Mafia ist in Chicago weit verzweigt. Was denkst du, das los ist, wenn dich jemand in der Nähe des Polizeireviers sieht?«

Verdammt, damit hat er Recht. »Ich sorge schon dafür, dass ich nicht gesehen werde.«

»Überschätz dich nicht. Lass es uns wie folgt machen. Ich schicke jemanden, der das Telefon bei dir abholt.«

»Wann? Sie wird es wiederhaben wollen.«

»Alex ...«

»Komm schon, Dylan. Wie lange arbeitest du jetzt daran, diese Familie zur Strecke zu bringen, he? Ich kann dir dabei helfen.«

Ich höre Dylan am anderen Ende der Leitung lachen. »Das musst du von deinem Vater haben. Dein Onkel ist eher der bescheidene Typ.«

»Schick jemanden, jetzt sofort, und lass es mir bis heute Abend zurückbringen. So lange kann ich sie hinhalten.« Ehe Dylan noch mal widersprechen kann, nenne ich ihm meine Adresse, dann lege ich auf und lasse mich auf die Bettkante sinken. Wieder nehme ich

Lucianas Handy und sehe es mir an. Benutze ich sie? In gewisser Weise schon, das muss ich vor mir selbst zugeben. Aber wenn es mir dadurch gelingt, die Familie zu zerstören, dann wäre das auch für sie gut. Sie ist noch zu jung, um in die wirklich schlimmen Verbrechen der Cosentinos verwickelt zu sein. In den letzten Jahren hat man nicht viel von ihnen gehört. Wer weiß, vielleicht kann es für sie eine Kronzeugenregelung geben. Und wenn nicht, dann muss ich mit ihr abhauen.

Ich blicke auf und runzle die Stirn.

Meine ich das ernst? Ja, ich schätze schon. Mit Luciana würde ich bis ans andere Ende der Welt fliehen, wenn es nötig wäre. Und wer weiß, vielleicht sieht genau so meine Zukunft aus. Bisher habe ich nie weiter als bis zu dem Punkt gedacht, an dem ich die Cosentinos bezahlen lasse. Es ist ja auch nicht gesagt, dass ich meine eigene Rache überhaupt überlebe. Aber falls …

Ich schüttle den Kopf und wende mich wieder dem Handy zu. Alles zu seiner Zeit. Etwas anderes macht keinen Sinn. Ich entsperre es ein weiteres Mal und öffne aus reiner Neugier ihre Galerie. Viele Bilder hat sie jedoch nicht, und die meisten davon zeigen sie selbst. Luciana am Pool, in der Umkleidekabine, mit einem teuren Armband, das sie stolz in die Kamera hält, mit einer riesigen Sonnenbrille. Viele dieser Fotos kenne ich von ihrem Facebook-Profil. Sie alle wirken, als sei sie genau das, wofür ich sie am Anfang gehalten habe – eine geldgeile Vorzeigefrau. Jetzt gelingt es mir nicht mehr, die Frau auf den Fotos mit der Luciana in Verbindung zu bringen, die gerade hier war.

Ich lege das Handy weg, sehe auf die Uhr und warte darauf, dass Dylans Bote auftaucht. Besser, er beeilt sich, denn –

Auf einmal klingelt das Handy. Verdammter Mist. Sicher ist es Luciana selbst, die schon danach sucht. Ich sehe aufs Display. Die Nummer ist unterdrückt. Ruft sie von Salvatores Telefon aus an? Nein, er hat mich bereits angerufen und seine Nummer konnte ich sehen. Ich sollte es einfach klingen lassen. Aber was, wenn sie das Telefon zur Ortung freigegeben hat? Dann wird sie sehen, dass es bei mir ist und sich sicher wundern, weshalb ich nicht abnehme. Andererseits könnte ich auch unterwegs sein und –

Ach, scheiß drauf. Ich tue das, was meine Intuition mir rät, nehme den Anruf an und hebe das Telefon ans Ohr, ohne etwas zu sagen.

Es rauscht in der Leitung. Dann sagt eine Stimme auf Englisch, nicht Italienisch: »Hallo?« Eine Pause, dann: »Hallo? ... Alessia?«

Okay, da hat sich also bloß jemand verwählt.

Oder?

Ich spüre, wie mein Puls ein wenig schneller geht, als die Stimme am anderen Ende der Leitung fragt: »Alessia? Kannst du gerade reden oder ist Cosentino in der Nähe?«

Der Anrufer hat sich also nicht verwählt. Aber was hat das zu bedeuten? Dass Alessia ihr eigentlicher Name ist? Aber weshalb sollte sie einen Decknamen benutzen?

Ich weiß es nicht, aber eines wird immer klarer – diese Frau ist nicht, wer sie zu sein vorgibt. Und das bedeutet vermutlich, dass ich gar nicht erst anfangen sollte, ihr zu vertrauen – vollkommen egal, was sie sagt, worum sie mich bittet. Wer weiß, vielleicht haben mich die Cosentinos von Anfang an durchschaut. Möglicherweise wussten sie, wer ich bin, schon als ich auftauchte, und haben sie auf mich angesetzt. Aber hätte der Kerl am anderen Ende der Leitung dann nicht eher fragen müssen, ob ich in der Nähe bin?

Ich lege auf und versuche, nicht schockiert zu sein. Ich bin nicht der, der ich zu sein vorgebe. Ich belüge sie. Ich kann sie nicht verurteilen, wenn sie dasselbe tut. Außer natürlich, sie ist gegen mich ...

Wie auch immer sich die Sache am Ende auflöst: Ich werde von jetzt an verflucht vorsichtig mit ihr sein.

KAPITEL 17

Ich hatte gehofft, dass ich gestern noch irgendwas von Alex hören würde – aber das war leider nicht so. Er war nachmittags nicht im Gym und hat sich auch sonst nicht gemeldet. Ich hoffe, dass er wenigstens in einem Krankenhaus war, um seine Kampfverletzungen untersuchen zu lassen, aber ein Teil von mir weiß, dass das nicht der Fall ist. Stattdessen hat er vermutlich schön weiter sein Dopingmittel genommen, weil er bereits hungrig ist auf den nächsten Sieg.

Als ich das Gym am frühen Morgen betrete, bin ich nervös und das gleich aus mehreren Gründen. Zum einen habe ich vorhin die Wanze aus Salvos Büro entfernt und die auf ihr gespeicherten Daten übertragen. Jetzt warte ich gespannt auf die Nachricht, ob etwas Brauchbares drauf ist.

Und zum anderen habe ich dabei festgestellt, dass ich mein Handy irgendwo vergessen habe. Nein, nicht irgendwo. Sondern bei Alex. Ich gehe davon aus, dass er es mir gleich einfach wiedergeben wird, aber wer weiß, ob er es nicht durchsucht hat?

Selbst wenn nicht und selbst wenn er es mir einfach unauffällig wiedergibt, dann weiß ich nicht, wie ich mich ihm gegenüber verhalten soll.

Soll ich immer noch sauer sein? So lange, bis er sich gegen das Kämpfen und das Doping entscheidet? Haben wir dann überhaupt eine Chance?

Ich durchquere das Studio und steuere auf den Trainingsraum zu. Nachdem gestern Ruhetag war, geht heute für alle Fighter, die noch dabei sind, das reguläre Training wieder los. Bereits nächstes Wochenende soll die nächste Fight Night steigen. Mir gefällt es nicht, dass Salvo diese Männer so verheizt. Aber andererseits ist auch das ein Punkt, den ich am Ende gegen ihn werde verwenden können. Seine Unverantwortlichkeit. Sollte ich darauf hoffen, dass jemand ernsthaft verletzt wird? Aus beruflicher Sicht, auf meine Ziele bezogen, vermutlich schon.

Macht mich das zu einem schlechten Menschen?

Ich kann solche Gedanken jetzt nicht gebrauchen! Entschlossen beschleunige ich meine Schritte, als könnte ich mein schlechtes Gewissen auf diese Art abhängen, dann öffne ich die Tür zum Kampfraum.

»Da ist ja meine Managerin!«, sagt eine Stimme, die mir sofort einen Schauer über den Rücken jagt.

Ich sehe mich nach Alex um und entdecke ihn auf einer der Matten. Er hat sich einen der anderen Kämpfer über die Schulter geworfen und scheint drauf und dran zu sein, ihn zu Boden zu schleudern.

»Mach schon!«, keucht sein Gegner.

»Ich muss erst meine Managerin begrüßen! Ich glaub, sie hat mir noch gar nicht zu meinem Sieg vorgestern gratuliert!«

Wieder sehe ich mich um und entdecke, dass Julio hier ist. Er gehört zu Salvos engsten Vertrauten, und so ist es ziemlich klug von Alex, zu tun, als hätten wir uns gestern nicht gesehen.

Also setze ich ein Lächeln auf, auch wenn es mir schwerfällt, und nähere mich ihm. »Du hast einen ziemlich guten Job gemacht.«

»Danke«, sagt Alex und befördert seinen Trainingspartner endlich auf die Matte, was diesem ein unterdrücktes Keuchen entlockt.

»Gern. Und wo du da gerade fertig bist: Wir müssen uns unter vier Augen unterhalten. Es geht um die nächste Fight Night.«

Alex nickt und verabschiedet sich von seinem Gegner per Handschlag. Dann folgt er mir zur Tür, wobei wir an seinem Kontrahenten aus der Finalrunde vorgestern vorbeikommen. Auch er trainiert schon wieder, obwohl seine Nase dick verpflastert ist und er eine Halskrause trägt. Das ist absolut unverantwortlich – aber vermutlich ist er einfach scharf auf die Siegprämie, und das nutzt Salvatore aus.

»Hast du dein Geld schon bekommen?«, frage ich Alex auf dem Weg zu den Umkleiden.

»Si. Dein Mann sagt, er hat es überwiesen.«

»Ich hoffe, dass du deiner Mutter damit helfen kannst.«

»Das hoffe ich auch, aber ich fürchte, es ist noch lange nicht genug.«

Ich öffne die Tür zur Frauenumkleide und Alex folgt mir hinein. Kaum hat er sie geschlossen, drehe ich mich zu ihm um. Ich erwarte einen blöden Spruch, irgendwas darüber, ob ich mich nicht bei ihm entschuldigen will oder so. Aber nichts dergleichen kommt.

»Was gibt's?«, fragt Alex stattdessen nur und bleibt dabei deutlich auf Distanz. Ist er etwa ernsthaft sauer wegen gestern? Weil ich mir Sorgen um ihn mache? Entschuldigen werde ich mich dafür ganz sicher nicht!

»Ich habe mein Handy bei dir vergessen.«

»Ja, ich habe es drüben in meiner Tasche.«

»Kannst du es bitte holen? Unauffällig?«

Ich rechne fest damit, dass jetzt irgendein blöder Spruch kommt. Sein unverschämtes Grinsen und dazu die Frage, ob ich Schiss habe, vor meinem Ehemann aufzufliegen. Doch nichts dergleichen passiert. Stattdessen sagt er nur »Ja, klar«, geht raus und kommt dann mit seiner Trainingstasche wieder.

Ich warte, bis er mir das Telefon aushändigt, dann frage ich: »Stimmt was nicht?«

»Sag du es mir«, erwidert er, während er den Reißverschluss der Tasche zuzieht.

»Na ja, klar, wir haben uns gestern gestritten, aber ich finde nicht, dass das jetzt zwischen uns stehen muss.«

Alex blickt auf, sieht mir in die Augen und scheint in meinem Blick zu forschen. Ich erkenne, dass sich irgendwas an dem Ausdruck, mit dem er mich mustert, verändert hat, und das gefällt mir nicht. Gestern noch war er voller Leidenschaft. Weshalb ist er jetzt so distanziert?

»Alex. Rede mit mir. Was ist los?«

Er schüttelt den Kopf. »Gehen wir zurück. Julio sagt, dass Salvatore jeden Moment auftauchen wird.«

Damit verlässt er die Kabine und ich sehe ihm ziemlich fassungslos hinterher. Automatisch muss ich an unsere letzte Begegnung hier denken, damals, als ich eifersüchtig wegen dieser Blondine war. Da endete die

Sache mit einem leidenschaftlichen Kuss. Und jetzt lässt er mich plötzlich einfach so stehen? Ich spüre, wie Zorn in mir aufbrandet. So lasse ich mich nicht behandeln. Er will den Mistkerl raushängen lassen? Gut, dann bekommt er von mir die entsprechende Antwort.

Ich gehe zu den Duschen, wo sich auch Waschbecken mit Spiegeln befinden, und betrachte mich selbst in einem davon. Dann öffne ich den obersten Knopf meiner Bluse, sodass man die Spitze meines BHs erahnen kann. Dann ziehe ich meinen Lippenstift nach. Ich weiß, wie man Männer dazu bringt, ihr bescheuertes Verhalten zu bereuen.

Immer noch sauer, aber zugleich auch zufrieden verlasse ich die Kabine – und laufe Salvo, Leo und Pina genau in die Arme.

»Meine Sonne! Gut, dass du schon hier bist! Wir wollen gerade den Hauptgewinn verkünden!«

Salvatore legt seinen Arm um mich und zieht mich besitzergreifend an sich. Zuerst habe ich keine Ahnung, wovon er redet, aber dann fällt es mir wieder ein: Adamos Geburtstag.

»Perfekt, das will ich auf keinen Fall verpassen!«, sage ich gut gelaunt, lege ebenfalls den Arm um ihn und gehe gemeinsam mit Salvo und dem Rest der Familie zum Trainingsraum.

Alex ist schon wieder auf der Matte zugange, als wir reinkommen. Er sieht mich in Salvatores Arm und ich erkenne genau, wie Wut in seinen Augen aufflammt. Gut so. Jetzt wünscht er sich vermutlich, er wäre gerade nicht so ein kompletter Vollidiot gewesen!

»Meine Kämpfer sind schon wieder fleißig!«, ruft Salvatore zufrieden, woraufhin sich ihm die verbliebenen

Männer zuwenden. »Das ist auch gut so, denn heute Nachmittag kommen bereits eure neuen Kontrahenten für die zweite Fight Night hinzu!«

»Wie wäre es diesmal mit jemandem, der sich wehren kann?«, erwidert kein Geringerer als Alex. Natürlich kommt so ein Spruch wieder von ihm.

Ich atme tief durch, als sich Salvatore ihm zuwendet.

»Willst du damit sagen, der Sieg war zu einfach für dich? Willst du härter arbeiten müssen, um zu gewinnen?«

Einer der anderen Männer sagt etwas Genervtes, aber zu leise, als dass man ihn verstehen würde.

Alex verschränkt die Arme vor der Brust. »Ich will damit sagen, dass Sie mir besser nie wieder einen Can vorsetzen.«

Salvo lacht. »Erteilst du jetzt die Befehle, Junge?«

»Nein. Ich respektiere, dass Sie der Boss sind. Aber dann sollten Sie auch respektieren, dass ich ein Fighter und kein Schauspieler bin. Die Zuschauer merken, wenn man sie verarscht. Lassen Sie's darauf nicht ankommen. Ich kann auch richtige Gegner besiegen.«

Salvo sagt einen Moment lang gar nichts, dann nickt er, langsam und anerkennend. »Nehmt euch ein Beispiel an diesem Jungen hier«, sagt er dann. »Er hat etwas, das ich sehr schätze. Rückgrat.«

Innerlich verdrehe ich die Augen. Erstens ist nicht wahr, was Salvo da sagt – er hasst es, wenn Leute ihm gegenüber nicht den Schleimer markieren. Zweitens weiß ich genau, dass er nur beeindruckt ist, weil Alex gesagt hat, dass er ihn als Boss respektiert. Mein Gott, seine Körpersprache und sein Tonfall haben etwas ganz anderes gesagt. Ist mein Ehemann zu blöd, um das zu erkennen?

»Jetzt aber zum Wesentlichen«, sagt Salvo. »Ihr wisst alle, dass wir den zwei Besten in Aussicht gestellt haben, mit uns nach Sizilien zu fliegen, um den Geburtstag meines Vaters zu feiern. Nun, und da die zwei Besten Alex und Pierce waren ...« Er deutet zuerst auf Alex, dann auf seinen Gegner aus der Finalrunde. »... seid ihr zwei dabei. Applaus bitte.«

Die anderen Anwesenden inklusive Pina und Leo klatschen, und ich sehe mich genötigt, mitzumachen.

»Am Donnerstag geht es los, abends werdet ihr auf der Feier gegeneinander antreten, und Freitag fliegen wir zurück, damit ihr zur Fight Night wieder fit seid. Diesmal findet sie am Sonntag statt. Das sollte dann genug Regenerationszeit sein.«

»Entschuldigung«, meldet sich Pierce zu Wort. Er redet ziemlich durch die Nase.

Salvo wendet sich ihm zu.

»Ich will nicht undankbar sein, aber ich finde, das ist ein ziemlich straffes Programm. Normalerweise hat man zwischen zwei Turnieren mehrere Wochen zur Regeneration, also ...«

»Also was?« Salvatore wartet nicht auf eine Antwort, sondern sieht Alex an. »Ist das für dich ein Problem, mein puertoricanischer Freund?«

»Nein«, sagt Alex knapp.

Salvo wendet sich wieder Pierce zu. »Willst du mir vielleicht sagen, dass du nicht mithalten kannst?«

»Nein, nur ...«

»Ich verstehe.« Salvo setzt ein breites Lächeln auf. »Seid unbesorgt. Alle beide. Für den Fight vor meinem

Vater bekommt ihr natürlich eine Prämie. 1000 Dollar für jeden plus Reisekosten. Bist du jetzt zufrieden, Pierce?«

Pierce senkt den Blick und erwidert. »Ja, sicher. Entschuldigen Sie.«

Ich mustere ihn und weiß genau, dass es ihm nicht um das zusätzliche Geld ging. Denn er hat Recht – zwei Turniere und ein zusätzlicher Fight binnen einer guten Woche, das ist einfach unverantwortlich. Kein seriöser Veranstalter würde das zulassen. Abermals wünsche ich mir, Alex wäre kein Teil hiervon.

Doch er scheint ja total überzeugt zu sein, dass er das alles problemlos durchsteht.

»Also.« Salvatore lächelt seine zwei Auserwählten an. »Trainiert fleißig weiter und seht zu, dass ihr Donnerstag in Topform seid. Mein Vater hat Legenden wie Muhammad Ali live gesehen. Ich will, dass ihr ihm was bietet. Enttäuscht ihr mich ...« Er zuckt mit den Schultern. »... finde ich für die nächste Fight Night Ersatz.« Einen Moment lang lässt er seine Worte wirken.

Pierce reagiert wie erwartet mit nervösen Blicken. Auch Alex reagiert wie erwartet – er hat Salvo gar nicht bis zuletzt zugehört, sondern sich schon wieder seinem Gegner auf der Matte zugewandt.

Mein Mann zieht mich an sich und scheint trotzdem extrem zufrieden mit sich. »Fahren wir in die Stadt und gönnen uns irgendwo eine Massage. Das haben wir uns verdient, und ich kann etwas Entspannung gebrauchen. Heute Abend habe ich ein wichtiges Essen mit ein paar Investoren, gefolgt von einer kleinen privaten Feier außerhalb der Stadt.«

»Wir oder du?«, frage ich.

»Nur für Männer, Liebling.«

»Ich gehe mit dem Kleinen ins Kino, komm doch mit«, bietet Pina an.

»Nein danke, ich mag keine amerikanischen Filme.«

Während Salvo mich mit sich zur Tür nimmt, fühle ich Alex' brennenden Blick im Nacken. Tja, dass er jetzt eifersüchtig ist, hat er sich verdient.

Alex

Ich beende das Training heute ziemlich früh, denn es gefällt mir nicht, wie sich die Dinge gerade entwickeln, und ich weiß, dass ich etwas tun muss.

Dass Cosentino mich mit nach Sizilien nimmt, ist natürlich gut. Dort wird die ganze Familie auf einem Haufen sein, sie werden trinken und unaufmerksam sein, und mit etwas Glück kann ich ihnen den Arsch aufreißen. Und sollte ich auch nur den leisesten Hinweis darauf finden, dass dieser Adamo, der der Boss des ganzen Clans zu sein scheint, mit der Ermordung von Scottie Jones zu tun hat, dann wird er mit dran glauben.

Aber andererseits kann ich nichts unternehmen, bevor ich keine stichhaltigen Beweise habe. Das habe ich meinem toten Vater versprochen – ich werde die Sache nur zu Ende bringen, wenn ich weiß, dass er von den Cosentinos ermordet worden ist.

Die letzten Tage über habe ich aber leider viel zu wenig getan, um die Wahrheit herauszufinden. Ich war mit anderen Dingen beschäftigt. Mit Luciana, um genau zu sein. Ich habe mich viel zu sehr von ihr ablenken lassen, und wofür? Um herauszufinden, dass sie, so wie die Dinge stehen, nicht die ist, für die ich sie halte.

Wer weiß, vielleicht haben die Cosentinos sie eingeschleust, damit sie die Fighter einen nach dem anderen auf ihre Glaubwürdigkeit abcheckt. Möglicherweise ist sie gar nicht Salvatores Frau, sondern seine Personenschützerin oder so. Das würde zu diesem Typen passen, sich von einer Frau beschützen zu lassen. Und es würde ihre Kampffähigkeiten erklären. Das mit dem Krav-Maga-Kurs habe ich ihr nämlich von Anfang an nicht richtig abgekauft.

Das Problem ist, dass ich sie, auch wenn ich jetzt weiß, dass ich ihr nicht über den Weg trauen kann, immer noch viel zu sehr mag. Was will ich mir vormachen? Ich habe ernste Gefühle für diese Frau.

Ich will Luciana, Alessia, oder wie auch immer sie heißt.

Und deshalb, weil ich es so ernst mit ihr meine, gefällt mir überhaupt nicht, was ich gleich tun werde: sie benutzen.

Doch ich habe keine andere Wahl. Von Dylan habe ich noch nichts gehört und meine Zeit läuft ab. Also werde ich mein Gewissen und meine Gefühle zurückstellen und die Sache durchziehen. Etwas anderes kann ich meiner Familie gegenüber nicht verantworten.

Ich parke den Wagen ein paar Blocks entfernt, checke mein Handy, ob sich Dylan gemeldet hat, dann steige ich aus. Einen letzten Moment lang zögere ich. Wenn was schief geht, dann kann diese Aktion alles, was zwischen Luciana und mir ist, zerstören, das muss mir klar sein.

Aber andererseits habe ich die Dinge normalerweise immer ganz gut im Griff. Und ich will sie sehen.

Also, Alex. Sei nicht so ein verdammter Feigling.

Ich schlage die Autotür zu, dann setze ich mich endlich in Bewegung.

Alessia

»Wo ist mein Vater?«

Ich stehe in der Küche und mache mir gerade einen Kaffee, als Tommaso hineingestürmt kommt. Seit er vorgestern Abend verloren hat, habe ich ihn nicht mehr gesehen, weil er wie ein Achtjähriger in seinem Zimmer geschmollt hat oder unterwegs war. Das Gym hat er heute sausen lassen und stattdessen, zumindest seinen eigenen Angaben nach, im Fitnessraum des Penthouses trainiert. Jetzt ist er gerade von was-weiß-ich-wo gekommen und hat mal wieder nichts anderes zu tun, als mir auf die Nerven zu gehen.

»Bei einem Investorentreffen.«

»Warum bin ich nicht dabei?!«

»Woher soll ich das wissen, Tommaso? Vermutlich, weil du als Kämpfer und nicht als Berater für ihn arbeitest.«

»Er hat seit vorgestern Abend kein Wort mit mir gesprochen!«

Warum sagt er das so vorwurfsvoll? Ist doch nicht meine Schuld, wenn sich Salvo wie ein Arsch aufführt. Und es ist auch nicht gerade so, dass Tommaso es nicht verdienen würde.

»Zu mir hat er gesagt, du wirst sicher deine Lektion lernen und für das nächste Turnier härter arbeiten.«

»Scheiß auf das nächste Turnier! Ich wollte auf Opa Adamos Geburtstag kämpfen, hat er dazu schon irgendwas gesagt?«

»Ja, natürlich.« Ich sehe ihn an. »Er nimmt die zwei Besten mit, und davon bist du in dieser Fight Night keiner gewesen.«

Tommaso starrt mich an, als wäre es meine Schuld, dass er den Kampf verloren hat. Er sieht alles andere als gut aus. Seine Züge sind bitter und in seinen Augen liegt ein überwacher Ausdruck, als wäre er high oder voller Adrenalin.

»Sag ihm, er kann mich mal! Ich sehe mir heute Nacht das Battle for Victory an und dann schlafe ich im Hotel!«, fährt er mich an, macht auf dem Absatz kehrt und stürmt aus der Küche.

Ich blicke ihm nach und sehe, wie er das Wohnzimmer durchquert. Er hält auf den Aufzug zu und hämmert auf die Ruftaste. Unwillkürlich muss ich grinsen. Vermutlich würde er jetzt lieber aus der Wohnung hetzen und die Tür hinter sich zuknallen, aber das ist hier nun einmal nicht drin. Also tritt er von einem Bein auf das andere, bis sich die Türen endlich öffnen, dann macht er zwei, drei stampfenden Schritte in die Kabine, und dort geht das Spiel von vorn los. Er hämmert auf die Knöpfe, wartet angespannt, und dann schließen sich die Türen endlich und er ist erlöst.

Ich kann mir das Lachen nicht verkneifen. Was für ein Abgang! Fast könnte er mir leidtun, aber dafür mag ich ihn einfach zu wenig.

Trotzdem bin ich froh, dass er angekündigt hat, heute woanders zu schlafen. Das Battle for Victory, eine große UFC-Kampfveranstaltung, dauert sicher bis zum späten Abend und danach wird er gleich in ein Hotel fahren. Salvo wird vor heute Nacht ebenfalls nicht zurück sein, denn seine Männerabende dauern immer lange, was bedeutet, dass ich sicher noch für die nächsten sieben oder acht Stunden meine Ruhe habe. Das ist großartig. Ich beschließe, mir den Kaffee zu sparen und stattdessen etwas zu tun, das mir schon lange fehlt: vernünftig trainieren.

Ich eile ins Schlafzimmer, ziehe mir Leggings und ein knappes Top an und gehe in den Fitnessraum. Zuerst wärme ich mich auf dem Laufband auf, dann suche ich mir eine Stelle, an der etwas Platz ist. Krav Maga kann man nicht wirklich gut allein trainieren, aber ein paar kleine Fallübungen und ein bisschen Schattenboxen haben noch keinem geschadet.

Gerade will ich loslegen, als es an der Tür klingelt.

Oh nein! Wer kommt denn jetzt vorbei? Die Cosentinos kennen alle den Türcode und würden nicht klingeln müssen. Bestellt habe ich auch nichts. Ich zögere, aber dann siegt doch meine Neugier, also schnappe ich mir mein Handtuch, tupfe mir das Gesicht ab und gehe dann zur Gegensprechanlage.

»Ja, hallo?«

»Ich bin's.« Eine kurze Pause, dann: »Alex.«

Mein Herz macht einen unkontrollierten und viel zu heftigen Schlag. Aber meine Stimme habe ich glücklicherweise im Griff. »Was willst du hier?«

»Mit dir reden.«

»Das geht nicht, ich bin nicht allein.«

»Dein Mann ist mit Terry auf einem Geschäftsessen, Tommaso gibt schon seit Tagen an, dass er eine Karte fürs Battle for Victory hat und –«

Ich stöhne. »Schon gut, schon gut!« Dann schüttle ich den Kopf und gebe den Code ein, der die Aufzugtüren öffnet.

Sie gleiten auseinander, und sobald mir Alex gegenübersteht bereue ich es, dass ich ungeschminkt und in Sportsachen bin. Denn er sieht blendend aus. Er trägt ein Shirt mit einem offenen karierten Hemd darüber, und das Shirt ist eng genug, um seine Muskeln zu enthüllen. Auch seine Jeans sind nicht zu weit um ... zu zeigen, was er hat. Die letzten Tage habe ich ihn nur in Trainingssachen gesehen, und so trifft mich dieser Anblick gleich doppelt. Mann, jetzt darf ich nur nicht vergessen, sauer auf ihn zu sein.

»Kann ich reinkommen, cariño?«

Er soll bloß aufhören, mich so zu nennen!

»Sag mir erst, was du willst.«

»Mit dir reden.«

»Über was?«

Alex mustert mich einen Moment lang und die nächsten Worte scheinen ihm nicht gerade leichtzufallen, dennoch bringt er sie über die Lippen: »Ich will mich entschuldigen. Ich hätte nicht sagen sollen, dass du nur dein Gewissen beruhigen willst. Es tut mir leid.«

»Du hättest auch nicht herkommen sollen«, herrsche ich ihn an. »Im Foyer sind Kameras und –«

»Sí, aber am Hintereingang sind keine und im Treppenhaus auch nicht.«

Etwas verblüfft sehe ich ihn an. Er hat das Treppenhaus genommen? Möglich ist es, denn es reicht bis zum Stockwerk direkt hier drunter. Aber das wären 32 Etagen gewesen! »Du hast wohl ... eine ziemlich gute Kondition.«

Alex grinst schief. »Darf ich jetzt reinkommen?«

Nein, darf er eigentlich nicht. Das wäre verrückt und viel zu riskant. Ich kann doch nicht den Mann, mit dem ich eine Affäre habe, in meine Wohnung lassen. Wenn er hier irgendwas verliert oder vergisst, so wie ich mein Handy gestern bei ihm …

»Ja, von mir aus«, sage ich, noch ehe ich den Gedankengang wirklich beendet habe.

Alex lächelt und tritt aus der Aufzugkabine. Ich will zur Seite gehen und ihn ins Wohnzimmer lassen, aber er packt meine Schultern und drückt mir dann einen Kuss auf die Lippen.

Sofort breitet sich ein Kribbeln in meinem Körper aus. Ich lege meine Hände auf seine Brust, will ihn eigentlich von mir schieben, doch mein eigener Körper arbeitet gegen mich – anstatt Abstand zwischen ihn und mich zu bringen, streichen meine Finger über seine definierten Muskeln und mein Mund öffnet sich bereitwillig für ihn. Ich spüre, wie seine Zunge zwischen meine Lippen gleitet und umkreise sie mit meiner, und das Kribbeln in meinem Inneren wird wieder mal zu einer lodernden Flamme, wie immer, wenn mir dieser Mann so nah ist.

Aber wir müssen aufhören. Unbedingt. Ich kann nicht hier mit ihm schlafen, nicht in Salvatores Wohnung. Es kostet mich all meine Selbstbeherrschung, den Kopf wegzudrehen. »Alex …«

»Hm?« Seine Lippen gleiten über meinen Hals, verursachen mir eine Gänsehaut.

»Das geht nicht … Wie wäre es … wenn wir was trinken, und dann gehst du wieder …?«

»Ich glaube nicht, dass ich das tun werde«, sagt Alex leise und saugt sacht an meiner Haut.

Ich atme noch einmal tief durch. Ich darf mich nicht so gehen lassen. Ich bin hier, um einen Auftrag zu erfüllen und dieser Auftrag bedeutet mir verdammt viel. Ich bin auf einem guten Weg, aber Alex ist ein Störfaktor, den ich beseitigen muss. Ich muss ihn loswerden, bevor er ernsthaften Schaden anrichtet, aber …

Noch während ich versuche, meine Selbstbeherrschung irgendwie zurückzubekommen, stürzt sie sich freiwillig über Bord und verschwindet auf Nimmerwiedersehen. Ich lege eine Hand auf Alex' Wange, drehe sein Gesicht zu mir und küsse ihn.

Er erwidert meinen Kuss sofort, umfasst meine Hüften und zieht mich dicht an sich, und ich spüre, wie sich alles in mir ganz auf ihn einlässt, wie mich jede Zelle meines Körpers anschreit, dass ich bloß nie wieder auf die Idee kommen soll, ihn wegzuschicken.

»Willst du … willst du jetzt was trinken?«, frage ich atemlos zwischen zwei Küssen und streife ihm dabei das Hemd von den Schultern.

»Nein«, erwidert er mit rauer Stimme.

»Wollen wir uns setzen? Oder …« Ich rede nicht weiter, als er den Saum meines Sport-Tops packt und es mir auszieht. Ich trage einen Sport-BH darunter, aber das stört mich nicht. Ihm scheine ich auch zu gefallen, wenn ich nicht in Seide und Spitze bin, zumindest verraten das seine bewundernden Blicke.

»Nein«, sagt er wieder und zieht sein Shirt aus, ohne den Blick von meinen Brüsten zu nehmen. Dann hebt er mich mühelos auf seine Arme und trägt mich in Richtung Schlafzimmer.

Ich halte mich an seinem Hals fest und ignoriere die leise Stimme in meinem Kopf, die mich anbrüllt, wieder und wieder, wie verrückt das hier ist.

Du kannst nicht mit deinem Geliebten in deinem Ehebett schlafen!

Aber als er mich auf den weichen Laken ablegt, verstummen diese Gedanken und ich ziehe ihn an mich, küsse ihn. Ich schließe die Augen, genieße den leidenschaftlichen Kuss und hole erst Luft, als Alex seine Lippen von meinen löst, um sie sanft meinen Hals hinunterwandern zu lassen. Er lässt seine Zunge über mein Schlüsselbein gleiten, über meinen Brustansatz und ich recke mich ihm entgegen, rechne fest damit, dass er mir gleich den BH ausziehen wird.

Doch das tut er nicht. Stattdessen gleitet er tiefer, über meine Rippen, dann über meinen Bauch. Er lässt sich Zeit, was fast schon gemein ist, denn sobald seine Lippen über meine Hüften Richtung Unterleib gleiten, macht sich dort ein beinahe schmerzhaftes Verlangen bemerkbar, das ich so noch nie erlebt habe.

»Alex«, keuche ich, »lass es uns tun ...«

»Nicht so schnell«, erwidert er atemlos und zieht unendlich langsam meine Leggings sowie den Slip herunter, wobei er dem Stoff mit seiner Zunge folgt.

Ich stöhne auf, als er die Hose und mein Höschen schließlich bis auf meine Schenkel zieht und seine Zunge dabei zwischen meine Schamlippen gleiten lässt. Sofort halte ich mir selbst den Mund zu, aber dann wird mir klar, dass bei Pina unten ja ebenfalls niemand zu Hause ist und wir demnach so laut sein können, wie wir wollen.

Alex drückt sanft meine Schenkel auseinander, dann nimmt er seine Finger zur Hilfe, um meine Scham noch etwas weiter zu spreizen, und lässt seine Zunge über meine empfindlichste Stelle kreisen. Das Gefühl ist unbeschreiblich. Es macht mich schwindelig, es sorgt dafür, dass ich mich irgendwo festhalten und zugleich den freien Fall genießen will. Salvatore ist nicht gut in dem, was Alex da gerade tut. Genau genommen hatte ich noch nie einen Mann, der gut darin war. Aber er weiß, was er tut, das steht fest. Seine Zunge gleitet tiefer, gleitet sacht in mich und ich kann den leisen Schrei, der sich meiner Kehle entwindet, nicht unterdrücken. Ich hebe mein Becken, kneife die Augen fest zu und konzentriere mich ganz darauf, wie er mich verwöhnt, wie er mich mit seiner Zunge vereinnahmt und mich langsam, aber entschlossen Richtung Höhepunkt trägt.

Erst als ich fast so weit bin, lässt er von mir ab, jedoch nur um seine Hose zu öffnen, und als er sich kurz darauf zwischen meine Schenkel schiebt, um mir den schnellsten, aber auch besten Höhepunkt meines Lebens zu bescheren, weiß ich definitiv, dass es kein Fehler war, die Tür zu öffnen.

Kapitel 18

Alex

Es war ein Fehler, herzukommen. Spätestens, als ich neben Luciana liege und ihren ruhigen, gleichmäßigen Atemzügen lausche, weiß ich das ganz sicher. Eigentlich müsste ich längst aufgestanden sein, um meinen Plan in die Tat umzusetzen. Stattdessen liege ich hier und fühle mich dreckig.

Ich kenne das so von mir nicht. Wenn ich über mein bisheriges Leben nachdenke, dann hatte ich nie wirklich irgendwem gegenüber ein schlechtes Gewissen. Ich habe meine Rachepläne immer über alles gestellt, und die Wut in meinem Inneren gab mir Recht, egal was ich tat, egal wem ich auf meinem Weg hierher wehtat oder wen ich dafür ausnutzte. Sicher, ich habe nie irgendjemandem etwas Schlimmes angetan. Aber ich habe mich auch nie großartig um die Gefühle anderer geschert.

Und jetzt ist da Luciana.

Ich sehe zu ihr herüber. Draußen ist es noch nicht ganz dunkel und ich erkenne ihr Gesicht im Dämmerlicht. Sie liegt zu mir gedreht auf der Seite, das dunkle Haar fällt ihr über die Schulter, und ein Lächeln liegt auf ihren Lippen. Ich ertappe mich selbst dabei, wie ich mir ein paar Minuten zu lang ihr Gesicht ansehe, ihre hohen Wangen und ihre vollen Lippen. Herzukommen und mit ihr zu schlafen war keine Show, genauso wie meine Gefühle für sie nicht etwa gespielt sind, sondern so echt, wie sie noch nie für eine Frau waren. Trotzdem bin ich heute nicht hergekommen, um bei ihr zu sein, sondern um mit ihr ins Bett zu gehen und dann, wenn sie schläft, nach Beweisen zu suchen. Und genau das sollte ich verdammt noch mal auch tun. Denn wenn ich jetzt aus schlechtem Gewissen zögere, dann bekomme ich die Gelegenheit vielleicht nie wieder. Und mit Sicherheit nicht vor Sizilien.

Also stehe ich auf und ziehe mich an, so leise es geht. Dann schleiche ich aus dem Schlafzimmer und zurück Richtung Aufzug. Den Code kenne ich, ich habe bei der Party neulich beobachtet, wie eine Frau, die die Haushälterin der Cosentinos zu sein scheint, ihn eingegeben hat. Doch bevor ich das Penthouse verlasse, brauche ich etwas Entscheidendes. Ich gehe an der Garderobe vorbei, wo keine einzige Jacke hängt, denn seit die Cosentinos in Chicago sind, ist es pausenlos heiß.

Neben der Garderobe befindet sich ein kleines Schränkchen, wie es viele zu Hause haben. Es ist mir ebenfalls auf der Party aufgefallen, und als ich es öffne, hängen wie vermutet Schlüssel darin. Es sind zwei Stück, und es hängen kleine runde Metallanhänger mit Nummern daran – Nummern, wie sie auf den Klingelschildern des Apartmenthauses stehen. Also gehe ich davon aus, dass sie zu den Wohnungen unter dieser hier gehören. Eine davon bewohnt Leo, die andere Terry Grimes mit seiner Frau.

Und in genau diese Wohnung muss ich.

Ich blicke kurz zurück zum Schlafzimmer, aber dort rührt sich nichts. Also schnappe ich mir die Schlüssel, dann rufe ich den Aufzug, und wenige Momente später bin ich schon auf dem Weg nach unten. Ich bin nicht nervös. Luciana wird sicher so schnell nicht aufwachen und damit, dass Terry oder auch Salvatore nach Hause kommt, ist so bald wohl auch nicht zu rechnen. Das hier ist also eine echte Chance und ich muss sie nutzen.

Auf dem Stockwerk unter dem Penthouse befinden sich insgesamt vier Apartments. Dank der Anhänger an den Schlüsseln weiß ich gleich, welche der zwei Wohnungen von den Cosentinos bewohnt werden. Ich gehe zu der ersten und bemühe mich jetzt nicht mehr leise oder sonst wie unauffällig zu sein. Stattdessen beeile ich mich. Ich schließe die erste Tür auf und betrete die Wohnung, ohne Licht zu machen. Edle Möbel, der Geruch von Parfum in der Luft, alles ist sauber und ordentlich – und in einer Ecke liegt, übereinandergestapelt, eine ganze Menge Spielzeug.

Volltreffer!

Leo hat kein Kind, also ist das hier die Wohnung von Terry und seiner Frau.

Ich schließe die Tür leise hinter mir und beginne zu suchen. Was ich brauche, ist am besten ein Computer. Zwar ist es nicht sehr wahrscheinlich, dass Terry noch immer denselben benutzt wie vor all den Jahren, aber dass er noch denselben Mail-Account hat oder dass sein Mord an meinem Vater kürzlich in irgendwelchen Unterhaltungen erwähnt worden ist, kann sein – schließlich war die Tat, wenn ich mit dem, was ich glaube, Recht habe, damals einer der Gründe, aus denen er Chicago verlassen hat und es war sicher nicht leicht, zurückzukehren.

Ein paar Worte, die mir verraten, dass er schuldig ist. Mehr brauche ich gar nicht.

Ich durchsuche das Wohnzimmer, finde dabei aber nur einen E-Book-Reader und öffne darum eine der angrenzenden Türen. Dahinter liegt das Kinderzimmer, weshalb ich die Tür gleich wieder zumache. Der nächste Raum sieht wie ein Arbeitszimmer aus, aber ein Computer steht hier komischerweise nirgends. Erst als ich an der offenen Küche vorbei auf die nächste Tür zugehe, entdecke ich, was ich suche: Auf der Küchentheke liegt ein zugeklapptes Notebook. Hoffen wir, dass es Terry und nicht seiner Frau gehört.

Schnell trete ich an die Theke und drehe den Laptop zu mir herum. Er ist, so weit ich das im Halbdunkel erkenne, dunkelgrün. Ist das eine Frauen- oder eine Männerfarbe?

Ich klappe ihn auf, suche kurz den An-Knopf und schalte ihn ein. Ich habe Glück, der Akku ist schon mal nicht leer und das Gerät fährt ganz normal hoch. Aber natürlich brauche ich ein Passwort. Tja, gut dass ich mich lange und ausgiebig auf das hier vorbereitet habe. Ich schiebe einen Stick in den USB-Port an der Seite des Laptops und warte, bis das Programm startet, das den Passwortschutz für mich umgeht. Bei Lucianas Handy konnte ich das nicht anwenden, weil es keinen USB-Anschluss hat. Diesmal aber erscheint schon nach Sekunden eine Maske auf dem Monitor, die mir mitteilt, dass ich ein paar Minuten Geduld haben soll.

»Vamos«, flüstere ich. Komm schon.

Ich starre auf den grünen Balken auf dem Bildschirm, der sich langsam füllt und mir anzeigt, wie Zahlen-,

Buchstaben- und Zeichenkombinationen durchprobiert werden. Es dauert nicht lange, doch es kommt mir vor, als würde ich schon seit Stunden hier stehen. Ich werfe einen Blick auf die Uhr. Bald 10. Wie lange dauern Kinovorstellungen? Diese Pina und ihr Kind werden sicher bald zurückkommen, und bis dahin muss ich –

Ein Klingeln ertönt, viel zu laut. Es ist mein Handy. Verdammt, wieso habe ich den Ton nicht ausgestellt? Ich ziehe es aus der Tasche und gehe ran, ohne aufs Display zu sehen.

»Sí?«, zische ich.

»Alex, hier ist Dylan.« Er klingt ernst.

»Hast du was?«, frage ich schnell. Dylans Leute haben sich die Daten von Lucianas Handy kopiert, ehe ich es ihr zurückgegeben habe, um sie in Ruhe durchsuchen zu können.

»Ja, aber ich bin mir nicht sicher, wie ich das einordnen soll.« Eine kurze Pause, dann: »Eins steht fest, Alex. Diese Luciana ist nicht, wer sie zu sein vorgibt.«

Obwohl mir das eigentlich schon klar war, lassen diese Worte meinen Adrenalinspiegel steigen. Wenn sie nicht einfach nur Salvatores Ehefrau ist – wer ist sie dann?

»Erzähl«, fordere ich, während auf dem Laptop immer noch der Password Encrypter zugange ist.

»Ich bin mir nicht sicher, wie ich das einordnen soll. Aber wir haben in einer geschützten Cloud Beweismaterial gegen die Cosentinos gefunden. Audio-Mitschnitte, Fotos, Dokumente. Ich weiß nicht, wo du da reingeraten bist, Alex, aber die Sache ist eindeutig eine Nummer zu groß für –«

Weiter höre ich ihm nicht zu, denn in diesem Moment nehme ich eine Bewegung hinter mir war, aber um zu reagieren ist es schon zu spät. Etwas Kaltes, Metallenes wird in meinen Nacken gedrückt.

»Auflegen«, zischt eine Stimme, beinahe lautlos, dennoch erkenne ich sie.

Es ist Luciana.

Zuerst will ich mich weigern zu tun, was sie sagt, aber ziemlich schnell wird mir klar, dass das verflucht blöd wäre. Also nehme ich das Handy vom Ohr, während Dylan bereits nachzufragen beginnt, ob ich noch dran bin, bringe es langsam vor mein Gesicht und beende den Anruf.

»Fallenlassen!«, befiehlt Luciana und gibt sich jetzt keine Mühe mehr, leise zu sein. »Lass das Handy fallen, na los!«

Auch diesmal tue ich, was sie sagt. Ich lasse das Handy los, es knallt auf die Tischplatte und fällt dann zu Boden.

»Jetzt umdrehen, und die Hände schön oben lassen, sodass ich sie sehe!«

Ich halte die Hände erhoben, drehe mich langsam herum und spüre, wie das kalte Metall der Waffe dabei aus meinem Nacken verschwindet. Aber kaum blicke ich Luciana entgegen, zeigt der Lauf ihrer Knarre direkt auf mein Gesicht.

Ich blicke daran vorbei, sehe Luciana an. Sie trägt wieder ihre knappen Sportsachen. In ihren Augen liegt Entschlossenheit. Und kalte Wut.

»Die Hände hinter dem Kopf verschränken«, befiehlt sie. »Oder ich knalle dich ab.«

Wieder tue ich, was sie sagt.

»Und jetzt wirst du mir die Wahrheit sagen. Wer bist du? Und was hast du hier zu suchen?«

»Du weißt, wer ich bin«, sage ich.

»Ja, du bist ein verdammter Lügner!«, fährt sie mich an. »Barkeeper aus San Juan, he? Mir hätte gleich klar sein sollen, dass das Schwachsinn ist! Woher sollte ein Barkeeper so kämpfen können?«

Meine Gedanken beginnen zu rasen. Jetzt sitze ich wirklich ziemlich in der Scheiße. Dass ich meine bisherige Nummer nicht weiter durchziehen kann, ist klar. Aber was soll ich ansonsten tun?

»Rede!«, fordert Luciana, und obwohl sie wirkt, als wäre sie außer sich vor Zorn, ist die Waffe immer noch ganz ruhig auf mein Gesicht gerichtet. Wenn sie jetzt abdrückt, dann war's das, da bin ich mir ziemlich sicher. Mir war immer klar, dass ich bei dieser Sache hier draufgehen könnte. Aber nicht, bevor ich Terry Grimes erledigt habe.

Ich versuche Lucianas Blick einzufangen, um sie besser einschätzen zu können. Ja, sie sieht wirklich verdammt wütend aus. Aber da ist noch etwas – sie wirkt auch verletzt. Verletzt, weil ihr klar geworden sein muss, dass ich sie benutzt habe. Und sogar jetzt, in dieser Situation, fühle ich mich deswegen schuldig. Aber dann wird mir klar, dass nicht nur ich ihr etwas vorgemacht habe, sondern andersrum genauso.

»Rede du doch erstmal«, sage ich darum. »Ich weiß, dass du Beweise gegen deinen eigenen Ehemann sammelst. Wieso –?«

Luciana gibt mir keine Antwort, zumindest nicht in Worten. Aber sie entsichert ihre Waffe. »Keine Spielchen. Rede oder du bist tot. Ich zähle bis drei. Eins ...«

Sie wirkt wirklich ziemlich entschlossen. Vielleicht sollte ich es darauf ankommen lassen. Aber was, wenn sie die Sache durchzieht? Ich denke an meine Familie, vor allem an Patricia und Kim. Will ich ihnen das wirklich antun? Hier in Chicago zu sterben, für nichts?

»Mein Name ist Dale Jones«, sage ich darum.

Luciana blinzelt. Ein paar Sekunden lang scheint sie mit dieser Information nichts anfangen zu können. Dann werden ihre Augen groß. »Der Sohn von ...«

»Scott Jones.«

Sie schüttelt den Kopf, nur ganz leicht. »Harley Jones, seine Schwägerin, ihr Sohn, seine Freundin und deren Mutter sind vor Jahren spurlos verschwunden. Sie wurden zuletzt in Cancún, Mexiko gesehen. Harley Jones, Megan Clark und ein Polizist namens Francisco Ortiz sorgten mithilfe einer Intrige dafür, dass Luigi Cosentino –«

»Einer Intrige?!«, unterbreche ich sie. »Es gab keine Intrige! Luigi Cosentino hat meine Mutter kidnappen und foltern lassen. Harley und Megan haben sie befreit und anschließend als Kronzeugen gegen ihn ausgesagt!«

»Luigi hätte nie eine Frau foltern lassen. Er war vielleicht kein rechtschaffener Mann, aber ganz sicher auch kein Perverser!«

»Woher willst du das wissen? Du musst noch ein Kind gewesen sein, damals!«

»Ja.« Sie mustert mich von oben bis unten. »Genau wie du.« Dann lässt sie ein ungläubiges Lachen hören, schüttelt den Kopf und wischt sich mit einer Hand durchs Gesicht. »Dale Jones. Ich glaube es nicht. Und was soll das hier jetzt werden, hm? Ein Ein-Mann-Rachefeldzug?«

»Wonach sieht es für dich aus?«, frage ich und erkenne an ihrem Blick, ihrer ganzen Körperhaltung, dass sie gerade dabei ist, ein Stück weit die Fassung zu verlieren. Was auch immer sie dachte, wer ich bin – damit hat sie offenbar nicht gerechnet. Aber wenn sie selbst Beweise gegen die Cosentinos sammelt, dann kann ihr diese Familie eigentlich nicht sonderlich am Herzen liegen. Wieso macht sie die Wahrheit über mich dann so sauer? Egal. Ich muss diesen Moment nutzen, solange er anhält.

»Das ist Wahnsinn!«, fährt sie mich an. »Du musst wahnsinnig sein! Weißt du überhaupt, worauf du dich hier eingelassen hast?!«

»Ja«, sage ich, und das stimmt auch. Ich weiß genau über die Cosentinos Bescheid. Ich habe die letzten Jahre damit verbracht, mich über sie zu informieren. Über jeden Einzelnen von ihnen.

Luciana lacht. »Du weißt überhaupt nichts! Die sind absolut kaltblütig und du bist ihnen nicht im Geringsten gewachsen! Aber wem erzähle ich das, he? Du stammst ja offenbar selber aus einer Familie von Mördern!«

Bitte? Was will sie denn damit jetzt sagen? Aus meiner Familie hat ganz sicher noch nie jemand einen Mord begangen. »Du redest Schwachsinn. Beruhig dich.« Ich trete einen kleinen Schritt auf sie zu. Sie schießt nicht. Gut. Aber außer sich ist sie immer noch

»Sag mir nicht, was ich zu tun habe, du verdammter Bastard! Und bleib gefälligst, wo du bist, oder –«

»Oder?«, unterbreche ich sie und komme noch ein kleines Stück näher. Dann greife ich nach ihrem Handgelenk und richte ihre Waffe genau auf meine Stirn.

Luciana lacht, kurz und irgendwie ungläubig. »Todo pasa, was?«

»Sí.«

Sie sieht mir fest in die Augen und schüttelt den Kopf, ihr offenes Haar fliegt wild um ihre Schultern. »Ein paar Tage lang«, sagt sie dann, »einen kurzen Moment dachte ich wirklich, ich könnte dir vertrauen. Dass es für uns etwas geben kann nach diesem ganzen Wahnsinn hier.«

Ich erwidere ihren Blick und bin überrascht über ihre Offenheit. Damit habe ich nicht gerechnet. »Das kann es immer noch«, sage ich.

»Nein. Jetzt, wo ich weiß, dass du ein verdammter Jones bist, muss ich dich leider –«

Weiter lasse ich sie nicht kommen. Ich packe ihr Handgelenk wieder, fester diesmal, und jetzt geht alles ganz schnell. Noch ehe sie reagieren kann, ziehe ich sie zu mir heran, drehe ihr den Arm auf den Rücken und bin froh, dass sich kein Schuss löst, als die Waffe zu Boden fällt. Das Einzige, was zu hören ist, ist Lucianas wütender Aufschrei. Ich ziehe sie eng an mich, schlinge den zweiten Arm um ihren Oberkörper und fixiere sie, sodass sie sich nicht losmachen kann, ohne sich selbst wehzutun. Ihre Körperhaltung verrät mir, dass ihr das klar ist. Und genauso weiß ich, dass es nur ihre Verletztheit war, die es mir so leicht gemacht hat, sie zu entwaffnen. Ein Teil von mir wusste von Anfang an, dass sie eine Kämpferin ist.

»Hör mir gut zu«, sage ich. »Ich will dir nicht wehtun. Auf gar keinen Fall. Aber ich kann mich auch nicht von dir erschießen lassen, comprendes?«

»Ja«, erwidert sie ein wenig gepresst und voll unterdrücktem Zorn.

»Gut. Ich muss außerdem wissen, was hier gespielt wird. Du kennst jetzt die Wahrheit über mich. Zeit mir zu sagen, wer du bist.«

Luciana schluckt hörbar. »Das geht dich einen Dreck an«, zischt sie dann. »Du verdammter Mistkerl! Du hast dafür gesorgt, dass mich dieser Gorilla im Ivory angreift, hab ich Recht? Du wolltest den großen Retter spielen, um dich bei Salvatore einzuschleimen! Du hast mir die ganze Zeit was vorgespielt!«

»So war es nicht.« Kurz schließe ich die Augen, atme durch. Ich hätte nicht gedacht, dass das hier so schwer wird. »Die Sache mit dem Angriff schon«, gebe ich zu. »Zu dem Zeitpunkt warst du mir noch egal. Aber dann ...«

»Aber dann hast du dich in mich verliebt, klar doch, und wenn ich dich jetzt nicht an Salvatore verrate, dann wirst du mit mir durchbrennen und irgendwo ganz von vorn anfangen, wenn du deinen Racheplan in die Tat umgesetzt hast, habe ich Recht?!«

»Ja.«

Sie lacht, es klingt hart. »Ja, natürlich! Für wie blöd hältst du mich eigentlich, dass ich dir nur auch noch ein Wort glaube, nach allem was du getan hast?«

»Ich mache das doch nicht ohne Grund, okay? Meine Familie –«

»Deine Familie, Dale Jones, interessiert mich nicht. Und jetzt hör gut zu, denn ich werde dir die Sache einfacher machen. Ich gebe dir einen Grund mich zu hassen, sodass du dir keine Gedanken mehr wegen unserer gemeinsamen Zukunft machen musst.«

»Ich verstehe nicht –«

»Mein Name ist Alessia Calliari«, redet sie unbeirrt weiter. »Ich bin Agentin bei Interpol. Als ich 17 Jahre alt war, beging meine Mutter Selbstmord, weil sie den Tod meines Vaters nicht verkraftete. Ich beschloss, mich in der Schule verdammt noch mal anzustrengen und dann so schnell wie möglich meine Polizeiausbildung hinter mich zu bringen, um die Menschen, die seinen und somit auch ihren Tod verantworten, zur Strecke zu bringen. Bis heute habe ich herausfinden können, dass die Ermordung meines Vaters im Cook County Jail von Salvatore Cosentino befohlen worden ist. Abgesegnet wurde sie von Adamo Cosentino. Einstimmig beschlossen vom Cosentino-Familiengericht. Mein Vater war Luigi Cosentino. Ich bin seine uneheliche Tochter. Und wenn Harley Jones und Megan Clark nicht gewesen wären, dann wäre mein Vater nie im Knast gelandet, die Geschäfte der Familie wären nie den Bach runtergegangen und man hätte ihn nie dafür büßen lassen! Also nimm deine dreckigen Finger von mir und rühr mich bloß nie wieder an!«

Kaum hat sie das letzte Wort ausgesprochen, stößt sie ihren Kopf nach hinten und erwischt mich am Kinn. Jetzt bin ich derjenige, der überrascht ist. Ich lasse sie lockerer, und das nutzt sie aus. Sie beugt sich vor, drückt den Arm durch, und im nächsten Moment ist sie zu mir herumgefahren, und noch ehe ich das alles kapiere, explodiert zwischen meinen Beinen ein scharfer Schmerz, als sie ihren Schenkel hochzieht und ihn mir mit voller Wucht in die Weichteile rammt.

Ich falle auf die Knie und sie macht ein paar schnelle Schritte zurück.

»Verflucht«, keuche ich und sehe verschwommen, wie sie die Waffe einsammelt. Erneut richtet sich der Lauf auf mich und ich fürchte, das war es jetzt. Wenn es stimmt, was sie sagt, dann hat sie keinen Grund, mich am Leben zu lassen.

Während ich noch versuche mich wieder einzukriegen, tritt sie neben mich und ich frage mich, weshalb. Kann sie es nicht zu Ende bringen, wenn sie mir dabei ins Gesicht sieht? Doch anstatt dass sie schießt, höre ich sie tippen, und dann einen etwas lauteren Knall, als sie den Laptop zuklappt.

»Dein Handy gehört jetzt mir«, sagt sie kalt, während sie sich danach bückt. »Genau wie dieser Stick. Du wirst morgen früh kündigen, und anschließend nimmst du die nächste Maschine zurück nach Hause.«

Überrascht blicke ich ihr nach, als sie in Richtung Tür geht. Noch immer sehe ich alles verschwommen und bekomme kaum Luft. »Woher willst du wissen, dass ich ...?«

»Was, dass du nicht die Wahrheit über mich sagst?« Über die Schulter blickt sie zu mir. »Du hast keinerlei Beweise. Ich hingegen habe unser kleines Gespräch aufgezeichnet. Du wirst schön den Mund halten und verschwinden. Ansonsten lasse ich dich verschwinden. Verlass dich drauf.«

Damit wendet sie sich endgültig ab und verlässt die Wohnung.

Alessia

Ich sollte ihn vergessen und nie wieder einen Gedanken an ihn verschwenden. Stattdessen sitze ich in der Badewanne und heule. Ich lasse das Wasser laufen, damit mich Salvatore nicht hört, wenn er nach Hause kommt, und kann einfach nicht aufhören zu schluchzen.

Wie konnte ich nur so blöd sein? Und so blind? Ich hätte es wissen müssen. Es gab genug Momente, in denen er sich seltsam verhalten hat. Allein sein Zorn, als er Terry begegnet ist! Ich hätte auf meine innere Stimme hören müssen, die mich oft genug gewarnt hat, dass mit ihm etwas nicht stimmt.

Stattdessen habe ich mich benutzen lassen. Ich habe geglaubt, dass ich ihm wirklich etwas bedeute, doch stattdessen war ich für ihn nur ein Mittel zum Zweck, um an die Familie heranzukommen. Und was das Allerschlimmste ist: Ich habe auch noch angefangen, ernste Gefühle für ihn zu haben. Sogar jetzt, nach allem was passiert ist, kann ich ihn nicht bedingungslos hassen, und ein Teil von mir bewundert ihn auch noch. Was für ein Mensch tut so was? Losziehen, ohne fremde Hilfe, ohne irgendeine Institution in seinem Rücken, um seine Familie zu rächen?

»Gott, hör bloß auf, das ist erbärmlich«, zische ich mir selbst zu.

Ab sofort muss ich Alex Silva, ich meine Dale Jones, verachten. Ich muss mir klarmachen, dass es Alex nie gegeben hat, dass er nichts als Fassade war, eine Rolle, die Dale gespielt hat, um sich an mich heranzumachen.

Wie er mich bei unserer ersten Begegnung abgefüllt hat! Und was für ein komischer Zufall es war, dass ausgerechnet er zur Stelle war, als ich von diesem Widerling begrabscht wurde. Ich hätte es merken müssen! Dann wäre all das, was danach zwischen uns war, nie geschehen.

Ich denke an unser erstes Mal in seinem Motelzimmer. Wie intensiv es war, als wir einander dabei durch den Badezimmerspiegel in die Augen sahen. An seine eifersüchtigen Blicke, wann immer ich mit Salvatore zusammen war. Daran, wie er mich morgens abgeholt und zu dieser Pizzeria gebracht hat. Das war alles nur Show. Alles ein riesiger Berg aus Lügen.

Und ich bin von vorne bis hinten darauf reingefallen.

Erst als er sich vorhin rausgeschlichen hat, wurde ich wirklich misstrauisch. Nein, eigentlich noch nicht mal direkt in diesem Moment. Sondern etwas später, als ich das Klimpern der Schlüssel hörte, die er aus dem Kästchen an der Wand stahl.

Ein Teil von mir flehte mich an, einfach liegen zu bleiben. So zu tun, als hätte ich nichts gehört. Aber mein gesunder Menschenverstand war stärker. Und das habe ich jetzt davon.

Ich hätte ihn abknallen sollen. Es wäre so einfach gewesen: Ihn erschießen. Salvatore anrufen. Ihm sagen, dass ich Geräusche in Pinas Wohnung gehört habe, dass ich nachsehen gegangen bin und Alex Silva auf frischer Tat ertappt habe. Alle hätten geglaubt, er wäre ein verdeckter Ermittler oder die Ratte einer verfeindeten

Familie gewesen. Die Männer hätten seine Leiche unauffällig aus dem Haus geschafft und sie dann ganz einfach im Chicago River versenkt.

Aber die Wahrheit ist, dass ich es nicht konnte. Ich war kurz davor, das gebe ich zu, doch ich war nicht in der Lage, abzudrücken. Ich bin Polizistin, keine Mörderin. Ich habe noch nie einen Menschen getötet. Dann sollte der Erste wohl nicht der Mann sein, den ich …

»Nein«, sage ich mir selbst, so ruhig ich kann. »Du liebst ihn nicht.«

Ich bin auch nicht verliebt in ihn. Ich darf es nicht sein, also bin ich es auch nicht. Wenn ich das nur oft genug wiederhole, werde ich es irgendwann vielleicht selber glauben.

Jetzt jedoch muss ich mich erst einmal beruhigen. Meine Gedanken ordnen. Dafür sorgen, dass mein Gesicht normal aussieht, wenn Salvo nach Hause kommt. Und morgen ist ein neuer Tag. Ich werde spät aufstehen. Bis dahin wird Alex schon gekündigt haben. Dass er das tun muss, wenn er nicht auffliegen will, habe ich ihm unmissverständlich klar gemacht. Ich werde die Verwunderte spielen und es dann hinstellen, als hätte er wohl einfach Angst bekommen. Angst vor den nächsten Fights. Ich werde Salvatore darum bitten, mich einen der anderen Kämpfer managen zu lassen. Das wird schwer, da er mir sicher eine Mitschuld an Alex' Ausscheiden geben wird, aber versuchen muss ich es. Und dann werde ich meinen Plan weiter durchziehen: die brutalen Geschäfte der Cosentinos mit Beweisen untermauern, bis ich aus der Zentrale in Lyon höre, dass es genug ist, um den Clan hinter Gitter zu bringen.

Und dann?

Bis vor ein paar Tagen habe ich mir nie Gedanken über eine Zukunft nach dem Cosentino-Fall gemacht. Ich ging einfach davon aus, dass man mich an anderer Stelle undercover einsetzen würde oder dass ich vielleicht Teil eines gewöhnlichen Ermittlungsteams werde. Es war mir relativ egal. Dann begann ich mir eine Zukunft vorzustellen, die ganz anders, aber irgendwie auch absolut verlockend war. Alex und ich, irgendwo, wo es warm und sonnig ist und eine weite leere Straße voller Möglichkeiten vor uns liegt.

Aber das ist jetzt vorbei. Diese Zukunft wird es nicht geben, und ich verabschiede mich besser schnell davon, bevor sie sich noch tiefer einbrennt und es richtig schmerzhaft wird.

Tz, wem will ich was vormachen? Es ist jetzt schon schmerzhaft. Aber ich werde damit fertig werden. Ich bin schon mit Schlimmerem fertig geworden.

KAPITEL 19

Am nächsten Tag stehe ich nicht vor Mittag auf. Salvatore hat schon gegen zehn das Penthouse verlassen und mich glücklicherweise in Ruhe gelassen. Irgendwann gegen elf wurde ich erneut wach, diesmal davon, dass Tommaso nach Hause kam. Zufrieden pfeifend stampfte er durch die Wohnung, ging dann duschen und verschwand in seinem Zimmer. Anscheinend hat sich seine Stimmung wieder gebessert. Vielleicht ist er nach dem Turnier, das er sich gestern Abend angesehen hat, ganz froh, dass er so schnell nicht wieder in den Käfig muss. Was auch immer. Ist mir im Grunde genommen egal.

Nachdem es wieder ruhig geworden war, lag ich noch eine ganze Weile im Bett und starrte auf Salvos leere Seite, wo gestern noch Alex neben mir gelegen hatte. Nein, von wegen Alex. Dale.

Als ich schließlich aufstehe, mache ich keine Anstalten, ins Bad zu gehen oder zu frühstücken. Ich hole mir lediglich einen starken Kaffee aus der Küche sowie mein Notebook, dann gehe ich zurück ins Schlafzimmer, setze mich aufs Bett, decke mich zu und fahre den Computer hoch. Ich öffne ein Fenster und gebe seinen Namen ein.

Dale Jones.

Ich muss einfach mehr über ihn wissen, um die ganze Sache wirklich zu kapieren. Natürlich habe ich mich über die Jones-Familie informiert, damals, als ich mich auf diese Mission hier vorbereitet habe. Aber das ist lange her und ich habe mich nie wirklich detailliert mit ihnen beschäftigt. Offiziell sind die Jones' spurlos verschwunden, und das hat für meinen Racheplan von Anfang an bedeutet, dass sie darin keine Rolle spielen würden. Ich musste davon ausgehen, dass sie im Rahmen des Zeugenschutzprogrammes in Sicherheit gebracht worden waren, damit hatten sie das Gesetz auf ihrer Seite und ich hätte ihnen eh nichts anhaben können.

Dale Jones.

Ich bekomme eine ganze Menge Ergebnisse für diesen Namen, also erweitere ich die Suche und gebe zusätzlich Harley Jones ein –

Und schon reduzieren sich die Suchergebnisse auf einen Bruchteil. Es ist auffällig: Zeitungsartikel oder Berichte in den News gibt es so gut wie gar keine und die wenigen, die ich finde, drehen sich nur um Harley Jones' herausragende Karriere als MMA-Fighter. Über das Verschwinden der Familie jedoch? Nichts. Ein Wikipedia-Artikel? Fehlanzeige.

Ich schüttle den Kopf, scrolle weiter durch und stoße schließlich auf eine alte Fan-Seite für den Unbesiegten. Ich öffne sie, und tatsächlich: Irgendjemand hat sich dort vor Jahren die Mühe gemacht, in Form eines Blogs alles über Harley Jones und sein mysteriöses Verschwinden zu sammeln und aufzuschlüsseln.

Die Texte lese ich nicht wirklich – die Eckdaten kenne ich ja. Jones war ein bekannter Fighter in Chicago, trat dann jedoch für Luigi Cosentinos Stall in Mexiko an. Während eines Turniers dort kam es jedoch zu einem

Zwischenfall, der schließlich dazu führte, dass Luigi Cosentino und einige seiner Mitarbeiter wegen Freiheitsberaubung, schwerer Körperverletzung und weiteren Straftaten zu langen Haftstrafen verurteilt wurden. Kurz darauf wurde Luigi Cosentino im Gefängnis von einem gewissen Russell Carter, einem seiner eigenen Leute, mit einer Rasierklinge getötet.

Ich schlucke. Diesen Carter habe ich in meine Pläne auch nie mit einbezogen – er verrottet ja bereits im Knast.

Einen Moment lang bleibt mein Blick auf einem Foto von Luigi hängen, das ihn mit einer Zigarre vor der Tür des Ivory zeigt. Ich empfinde nicht viel bei seinem Anblick. Ich kannte ihn nicht sonderlich gut – meine Mutter war für ihn eine Geliebte, mehr nicht, und er besuchte uns ab und zu, wenn er in Rom war. Er wechselte jedes Mal ein paar nette Worte mit mir und brachte mir ein Geschenk. Aber ein richtiger Vater war er nie. Meiner Mutter jedoch stand ich sehr nahe und ihr Selbstmord hat mich fertiggemacht. Wie kann man einen Menschen so sehr lieben, dass man lieber stirbt, als ohne ihn zu sein?

Ich schüttle den Kopf und scrolle weiter. Es gibt Fotos der Jones-Familie, die kurz vor ihrem Verschwinden aufgenommen worden sein sollen. Ich sehe mir Harley Jones an, sein Bild stammt glaube ich von irgendeinem Promotion-Flyer. Seine Augen sind blau und stechend. Genau wie die von Alex. Etwas heller vielleicht, aber genauso intensiv. Hätte mir das auffallen müssen?

Als Nächstes kommt ein Bild von Megan Clark, einer schönen, toughen Frau. Dann Sally Jones. Sie hat ein weiches Gesicht und einen braven Zopf, aber auch sie ist sehr hübsch. Das ist Dales Mutter, rufe ich mir vor Augen. Sieht er ihr ähnlich? Nicht besonders, er scheint mehr nach seinem Vater zu gehen.

Ich scrolle weiter herunter, und dann kommt tatsächlich ein Foto von Dale – und ich erkenne ihn sofort. Klar, er war damals ein Kind, vielleicht elf oder zwölf Jahre alt. Aber trotzdem ist es zweifellos derselbe Mensch, den ich als Alex kennengelernt habe.

Das Foto wurde anscheinend in der Schule aufgenommen, im Kunstunterricht. Es zeigt mehrere Kinder, die Leinwände bemalen und die Köpfe gedreht haben, um in die Kamera zu sehen. Dale ist ein schlaksiger Junge in einem Wrestling-Shirt, die Hände und Arme mit Farbe beschmiert. Er verzieht den Mund zu einem schiefen Lächeln und wirkt nicht begeistert davon, fotografiert zu werden. Während die Bilder der anderen Kinder einfache, kindliche Motive zeigen hat Dale einen Boxer auf seine Leinwand gebannt, halb abstrakt, das Gesicht in Schatten verborgen. Er hat die Fäuste erhoben und scheint vor seinem Gegner herumzutänzeln, die Körperhaltung und die Proportionen sind perfekt getroffen.

Fast muss ich lachen. Wenigstens das mit seinem künstlerischen Talent war nicht gelogen.

Ich denke daran, wie er mich angesehen hat, als er mich gezeichnet hat. Was für ein guter Schauspieler.

Kopfschüttelnd schließe ich die Webseite und lösche meine Internetdaten. Dann trinke ich meinen Kaffee und zwinge mich, endlich das Bett zu verlassen. Ich gehe ins Bad und nehme eine ausgiebige Dusche, auch wenn das nach meinem Bad gestern Abend eigentlich

nicht nötig wäre. Doch ich will ›Alex‹ von mir runter-
waschen, bis ich nicht mehr das Gefühl habe, dass ich
nach ihm rieche und dass ich immer noch spüren kann,
wo er mich überall geküsst hat.

Als ich fertig bin, creme ich mich sorgfältig ein und
wage einen Blick in den Spiegel. Ich habe Glück: Sonderlich verheult sehe ich nicht aus. Gut.

Trotzdem lege ich ein ziemlich perfektes Make-up
auf, binde mein Haar zu einem seidigen Zopf, und dann
ziehe ich einen schulterfreien Overall an, den ich von
Salvatore habe. Dazu mörderisch hohe High Heels. Als
ich fertig bin, sehe ich sexy und unnahbar aus. Gut,
denn genau das möchte ich an Tag 1 nach meiner kurzen Affäre mit Dale Jones. Ich will allen Männern, denen ich begegne, zeigen, dass sie mich nicht haben können. Denn eines steht für mich jetzt fest: Meinen Körper bekommt Salvatore noch, solange es nötig ist. Aber
mein Herz kriegt nie wieder jemand. Das verspreche
ich mir selbst.

***

Als ich ins Gym komme, ist Alex nicht da. Ich habe beschlossen, ihn in meinem Kopf weiter so zu nennen,
auch wenn es mir schwerfällt – aber zu groß ist meine
Sorge, dass ich ansonsten etwas Falsches sage. Denn
wenn ich verrate, dass ich weiß, wer er ist, habe auch
ich ein Problem, ganz egal, was ich gestern zu ihm gesagt habe.

»Liebling!« Salvo, der gerade mit Pina etwas bespricht,
das sicher das Marketing für die nächste Fight Night
betrifft, kommt zu mir herüber und ich erwarte, dass er

mich überschwänglich begrüßt wie immer. Doch stattdessen drückt er mir nur einen Kuss auf die Wange, dann sieht er mich an und fragt: »Wo treibt sich denn dein Schützling herum?«

Ich spiele die Ahnungslose. »Alex? Ist er nicht hier? Mein letzter Stand war, dass er heute ganz normal zum Training kommt.«

»Tja, er ist nicht aufgetaucht. Pierce auch nicht, aber der hat mir gestern wenigstens geschrieben, dass es heute später wird, weil seine Nase nach der gestrigen Einheit noch mal nachgerichtet werden muss. Doch dieser Junge macht mir langsam Sorgen. Nur weil er ein guter Fighter ist, kann er nicht machen, was er will!«

Ich spüre, wie sich neuer Zorn in mir breit macht. Er hatte also noch nicht einmal den Mut, zu kündigen? Was dachte er, dass ich ihm eine Falle stelle? Dass er doch noch draufgeht, wenn er Salvatore ein weiteres Mal unter die Augen tritt? Tz! Ein Anruf hätte es auch getan, aber anscheinend war er selbst dazu zu feige. Ich sage es ja. Alex Silva war nichts als eine Rolle.

»Soll ich ihn anrufen?«

»Das habe ich schon versucht, aber sein Handy ist aus.«

Nein, es ist nicht aus. Es ist in seine Einzelteile zerlegt und durch den Müllzerkleinerer in unserer Küche auf Nimmerwiedersehen verschwunden.

»Oh«, sage ich.

»Ja. Oh. Ich kann nur hoffen, dass er bald kommt! Wenn er Donnerstag und Sonntag nicht in Topform ist, dann haben wir ein Problem, denn er ist immer noch in aller Munde und auch Adamo kann es kaum erwarten, ihn kennenzulernen. Er ist unser Zugpferd. Er kann nicht einfach –«

Das Quietschen der Tür, als sie geöffnet wird, lässt ihn verstummen. Er sieht Richtung Eingang und ich folge seinem Blick, hundertprozentig sicher, dass Alex nicht mehr auftauchen wird. Doch im nächsten Moment fühle ich mich, als hätte mir jemand einen heftigen Schlag in die Magengrube versetzt – denn herein kommt kein Geringerer als er.

Er trägt bereits Trainingssachen, eine schwarze Hose und ein dunkelgraues Shirt. Er sieht übernächtigt aus, als hätte er nicht viel geschlafen. Und irgendwas an seinem Gang ist ... seltsam. Als würde er leicht hinken.

»Ich hoffe, du hast eine gute Entschuldigung!«, fährt ihn Salvatore an.

»Ich bin so gut, dass mir das halbe Training reicht«, erwidert Alex und ich spüre genau, dass Salvatore jetzt nur noch wütender wird.

»Du bist so gut? Du hast ein Turnier gewonnen! Ein einziges!« Er verschränkt die Arme und blickt Alex entgegen, der zu uns kommt, ohne mich auch nur eines einzigen Blickes zu würdigen.

Das ist auch gut so, denn sonst würde er sehen, wie entgeistert ich ihn anstarre. Er kann doch nicht einfach hier auftauchen und so tun, als wäre nichts gewesen!

»Wie viele haben Sie gewonnen, Boss?«, erwidert Alex und zuckt dann mit den Schultern. »Ich meine ja nur.«

Wieder einmal bin ich fest überzeugt, dass Salvo ihm für seine unverschämte Art gleich die Kugel geben wird, und diesmal wäre es mir ziemlich recht. Aber mein Mann ist und bleibt eine Enttäuschung. Statt Alex wenigstens zurechtzuweisen, blickt er an ihm hinunter und fragt: »Was ist passiert? Weshalb bewegst du dich so komisch? Bist du in eine Schlägerei geraten? Das wird deine Siegchancen nicht gerade erhöhen!«

»Nein, das war keine Schlägerei. Nur eine Konfrontation mit 'ner wütenden Lady.«

Mein Puls beschleunigt sich. Alex sieht zu mir herüber und unsere Blicke begegnen sich, aber der Ausdruck in seinen Augen verrät nichts. Wird er reden? Wird er Salvo sagen, dass ich …

Nein, das kann er nicht. Er kann mich nicht verraten, ohne sich zu verraten. Ich muss ruhig bleiben. So reagieren, wie ich normalerweise reagieren würde.

»Weißt du, du musst die Damen schon bezahlen, wenn du mit ihnen fertig bist. Sonst werden sie sauer«, sage ich und versuche amüsiert zu klingen.

»Das war keine prostituta. Ich meinte es vollkommen ernst mit ihr. Aber sie hat mir nicht geglaubt. Jetzt habe ich eine contusión.«

»Eine Prellung?«, hakt Salvo nach.

»Sí.«

»Aber du kannst antreten?«

»Sí.«

»Warst du schon bei Greg?«

»Sí, gerade eben. Ich habe ein Schmerzmittel bekommen. Es wird gleich wirken.«

»Ich habe versucht, dich zu erreichen. Weshalb bist du nicht an dein Handy gegangen?«

»Das hat die Lady mir abgenommen.«

Salvo zieht eine Braue in die Höhe. »Du hast dir von einer Frau dein Handy stehlen lassen? Hatte die Dame Superkräfte oder was?«

»Nein. Sie war nur sehr, sehr wütend.«

Alex versucht meinen Blick einzufangen, aber das lasse ich nicht zu. Ich sehe durch ihn hindurch und sage: »Du musst an deiner Professionalität arbeiten. Jeder ist ersetzbar. Auch du.«

Damit wende ich mich ab und tue, als müsste ich irgendwas Wichtiges an meinem Handy machen. In Wahrheit jedoch muss ich mich zusammenreißen, damit ich ihm nicht noch eine zweite Prellung verpasse. Was fällt ihm ein, wieder herzukommen? So zu tun, als wäre nichts gewesen? Wie dreist kann ein Mensch eigentlich sein?!

»Meine Frau hat Recht, Alex«, höre ich Salvo sagen. »So etwas kommt in Zukunft bitte nicht mehr vor, oder du bist raus. Heute machst du nur leichtes Training, und morgen gibst du dir dafür noch mal richtig Mühe. Haben wir uns verstanden?«

»Sí.«

»Gut. Dann leg los.« Damit lässt Salvatore ihn stehen und geht an mir vorbei zurück zu Pina.

Ich bleibe mit dem Rücken zu Alex stehen und tippe auf meinem Handy herum, und mein Herz beginnt zu rasen, als ich Schritte hinter mir höre. Kommt er jetzt wirklich zu mir?! Er kann mich nicht ansprechen! Nicht vor allen! Ich weiß nicht, wie ich mich zusammenreißen soll!

»Das sind noch nicht einmal Worte, die du da schreibst«, höre ich seine Stimme über meine Schulter hinweg.

Ich fahre herum und da steht er, genau vor mir. »Was willst du, Alex?«, zische ich.

»Wir müssen reden.«

»Wir müssen gar nichts!«

Er beugt sich zu mir vor und ich halte die Luft an, um seinen Duft nicht wahrnehmen zu müssen. »Der Doktor hat mir gerade eine Riesendosis Tilidin verpasst. Das ist in den Staaten gar nicht zugelassen.« Eine kurze Pause, dann: »Ich hab das auf Band.«

»Du bluffst. Ich hab dein Handy.«

»Ich hab ein neues.« Er richtet sich auf und sieht mich an. »Ich kann dir helfen, und du mir. Wenn wir zusammenarbeiten …«

»Sprich mich nie wieder an«, fauche ich, dann wende ich mich ab und gehe mit schnellen Schritten zu Salvatore.

Was, verdammt noch mal, denkt sich der Kerl eigentlich? Dass ich mich von ihm benutzen lasse wie eine billige Hure und ihm dann die Hand reiche, um einen auf Partner zu machen? Der spinnt doch!

Ich stelle mich neben Salvo und will mich gerade in das Gespräch einbringen, als sich die Tür ein weiteres Mal öffnet – diesmal so heftig, dass sie gegen die Wand fliegt.

Alle sehen sofort dorthin. Im Rahmen steht Leo, vollkommen verschwitzt und außer Atem.

»Salvo!«, ruft er. »Etwas Schreckliches ist geschehen! Pierce, er … er liegt im Koma!«

Was? Ich kann kaum glauben, was ich da höre. Ganz automatisch blicke ich herüber zu Alex, er erwidert meinen Blick und ich sehe, dass ihm genauso klar ist wie mir, dass tatsächlich etwas Schreckliches geschehen sein muss. Denn gestern ging es Pierce gut, und zwei Tage nach einem Fight fällt man wegen einem Nasenbruch nicht einfach ins Koma.

»Was ist passiert?!«, fragt Salvo.

»Er wurde auf der Straße gefunden! Er muss gestern Abend bei seiner Joggingrunde überfallen worden sein! Irgendwer hat ihm einen schweren Gegenstand auf den Kopf geschlagen und … Sein Gehirn ist geschwollen. Keiner weiß, ob er wieder aufwachen wird.«

Einen Moment lang sagt niemand etwas. Salvo kalkuliert vermutlich gerade, ob diese Neuigkeiten dem Geschäft schaden können.

»Du hörst es doch«, sagt dann Pina. »Es war ein Überfall, keine Spätfolge, wir können nichts dafür!«

»Aber wen nehme ich denn dann mit zu Vater?«, murmelt Salvatore.

Ich schüttle unmerklich den Kopf, weil ich nicht glauben kann, wie kaltblütig die Cosentinos sind. Pierce wird möglicherweise sterben und sie denken schon wieder nur an sich selbst.

»Da bleibt eigentlich nur einer«, sagt Pina.

Salvo sieht sie an und nickt. »Ja. Derjenige, der in der zweiten Runde gegen Pierce ausgeschieden ist, rückt nach.«

Wieder sehen Alex und ich einander an und ich spüre, dass wir beide dasselbe denken.

Wir wissen, wer derjenige ist, der nachrücken wird – Tommaso.

Was für ein Zufall, dass ausgerechnet Pierce überfallen worden ist. Und das auch noch ausgerechnet gestern, wo Tommaso ein perfektes Alibi hatte.

Ich sehe Wut und Entschlossenheit in Alex' Blick und verteufle mich dafür, dass mir das gefällt. Sicher, er wird es Tommaso auf Adamos Geburtstag richtig zeigen. Aber er wird das nicht für mich tun, das muss ich mir klar vor Augen halten. Es ging ihm nie um mich.

»Ich rufe Tommaso an«, sagt Salvatore und verlässt das Gym.

Ich murmle etwas und folge ihm dann. Jetzt, wo Alex hier ist und offenbar vorhat zu bleiben, will ich überall sein, nur nicht im Gym. Stattdessen beschließe ich, mich in Salvos Nähe zu halten, denn wenn er in seinem Telefonat mit Tommaso irgendwas sagt, das auf dessen Schuld hindeutet, dann muss ich das unbedingt mitbekommen. Schwere Körperverletzung kann einen Mann lange hinter Gitter bringen. Da muss man nur meinen Vater fragen. Während ich in Salvos Nähe im Korridor vor dem Studio stehen bleibe, überlege ich zum ersten Mal, ob Alex mit seinen Worten gestern vielleicht Recht hatte.

Kann es sein, dass Luigi und seine Leute seine Mutter gefoltert haben?

Selbst wenn. Mir geht es nicht um Luigi, sondern um meine eigene Mutter, für mich würde das also gar nichts ändern.

Aber macht es das, was Alex tut, vielleicht nachvollziehbarer?

Nein. Er hätte mich nicht benutzen dürfen. So einfach ist das. Klar, ich benutze Salvo auch, aber er ist ein kaltblütiger Mafiaboss und –

Und für Alex war ich am Anfang nichts als dessen Frau.

Trotzdem! Ich schüttle jeden Gedanken, der ihn entlasten könnte, ab, bevor er zu deutlich wird. Ich kann ihm das nicht verzeihen, und vor allem will ich das auch gar nicht.

Mein Handy klingelt. Eine Nachricht. Ich ziehe es aus der Tasche und stelle fest, dass sie von einer unbekannten Nummer kommt.

Ein kurzer Blick zu Salvatore, dann rufe ich sie auf. Drei Worte, das ist alles:

Wir müssen reden!

Sofort lösche ich sie. Es ist klar, dass sie von Alex kam, aber er und ich müssen überhaupt nichts. Ich werde schon noch dafür sorgen, dass er das Feld räumt. Oder zumindest werde ich nicht zulassen, dass er mir die Tour vermasselt.

Jetzt jedoch habe ich erst mal Wichtigeres zu tun. Salvo scheint seinen Sohn erreicht zu haben, denn er beginnt zu sprechen. Ich stelle mein Handy auf Aufnahme.

Alex

Alessia ist nicht mehr zurück ins Gym gekommen, und auf meine Nachricht hat sie auch nicht geantwortet. Ich kann deswegen noch nicht einmal sauer auf sie sein. Im Gegenteil. Ich verstehe, dass sie sich von mir ausgenutzt fühlt. Ich hätte ihr gestern erklären sollen, dass ich praktisch schon wusste, dass ihr Name nicht wirklich Luciana ist, dass sie keine echte Cosentino ist, dass ich schon längst nicht mehr vorhatte, ihr zu schaden.

Im Gegenteil. Ich dachte, wenn das alles vorbei ist und falls es gut gehen sollte, dann könnten wir zusammen verschwinden, und wenn ich ehrlich bin, dann denke ich das immer noch. Aber dafür muss sie mir verzeihen, und sie dazu zu bringen, wird nicht leicht werden.

Und vernünftig ist es auch nicht, denn ich sollte sie eigentlich verabscheuen. Sie ist vielleicht keine richtige Cosentino, aber trotzdem ist sie Luigi Cosentinos Tochter. Der Mann, der den Tod meines Vaters verantwortet, ist ihr Vater.

Aber was kann sie dafür? Sie war ein Kind, vielleicht zehn Jahre alt. Es wäre albern, sie zu hassen, nur weil ihr Vater ein mieses Stück Scheiße gewesen ist. Außerdem kann ich sie schlecht hassen, wenn ich sie gleichzeitig liebe.

Ich schüttle den Kopf über mich selbst, während ich den Reißverschluss meiner Reisetasche zuziehe. Liebe! Das ist ein viel zu großes Wort für ...

Ja, für was? Dafür, dass ich den Rest meines Lebens mit ihr verbringen will? Dass ich dank ihr überhaupt erst angefangen habe, an so was wie eine Zukunft zu denken?

Hector hatte Recht. Ich hätte mich von ihr fernhalten sollen, als die ganze Sache noch nicht so tief ging. Aber wann war das? Wann wäre der Zeitpunkt gewesen? Wenn ich jetzt an unsere erste Begegnung im Ivory denke, muss ich zumindest mir gegenüber zugeben, dass sie mich da schon umgehauen hat. Und wenn ich jedem auf der Welt etwas vormache, dann werde ich sicher nicht anfangen, mich auch noch selbst zu belügen. Ich liebe sie, auch wenn ich dank ihr das Gefühl habe, jemand würde mir bei jedem Schritt einen Punch in mein Allerheiligstes verpassen. Den Tritt von ihr hatte ich verdient, fürchte ich.

Ich schultere meine Tasche, sehe mich ein letztes Mal in dem Motelzimmer um und wende mich dann der Tür zu. Die Dinge haben sich geändert, und ich kann hier nicht länger bleiben. Also verlasse ich den Raum und schließe die Tür. Dann sehe ich auf die Uhr. Die Cosentinos werden sicher mittlerweile zu Hause sein.

Gut. Dann ziehen wir's durch.

Alessia

»Wie wird es ablaufen? Als vernünftiger Drei-Runden-Fight? Oder eine Runde bis zur Aufgabe, wie im Ivory? Ich bin zu beidem bereit.« Tommaso sitzt am Abendbrottisch und ist so enthusiastisch, dass ich ihm am liebsten in einer Tour Ohrfeigen verpassen möchte.

»Hältst du das denn durch?«, fragt Salvatore zwischen zwei Gabeln Risotto. »Der letzte Kampf im Ivory wirkte eher, als hättest du eine Pause gebrauchen können.«

Tommaso winkt ab. »Jeder hat mal einen schlechten Tag. Am Donnerstag bin ich besser vorbereitet. Ich habe meine Dosis –«

»Sohn.«

Ich sehe aus dem Augenwinkel, wie Salvatore bezeichnend zu mir herüberblickt. Er denkt, ich weiß es nicht, dabei ist es mir längst klar: Sein Sohn dopt. Er weiß es. Er lässt es zu. Und er will nicht, dass ich es weiß. Sicher denkt er, ich könnte moralische Bedenken haben. Die habe ich auch, selbst wenn ich Tommaso nicht ausstehen kann. Was für ein Vater lässt zu, dass sein Sohn sich giftige Substanzen in die Venen schießt?!

»Ich werde das schon hinbekommen.« Tommaso grinst und zwinkert seinen Vater zu. Er scheint stolz zu sein, ein gemeinsames Geheimnis mit ihm zu haben.

Ich denke an Pierce. Beängstigend, was Tommasos Vaterkomplex für Auswüchse angenommen hat, wenn es stimmt, was ich vermute.

»Natürlich wirst du«, sage ich. »Ein Cosentino verliert nicht zweimal, oder?«

Salvo lächelt mich verliebt an.

Tommaso hingegen verdreht die Augen. »Jetzt denkt sie, sie hat Ahnung, nur weil sie als Managerin dabei ist!«

Ehe ich etwas antworten kann, schellt es an der Tür.

»Das ist sicher Leo, er sagte schon, dass er vielleicht zum Essen kommt.«

Rosa, die noch hier ist und gerade in einem ungenutzten Gästezimmer unsere Wäsche zusammenlegt, geht an die Sprechanlage.

»Signore?«, ruft sie dann. »Es ist ein gewisser Alex!«

Mir fällt fast die Gabel ins Essen. Alex?! Will er jetzt jeden Abend hier auftauchen? Hat er vor, sich noch mal an Terrys Laptop zu schleichen? Ist ihm nicht klar, dass wir alle zu Hause sind?

»Alex?« Salvo runzelt die Stirn, dann macht er eine großmütige Handbewegung. »Soll reinkommen.«

»Papà!« Tommaso klingt beleidigt. »Was soll das denn? Das hier ist unsere Privatwohnung!«

»Er wird schon nicht in deinem Bettchen schlafen, Sohn.«

Ich spüre, wie ich erröte, nur ganz leicht, als ich daran denke, dass er das in Salvos Bettchen durchaus schon getan hat. Zumindest dachte ich, er schläft. Wir hatten uns nach dem Sex extra einen Wecker gestellt, um rechtzeitig wach zu werden, ehe Gefahr durch Salvos Rückkehr droht. Dabei hatte er gar nicht vor, sich auszuruhen, sondern hat nur gelauert. Mieser Lügner!

Ich höre, wie der Aufzug ankommt. Salvo tupft sich den Mund mit einer Serviette ab, dann steht er auf und geht zur Tür. Ich bleibe sitzen, genau wie Tommaso. Wir sind beide nicht begeistert von diesem Besuch, wenn auch aus vollkommen unterschiedlichen Gründen.

Die Tür öffnet sich und Salvo sagt in seiner typischen Überschwänglichkeit: »Alexander! Schön, wenn auch unerwartet, dich zu sehen! Komm doch rein!«

»Danke«, sagt Alex, dann höre ich seine Schritte, dann etwas Lautes. Als hätte er einen schweren Gegenstand auf dem Boden abgestellt.

»Was ist denn los?«, fragt Salvatore, nun leicht verwirrt.

»Ich bin aus dem Motel geflogen.«

Eine kurze Pause, dann: »Bitte?«

»Ich dachte, ich kann für ein paar Nächte anschreiben lassen, aber das ging nicht.«

»Anschreiben lassen? Wieso denn? Ich habe dir deine Kampfprämie doch schon überwiesen.«

»Sí, aber die brauchte meine Familie dringender.«

»Ah, verstehe! Deine kranke Mutter, he? Komm doch erst mal richtig rein! Du musst hier nicht an der Tür stehen!«

Oh, natürlich. Es war so klar, dass Salvatore total begeistert ist, sobald Alex mit seiner Familie anfängt! Das hat er so drin, denn für ihn geht die Familie auch über alles – die Familie im Ganzen, versteht sich, und vor allem ihr Ruf, aber trotzdem. So was kann er nachvollziehen. Und so ist es kein Wunder, dass er Alex ein paar Sekunden später mit ins Esszimmer bringt, den Arm um seine Schulter gelegt.

»Wir haben einen Übernachtungsgast!«, sagt er und ruft dann: »Rosa, richte bitte eines der Gästezimmer für unseren Goldjungen her!«

»Das ist ja eine Überraschung«, sage ich und versuche nicht wütend zu klingen.

»Ich hoffe, ich störe nicht«, erwidert Alex und ich weiß, dass ihm das eigentlich vollkommen egal ist.

»Überhaupt nicht«, sagt Salvatore an meiner Stelle. »Setz dich und iss mit uns!« Wieder ruft er nach Rosa, diesmal, damit sie für Alex eindeckt.

Er geht um den Tisch herum, zu einem freien Platz und wirft Tommaso dabei einen Blick zu, der ihn eigentlich auf der Stelle tot umfallen lassen müsste. Doch Tommaso ist viel zu selbstgefällig, um es auch nur zu merken.

»Einem Obdachlosen helfen wir doch gern«, sagt er.

»Mal sehen, was du übermorgen sagst, wenn dieser Obdachlose dich auf die Bretter schickt.«

Tommasos überheblicher Ausdruck wird zu schlecht verstecktem Zorn, aber Salvatore lacht lauthals.

»So ist es gut! Stachelt euch nur schon mal gegenseitig auf! Dann sehen wir am Donnerstag einen ordentlichen Kampf! Nicht wahr?«

»Ich hoffe es«, sage ich.

Dann trägt Rosa einen gefüllten Teller für Alex auf und ich muss fast lachen, als er das Risotto mustert wie etwas Ekelhaftes von einem anderen Stern oder aus der

Tiefsee oder von irgendeinem anderen Ort, an dem man ekelhafte Dinge erwartet, die man nicht essen will.

Geschieht ihm ganz recht.

»Das ist Risotto«, sage ich. »Es ist sehr lecker. Du solltest es essen.«

»Danke, das ist wirklich nett.« Alex' Tonfall straft seine Worte Lügen, aber weder Salvo noch Tommaso scheinen das zu bemerken. Ich sehe amüsiert zu, wie Alex seine Gabel mit dem schleimigen Reis füllt und erwarte fast, dass er die Ladung gleich unauffällig unter dem Tisch verschwinden lassen wird. Stattdessen isst er tapfer.

»Also«, sage ich und widme mich auch wieder meinem Essen. »Was machst du hier? Konntest du dir dein Stundenhotel nicht mehr leisten?«

»Vielleicht war er einfach einsam«, erwidert Tommaso an Alex' Stelle. »Vielleicht wird die Sehnsucht nach zu Hause langsam zu groß und er sollte bald darüber nachdenken, zurück nach Puerto Rico zu gehen.«

»Er sitzt am selben Tisch wie du und du kannst ihn direkt ansprechen, wenn du nicht zu feige dafür bist, pendejo.«

»Pendejo? Was heißt das?«, fragt Salvatore.

»Mein Freund«, antwortet Alex.

Fast muss ich lachen. Aber den Gefallen tue ich ihm nicht.

»Ich glaube an Klassenunterschiede«, sagt Tommaso und spielt damit wohl darauf an, dass er aus einer reichen Familie kommt und Alex nicht.

»Solltest du nicht«, antwortet dieser gelassen. »Denn wenn wir die im Ivory berücksichtigen würden, wärst du mit deinen dürren Ärmchen maximal Superfliegengewicht.«

Autsch. Das war ein Treffer. Ich weiß, dass Tommasos muskulöser Körper sein ganzer Stolz ist, dass er aber gleichzeitig so voller Selbstzweifel ist, dass er kaum einen Spiegel auslässt, um sich darin zu bewundern.

Er lässt seine Gabel sinken und sieht ungläubig zu Alex herüber, der mittlerweile Gefallen an seinem Risotto gefunden zu haben scheint und es seelenruhig in sich hineinschaufelt. Tommaso blickt seinen Vater hilfesuchend an, dann sagt er: »Ich bin hier fertig« und steht auf.

Salvo sieht ihm seufzend nach. »Er ist so sensibel. Von mir hat er das nicht.«

»Was ist mit seiner Mutter passiert?«, fragt Alex. »Das wird ja vermutlich nicht Luciana sein.«

Salvatore lacht. »Nein, natürlich nicht.« Dann wird er ernst. »Sie starb bei einem Reitunfall. Das hat Tommaso nie verwunden. Er bestand darauf, dass wir das Tier einschläfern lassen.«

»Und? Haben Sie?«

Salvo nimmt einen Schluck Wein, ehe er antwortet: »Nein, Junge. Das Pferd wusste ja nicht, welchen Schaden es anrichtete, als es sie abwarf. Manchmal muss man Gnade vor Recht ergehen lassen.«

»Manchmal, ja«, sagt Alex.

Mir entgeht nicht, wie er das manchmal dabei betont.

Kapitel 20

Ich muss mich bemühen, um höflich an der Gästezimmertür zu klopfen und sie nicht einfach einzurennen.

»Ja?«, höre ich Alex' Stimme aus dem Inneren.

»Kann ich reinkommen?«

Anstatt mir zu antworten, öffnet er die Tür und lässt mich herein. Von der Lockerheit, die er eben beim Essen an sich hatte, ist nichts mehr übrig. Er sieht ernst aus, als ich an ihm vorbeigehe. Ich höre, wie er die Tür zumacht, stelle die Alibiflasche Wasser, die ich ihm bringen wollte, auf dem Nachttisch ab und frage: »Was zur Hölle soll das, Dale?!«

»Alex.«

»Das ist lächerlich.«

»Das ist mein Name, seit ich zwölf war.«

Zeugenschutzprogramm. Klar, da bekommt man einen neuen Namen.

»Beantworte meine Frage«, fordere ich.

Alex sieht kurz zur Tür, dann blickt er wieder mich an und kommt dabei näher, wohl um nicht so laut sprechen zu müssen, aber es stört mich und ich würde am liebsten einen Schritt zurück machen. Doch hinter mir ist direkt das Bett.

»Wir wissen beide, was mit Pierce passiert ist«, flüstert er und beachtet meine abwehrende Haltung dabei gar nicht.

Ich zögere. Soll ich das wirklich tun? Mit ihm reden, als wären wir Kollegen, die am selben Strang ziehen?

»Ja«, gebe ich nach einem Moment zu. »Wissen wir.« Dann füge ich hinzu: »Keine Ahnung, ob er es selbst war oder nur den Auftrag gegeben hat, aber das Tommaso dahinter steckt, ist klar.«

»Ja, das ist es, und genau darum bin ich hier.«

Ich verdrehe die Augen. »Was willst du machen? Ihn der Polizei ausliefern?«

»Alessia.« Alex packt mich an den Schultern und mich überläuft ein heißkalter Schauer – nicht nur wegen seiner Berührung, sondern auch, weil er mich bei meinem richtigen Namen nennt. Das löst etwas in mir aus, das es besser nicht auslösen sollte, so viel steht fest. »Ich habe vorhin im Krankenhaus angerufen, um mich nach Pierce zu erkundigen. Sie wollten mir nichts sagen, also habe ich bei Leo nachgefragt. Und er hat mir gesagt, dass Pierce heute Nachmittag an seinen Verletzungen gestorben ist.«

Ungläubig sehe ich ihn an. Wieso wusste ich davon noch nichts? Salvatore hätte es mir doch erzählt, oder?

Nein, vermutlich nicht. Vermutlich wollte er seiner unbedarften Frau keine Angst machen.

»Tommaso ist ein Mörder«, fährt Alex fort, immer noch leise. »Und ich werd dich mit ihm nicht hier alleine lassen.« Ich öffne den Mund, um etwas zu erwidern, doch er fügt schnell hinzu: »Ich weiß, dass du dich wehren kannst. Aber ich kann trotzdem nicht einfach im Motel bleiben, während die Frau, die dich liebe, in Gefahr ist. Das gebietet die Ehre.«

Das gebietet die Ehre. Ich mag seine leichte steife Art, Englisch zu reden, die sicher daher kommt, dass er es in Puerto Rico so selten tut. Und ich ... Moment.

Ich höre mich selbst spöttisch lachen. »Du liebst mich nicht.« Damit mache ich mich aus seinem Griff los. »Und du musst auch nicht länger so tun. Ich hatte dir gesagt, dass du verschwinden sollst, aber das war dir egal. Du bist hier, um dein Ding durchzuziehen und ich kann dich nicht zwingen, es zu lassen, dafür weißt du zu viel. Aber ich bitte dich um eins: Lass mich in Ruhe. Von mir kannst du keine Hilfe mehr erwarten, egal wie sehr du dich einschleimst!«

Damit wende ich mich ab und lange nach dem Türgriff. Alex sagt, dass ich warten soll, aber das tue ich nicht. Ich öffne die Tür, sage laut genug, dass Salvo es hören kann »Gute Nacht, Alex«, und dann gehe ich.

Glücklicherweise folgt er mir nicht.

Alex

Es war nicht richtig, ihr zu sagen, was ich für sie empfinde. Denn es war klar, dass sie mir nicht glaubt. Aber ich will sie nicht länger belügen. Dafür bedeutet sie mir zu viel, auch wenn sie das nach wie vor nicht sollte.

Ich denke über sie nach, während ich im Gästezimmer der Cosentinos wach liege und darauf warte, dass die Nacht endet. Pierce' Tod ändert eine Menge. Denn ich weiß, dass Tommaso Alessia hasst bis aufs Blut. Und wer einmal getötet hat, dem fällt das zweite Mal nicht mehr so schwer. Und selbst wenn er sie nicht gleich umbringen würde: Ich lasse auch nicht zu, dass er ihr noch mal wehtut. Und übermorgen, in Sizilien, werde ich ihm klarmachen, dass er es besser nie getan hätte.

Sizilien. Das Treffen auf der Insel ist immer noch meine Chance. Dort werden alle Cosentinos zusammen sein. Ich hatte nicht damit gerechnet, so schnell eine solche Gelegenheit zu bekommen. Ich hätte erwartet, dass ich Wochen oder Monate daran arbeiten muss, mir ihr Vertrauen zu erschleichen, bevor sie mich so nah an sich heranlassen. Stattdessen könnte ich dafür sorgen, dass sie schon am Donnerstag bekommen, was sie verdienen. Aber dafür fehlen mir nach wie vor die Beweise, weil Alessia mich daran gehindert hat, sie mir zu holen. Doch noch ist es nicht zu spät. Wenn Alessia weiterhin nicht mit mir sprechen will, werde ich es allein durchziehen, aber lieber wäre mir, wir würden es gemeinsam tun. Wenn ich daran denke, wie lange sie schon diese Rolle spielt, dann wird es auch für sie Zeit, die Sache zu Ende zu bringen. Klar wäre sie die Cosentinos auch los, wenn ich es allein tue. Aber dann wäre ihr Auftrag gescheitert.

Ich höre ein Geräusch irgendwo im Penthouse und setze mich auf. Eine Tür wird geschlossen, dann folgen leise Schritte, kurz darauf die Kaffeemaschine. Wieder leise Schritte, diesmal Richtung Badezimmer. Und wenige Augenblicke später eine weitere Tür.

Okay, das könnte Salvatore oder Tommaso gewesen sein. Letzterer vielleicht, um ihr etwas anzutun ... Aber eigentlich klangen die Schritte nicht laut genug dafür.

Und ich könnte mir gut vorstellen, dass Alessia Schwierigkeiten hat zu schlafen. Ich beschließe, es einfach darauf ankommen zu lassen, stehe auf und ziehe mir schnell was über.

Dann verlasse ich das Gästezimmer, trete in den großen Wohnraum und sehe, dass die Tür zur Terrasse einen Spaltbreit offen steht. Kurz blicke ich zum Schlafzimmer, dann durchquere ich das Wohnzimmer und gehe nach draußen.

Die Sonne geht gerade auf, aber es ist noch leicht neblig – vor allem über dem Pool, der die Hälfte der Terrasse einnimmt. Die Luft ist sogar jetzt schon warm, es wird wieder ein heißer Tag werden. Ich blicke mich um, kann aber nirgends jemanden entdecken. Nicht auf den Liegen, nicht vorn an der gläsernen Brüstung.

»Hier oben«, sagt nach ein paar Augenblicken eine Stimme.

Ich drehe mich um und sehe Alessia, die auf dem Dach des Penthouses sitzt. Sie hat die nackten Beine angezogen und eine Tasse auf ihren Knien abgestellt. Ihr Haar ist offen und wirr, und sie trägt nichts außer einem weiten Shirt, das sie vermutlich zum Schlafen anhatte.

»Wie zur Hölle bist du da rauf gekommen? Lernt man das auch beim Krav Maga?«

Sie deutet ein Lächeln an. »Die Leiter ist rechts um die Ecke. Aber das ist keine Einladung.«

»Verstehe«, sage ich und gehe zu der Stelle, die sie mir beschrieben hat. Dann klettere ich zu ihr hinauf.

»Du tust nie, was man dir sagt, oder?«

»Ich lass nicht locker, wenn mir was wichtig ist, cariño.« Ich setze mich neben sie und sie schiebt eine zweite Kaffeetasse zu mir rüber. Wie es aussieht, dachte sie sich schon, dass ich komme.

»Und die Cosentinos fertigzumachen ist dir sehr wichtig.«

»Ja. Aber das meine ich nicht.« Ich greife nach der Tasse und sehe Alessia an, aber sie erwidert meinen Blick nicht. Sie sieht auf die Stadt und ihre Augen reflektieren das Sonnenlicht.

»Du wolltest mit mir reden«, erwidert sie, ohne auf meinen Einwand einzugehen. »Das kannst du jetzt tun. Aber ich warne dich: Ich will nichts über uns und eine zweite Chance hören. Das Einzige, worüber ich mit dir spreche, ist unsere gemeinsame Sache. Ich habe das Gefühl, dass wir zusammenarbeiten sollten. Du auch?«

Ich zögere, denn eigentlich will ich unbedingt mit ihr über uns reden. Doch dass sie mir trauen kann, sollte ich ihr vielleicht lieber zeigen, anstatt es ihr einfach nur zu sagen. Und ich zeige es ihr vermutlich am besten, indem ich ihr jetzt zur Seite stehe.

»Ja«, sage ich darum. »Gemeinsam haben wir eine Chance, sie fertigzumachen. Und ich weiß auch schon, wie.«

Sie blickt zu mir herüber und zieht eine Braue in die Höhe. »Ach ja?«

»Ja. Es ist riskant, aber es könnte uns genau die Beweise bringen, die dir noch fehlen.«

»Was fehlen mir denn für Beweise? Wenn ich mich recht erinnere, bin ich bei der Polizei, nicht du.«

»Du kannst ihnen nachweisen, dass sie illegale Wettgeschäfte laufen haben und dass sie ihre Fighter dopen lassen.«

»Sie dazu drängen«, korrigiert Alessia mich. »Das ist ein Unterschied. Es geht in Richtung Körperverletzung.«

»Ja, und das bringt ein paar von ihnen sicher ein paar Jahre ein. Aber das reicht nicht.« Ich nehme einen

Schluck von dem Kaffee. Er ist genauso stark, wie ich es bei Alessia erwartet hatte. »Wie viele Jahre bringt es ihnen ein, wenn wir ihnen Verschwörung zum Mord nachweisen?«

Alessia sieht mich wieder an, jetzt deutlich interessierter als gerade. »Du meinst ...«

»Ich meine den Mord an meinem Vater, sí. Vielleicht, wenn wir es klug anstellen, können wir ihnen auch den an Pierce nachweisen.« Ich erwidere ihren Blick, dann frage ich: »Du hast noch den Stick von mir, mit dem man Passwörter knacken kann?«

Sie nickt.

»Kommst du an Terrys Laptop, bevor wir fliegen?«

»Ich denke schon.«

»Gut«, sage ich. Dann erkläre ich ihr meinen Plan, doch am Ende zögere ich. Wenn ich ihr zeigen will, dass sie mir trauen kann, dann muss ich ihr alles sagen. Das bedeutet für mich aber, davon auszugehen, dass ich ihr ebenfalls trauen kann. Kann ich das?

»Da ist noch etwas, das du wissen solltest«, sage ich zögerlich.

»Und was?«

»Sobald Terry zugegeben hat, was er getan hat, werde ich ihn töten.«

Alessia schweigt, und zwar eine ganze Weile. Dann atmet sie tief durch. »Alex ...«

Ich schüttle den Kopf. »Frag nicht. Ich muss das tun. Una vida por una vida.«

»Ein Leben für ein Leben.« Sie lächelt, aber es wirkt traurig. »Glaub nicht, dass ich dich nicht verstehe. Das tue ich. Nach dem Selbstmord meiner Mutter wäre ich selbst am liebsten Amok gelaufen. Aber Mord ist nie richtig. Nie. Wenn du das tust, wird es dein Gewissen für immer belasten. Und ... wenn dein Plan schief geht, dann landest du im Knast.«

»Das nehme ich in Kauf«, sage ich und wundere mich, dass sie nicht droht, mich zu verhaften, wenn ich die Sache durchziehe – schließlich ist sie Polizistin. Offenbar ist sie doch nicht so fertig mit mir, wie sie tut.

Lange sieht sie mich stumm an und ich kann mir vorstellen, woran sie denkt.

An die Dinge, die zwischen uns hätten sein können. Die vielleicht immer noch sein könnten, wenn wir beide nicht die Vergangenheit hätten, die wir noch einmal haben.

»Tu, was du tun musst«, sagt sie schließlich. Dann steht sie auf, geht an mir vorbei, und ich sehe ihr und ihren langen Beinen nach, während sie vom Dach klettert.

Alessia

Meinen Koffer packe ich diesmal selbst. Wir müssen morgen sehr früh los, denn in Italien ist es sieben Stunden später als hier in Chicago. Ich bin nervös, wenn ich an die Familienfeier denke, denn wenn der Plan, den Alex mir vorgeschlagen hat, funktioniert, dann werde ich ihn mit ziemlicher Sicherheit verlieren.

Moment.

So sollte ich nicht denken.

Ich habe Alex doch längst verloren.

Beziehungsweise hatte ich ihn nie.

Entschlossen schleudere ich ein paar weitere Kleidungsstücke in den Koffer, ohne wirklich darauf zu achten, was ich mitnehme. Eigentlich brauche ich nur ein tolles Kleid, das mir genug Raum lässt, um eine Waffe darunter zu verstecken.

Meine Dienstpistole mit nach Sizilien zu nehmen, wird nicht schwer, da wir mit einem Privatjet von einem kleinen Flughafen aus fliegen. Salvatore und die anderen würden sich niemals freiwillig in eine Waffenkontrolle begeben. Ich frage mich, ob Alex ebenfalls eine Pistole hat, oder wie er seinen verrückten Plan in die Tat umsetzen will. Wie schlimm muss seiner Familie also mitgespielt worden sein, dass er tatsächlich einen Mord plant? Meine Mutter hat ihren Tod immerhin noch freiwillig gewählt. Sie hatte keine Schmerzen. Als ich sie gefunden habe, hatte sie sich mit Tabletten vergiftet. Sein Vater jedoch ... Er ist elendig ertrunken, und wenn es stimmt, was Alex vermutet, dann ist Terry der Verantwortliche.

Terry.

Ich werfe einen Blick auf die Uhr. Er und Pina wollten um zwei zum Flughafen fahren, um schon mal alles für unsere Abreise morgen zu klären. Jetzt ist es viertel nach. Salvo, Tommaso und Alex sind schon vor einer Weile ins Gym gefahren, also sollte ich freie Bahn haben, denn Leo ist im Ivory.

Ich halte im Packen inne, atme tief durch. Noch habe ich nichts getan, um meinen Teil des Plans zu erfüllen. Noch könnte ich die ganze Sache abblasen. Ohne mich kann Alex das alles vergessen. Ich könnte weiter in Ruhe Beweise sammeln. Monate, vielleicht noch ein Jahr, bis ich genug zusammen habe.

Aber es sprechen gleich mehrere Dinge dagegen. Der erste Faktor ist Tommaso. Wenn es wahr ist, dass er

Pierce auf dem Gewissen hat, dann ist er verrückter, als ich dachte. Und mich hasst er mit Sicherheit mehr als Pierce. Ich kann auf mich aufpassen, aber nicht immer. Nachts, wenn ich schlafe, zum Beispiel.

Der zweite Risikofaktor ist Alex. Er hat schon in wenigen Tagen alles durcheinandergebracht, was ich mir in den anderthalb Jahren vorher erarbeitet habe. Er ist unkontrollierbar, und ich will nicht, dass er mich mit in den Abgrund reißt, falls er's versaut.

Doch der dritte Punkt ist vielleicht der entscheidendste: Seit ich siebzehn war, habe ich meine ganze Existenz darauf ausgerichtet, es den Cosentinos heimzuzahlen. Aber am Ende kostet mich das auch eine Menge. Wertvolle Zeit, die ich niemals zurückbekommen werde. Vielleicht sollte ich tatsächlich langsam anfangen, wieder ein wenig an mich zu denken. An meine Zukunft. An ein Leben nach der Rache.

Entschlossen mache ich den Koffer zu und greife nach meinem Handy, das auf dem Nachttisch liegt. Dann wähle ich die Nummer, die ich unter Schneiderei di Santo eingespeichert habe.

Sofort meldet sich jemand am anderen Ende der Leitung.

»Di Santo, Änderungsschneiderei, was kann ich für Sie tun?«

»Hier ist Luciana Cosentino.«

Eine kurze Pause, dann: »Es ist mir eine Freude, dass Sie anrufen.«

»Hören Sie, ich hätte einen Änderungsauftrag für Sie. Das Kleid, Sie wissen schon.« Ich zögere einen letzten Moment, denn wenn ich den nächsten Satz sage, bringe ich die Dinge unwiderruflich in Gang. »Ich benötige es morgen Abend.«

»Sind Sie sicher?«

»Ja. Mit allen besprochenen Änderungen bitte. Und mit allen Extras.«

Die Stimme am anderen Ende der Leitung sagt eine ganze Weile nichts. Natürlich nicht, denn dort sitzt nicht wirklich ein Schneider namens di Santo, sondern die sizilianische Zweigstelle von Interpol. Und ich wette, dort muss man erstmal verdauen, dass ich für morgen Abend eine Sondereinheit angefordert habe.

»Gut«, kommt es schließlich, »ich habe verstanden.«

»Ein guter Freund wird Sie später noch mal anrufen und Ihnen meine genauen Wünsche mitteilen.«

Wir verabschieden uns und ich lege auf. Der gute Freund wird Alex sein – er hat ein Prepaid-Handy und kann sich außerdem leichter hier loseisen und an einem ungestörten Ort offen reden. Und meine ›genauen Wünsche‹ stehen für den exakten Ablauf des Zugriffs. Ich kann nur hoffen, dass Alex wirklich so vertrauenswürdig ist, wie ich zurzeit hoffe. Und dass er nicht die Nerven verliert.

Als hätte er meine Gedanken gehört, klingelt in diesem Moment mein Handy und mich erreicht eine Nachricht von ihm.

Ich öffne sie und stelle fest, dass es eine Sprachdatei ist. Sofort rufe ich sie auf und höre als Erstes, wie Salvo sagt: »... absolute Kampfmaschinen. Also geben Sie den beiden alles, was verfügbar ist, Doc.«

Als Nächstes ertönt ein leises Lachen von Greg. »Keine Sorge, ich habe einen hübschen Cocktail zusammengestellt.«

Dann kommt eine Stimme, bei deren Klang ich sofort auf 180 bin. Tommasos. »Ich hätte eine Frage.« Er klingt leicht nervös. »Kann es sein, dass man von diesem Zeug auch außerhalb des Käfigs irgendwie aggressiv wird?«

»Wie meinst du das?«, fragt der Doc.

»Na ja, dass man sich vielleicht ... nicht im Griff hat und Dinge tut, die –?«

»Tommaso!«, geht Salvo dazwischen.

»Ich weiß genau, wovon er redet. Ich hätte neulich auch fast eine Schlägerei angezettelt. Das hätte übel ausgehen können.« Alex. »Ist schon heftig, was das Zeug mit einem macht, oder, Tommaso?«

»Verschon mich mit deinem Kinderkram. Ich rede von ein bisschen mehr als einer einfachen Prüge-«

»Tommaso, es reicht jetzt!« Salvos Stimme klingt sehr scharf, dann lacht er sein schleimiges Lachen. »Wir wissen doch alle, dass ihr Jungs euch im Griff habt. Und jetzt los, Greg. Verabreichen Sie ihnen das Zeug. Wir müssen noch trainieren.«

Die Aufnahme endet. Ich lade die Datei mit klopfendem Herzen hoch. Das war kein echtes Geständnis von Tommaso, aber wenn es um Pierce' Ermordung geht, könnte dieser Dialog ein Nagel in seinem Sarg sein. Alex und ich scheinen ein wirklich gutes Team zu sein.

Apropos Team. Ich bin dran.

Ich stecke das Handy ein, dann verlasse ich das Schlafzimmer und nehme mir Terrys Schlüssel aus dem Schlüsselkasten. Dann gehe ich zum Aufzug und taste nach dem kleinen USB-Stick in meiner Tasche. Dann wollen wir mal sehen, was dieses Ding kann.

Alex

Es ist Abend, als wir im Gym fertig sind. Das Training war wirklich hart heute. Julio hat uns beiden klargemacht, dass wir morgen vor dem großen Mafiapaten alles geben müssen. Eigentlich hätte ich erwartet, dass von mir verlangt wird, Tommaso gewinnen zu lassen, aber offensichtlich wollen die Cosentinos einen echten Fight. Ich weiß, dass er alles geben wird, um seinen Daddy zu beeindrucken. Aber diesmal bin ich vorgewarnt. Ich weiß genau, was für ein Teufelszeug durch seine Venen fließt. Weil es auch in meinen ist.

Schon seit Stunden ist mein Puls extrem hoch und ich schwitze wie verrückt. So müssen sich Junkies fühlen. Gleichzeitig kommt es mir vor, als könnte ich Betonwände mit den bloßen Fäusten zerschlagen, wenn ich nur wollte. Oder aus dem Stand einen Marathon laufen. Auf eine Art fühlt sich das gut an, doch trotzdem kann ich es kaum erwarten, diesen Mist wieder los zu sein. In ein paar Stunden geht unser Flug, doch ich weiß genau, dass ich jetzt keine Ruhe finden werde. Also fahre ich ziellos durch Chicago oder zumindest glaube ich, dass ich kein Ziel habe, bis ich plötzlich in einem Viertel lande, das ich ganz genau kenne.

Scheiße. Eigentlich wollte ich nicht herkommen. Das hier, dieser Ort, spielt für mich keine Rolle. Ich werde hier nie wieder leben und dass ich es getan habe, kommt mir so lange her vor, als wäre es in einem anderen Leben passiert.

Trotzdem fahre ich weiter, bis ich in der Straße lande, in der wir früher gewohnt haben. Ich parke den Wagen auf der gegenüberliegenden Straßenseite und sehe mir das Haus an. Es wirkt bewohnt, es gibt Gardinen und Blumenkästen. Dazu einen Basketballkorb vor der Garage. So was hatten wir früher nicht. Wenn ich mit meinem Vater Sport gemacht habe, ging es immer ums Boxen.

Würde er gut finden, was ich hier tue? Wäre er damit einverstanden?

Ach, verdammt, weshalb mache ich mir Gedanken darum? Erstens ist er tot und zweitens hätte ich es auch nicht gut gefunden, dass er sich auf Mafia-Geschäfte einlässt und damit die ganze Familie ins Unglück stürzt, wenn er mich gefragt hätte. Aber das hat er nicht.

Ich schüttle den Kopf. Ich habe keine Lust, länger darüber nachzudenken, also ziehe ich mein Handy aus der Tasche und rufe Hector an.

Er klingt einigermaßen verwirrt, als er rangeht.

»Hector? Hier ist Alex.«

»Alex, gut von dir zu hören! Wie geht es dir? Wie läuft es mit deiner neuen Flamme?«

»Frag mich übermorgen noch mal.«

»Übermorgen? Was ist übermorgen?«

»Wenn alles glatt läuft, wird es dann vorbei sein.«

Schweigen.

»Ich fliege morgen nach Sizilien. Dort werde ich Grimes mit dem konfrontieren, was er getan hat.«

»Hast du denn Beweise?«

»Noch nicht. Aber bis morgen hoffentlich schon.«

»Und du willst das immer noch –?«

»Durchziehen? Fragst du das im Ernst? Sei nicht so ein Schwachkopf, Hector, ich stecke doch schon mittendrin!«

»Komm runter, mein Freund.«

»... Entschuldige. Es ist dieses Zeug, das macht mich aggressiv.«

»Ja, kein Problem.« Hector weiß Bescheid, dass ich momentan Dopingmittel zu mir nehme. »Hör zu, Alex, sei bitte vorsichtig, und wenn das alles vorbei ist ... deine Bude wartet auf dich.«

»Heißt das, du warst zu faul sie auszuräumen, he?«

»Nein, das heißt, für einen Freund ist hier immer Platz.«

Mir fällt im ersten Moment nichts ein, was ich dazu sagen soll. Ich hätte gedacht, dass Hector und Marisol die Wohnung so schnell wie möglich weitervermietet haben. Dass sie sie für mich freihalten, kostet sie Geld, und dass sie es trotzdem getan haben, macht mich wirklich dankbar.

»Alter ...« Auf einmal nehme ich eine Bewegung aus dem Augenwinkel wahr, dann öffnet sich die Beifahrertür und jemand steigt neben mir ein. »Ich muss aufhören.«

»Was? Okay. Sei vorsichtig und –«

Ich beende das Gespräch und sehe Alessia erstaunt an. »Woher wusstest du ...?«

»Bitte.« Sie deutet ein Lächeln an. »Es war klar, dass du hier sein würdest. Wo alles angefangen hat.« Sie blickt rüber zum Haus. »Für dich, und irgendwie auch für mich.«

»Hör zu.« Ich stecke das Handy ein. »Ich müsste lügen um zu sagen, dass es mir um deinen Vater leid tut. Aber um deine Mutter tut es mir leid.«

»Es ist nicht deine Schuld, Alex. Auch nicht meine. Wir sollten einfach abhauen und unsere Familien ihren Mist allein klären lassen!« Ehe ich auf diese Worte reagieren kann, lacht sie nervös und mir wird klar, dass sie das nicht ernst meint.

Ich greife nach ihrer Hand. Sie zieht sie nicht weg. Ihre Finger sind eiskalt.

Einen Moment lang sitzt sie schweigend da und blickt auf mein früheres Zuhause. Dann sieht sie mich an. »Flipp jetzt nicht aus.«

Stirnrunzelnd mustere ich sie. »Warum sollte ich?«

»Weil ungefähr vierzig Liter pures Testosteron in deinem Blut sind und wir bei Tommaso gesehen haben, wozu das führen kann.«

Ich nicke leicht. »Ich bin aber nicht Tommaso.«

Sie mustert mich weiter, wobei sie mit der freien Hand etwas aus ihrer Handtasche zieht. Erst auf den zweiten Blick sehe ich, dass es ihr Telefon ist. Sie hält es mir entgegen. »Lies das.«

Ich nehme ihr das Smartphone ab und entsperre den Bildschirm. Ein Dokument ist aufgerufen, ich erkenne es als E-Mail-Verlauf. Und als ich auf die Daten sehe, erkenne ich, dass diese Nachrichten viele Jahre alt sind.

»Du hattest Recht. Die Zugangsdaten zu seinem früheren Account sind auf dem Laptop.«

Ich sehe sie kurz an, dann lese ich die Mails, die sich Terry Cosentino, damals noch Grimes, mit keinem Geringeren als Luigi Cosentino geschrieben hat.

Wir müssen etwas tun wegen Jones. Er ist für uns nicht mehr von Nutzen. Und er ist unkontrollierbar. Er hat

nichts zu verlieren, also wird er möglicherweise reden.
Zumindest ist das mein Eindruck.

Cosentinos Antwort kam nur ein paar Minuten später:

Ich sage schon seit einer Weile, dass der Kerl untragbar ist! Aber alle Welt guckt jetzt auf ihn! Wenn er verschwindet, dann fällt das sofort auf uns zurück!

Wieder Grimes:

Er müsste ja nicht verschwinden. Im Gegenteil. Mit Verlaub, Mr Cosentino, ich hätte da eine Idee.

Eine Idee? Welche?

Nicht so vorschnell. Ich möchte vorher klarstellen, dass ich zur Durchführung selbst bereit wäre. Aber das Ganze würde eine Kleinigkeit kosten.

Ich scrolle weiter herunter. Ich will sehen, wie die Sache ausgeht, auch wenn ich es eigentlich weiß. Ich will es selbst lesen. Also sehe ich mir die letzte Nachricht an. Sie stammt von Grimes und lautet:

Gut, dann haben wir einen Deal. Überweisen Sie mir das Geld und lassen Sie das Auto präparieren. Ich kaufe es bei dem Händler, den Sie mir genannt haben und bringe die Sache dann hinter mich. Übermorgen, nehme ich an. Dafür stehen Sie in meiner Schuld, Luigi.

Vergessen Sie das nicht. Vielleicht stellen Sie mir mal Ihre Schwester vor?

Langsam lasse ich das Handy sinken und spüre selbst, wie heftig mein Atem geht. Grimes hat meinen Vater also tatsächlich ermordet. Und nicht nur das – es war auch noch seine Idee.

»Jetzt würdest du am liebsten loslaufen und ihn direkt erledigen, was?« Alessia drückt meine Hand.

»Keine Sorge, ich halte mich an unsere Abmachung.« Und das tue ich aus zwei Gründen: Erstens natürlich wegen Alessia. Und zweitens, weil in einer der Nachrichten, die ich nur überflogen habe, steht, dass Adamo sein Okay gegeben hat. Und das bedeutet, dass er ebenfalls dran glauben muss.

»Alex.« Alessia sieht mich an. »Ich werde mich auch daran halten, auch wenn ich das als Polizistin eigentlich nicht sollte. Aber dir muss klar sein, dass ...« Sie schüttelt den Kopf. »Deine Chancen stehen nicht besonders gut. Vielleicht schaffst du es, Terry zu erledigen, aber dann werden sie hundertprozentig das Feuer eröffnen oder ...«

»Mach dir keine Sorgen um mich.«

Wieder lacht sie auf diese seltsame, nervöse Art. Dann sieht sie weg.

»Hey.« Ich drehe ihr Gesicht zu mir.

»Ich dachte, ich würde dich hassen, nachdem du mir was vorgemacht hast. Aber das kann ich leider nicht«, sagt sie. »Seit ich siebzehn war, habe ich es geschafft, keinen Menschen mehr ernsthaft an mich heranzulassen, Alex. Weil ich genau so was hier nicht wollte. Dass mich Gefühle von meinem Ziel ablenken.«

Ich streiche ihr eine Träne von der Wange, die sie anscheinend noch nicht einmal bemerkt hat. »Dein Ziel ist so gut wie erreicht.«

»Ja, aber zu was für einem Preis!«

»Noch hat niemand von uns irgendeinen Preis bezahlt.«

Sie blickt mir in die Augen. »Was soll das, Alex? Ich wollte mich nicht verlieben.«

»Du hattest keine Wahl. Ich mache einfach so verflucht gute Cocktails.«

Sie lacht und es klingt irgendwie schmerzhaft.

Ich rutsche ein Stück zu ihr herüber und nehme sie in den Arm. »Falls es dir irgendwie hilft«, sage ich dann leise. »Ich wollte mich auch nicht verlieben.«

»Das sind tolle Grundvoraussetzungen.«

Ich muss ebenfalls lachen. Dann gebe ich ihr einen Kuss auf die Stirn. »Versprich mir, dass du nicht die Heldin spielst. Wir machen alles, wie besprochen. Du bleibst in deiner Rolle. Und wenn es gefährlich wird, dann haust du ab.«

Sie zögert. Lange. »Ich verspreche es«, sagt sie dann.

»Gut.«

Sie sieht zu mir auf, aber sie sagt nichts und auch ich habe nichts mehr zu sagen. Ich beuge mich zu ihr herunter und küsse sie, und ich weiß, uns ist in diesem Moment beiden klar, dass es das letzte Mal sein könnte.

Kapitel 21

Sant'Ambrogio, Sizilien

Alessia

Zwei Limousinen bringen uns und unser Gepäck zur Villa. Sie ist das Prunkstück unter allen Immobilien der Cosentinos, also wird die Feier dort stattfinden. Während sich der Wagen, in dem ich sitze, die Serpentinen hinaufquält, sehe ich das Haupthaus schon in der Ferne. Seine Fenster funkeln in der Sonne, der Himmel darüber ist strahlend blau, und doch kommt es mir heute finster vor. Kein Wunder. Ich weiß ja, was später passieren wird.

Meine Leute sind bereit für den Einsatz, das wurde mir vorhin von meinem ›Schneider‹ mitgeteilt. Sobald heute Abend alle Gäste da sind, werden sie sich ums Haus verteilen, unauffällig, und auf mein Zeichen warten.

Alex und ich sind genau durchgegangen, was wir tun werden, ehe der Zugriff erfolgt. Der Plan sieht so aus, dass wir beim Essen zuschlagen. Alex wird Terry mit dem Mord an seinem Vater konfrontieren. Die ganze Familie wird anwesend sein, und er wird eine Diskussion provozieren, die hoffentlich ans Licht bringen wird, dass die ganze Familie davon wusste. Ich werde den Raum vorher mit Wanzen ausstatten, sodass wir danach mündliche Geständnisse des ganzen Clans oder zumindest aller entscheidungstragenden Mitglieder haben.

Anschließend kommt der Teil, der mir nicht gefällt. Alex wird Terry töten, und mit Sicherheit wird er versuchen, auch Adamo zu erwischen.

Und dann, im Moment des ersten Schocks, gebe ich das Zeichen für die Sondereinheit.

In meinen kühnsten Träumen werden die Cosentinos dann verhaftet und Alex und ich sind sie los.

In meinem schlimmsten Albtraum liegt Alex in einer Blutlache am Boden.

Ich weiß, ich wollte ihn mir aus dem Kopf schlagen. Ihn nicht mehr lieben. Aber ich kann leider nicht damit aufhören. Sicher, er hat mich belogen, aber ich ihn auch. Und wenn man die Sache mit dem Doping bedenkt, haben wir einander benutzt. Doch das ändert nichts an unseren Gefühlen.

Ich wische meine schwitzigen Hände unauffällig an meinem Rock ab und versuche, nicht an diese Möglichkeit zu denken. Der Gedanke, dass er sterben könnte, macht mich krank. Er vernebelt meinen Verstand und sorgt dafür, dass mir die Luft knapp wird. Und all das kann ich heute absolut nicht gebrauchen. Ich muss einfach davon ausgehen, dass er überleben wird.

»Ist das schön, wieder zu Hause zu sein!«, ruft Pina und steigt mit ihrem kleinen Sohn als Erste aus.

»Und für dich, Terry?«, frage ich. »Ist dir Chicago immer noch lieber oder hast du Italien vermisst?«

»Nun, ich denke, in meiner Brust schlagen zwei Herzen.«

Ich blicke ihm nach, als er ebenfalls aussteigt. Ich, im Gegensatz zu ihm, denke nach allem, was ich gestern gelesen habe, dass darin gar keines schlägt. Durch seine glorreiche Idee, Scott Jones zu töten, hat er zwei Familien in den Abgrund gestürzt – denn wäre Scott nicht ermordet worden, hätte Harley Jones nie mit den Cosentinos zu tun gehabt, Luigi wäre nicht im Knast gelandet und meine Mutter hätte sich nicht umgebracht.

Heute werden ihn seine Taten einholen. Das nennt sich dann wohl Karma.

Ich steige ebenfalls aus dem Wagen und entdecke Alex, der einem der extra herangeeilten Bediensteten hilft, das Gepäck aus dem Kofferraum zu laden.

»Nicht doch, nicht doch!«, ruft sofort Salvo, der mit ihm und Tommaso gefahren ist. »Meine Kämpfer müssen sich für heute Abend schonen.«

Jemand bietet Alex an, seine Reisetasche zu tragen, aber er verneint und nimmt sie lieber selbst. Ich nehme an, seine Waffe ist da drin.

Ich gehe zu ihm und Salvo herüber und kann dabei einen Blick auf die Rückbank der Limousine werfen. Dort liegen die Verpackungen von Spritzen sowie Reste von Gaze und Pflasterstreifen. Unauffällig berühre ich Alex am Arm. »Ist alles okay?«

Er sieht mich an und nickt. Schweißperlen stehen auf seiner Stirn und er wirkt fiebrig. Ich kann nur hoffen, dass ihm das Zeug nicht vollkommen den Verstand vernebelt.

»Leg dich gleich drinnen noch ein paar Stunden hin«, raune ich ihm zu. »Nachher musst du fit sein.«

»Da hat meine Frau Recht«, sagt Salvo und legt einen Arm um mich. »Ich lasse dir gleich dein Zimmer zeigen.

Dort gibt es eine Klimaanlage und alles, was du brauchst. Heute Abend will ich dich in Topform sehen, Unsterblicher.«

»Alex reicht.« Er wirft Salvatore ein schiefes Grinsen zu, dann folgt er Rosa zum Haus.

Ich blicke ihm nach, reiße mich dann aber schnellstens los und wende mich meinem Mann zu. »Ich verhungere! Lass uns nachsehen, ob es im Haus eine Kleinigkeit für uns gibt.«

Das lässt sich Salvatore nicht zweimal sagen. Auf dem Weg nach drinnen gehen wir an Tommaso vorbei. Er ist knallrot und auf seiner Stirn pochen Adern. Er kommt mir vor wie ein wilder Stier.

***

Es dauert eine gefühlte Ewigkeit, bis ich Salvo wieder los bin. Er freut sich so darauf, seinem Vater endlich zu beweisen, wie wertvoll er ist, dass er schon jetzt ganz aus dem Häuschen ist und in einer Tour auf mich einredet. Vaterkomplexe scheinen das bestimmende Thema bei den Cosentinos zu sein. Nun. Nicht mehr lange.

Es ist bereits später Nachmittag, als mein Ehemann endlich verschwindet, um die Vorbereitungen für die Party zu beaufsichtigen. Das ganze Haus wird geschmückt, Gestecke mit teuren exotischen Blumen werden gebracht, Girlanden, die ebenfalls aus frischen Blumen bestehen, werden aufgehängt, dazu kümmert sich ein ganzer Cateringservice ums Essen. Das ist alles so überzogen, dass es Adamo ganz sicher gefallen wird.

Ich sage Salvo, dass ich mich so langsam um mein Styling kümmere, dann gehe ich nach oben, doch anstatt unser Schlafzimmer zu betreten, laufe ich weiter, durchquere das Haus und gehe die Bedienstetentreppe an der anderen Seite wieder runter. Alte Bauernhöfe sind gut, weil sie so schön verwinkelt sind.

Als ich im Erdgeschoss bin, wende ich mich nach rechts und lande endlich in dem Trakt, wo sich die Gästezimmer befinden. Weil Alex Salvos Goldjunge ist, weiß ich genau, welches er bekommen hat. Das mit dem eigenen Bad ganz hinten rechts. Ich schleiche mich hin, dann trete ich ein ohne anzuklopfen – und finde es leer vor.

Das Bett ist ein wenig zerwühlt, aber Alex liegt nicht dort, wie ich es erwartet hatte. Seine Reisetasche steht unausgepackt darauf, ansonsten sieht hier alles unbenutzt aus. Zuerst fürchte ich, dass er abgehauen ist. Dann wird mir klar, wie schwachsinnig der Gedanke ist und im nächsten Moment höre ich, wie im Bad die Dusche angeht.

Ich drehe mich herum und sehe, dass die Tür nur angelehnt ist. Immer noch bin ich nervös, jetzt aber aus einem anderen Grund, als ich sie vorsichtig öffne.

Ich sehe ihn sofort. Er steht hinter der gläsernen Duschabsperrung, lehnt mit dem Rücken an der Wand und lässt das Wasser auf sich herunterprasseln. Seine Augen sind geschlossen, seine Muskeln wirken angespannt und seine Brust hebt und senkt sich sichtbar. Er ist komplett nackt und ich entdecke einen kleinen Bluterguss an seiner Leiste. Dorthin bekommt er die Spritzen jetzt also.

»Wo guckst du denn schon wieder hin, cariño?«

Ertappt blicke ich auf. Seine Augen sind jetzt offen. »Ich, ähm ...«

»Normalerweise hab ich nichts dagegen, aber eine kalte Dusche ist für einen Mann nicht gerade ein vorteilhafter Moment.«

»Ich kann nicht klagen«, erwidere ich ein bisschen provokant und lasse meinen Blick wieder an ihm hinunterwandern. Das Verlangen, das ich dabei empfinde, ist stark, aber nicht so alles durchdringend wie sonst – dafür bin ich heute einfach zu nervös. »Wieso duschst du kalt?«

»Ich muss klarkommen. Dieses Zeug, das der Doc uns verordnet hat, macht mich irre. Ich hab das Gefühl, ich explodiere gleich.«

Ich nicke. Das kann ich mir gut vorstellen. Aber ich weiß auch, wie er zumindest einen Teil dieses ganzen Testosterons schnell wieder loswerden kann. Also greife ich hinter mich und schließe die Tür ab. Alex scheint es nicht zu merken, seine Augen sind schon wieder geschlossen. Ich greife nach einem Handtuch und hänge es über die Klinke, sodass niemand durchs Schlüsselloch gucken kann. Dann nähere ich mich der Dusche, streife meine Schuhe ab und tappe barfuß hinter die gläserne Wand. Ein Schauer überläuft mich, als ich das kalte Wasser an meinen Sohlen spüre. Es tut gut und ich würde gern mit Alex duschen, aber klatschnass durchs Haus zu laufen, kann ich jetzt wirklich nicht erklären. Daher beuge ich mich leicht vor, greife an ihm vorbei und stelle das Wasser ab.

Dann gehe ich auf die Knie, und jetzt erst öffnet Alex wieder die Augen.

»Was wird das?«, fragt er leise, wobei er zu mir heruntersieht.

»Das sollte eigentlich ziemlich klar sein«, erwidere ich ebenfalls leise. Dann hebe ich die Hand und schließe meine Finger um seine Männlichkeit, und im nächsten Moment richte ich mich leicht auf, um meine Zunge über seine Eichel kreisen zu lassen.

Alex atmet scharf ein und sinkt schwer zurück gegen die Wand. Augenblicklich beginnt er hart zu werden und ich grinse leicht. Ich hatte nichts anderes erwartet.

Aufmerksam beobachte ich ihn, während ich seine Härte langsam zwischen meine Lippen gleiten lasse. Er keucht unterdrückt, seine Bauchmuskeln spannen sich an und ich streichle mit der freien Hand darüber. Kaum bin ich ihm so nah, stelle ich fest, dass ich doch gerne mit ihm schlafen will, aber stattdessen beschließe ich, das hier zu Ende zu bringen und mir den Rest für später aufzuheben.

Wenn es denn ein Später gibt.

Ich schiebe den Gedanken fort. Natürlich wird es das geben! Es muss.

Wieder sehe ich zu Alex hinauf und lasse seine Erektion dabei tiefer in meinen Mund gleiten. Bisher hat mir Oralverkehr nie Spaß gemacht. Bei Salvo war es nur Mittel zum Zweck. Heute jedoch ... Es gefällt mir, den Mann zu schmecken, den ich liebe. Ich nehme ihn noch tiefer in mich auf, lasse ihn dann langsam wieder hinausgleiten und lege, während ich sanft an seiner Eichel zu saugen beginne, meine Hände auf seinen muskulösen Po.

Er kann sein Stöhnen kaum unterdrücken und es gefällt mir, wie er auf mich reagiert, dass ich, zumindest jetzt gerade, die volle Kontrolle über diesen unberechenbaren Kerl habe.

Ich beginne, meine Lippen an seiner Härte auf und ab wandern zu lassen, pausiere zwischendurch immer wieder, um meine Zunge ins Spiel zu bringen oder, von Mal zu Mal ein bisschen stärker, daran zu saugen.

Alex scheint dabei Mühe zu haben, sich auf den Beinen zu halten.

Ich nehme eine Hand von seinem Po, lasse sie zwischen seine Beine wandern und beginne, vorsichtig seinen Hoden zu massieren, und das gibt ihm nach wenigen Augenblicken den Rest. Mit einem beinahe schmerzhaften Stöhnen ergießt er sich in meinen Mund.

Ich schlucke. Das habe ich noch nie getan, aber bei ihm stört es mich nicht.

Als er fertig ist, lasse ich mich zurücksinken und gebe mir selbst eine Sekunde, um wieder zurechtzukommen. Dann drücke ich einen Kuss auf den blauen Fleck an seiner Leiste, und stehe auf.

»Besser?«, frage ich leise.

»Du bist unglaublich«, keucht er, immer noch atemlos.

»Du kannst noch viel mehr davon haben ...« Ich drücke einen Kuss auf seinen Hals. »... wenn du heute Abend auf dich aufpasst.«

Alex lacht heiser, dann fängt er meinen Blick mühelos mit seinen blauen Augen ein und wird ernster. »Heißt das, du gibst uns noch eine Chance?«

»Ich dachte, das hätte ich dir gerade ziemlich deutlich gemacht.« Ich mustere ihn einen Moment lang, streiche das kurze nasse Haar aus seiner Stirn, dann löse ich mich von ihm. »Wir sehen uns, wenn es losgeht.«

Ich wende mich ab und bin schon auf dem Weg raus, als er meinen Namen sagt.

Über die Schulter blicke ich zu ihm.

»Du weißt, dass ich es ernst meine.«

»Was?«

»Que te amo. … Dass ich dich liebe.«

Ich spüre, wie mein Herz beinahe schmerzhaft gegen meine Brust pocht. Vor allem, als er es auf seiner Sprache sagt. Der Sprache, die er spricht, seit er Dale Jones hinter sich gelassen hat.

»Ich weiß«, sage ich. »Anch'io ti amo.« Das heißt ›Ich liebe dich auch‹ auf meiner Sprache, und ich erkenne anhand seines Lächelns, dass ihm das klar ist. Noch einen Moment lang sehe ich ihn an. Dann drehe ich mich endgültig um und gehe.

Alex

Als ich mich gerade rasiere, klopft es leise an die Badezimmertür. Ich bin überrascht, denn ich hätte nicht erwartet, dass sie noch einmal zurückkommt.

»Gerade warst du doch auch nicht so höflich«, sage ich.

Die Tür öffnet sich, und dann sagt eine männliche Stimme ziemlich leise: »Gerade war ich auch noch nicht da.«

Ich erkenne ihn auf der Stelle, trotzdem bin ich ziemlich überrascht, als ich ihn durch den Spiegel erblicke. Er macht die Tür hinter sich zu und mustert mich, als hätte ich gerade eben einen Hundwelpen getreten.

»Verflucht, Harley«, zische ich. »Was hast du hier zu suchen?!«

»Was wohl?«, fragt mein Onkel ungerührt.

Ich schüttle den Kopf, dann beuge ich mich übers Waschbecken, um die Reste des Rasierschaums abzuwaschen. Währenddessen überlege ich fieberhaft, woher er weiß, dass ich hier bin.

»Hector«, sagt er, als hätte er meine Gedanken gelesen. »Sei froh, dass du Freunde wie ihn hast. Er hat mir Bescheid gesagt und ich habe gleich den nächsten Flug genommen.«

»Bist du irre oder was?!« Ich fahre zu ihm herum. »Die werden dich erkennen!«

»Ach ja? Als ich vorhin ihre Blumen geliefert habe, haben sie es nicht getan.«

»Du hast was?! Wo ist der echte Florist hin?«

»Sitzt in Catania und zählt sein Geld.« Harley kommt näher und hält mir ein Handtuch entgegen.

Zuerst trockne ich mir damit nur das Gesicht ab, dann verrät mir sein missbilligender Blick, dass ich immer noch völlig nackt bin. Schnell wickle ich mir das Handtuch um, aber es ist zu spät.

»Du spritzt dir jetzt also auch noch irgendein Zeug«, sagt er.

»Ich tue, was ich tun muss.«

»Ich erkenne dich nicht wieder, Alex.«

Wenigstens benutzt er nicht meinen richtigen Namen. »Es ist ja auch ziemlich lange her.«

»Das liegt aber nicht an mir. Du hast den Kontakt abgebrochen.«

»Weil du dich wie ein Arsch verhalten hast.«

»Weil ich nicht in der Vergangenheit lebe, so wie du?«
Er sieht mir in die Augen. »Ich hab eine Tochter, Alex.
Und eine Frau. Ich kann nicht irgendeinen Rachefeld-
zug zu meinem Lebensinhalt machen.«

»Nicht irgendeinen, nein, aber es geht hier um deinen
Bruder!«

Harley sieht mich immer noch an und schüttelt dann
ziemlich bedauernd den Kopf. »Zwei Dinge solltest du
dir klarmachen. Erstens: Die Cosentinos haben bereits
vor Jahren für Scotts Tod gebüßt. Und zweitens: Er war
mein Bruder und ich habe ihn geliebt, aber er hat sich
am Ende immer noch selbst in die Scheiße geritten.«

Schnell wende ich mich ab, um ihm nicht auf der
Stelle die Fresse zu polieren. Ich stütze mich am Waschbecken ab und versuche krampfhaft, mich zu beruhigen. Wenn ich jetzt eine Schlägerei anfange, kann das
schlimme Folgen haben. Harley ist ein Cop, ein ehema-
liger Profi-Fighter und alles andere als ein Schwächling. Wenn ich mir irgendeine Verletzung zuziehe,
kann das meine Pläne komplett zerstören.

»Halt einfach deine Schnauze«, zische ich. »Und ver-
piss dich. Das hier ist nicht dein Kampf.«

»Es wäre auch nicht deiner gewesen. Du warst ein
Kind. Du hattest nichts mit der Sache zu tun.«

»Ach nein?!« Durch den Spiegel sehe ich ihn an und
spüre, wie dabei neue Wut in mir aufflammt. »War ich
nicht dabei, als die Bullen vor unserer Tür standen, um
uns zu sagen, dass mein Vater tot ist? Als ihr danach
wochenlang geflüstert habt, damit ich nicht mitbe-
komme, dass er elendig ersoffen ist?! Als meine Mutter
dich am Telefon heulend angefleht hat, dich nicht ein-
zumischen, damit du nicht auch noch draufgehst? Als

wir mitten in der Nacht die Stadt verlassen mussten? Oder als diese Wichser Mom dann entführt haben, war ich da vielleicht nicht dabei?! Als sie im Krankenhaus lag und noch Monate danach mitten in der Nacht schreiend aufgewacht ist? Ich bin doch nicht bescheuert, Harley! Ich war kein Baby! Ich hab ihre Verletzungen gesehen und die Pillen im Badezimmerschrank, und ich hab auch die Fotos von Scotts Leiche in der Zeitung gesehen! Ich bin es leid, dass ihr tut, als wäre ich damals blind und taub gewesen, oder vielleicht einfach nur vollkommen bescheuert! Ich erinnere mich an alles, an jede einzelne Sekunde davon, und ich werde mich nicht darauf einlassen, mit euch heile Familie zu spielen, nur weil euer Weltbild dann wieder in Ordnung ist! Ich bringe das zu Ende, heute Abend, und wenn es dir nicht passt, dann solltest du verschwinden! Solltest du eh.«

Damit stoße ich mich vom Waschbecken ab, schnappe mir meine Sachen und will an Harley vorbei aus dem Bad, aber er stellt sich mir in den Weg. »Nicht so schnell.«

Ich sehe ihn an und es wird immer schwerer für mich, nicht einfach zuzuschlagen.

»Was heißt, du bringst die Sache zu Ende?«

»Ich weiß, wer ihn getötet hat. Ich habe Beweise. Es war Terry Grimes, wie ich immer geglaubt habe.«

Für einen Moment wirkt Harley ernsthaft überrascht, aber er kriegt sich schnell wieder ein. »Und du hast jetzt was vor?«, fragt er und klingt dabei unter all seiner gespielten Ruhe ziemlich alarmiert.

»Am liebsten würde ich ihn ersäufen, wie er es verdient, aber stattdessen werde ich ihm wohl eine Kugel in seinen verdammten Kopf jagen.«

»Alex.« Harley packt mich an beiden Schultern und schüttelt den Kopf. »Dieses Mittel, das sie dir geben, vernebelt dir das Hirn. So bist du doch nicht!«

»Da muss ich dich enttäuschen. Dieser Plan ist älter als meine Dopingkarriere. Viel älter.«

»Mach dich nicht unglücklich.«

»Mach du dich nicht unglücklich und lass mich los.«

Er tut, was ich sage und ich verlasse endlich das Bad. Harley hat die Vorhänge zugezogen und es ist halbdunkel im Zimmer. Er folgt mir.

»Ich werde dich unterstützen.«

Ich lache. »Na klar, du wirst mit Sicherheit –«

»Lass mich ausreden. Ich finde es ziemlich beschissen, was du vorhast, aber noch beschissener wäre es, wenn Sally ihren Sohn auch noch verliert, denkst du nicht?«

Darauf gebe ich ihm keine Antwort. Stattdessen ziehe ich mir etwas über.

»Ich werde heute Abend hier sein und dir den Rücken freihalten.«

»Das ist mein Kampf, Harley. Nicht deiner.«

»Und ich werde nur eingreifen, wenn du es versaust – versprochen. Aber ich will, dass du dir die ganze Sache überlegst. Denn wenn du das durchziehst und Terry Grimes umbringst, dann bist du für mich gestorben, und dann brauchst du dich in Arecibo nicht mehr blicken zu lassen.«

Ich halte in der Bewegung inne. »Er ist ein Mörder.«

»Er hat ein Kind, einen kleinen Sohn, noch jünger als du warst, als dein Vater getötet wurde. Denk mal darüber nach.« Harley tippt sich an die Stirn, dann geht er zur Tür.

Zuerst will ich ihn aufhalten. Es ist absoluter Wahnsinn, wenn Harley Jones einfach so durch das Haus der Cosentinos läuft! Aber dann lasse ich ihn gehen. Er sieht anders aus als früher, er ist älter geworden. Graue Haare hat er noch nicht, aber er trägt einen Dreitagebart, den er früher nicht hatte, und seine Tätowierungen werden durch das dunkle Sweatshirt mit dem Floristen-Logo, das er trägt, verdeckt. Außerdem ist er Polizist, er weiß, wie man sich unauffällig verhält.

Ich sehe zu, wie er rausgeht und die Tür hinter sich zumacht, dann setze ich mich auf die Bettkante und versuche, meine Wut irgendwie in den Griff zu bekommen und zugleich klar zu denken. Scheiße. Warum musste Harley auftauchen? Und weshalb musste er mich auf meinen Denkfehler hinweisen?

Denn er hat Recht. Terry hat ein Kind. Und wenn ich ihn töte, dann beginnt die Geschichte von Neuem.

Ich lasse mich zurück aufs Bett sinken und presse beide Hände gegen meine Stirn, versuche meine Gedanken irgendwie in eine vernünftige Reihenfolge zu bringen.

Ist es nicht gerecht, wenn seine Familie dasselbe durchmacht wie meine? Schon, aber will ich, dass ein anderer Junge wegen mir die Dinge erleben muss, die ich damals erlebt habe? Nein, Mann. Natürlich nicht. Aber wie soll ich Grimes laufen lassen? Wie soll ich das mit meinem Gewissen und meinem Versprechen meinem Vater gegenüber vereinbaren? Es wäre nicht gerecht, ihn leben zu lassen.

Ich habe das hier angefangen. Ich muss es auch zu Ende bringen. Doch schlagartig weiß ich nicht mehr, ob mein Weg so richtig ist, wie er mir immer vorkam.

Alessia

Die Sonne steht tief und scheint bereit unterzugehen, als die Gäste eintreffen. Das Haus ist perfekt geschmückt, die Terrassentüren stehen weit auf, im Wohnzimmer, wo wir speisen werden, da es draußen einfach zu warm ist, steht das beste Kristall bereit.

Doch der eigentliche Höhepunkt des Abends findet an einem Ort statt, den wir sonst eher selten nutzen: Im Billardraum unten im Keller des Hauses. Salvo hat ihn schon vor Tagen freiräumen lassen. Außerdem hat er dafür gesorgt, dass ein paar metallene Pfeiler in den Dielenboden geschraubt und mit Kordeln verbunden werden – ein stilisiertes Oktagon, kleiner als normalerweise, mittig im Zimmer, sodass wir alle drumherum Platz haben werden.

Matten gibt es nicht. Die Pfeiler sind auch nicht gepolstert. Das wird ein roher, harter Kampf.

Doch noch ist es nicht so weit. Salvo und ich, Pina und Terry sowie Leo nehmen die Gäste im Wohnzimmer in Empfang, wo ihnen Drinks und Pétit Fours gereicht werden. Nach und nach kreuzen sämtliche Cousins und Cousinen auf, und dann auch der Star des Abends – Adamo, in einem weißen Anzug, mit seiner jungen Frau, die es, wie ich weiß, im Gegensatz zu mir wirklich auf das Geld ihres Mannes abgesehen hat.

»Meine Kinder! Es ist eine Freude, euch alle zu sehen!«

»Lass dich umarmen, Vater!« Salvatore beugt sich zu dem alten Mann im Rollstuhl herunter, um ihn zu drücken. »Alles Gute zum Geburtstag!«

»Ja, alles Gute, Adamo.« Auch ich umarme ihn und beiße die Zähne zusammen, als seine Hand meinen Po tätschelt. Wie gern würde ich ihm dafür eine klatschen. Stattdessen tue ich, als wäre nichts gewesen, nehme ein Champagnerglas von einem Tablett und reiche es ihm. »Hier, auf dich!«

Dann stürmen auch schon die nächsten Verwandten heran, um ihm zu gratulieren, und Adamo genießt sichtlich die Aufmerksamkeit. Ich blicke mich derweil unauffällig nach Alex um. Er ist nicht zu sehen, vielleicht ist er schon unten und macht sich warm. Tommaso zumindest ist in Trainingssachen, als er hereinkommt, um Adamo ebenfalls um den Hals zu fallen.

»Guten Abend, Großvater! Ich habe gleich ein ganz besonderes Geschenk für dich!«

Adamo lacht begeistert. »Ich habe schon davon gehört! Toi, toi, toi, mein Junge!«

»Danke, aber ich verlasse mich lieber auf mein Können!«

»So gefällt mir das!«

Ich wende mich ab, um das Gerede der beiden nicht länger hören zu müssen, nehme mir ebenfalls ein Glas Champagner und leere es in einem Zug, als niemand hinsieht. Ich muss unbedingt meine Nerven beruhigen.

Unauffällig zähle ich die Gäste durch. Es sind alle da, was bedeutet, dass meine Leute nun beginnen, um das

Haus herum Stellung zu beziehen. Wenn Alex seine Rache nachher wirklich wie geplant durchzieht, werde ich versuchen, das Chaos zu nutzen, um ihm zur Flucht zu verhelfen. Das weiß er nicht. Und ich weiß nicht, ob es gelingt. Aber probieren werde ich es.

Ich spüre, wie mir der Champagner zu Kopf steigt und greife schnell nach einem der Häppchen, die auf einem Tablett an mir vorbeigetragen werden. Ich stecke es mir ganz in den Mund. Lachs, ausgerechnet.

Während ich noch versuche, die salzige Matsche runterzuschlucken, ergreift Salvo das Wort.

»Meine Lieben! Ich denke, ihr seid alle hungrig, also lassen wir keine kostbare Zeit verstreichen! Ehe das Essen serviert wird, habe ich einen besonderen Höhepunkt für euch, und vor allem für dich, Vater! Ich möchte euch alle bitten, mir dafür in den Keller zu folgen!«

»Bis auf die Kinder!«, rufe ich schnell und werfe ihm einen tadelnden Blick zu. »Rosa, geh bitte mit ihnen nach oben. Und sorg dafür, dass sie alle dort bleiben.«

Rosa eilt heran und nickt. »Gerne. Und habe ich das richtig verstanden, dass die Kinder auch oben essen werden?«

»Ja.« Ich lächle. »Fingerfood. Das wird ihnen besser gefallen, als mit den langweiligen Erwachsenen am Tisch zu sitzen.«

Salvo sieht mich überrascht an, dann zieht er mich an sich und gibt mir einen Kuss. »Meine Frau hat immer die besten Ideen.«

Wenn er wüsste, dass ich sie nur aus dem Kugelhagel halten will, würde er wohl anders denken. Ich erwidere sein Lächeln. »Ich sagte doch, ich bin gut darin, mich einzubringen.«

»Das bist du in der Tat. Dir verdanken wir immerhin den Goldjungen.« Er wendet sich wieder an alle und ruft: »Jetzt aber runter mit uns!«

Und ich spüre, wie sich eine Gänsehaut auf meinem ganzen Körper ausbreitet. Es geht los.

Alex

Ich springe vom Boden auf, als ich Schritte auf der Treppe höre. 45 Liegestütze, das muss reichen. Meine Muskeln sind warm, ich bin bereit.

»Bleib ruhig liegen. Gewöhn dich schon mal daran.« Tommaso kommt in den Keller und steigt über die Kordel hinweg in das improvisierte Oktagon.

Ich sehe ihm entgegen, mustere ihn abschätzig. Ganz offenbar hat er sich auch warmgemacht, denn er ist völlig verschwitzt. Er zieht seine Trainingsjacke und -hose aus und wirft beides achtlos in eine Ecke jenseits der Absperrung.

»Wir machen es wieder bare knuckle«, sagt er.

»Bitte, wenn du auf Schmerzen stehst.«

»Oder du.«

Erneute Schritte, jetzt die von mehreren Personen, dazu hektisches italienisches Gerede und Gelächter. Und dann kommen die Cosentinos in den Raum.

Tommaso sieht ihnen freudig entgegen. Ich mache ein paar Schritte durch den Ring, um warm zu bleiben.

»Mein Sohn! Jetzt kannst du deinem Großvater beweisen, was in dir steckt! Aber bevor wir beginnen, Vater, lass mich dir Tommasos Gegner vorstellen. Das ist der beste Kontrahent, den wir für ihn finden konnten. Er hat die Fight Night gewonnen.« Salvatore winkt mich zu sich heran.

Ich trete auf ihn zu und mustere den alten Mann genauer. Das ist er also. Adamo Cosentino. Er wirkt gebrechlich, ich könnte ihn vermutlich mit einer Ohrfeige töten.

»Hallo«, sage ich.

Adamo lacht. »Hallo, das ist alles. Weißt du, wen du hier vor dir hast, mein Junge?«

»Vergib ihm, er kommt praktisch aus dem Dschungel. Puerto Rico. Da nimmt man es mit den Manieren nicht so genau!«

Wieder lacht der alte Mann. »Nun, ich will mal nicht nachtragend sein.« Er hält mir die Hand hin. »Ich bin Adamo Cosentino. Das hier ist meine Geburtstagsfeier.«

»Glückwunsch«, presse ich hervor.

Salvatore lässt seine Hand auf meine Schulter klatschen. »Er hat keine Manieren und keinen Respekt, aber im Käfig macht er sich gut, du wirst sehen!«

»Das hoffe ich doch.« Adamo Cosentino lässt die Hand wieder sinken und rollt ein Stück zurück. Ich sehe mir die Menge an. Es sind ungefähr 30 Personen, die sich mit ihren Champagnergläsern in den Händen um den Ring versammeln. Sie alle grinsen blöd und wirken ziemlich gespannt. Wollen was geboten bekommen. Tja, ich werde ihnen was bieten.

Dann entdecke ich Alessia und kann einen Moment lang nicht anders, als sie anzustarren. Sie sieht atemberaubend aus. Ihr Kleid ist rot und lang, eine Schulter ist frei, ihr Haar ist offen und gewellt und ihre Lippen sind blutrot, wie an dem Tag, an dem wir uns kennengelernt haben.

Sie sieht mich fest an und lächelt. Ich stelle mir einen Moment lang vor, sie mir einfach zu schnappen und mit ihr abzuhauen. Dann fällt mir ein, was Tommaso mit ihr gemacht hat. Und der Wunsch, sofort mit ihr zu verschwinden, ist gleich wieder weg.

»Liebe Familie!« Salvatore bringt mit einer Handbewegung alle zum Schweigen. »Nun ist es so weit! Ihr werdet Zeugen sein, das aus meinem kleinen Sohn ein großer Kämpfer geworden ist! Bitte lasst einen Applaus hören für Tommaso, den italienischen Löwen!«

Fast muss ich lachen. Soll das sein Kampfname sein? Es gibt doch gar keine Löwen in Italien.

Na ja, aber Unsterbliche gibt es auch nicht.

»Und seid bitte so höflich, auch seinen Kontrahenten gebührend zu begrüßen – den Unsterblichen!«

Wieder klatschen alle, und während der italienische Löwe die Aufmerksamkeit sichtlich genießt, ignoriere ich sie. Ich stehe aus genau einem Grund in diesem lächerlichen kleinen Ring. Und welcher das ist, werden sie gleich sehen.

Salvatore schwafelt noch eine Weile herum, erzählt etwas von Tradition, von Gladiatoren, von Ruhm und Ehre und von Stärke, Blut und Tod. Ich höre nicht hin, sondern sehe Tommaso an, und ich spüre, wie er unter meinen Blicken nervös wird. Gut so.

»Kämpfer, geht bitte auf eure Position!«, ruft Salvatore schließlich.

Keine Ahnung, wo die sein soll, also stelle ich mich einfach mal in die Ringmitte. Tommaso tritt mir gegenüber.

»Zeigt einander, dass ihr faire Gegner seid und begrüßt euch per Handschlag!«

Tommaso lässt die Arme verschränkt. Ich hebe meine auch nicht. Schweigen entsteht. Salvatore räuspert sich, dann lacht er.

»Nun, wir sehen, da haben sich zwei echte Konkurrenten eingefunden!«

Verhaltener Applaus, der aber ziemlich schnell gespanntem Schweigen weicht.

»Also schön, hier sind die Regeln: Gekämpft wird eine Runde bis zur Aufgabe oder bis zum K.o. Erlaubt ist alles, nur nicht der Gebrauch von Waffen und sonstigen Hilfsmitteln. Aufgegeben wird durch zweimaliges Abklopfen. Kämpfer, seid ihr bereit?«

»Seit Tagen!«, ruft Tommaso.

»Du bist seit Tagen bereit, K.o. zu gehen, du Trottel«, zische ich.

Verblüfft sieht Salvatores Sohn mich an. Dann gibt sein Vater das Signal. Und noch ehe Tommaso kapiert, was hier vor sich geht, lasse ich meine Faust in sein eingeöltes Gesicht krachen, genau wie bei unserem letzten Fight. Er lernt es einfach nicht.

Ein Raunen geht durch die Menge. Tommaso taumelt zur Seite und hebt eine Hand, um seine Lippe zu betasten, und ich setze ihm nach, verpasse ihm noch einen Schlag, jetzt in die Seite. Dann aber fängt er sich, fährt herum und schlägt ebenfalls zu, doch ich blocke seinen Treffer und kontere. Noch ein Schlag von Tommaso, dann bringt er Abstand zwischen uns und setzt zu einem Tritt an, aber dem weiche ich mühelos aus, und als ihn sein eigener Schwung aus dem Gleichgewicht bringt, hole ich ihn mit einem Beinfeger das erste Mal von den Füßen.

Das Geräusch, mit dem er auf den Holzboden kracht, ist ohrenbetäubend laut und gleichzeitig fühle ich mich wegen dieser ersten gelungenen Aktion viel zu gut. Unbesiegbar. Ich weiß, dass das die Folgen des Dopingmittels sind und ich weiß auch, dass der Zorn, der beinahe gleichzeitig mit der Euphorie in mein Hirn strömt, ebenfalls damit zu tun hat. Aber nicht nur. Sauer bin ich, weil der Typ, der sich da am Boden wälzt und unbeholfen wieder aufsteht, Alessia wehgetan hat. Aber weil ich voll auf den Drogen bin, die dieser Greg mir verabreicht hat, will ich ihn dafür umbringen.

Ich tänzle um ihn herum, während er sich in die Höhe kämpft, weiche einem Haken aus, den er mir zu verpassen versucht, und wundere mich selbst darüber, wie viel schneller als er ich bin. Mein Gott, kann der Kerl überhaupt kämpfen? Ich weiche noch mal aus, dann mache ich zwei Schritte, bis ich halb hinter ihm stehe und versetze ihm einen Tritt in die Kniekehle, der ihn wieder zu Fall bringt.

Dann jedoch scheint er aufzuwachen. Er springt auf, schneller als vorhin, fährt zu mir herum und ich erkenne an seinem Blick, dass er jetzt ebenfalls im Rausch ist. Seine Augen glühen vor purer Mordlust. Mit einem Schrei wirft er sich mir entgegen und wir gehen gemeinsam zu Boden, und als ich einen scharfen Schmerz in meinem Rücken spüre, während ich auf die Holzdielen krache, fluten Bilder meinen Kopf. Tommaso, wie er Alessia im Nacken packt und sie schüttelt.

Ich packe ihn ebenfalls, werfe ihn von mir herunter, was er nutzt, um mich zu umklammern, doch als er versucht mich in den Würgegriff zu nehmen, greife ich blitzschnell seinen Arm und verdrehe ihn, bis er über seinem Kopf liegt, und als Tommaso ein weiteres Mal schreit, klingt es eindeutig schmerzhaft. Ich halte ihn fest und nutze meine freie Hand, um ihm ins Gesicht zu schlagen, Blut spritzt, und das stachelt mich nur noch mehr an. Ich schlage ein weiteres Mal zu, aber dann reißt er das Bein hoch und rammt es mir in den Magen, und mir treibt es die Luft aus den Lungen.

Tommaso nutzt den Moment, befreit sich und springt auf, und dann kracht sein Fuß in meine Rippen.

Ich spüre, wie mich der Schmerz noch wütender macht. Zwinge mich, einen weiteren Tritt abzuwarten, und erst, als der mich ebenfalls erwischt hat, stehe ich auf. Die Cosentinos toben, ich höre sie verzerrt wie von einer alten Schallplatte. Diese Wichser. Die sind alle nicht besser als Luigi oder Terry oder Adamo. Sollen sie die Show nur genießen. Sie bekommen nachher noch eine viel bessere Show.

Aber zuerst ...

Ich drehe mich zu Tommaso um. Er steht dicht vor mir, grinst mich blutig an.

»Wie sie dich anhimmelt«, zischt er mir zu. »Ich wusste schon immer, dass sie eine kleine Hure ist.«

Ich folge seinem Blick und kapiere, wen er meint. Alessia. Sie steht da und starrt mich an. Und als mir klar wird, dass Tommaso sie gerade als Hure bezeichnet hat, setzt mein Verstand endgültig aus.

Ich wende mich ihm wieder zu und verpasse ihm eine Kopfnuss, die ihn zurück auf den Boden fliegen lässt.

Für so etwas würde man in der UFC sofort disqualifiziert werden. Hier zum Glück nicht. Tommaso hält sich mit beiden Händen das Gesicht fest und ich nutze den Moment, um mich über ihn zu knien und seine Arme mit den Beinen festzunageln. Die Position hatten wir schon mal. Aber diesmal werde ich es zu Ende bringen.

Also schlage ich ihm ins Gesicht, und gleich noch mal, und dann direkt noch einmal. Dann beuge ich mich zu ihm herunter, rieche sein Blut und zische: »Du wirst sie nie wieder anrühren!!«

Damit schlage ich wieder zu. Und wieder. Und noch ein weiteres Mal.

Etwas verändert sich um mich herum. Die verzerrten Stimmen, sie klingen anders. Ich schere mich nicht darum, schlage noch einmal zu und spüre, dass sein Gesicht blutige Abdrücke an meinen Fäusten hinterlässt.

Dann ruft irgendwer meinen Namen, und dann werde ich von mehreren Armen in die Höhe gezogen.

Tommaso bleibt liegen, stöhnt, scheint kaum noch bei Bewusstsein.

Ich sehe mich schnell um, rechne irgendwie mit weiteren Angreifern. Aber die Cosentinos stehen nur da und starren mich an. Und in den Schatten jenseits der Tür glaube ich noch jemanden stehen zu sehen, dunkel gekleidet, mit einer ähnlichen Statur wie meiner. Harley. Ob er immer noch den kleinen Dale in mir sieht?

Ich balle die Hände zu Fäusten und warte darauf, dass sie wütend werden, dass sie mich anschreien, wie ich so weit gehen konnte. Aber nichts dergleichen geschieht.

Stattdessen reißt Salvatore meine Faust in die Höhe und ruft: »Familie! Wir haben einen Gewinner! Mit einem klaren Sieg durch K.o. nach fantastischen 92 Sekunden – Alex Silva, der Unsterbliche!«

Alle klatschen. Salvatore reißt mich in seinen Arm, als wäre ich sein Sohn und nicht Tommaso, der, wie ich über seine Schulter hinweg sehe, immer noch am Boden liegt und fahrig sein Gesicht betastet.

Und so sehr ich ihn verachte, kapiere ich in diesem Moment, dass Tommaso nichts weiter ist als eine Witzfigur, die einem leidtun kann. Er würde vermutlich alles tun, um seinen Vater zufrieden zu stellen. Sobald er verliert, ist er jedoch nichts anderes als Luft für ihn.

Weitere Verwandte kommen in den Ring, um mir zu gratulieren. Ich bin immer noch völlig high und mein Puls normalisiert sich nur langsam wieder. Ich bin froh, als Alessia in meinem Blickfeld auftaucht. Die Art, wie sie mich ansieht, hilft mir, wieder klarer denken zu können.

»Salvo, sei so gut und scheuch die anderen weg, damit unser Sieger unter die Dusche kann. Wir wollen doch essen.«

Während Salvatore seine Familie nach oben schickt, beugt sie sich zu mir vor und flüstert. »Das hat noch nie ein Mann für mich getan. Zweimal. Es war auch nicht nötig, aber ich bedanke mich trotzdem.«

Mit diesen Worten verschwindet sie und ich sehe ihr vermutlich ziemlich blöd grinsend hinterher. Es war nicht nötig, klar! Diese Frau ist wirklich unglaublich.

KAPITEL 22

Das Wohnzimmer kommt mir vor wie eine Theaterbühne. Nach und nach treffen die Gäste ein, manche sind schon leicht angetrunken, andere noch ganz aufgeputscht von dem Kampf. Ich sehe sie mir alle noch mal an, die Cosnetinos. Manche von ihnen, vor allem die Frauen, haben mit dem Geschäft nicht viel zu tun und werden wohl nicht im Gefängnis landen. Aber alle, die mit drinhängen, sind ebenfalls hier, und wenn der Tag vorbei ist, dann werden sie büßen. Das wird ein harter Schlag für die Cosa Nostra. Aber das soll mich nicht stören.

Ich stehe in der Nähe der Tür und nippe an meinem Champagner. Die Sonne ist mittlerweile untergegangen und ein angenehmer leichter Wind streift meinen Rücken. Seit ich Alex gerade siegen gesehen habe, fühle ich mich seltsam entspannt. So als könnte er gar nicht verlieren und als wäre jetzt schon gewiss, dass wir heute Abend Erfolg haben werden.

Aber insgeheim weiß ich natürlich, dass das nicht wahr ist. Dass ich mir da nur was einrede. Es mit einer Mafia-Familie aufzunehmen ist kein MMA-Kampf.

Und als wäre das sein Stichwort, betritt in diesem Moment Alex den Raum. Er hat Salvo bei sich, der begeistert auf ihn einredet und sich offenbar einen Dreck um seinen eigenen Sohn schert. Doch ich habe nur Augen für Alex.

Er trägt jetzt einen Anzug, was ich noch nie an ihm gesehen habe, und er sieht verblüffend gut darin aus. Das Hemd ist weit genug auf, um seine Tätowierung erahnen zu lassen. Der Anzug passt nicht zu ihm, das nicht, aber trotzdem steht er ihm, auch wenn er die Ärmel des Jacketts ein Stück weit hochgeschoben hat, worüber ich grinsen muss. Das macht man eigentlich nicht, aber es passt zu ihm.

Doch als sich unsere Blicke begegnen, vergeht mir das Grinsen. Ich sehe die Entschlossenheit in seinen Augen und spüre, wie sie in Sekundenschnelle auf mich übergeht. Aber meine Hochstimmung verfliegt trotzdem nicht. Wir werden das schaffen.

Dann fällt mir wieder ein, dass Alex vorhat, jemanden zu töten und ich blicke ganz automatisch herüber zu Terry. Er sitzt mit Pina bereits am Tisch, hört zu, wie sie irgendwas erzählt und nickt immer wieder, begeisternd lächelnd. Ich habe ihn nie gemocht. Aber wenn ich mir vorstelle, dass das hier seine letzten Minuten sein sollen, wird mir ganz anders. Zum Glück sind die Kinder oben.

Salvo nimmt Alex an der Schulter mit zum Tisch und macht dann eine ausladende Handbewegung, die wohl bedeuten soll, dass er sich setzen kann, wohin er will. Ich weiß schon, welchen Stuhl er wählen wird und bin nicht überrascht, als er sich direkt neben Terry setzt. Dieser wendet sich ihm zu und fängt ein freundliches Gespräch an.

Ich seufze und gehe Salvo entgegen.

»Setzen wir uns, meine Sonne«, sagt er und legt seinen Arm um meine Taille. »Die Vorspeise wird gleich aufgetragen.«

»Wie geht es Tommaso?«, frage ich.

»Den habe ich mit einer Menge Eis ins Bett geschickt. Er gibt es nicht zu, aber er schämt sich in Grund und Boden. Der Junge ist vielleicht einfach noch nicht so weit, gegen die wirklich Großen zu bestehen. Ihm fehlt die Entschlossenheit. Aber das kann noch werden. Manche müssen erst ein paar Mal auf die Schnauze bekommen, ehe sie anfangen, zurückzuschlagen.«

»Vielleicht hast du Recht«, sage ich und denke an Tommasos Zukunft im Knast. Nun, dort wird er lernen müssen, sich durchzusetzen.

Salvo zieht mir den Stuhl zurück und ich setze mich, er nimmt an der Kopfseite des Tisches mir schräg gegenüber Platz. Zur anderen Kopfseite wird in diesem Moment Adamo geschoben, der immer noch ganz vergnügt von dem Kampf zu sein scheint.

»Das war ein Spektakel!«, ruft er aus und fügt dann, auf Englisch und an Alex gewandt, hinzu: »Du hast vielleicht keine Manieren, Junge, aber zwei goldene Fäuste!«

»Gracias«, erwidert Alex ziemlich beherrscht für seine Verhältnisse.

»Der Letzte, den ich so kämpfen sehen habe, war Harley Jones«, fügt Leo an.

»Über diesen Bastard reden wir nicht«, zischt Pina.

Jetzt reden alle Englisch, wohl damit Alex uns auch versteht, doch in diesem Fall ist das gar nicht so gut. Ich sehe ihn beschwichtigend an, aber er lässt sich nichts anmerken. Gut.

»Meine Lieben!«, sagt Salvatore, als alle sitzen. »Ich weiß, es ist Vaters Geburtstag und ich sollte eine Rede halten! Aber ich denke, wir sind alle hungrig und er wird es mir verzeihen, wenn ich das nach der Vorspeise tue. Oder, Vater?«

»Ich glaube, mein Sohn muss sich erst noch eine Rede ausdenken«, erwidert Adamo und alle lachen.

»Erwischt.« Salvo grinst, steht auf und hebt sein Glas. »Auf dich, Vater.«

Alle anderen heben ebenfalls ihre Gläser, dann trinken wir, und das Personal bringt die Vorspeisen rein.

Ich greife in meine Clutch, lasse unauffällig mein Handy aufleuchten, das auf niedrigste Helligkeit gestellt ist, und verschicke eine Nachricht. Sie geht an meine Leute draußen und an Alex. Kurz darauf vibriert es in meiner Tasche, als die Spezialeinheit antwortet, und in der von Alex ebenfalls. Wir sehen einander kurz an. Er nickt. Jetzt wissen wir, dass alles bereit ist. Alex kann starten, wann immer er will. Ich atme tief durch, schnappe mir dann mein Besteck und widme mich dem Carpaccio, auch wenn ich gar keinen Hunger habe. Schlagartig bin ich doch wieder sehr nervös, und es erscheint mir ziemlich absurd, jetzt zu essen. In dieser Situation. Doch wenn ich nicht auffallen will, bleibt mir nichts anderes übrig.

»Und? Wie ist es euch in Chicago bisher ergangen?«, will Adamo wissen.

»Sehr gut«, antwortet Salvo und berichtet dann in aller Ausführlichkeit von der ersten Fight Night.

Ich würge mein Essen herunter und versuche, Alex' Blick einzufangen, aber es gelingt mir nicht. Vermutlich wartet er schon auf den perfekten Moment. Oh

Gott. Mein Herz pocht immer heftiger und ich nehme einen Schluck Wein, um mich zu beruhigen.

»… und für die nächste Fight Night haben wir bereits zwei Drittel aller Karten verkauft«, endet Salvo, »und natürlich wurden auch schon Wetten abgegeben. En masse. Jeder will den Unsterblichen siegen sehen.«

»Aber habt ihr jetzt nicht ein Problem?«, hakt Adamo nach. »In Form von zu wenig Kämpfern? Ich glaube nicht, dass sich Tommaso so schnell erholt.«

»Er muss.«

»Und dieser Pierce ist doch, na ja, von uns gegangen.«

»Ja, das war ein tragisches Unglück«, seufzt Salvo. »Aber wir werden Ersatz finden. Diesmal hoffentlich jemanden, der sich nicht –«

»So leicht ermorden lässt?«, fragt in diesem Moment Alex, und sofort bin ich in hundertprozentiger Alarmbereitschaft. Es geht los. Es ist so weit.

Ich lege mein Besteck nieder und lasse die Hände unter dem Tisch verschwinden.

»Bitte?«, fragt Salvo leichthin, als sei er sich sicher, dass er sich nur verhört hat.

»Wir wissen doch beide, dass das mit Pierce kein Zufall war. Er wurde nicht von irgendeinem Kriminellen überfallen.«

»Sondern?«, fragt jetzt Adamo, und seine Stimme klingt nicht ganz so arglos wie die seines Sohnes.

»Sondern ermordet. Von Tommaso. Weil er derjenige sein wollte, der heute im Mittelpunkt steht.«

Durch die Menge der Menschen an der langen Tafel geht ein Raunen. Sowohl Salvatore als auch Adamo sehen Alex an, als wüssten sie nicht, ob sie lachen oder ihn auf der Stelle vor die Tür befördern sollen.

Aber dann geschieht etwas Verblüffendes.

»Nun«, sagt Salvatore, »mein Sohn hat eben Ehrgeiz. Er hat getan, was getan werden musste.«

Ich fasse es nicht! Hat er da gerade gestanden, dass Tommaso Pierce getötet hat? Ich denke an die Wanze unter der Tischplatte und kann mein Glück kaum fassen. Die Zentrale hört in diesem Moment mit, und wahrscheinlich stoßen sie dort schon an. Ich fange Alex' Blick auf und er scheint genauso ungläubig zu sein wie ich. Wir hatten beide damit gerechnet, dass die Situation eskaliert und einer von uns das vereinbarte Codewort sagen muss, damit meine Leute reinkommen, sobald er gegen Tommaso Anschuldigungen erhebt. Stattdessen scheint Salvo ihn schon so weit ins Herz geschlossen zu haben, dass er ganz einfach ehrlich zu ihm ist.

Aber ich weiß, dass Alex es nicht dabei belassen wird. Natürlich nicht, denn unser Plan ist es, die Cosentinos aus der Fassung zu bringen, sie unter Druck zu setzen. Und darum bin ich nicht erstaunt, als er noch einen drauf setzt.

»Was ist mit Ihnen, Terry? War es bei Ihnen auch Ehrgeiz, der Sie zum Mörder gemacht hat?«

Abrupte Stille, als alle gleichzeitig mit dem Essen innehalten. Nur Terry scheint nicht ganz zu verstehen. Er schiebt sich eine Gabel Carpaccio in den Mund und fragt: »Wie meinen Sie das?«

»Ich meine diese Sache damals, als Sie Scott Jones mit Ihrem Dodge von der Wells Street Bridge gerammt haben. Man sieht heute noch die Schweißnähte, wussten Sie das?«

Ganz langsam lässt nun auch Terry sein Besteck sinken und sieht zu Alex herüber. Ich sehe Salvo an. Seine Augen werden schmal.

»Was deutest du da an, Junge?«, fragt er schließlich.

»Sollte deine Frage nicht eigentlich lauten«, Alex ist der Letzte, der mit dem Essen aufhört, » woher ich das alles weiß?«

»Woher weiß er das?«, bellt Adamo auf Italienisch dazwischen. »Ist er ein Bulle? Hast du einen verdammten Bullen in deinen Stall aufgenommen, Salvatore?!«

Salvo sieht seinen Vater an, dann schnell wieder zu Alex. »Adamo sagt, du redest kompletten Unsinn. Damit hat er Recht. Und wenn ich du wäre, dann würde ich jetzt schnell meine Klappe halten, sonst war es das nämlich mit deiner Karriere als –«

»Kein Problem, ich kündige. Aber was diese andere Sache angeht. Ist das wirklich kompletter Unsinn? Ist es Unsinn, dass dein Bruder Luigi 50.000 Dollar an Terry gezahlt hat, damit er Scott Jones aus dem Weg räumt?«

Es ist nicht Salvo, der antwortet, denn aus seinem Gesicht weicht alle Farbe und er presst fassungslos die Lippen aufeinander. Stattdessen ergreift Terry das Wort, mit ziemlich zittriger Stimme. »Mit wem reden wir hier gerade? Mit wem reden wir wirklich?«

»Mein Name ist Alex Silva«, erwidert Alex und auch seine Hand verschwindet nun unter dem Tisch. »Aber geboren wurde ich als Dale Jones.«

Und dann geht alles ganz schnell. Salvo, Leo und zwei andere Cosentino-Männer springen nahezu gleichzeitig auf und richten ihre Waffen auf Alex, was einigen der Frauen spitze Schreie entlockt. Alex jedoch ist genauso schnell wie seine Gegner. Er packt Terry, reißt ihn mit sich in die Höhe, nimmt ihn in den Würgegriff und hält eine Pistole an seine Schläfe.

»Oh bitte, Jesus und Maria, tu das nicht!«, kreischt Pina. »Er ist der Vater meines Kindes!«

Eine Sekunde lang herrscht Totenstille.

Dann entsichert Alex seine Waffe.

»Wenn eure Finger auch nur zucken, knalle ich ihn ab«, zischt er.

»Junge, was du da tust, ist nicht sehr klug. Wir haben Sicherheitspersonal. Du schaffst es nicht einmal lebend bis an die Grundstücksgrenze.«

»Tja, aber Terry schafft es nicht einmal lebend bis zum nächsten Atemzug, wenn ihr nicht auf der Stelle eure Waffen aus meinem Gesicht nehmt.«

»Bitte!«, schluchzt Pina.

»Tut mir leid«, sagt Salvo kalt, »aber sobald wir die Waffen runternehmen, wird er schießen.«

»Ich will nur mit euch reden«, widerspricht Alex.

»Reden? Über was?«

»Über den Tod meines Vaters.«

»Du weißt doch schon alles!«, erwidert Salvatore. »Er war ein Störfaktor, er hat die Nerven verloren und sich damit sein eigenes Grab geschaufelt! Er war ein Idiot, und wenn –«

Ein lauter Knall, gefolgt von Scheppern, als Alex Terrys Kopf auf die Tischplatte donnert und ihm die Waffe in den Nacken drückt. »Ich warne dich! Pass auf, wie du über meinen Vater redest, sonst ist deine Schwester gleich Witwe und dein Neffe ist Halbwaise, willst du das?!«

Auch Terry schluchzt jetzt und macht keine Anstalten, sich zu wehren. Er war schon immer schwach, in jeder Hinsicht. Mit dem Geld für Scott Jones' Ermordung glaubte er wohl, sich ein sorgloses Leben kaufen zu können. Tja, bis heute ist das gut gegangen.

»Nein, das will niemand«, sagt Adamo an Salvos Stelle. »Also beruhigen wir uns alle und reden wie zivilisierte Menschen.« Er wendet sich an Alex. »Was deinem Vater zugestoßen ist, war nichts Persönliches. Es tut uns allen leid. Wie viel willst du?«

Ich sehe Adamo an, dann versuche ich Alex' Blick einzufangen. Ich weiß nicht, ob es ihm klar ist, aber sowohl Adamo als auch Salvo haben bereits gestanden, dass sie davon wussten. Damit kriegen wir die beiden dran, und sicher auch einige ihrer Handlanger. Er sollte die Sache jetzt langsam zu Ende bringen. Doch offensichtlich ist er noch nicht fertig.

»Ich will wissen, wie die ganze Sache damals abgelaufen ist. Im Detail.« Er sieht Leo an. »Hattest du auch damit zu tun? Du warst doch zu der Zeit in Chicago!«

Leo seufzt. »Und wenn schon. Willst du uns alle erschießen? Vorher erschießen wir dich. Du stehst hier allein gegen eine ganze Familie, mein Junge. Das ist mutig, aber auch dumm.«

»Er ist nicht allein«, sagt in diesem Augenblick eine näselnde Stimme von der Tür her.

Schnell sehe ich dorthin, und als ich erkenne, wer im Rahmen steht, umfasse ich die Pistole in meinem Halfter automatisch fester. Es ist Tommaso. Er drückt sich einen Eisbeutel auf die Nase, seine beiden Augen sind fast zugeschwollen, sein Gesicht ist von Blutergüssen entstellt.

Auf einmal habe ich ein ganz schlechtes Gefühl und ich spüre, dass es Alex nicht anders geht. Kurz sieht er zu mir herüber. Ich erwidere seinen Blick, dann sehe ich wieder Tommaso an. »Du solltest dich hinlegen und einen Kamillentee trinken, du –«

»Halt dein Maul, Schlampe! Ich hab jetzt verstanden, was hier läuft!« Damit wendet er sich an Salvo. »Vorhin beim Kampf, weißt du, was deinen Goldjungen Alex da erst so richtig wütend gemacht hat? Dass ich etwas gegen Luciana gesagt habe!«

»Nun, vielleicht ist er verliebt in sie«, sagt Salvo beherrscht, doch sein Unterton lässt meinen Puls abermals schneller gehen. Er ahnt etwas. Das spüre ich.

»Ich glaube nicht, dass das eine einseitige Sache ist«, mischt sich Tommaso wieder ein.

»Doch, das ist es, und gleich ist es gar keine Sache mehr!« Kaum hat Salvatore diese Worte ausgesprochen, entsichert er blitzschnell seine Waffe.

Ich ahne, was er tun will und rufe: »Nicht!!«

Aber er schießt nicht.

Natürlich nicht. Er will seine Schwester Pina nicht zur Witwe machen.

Stattdessen starrt er jetzt mich an, während die anderen drei weiter Alex in Schach halten, der schlagartig noch mal eine ganze Spur wütender wirkt.

»Nicht?«, fragt Salvo gefährlich leise. »Nicht? Warum nicht, hm? Hat Tommaso etwa Recht?«

»Nein ich ...« Verflucht! Er hat mich reingelegt und ich bin ihm total ins Netz gegangen! Herrgott, anderthalb Jahre beherrsche ich mich, und jetzt so was. Nur wegen Alex, nur wegen meiner bescheuerten Gefühle für ihn!

»Ich will, ich meine ...« Komm schon, sag was Sinnvolles, Alessia!!

Aber es ist zu spät.

Noch immer starrt Salvo mich an, und redet sehr leise und beherrscht weiter: »Ich habe wirklich gehofft, dass ich mich täusche. Dass ich mir eure gegenseitige Eifersuchtsattacke auf der Party nur eingebildet habe. Dass du ihn bei der Fight Night nicht angehimmelt hast wie ein Teenager. Dass unser Ehebett nicht nach einem anderen Mann gerochen hat.«

»Doch, das hast du dir eingebildet!«, sage ich schnell. »Du bist paranoid und dein Sohn nutzt das aus, aber –«

»Aber was? Aber du willst trotzdem nicht, dass ich diesen dreckigen Abschaum, der unsere Familie untergraben hat, aus der Welt schaffe? Dann bist du nicht die richtige Frau für mich.« Mit diesen Worten schwenkt Salvo seinen Arm herum und richtet seine Waffe auf mich.

Ein Knall, als Terrys Kopf zum zweiten Mal auf die Tischplatte gedonnert wird. Er erschlafft, bewusstlos, und Alex' Lauf zeigt in Sekundenschnelle auf Salvatore.

»Ich schwöre dir, pendejo, wenn du ihr auch nur ein Haar krümmst ...«

Salvatore lacht auf. »Sie ist immer noch meine Frau.«

»Und er ist immer noch dein Sohn«, sage ich, als ich meine Fassung wiedererlangt habe, und richte nun meinerseits meine eigene Waffe ganz langsam auf Tommasos Kopf.

Wieder lacht Salvo, jetzt klingt es ein klein wenig irre. »Du hast eine Waffe? Du kannst doch noch nicht mal mit dem Kochlöffel umgehen!«

»Damit nicht, das gebe ich zu, aber das lernt man bei der Polizei auch nicht.« Ich genieße es, wie ich Salvatore mit diesem Satz aus der Fassung bringe. Es ist wichtig, das zu tun, denn die Cosentinos haben dadurch, dass sie Alex' und meine Gefühle füreinander aufgedeckt haben, gerade die Oberhand, und das darf auf keinen Fall so bleiben. Wir brauchen ein wenig Zeit. Zwar habe ich das Codewort gesagt – Kamillentee – aber ehe das Sondereinsatzkommando bei uns ist, müssen sie erst das Sicherheitspersonal ausschalten.

Doch Salvatores Reaktion fällt leider nicht ganz so aus wie erhofft.

Einen Moment lang starrt er mich voller Hass an, dann ruft er: »Du Dreckstück!!«

Und im nächsten Moment springt er auf und ich reiße die Waffe nach vorn, um auf ihn zu schießen, doch eine der Cousinen, die neben mir sitzt, schlägt meinen Arm zur Seite und anstelle von Salvo trifft meine Kugel nur die Wand hinter ihm.

Aber Alex schießt ebenfalls und er hat mehr Glück, denn er trifft Salvos Arm und mein Mann prallt zur Seite, reißt seinen Stuhl um, aber dann wirft er sich doch noch auf mich und mich mit sich zu Boden.

Während wir fallen, Millisekunden nach Alex' Schuss, höre ich einen weiteren Knall und ich weiß, was das bedeutet und will es doch nicht wissen.

Einer der Cosentinos hat Alex' Schuss erwidert.

Und das wiederum bedeutet, dass er vermutlich getroffen ist, denn er hat hier außer mir keine Verbündeten.

Ich kneife die Augen fest zu. Warte auf den Aufprall, mit dem sein Körper den Boden trifft. Halte die Luft an. Und bete.

Alex

Draußen sind Schüsse zu hören.

Das bedeutet, Alessias Leute geben sich jetzt keine Mühe mehr, leise zu sein, sondern beeilen sich einfach.

Gut, denn sie ist mit Salvatore zu Boden gegangen und ich habe keine Ahnung, ob sie unverletzt ist. Ich muss sofort zu ihr, aber immer noch zeigen drei Waffen auf mich. Und eine davon ist bereits abgefeuert worden.

Ich realisiere es erst, als ich etwas Feuchtes an meiner Schulter spüre. Warmes Blut, das mein Hemd durchtränkt. Verdammt. Tommaso hätte nicht auftauchen dürfen. Er hat Alessia mit reingezogen und alles versaut.

»Gib auf, Junge«, sagt Adamo. »Das hier ist eine Nummer zu groß für dich.«

»Alex?!« Alessias Stimme. Gott sei Dank!

»Ich bin okay.«

»Aber sie gleich nicht mehr!« Salvatore.

»Hör nicht auf ihn! Er hat seine Waffe verloren!«, schreit Alessia.

Blitzschnell gehe ich die Möglichkeiten durch. Daran, Terry oder Adamo zu töten, denke ich nicht mehr, sondern mir geht es nur noch um Alessia. Ich muss sie von ihm befreien, aber wenn ich mich jetzt bewege, knallen sie mich ab, und dann töten sie sie in aller Ruhe.

Ich könnte einen von ihnen abknallen und darauf hoffen, dass die anderen lange genug abgelenkt sind, doch wer sagt mir, dass sie das sein werden? Verflucht, das dauert alles zu lange und –

Plötzlich peitscht ein weiterer Schuss durch die Stille. Er kam nicht von mir und von keinem der drei Männer, die auf mich zielen. Er kam auch nicht vom Boden, sondern von hinter Tommaso, der sich erschrocken zu Boden wirft. Das ist das Letzte, was ich sehe, ehe der Kronleuchter über dem Tisch erlischt und tausende von Splittern auf die Tafel hinabregnen.

Und das ist die Ablenkung, die ich brauchte. Ich springe über den Tisch, werfe mich auf Salvatore und reiße ihn von Alessia weg.

Sie rollt sich blitzschnell unter die Tafel, Chaos bricht aus, in der plötzlichen Dunkelheit laufen alle durcheinander, weitere Schüsse ertönen und Salvatore wehrt sich unter mir wie verrückt.

»Gib auf! Du bist schon tot!«, brüllt er. »Er ist hier!! Schnappt ihn euch!!«

Schritte, weitere Schüsse, aber ich glaube, keiner davon trifft mich. Ich verpasse Salvatore einen Schlag gegen die Schläfe, der ihn zum Schweigen bringt, dann lasse ich von ihm ab und rufe: »Alessia! Wo bist du??«

Aus dem Augenwinkel sehe ich vage, wie Adamo aus dem Raum geschoben wird, doch er interessiert mich nicht mehr, genauso wenig wie Terry. Ich muss sie finden! Ich muss sie hier weg bringen!

»Ich bin hier!« Ein Arm packt mich und zerrt an mir, und ich verstehe, dass sie immer noch unter dem Tisch ist. Ich krieche zu ihr herüber, ziehe sie dicht an mich: »Bist du okay?! Geht es dir –?«

»Hör mir zu, meine Leute werden jede Sekunde hier sein! Wenn du Terry und Adamo noch erwischen willst, dann –«

»Scheiß auf sie.« Ich packe Alessias Kopf und drücke ihr einen Kuss aufs Haar. Sie scheint unverletzt zu sein, und das ist das Einzige, was mich jetzt gerade interessiert. Das und dafür zu sorgen, dass es so bleibt. »Scheiß auf sie«, wiederhole ich.

Dann sind Schritte zu hören, die Schritte vieler Männer, gefolgt von zerberstendem Glas, Geschrei und einer ganzen Menge Schüsse.

»Das sind sie«, flüstert Alessia. »Sie sind da.«

Ich höre deutlich die Erleichterung in ihrer Stimme.

»Du musst jetzt mit mir hier versteckt bleiben, sonst denken sie noch, du bist einer von ihnen und –«

»Cariño.« Ich drehe ihr Gesicht zu mir, auch wenn es hier unten fast vollständig dunkel ist. »Ich hab gar nicht vor, irgendwo hinzugehen.«

»Aber deine Rache ...«

»Du bist wichtiger.«

Sie sagt nichts, aber ich spüre, dass sie mich ansieht. »Du blutest«, sagt sie dann.

»Das ist nichts.«

»Bist du sicher?«

Ich nicke und sie fällt mir um den Hals. Das hier ist alles ziemlich absurd. Um uns herum tobt ein Kampf und wir liegen unter einem Tisch und halten einander fest, als ginge uns das alles nichts an.

»Lachst du etwa?«, fragt sie ziemlich fassungslos.

»Tut mir leid, das ist ...«

»Du bist ein Blödmann, Alex Silva.« Jetzt ist sie diejenige, die mein Gesicht zu sich dreht. Sie küsst mich, und ich erwidere ihren Kuss ohne zu zögern. Ich fürchte, mein Leben ist tatsächlich ziemlich verrückt. Und Alessias genauso.

Alessia

Wir sitzen in einem Krankenwagen. Das helle Neonlicht hier drin kommt mir total unrealistisch vor. Es wirkt so sauber und klar.

»Ein glatter Durchschuss. Sie haben Glück im Unglück. Wir müssen das im Krankenhaus aber noch mal genauer untersuchen und dann sorgfältig nähen.«

Alex sieht mich fragend an und ich übersetze ihm die Worte des Sanitäters auf Englisch. Zumindest sinngemäß. »Du bist ein Idiot, der nicht auf sich aufpassen kann, damit hast du dir ungefähr zehn Stiche verdient.«

Alex lacht heiser. Er sieht schrecklich aus. Seine Schulter, sein Hals, alles ist blutverschmiert. In seinem Gesicht sind ein paar oberflächliche Schnitte von den Scherben des Kronleuchters. Sein Hemd ist schmutzig und aufgeschnitten und er ist für seine Verhältnisse echt blass.

Ich fürchte, ich sehe auch nicht besser aus. Mein Kleid ist zerrissen, sein Blut klebt überall an mir und meine Haare oder mein Make-up ... Darüber will ich gar nicht reden. Außerdem habe ich einen Schuh verloren. Aber das alles ist total egal.

»Zum Glück hat es die andere Schulter erwischt«, sagt Alex. »Eine zerschossene Madonna hätte sicher Unglück gebracht.«

Ich lehne mich an seine unversehrte Schulter und sage leise: »Ich glaube, wir sind jetzt fertig mit dem Unglück.«

Alex legt den Arm um mich. »Da könntest du Recht haben.« Er sieht nach draußen, wo noch immer vereinzelte Cosentinos abgeführt werden. Sie haben sich irgendwo im Haus versteckt, aber das wird jetzt systematisch abgesucht. Ein paar haben auch versucht mit ihren Autos zu fliehen, nachdem der Zugriff begonnen hatte, aber da hatten meine Leute zum Glück schon Parkkrallen angebracht. Fürs Erste werden jetzt alle Familienmitglieder verhaftet und verhört. Wie viele von ihnen in Haft bleiben? Wir werden es sehen. Aber im Moment ist mir das auch total egal. Noch vor einer guten Stunde dachte ich, dass Alex oder ich oder wir beide die Nacht nicht überleben. Jetzt sind wir sicher. Dank …

Ja, dank wem eigentlich?

»Du musst mir eine Frage beantworten«, sage ich.

»Hm?«

»Wer hat den Kronleuchter zerschossen? Hättest du es versucht, hätten sie dich doch sofort getötet.«

»Das war er«, sagt Alex.

Ich runzle die Stirn. »Wer?«

»Ich fürchte, er meint mich. Der Höflichste war er noch nie«, mischt sich eine weitere Stimme ein.

Ich öffne die Augen und sehe, dass ein Mann im Eingang des Krankenwagens aufgetaucht ist. Zuerst kann ich ihn nicht einordnen. Aber dann kommt er mir irgendwie bekannt vor. Das ist der Florist. Aber Moment. Diese große starke Figur, das markante Gesicht und vor allem die stechend blauen Augen …

»Harley Jones!« Ich setze mich auf, und für einen Moment flammt alter Hass in mir auf. »Sie sind Harley Jones, Sie haben Luigi Cosentino ans Messer geliefert!« Ich löse mich von Alex und erhebe mich, trete einen Schritt auf den Unbesiegten zu.

»Ja, das ist richtig«, erwidert Jones und wirft seinem Neffen einen fragenden Blick zu, doch ich schiebe mich in sein Sichtfeld.

»Ich bin seine Tochter«, zische ich. »Sie haben ihn...«

Aber dann rede ich nicht weiter.

Er hat ihn was? Genau genommen ist er ebenfalls einfach nur eine Spielfigur der Cosentinos gewesen, oder nicht?

»Alessia«, sagt Alex, greift nach meiner Hand und zieht mich wieder zu sich runter, und als er den Arm um mich legt, spüre ich, wie mein Zorn langsam verraucht und ich wieder klarer denken kann. Wie auch die letzten Areale meines Verstandes verstehen, dass es vorbei ist. Die Schuldigen sind in Gewahrsam. Harley Jones war immer einer der Guten.

»Für dich als Tochter tut es mir leid«, sagt Harley. »Und dass bei der ganzen Angelegenheit Menschen gestorben sind, tut mir ebenfalls leid. Das schließt meinen Bruder, aber auch deinen Vater mit ein.«

Ich nicke langsam und als er mir die Hand hinhält, ergreife ich sie. »Mir tut es auch leid«, sage ich und merke, dass ich immer noch zögerlich klinge. Also zucke ich mit den Schultern und gebe mir einen Ruck. »Ich bin Alessia ... die Scheinfrau von Salvatore Cosentino.«

»Sowas kenne ich. Meine Frau war mal meine Schein-PR-Agentin.« Harley Jones lächelt mich offen an und ich kann nicht mehr anders, als auch die letzten Vorurteile gegen ihn fallen zu lassen.

»Megan Clark.« Ich lächle ebenfalls und es fällt mir gar nicht so schwer. Sie war mir schon auf dem Foto sympathisch.

»Du solltest sie kennenlernen, ihr würdet euch verstehen.« Harley sieht Alex an und ich kapiere die Eindringlichkeit in seinem Blick nicht ganz.

»Ist okay«, sagt Alex. »Wir kommen euch besuchen.«

Auch Harleys Lächeln verstehe ich zuerst nicht ganz. Dann jedoch denke ich mir, dass in einer Familie wie dieser die Verhältnisse sicher nicht immer ganz leicht waren. Wer weiß, was Harley über Alex' Rachepläne wusste? Und was er davon hielt? Gut möglich, dass die beiden nicht allzu viel miteinander zu tun hatten in der letzten Zeit.

»Ach ja, und wegen vorhin«, fährt Alex fort, wobei ein leichtes Grinsen seine Lippen umspielt. »Ich hatte die Sache im Griff. Es gab keinen Grund für dich, einzugreifen.«

»Ich werte das mal als Danke«, erwidert Harley ebenfalls nicht ganz ernst.

»Ich will alles wissen«, sage ich zu Alex. »Vor allem, wieso dein Onkel hier ist.«

»Ist 'ne lange Geschichte.«

»Wir haben 'ne Menge Zeit.«

Er lächelt – etwas, das ich bei ihm bisher erst selten gesehen habe. »Ja, ich schätze, die haben wir.«

Epilog

In der Nähe von Arecibo, Puerto Rico
3 Wochen später

Ich gebe noch ein bisschen mehr Gas. Der Fahrtwind fühlt sich wunderbar kühl auf meiner erhitzten Haut an und die wilde Landschaft Puerto Ricos, die Palmen und hohen Schilfgräser, fliegen nur so vorbei. Ich werfe einen kurzen Blick auf den Tacho und stelle fest, dass ich ziemlich schnell bin, aber ich habe keine Angst. Ich habe das Motorradfahren ohne Probleme gelernt, es ist mir direkt ins Blut übergegangen, und dass Alex' Arme fest um meinen Körper gelegt sind, gibt mir zusätzliche Sicherheit. Er hat mir das Fahren beigebracht. Er ist gut darin. Aber momentan gefällt er mir als Beifahrer deutlich besser.

Wir gleiten um ein paar Kurven, immer tiefer in die Wildnis hinein, bis Alex irgendwann ruft: »Langsamer werden, wir sind gleich da!«

Ich drossle das Tempo, dann deutet Alex auf ein leicht verwittertes Tor am Straßenrand und ich halte an.

»Das ist es also«, sage ich, nachdem ich meinen Helm abgenommen habe.

Alex klettert von der Maschine und blickt zu dem riesigen, terrassenförmig angelegten Grundstück, das sich hinter dem Tor erstreckt. »Das ist die Plantage, ja.«

Ich steige ebenfalls von dem Motorrad, stelle es ab und spüre, wie sich mein Puls leicht beschleunigt. »Jetzt bin ich aufgeregt.«

Alex sieht schnell zu mir herüber. »Komm schon! Du hast mehr als ein Jahr mit der Mafia zusammengelebt und jetzt machst du dir in die Hose, weil du mit meiner Familie grillen sollst?«

Ich muss über seine Worte lachen. Ich merke ja selbst, dass das irgendwie albern ist – und dennoch macht mich die Vorstellung, seine Mutter kennenzulernen, total nervös. Was, wenn sie mich nicht mag?

Eigentlich hätten wir uns schon längst begegnen sollen. Aber Alex und ich mussten länger in Italien bleiben, als wir zuerst dachten. Immer wieder mussten wir Aussagen machen, so lange, bis wir wirklich jedes kleine Detail, das wir über die Cosentinos wussten, unter Eid zu Protokoll gegeben haben. Doch es hat sich gelohnt: Gegen Adamo, Salvatore, Terry, Leo, Tommaso und einige Cousins sowie einige der Frauen ist Anklage wegen Mord, Verschwörung zum Mord, Körperverletzung und nicht zuletzt wegen illegaler Wettgeschäfte und Geldwäsche erhoben worden. Die Beweise, die Alex und ich gesammelt haben, untermauern das Ganze, genau wie die Tatsache, dass in der sizilianischen Villa eine Menge Papiere gefunden worden sind und dass ausgerechnet Tommaso auf seinem Handy auch noch Nachrichten hatte, in denen er vor einem Freund mit den Taten seiner Familie angegeben hat. Für uns bedeutet das: Wir sind die Cosentinos los. Die Köpfe der Familie werden nie mehr aus dem Gefängnis kommen und der spärliche Rest kann uns nicht gefährlich werden. Wir müssen uns nicht verstecken, sondern könnten genauso gut unter unseren echten Namen in Italien oder den Staaten leben, und auch Alex' Familie könnte zurück nach Chicago, wenn sie wollte.

Aber wir haben uns für Puerto Rico entschieden – zumindest fürs Erste. Denn das hier ist der Ort aus meinen Träumen, es gibt weite Straßen und weite Strände und jede Menge Freiheit. Ich habe mich auf unbestimmte Zeit beurlauben lassen und wir könnten das ganze Land bereisen, wenn wir wollten. Aber am liebsten sind mir die Stunden, die wir in Alex' kleiner Wohnung über einer zum Gym umgebauten Garage verbringen. Wir schlafen auf einer einfachen Matratze auf dem Boden, das Bad ist winzig und es gibt keine Klimaanlage. Aber das ist mir total egal. Nach meiner Zeit bei Salvatore ist Luxus das Letzte, was ich brauche. Ich liebe es, morgens neben Alex aufzuwachen, mit seinen Sachen und seinen Bildern um mich herum, mit ihm runter zu gehen und gemeinsam mit ihm zu trainieren, um dann gemeinsam mit ihm zu duschen. Und ich weiß es zu schätzen, dass wir beide die Nacht, in der wir die Cosentinos haben auffliegen lassen – und sie im Gegenzug uns – überlebt haben. Alex' Wunde ist so gut wie verheilt, uns geht es beiden gut, und wenn ich an die Schießerei denke, dann erscheint mir das manchmal wie ein Wunder. Wie es weitergehen wird? Keine Ahnung. Ich weiß noch nicht, ob ich wieder für die Polizei arbeiten werde. Gleich mehrere MMA-Promoter haben sich bei Alex gemeldet, aber er weiß auch noch nicht, ob er bei einem von ihnen anfangen wird. Wir müssen beide erstmal im normalen Leben ankommen, nachdem jahrelang Rache unser Dasein bestimmte.

»Hey.« Alex zieht mich an sich und drückt mir einen Kuss auf die Stirn. »Ich weiß nicht, ob du das verstanden hast, aber du bist nicht diejenige, die heute gegrillt werden soll.«

Erst jetzt wird mir klar, dass ich immer noch in der prallen Sonne vor dem Plantagentor stehe und mich nicht rühre. Ich muss lachen.

»Okay«, sage ich dann. »Bringen wir's hinter uns.«

Dann greife ich nach Alex' Hand und gehe endlich los, und auch wenn ich aufgeregt bin, weiß ich, dass ich durch seine Familie längst selbst eine neue Familie dazugewonnen habe.

»Alex?«

Er sieht mich an. Die puertoricanische Sonne lässt seine Augen noch viel blauer wirken.

»Du wirst dich nicht mit deinem Onkel streiten, alles klar?«

Er deutet ein Grinsen an. »Keine Sorge. Ich glaube ich verstehe jetzt, warum er damals getan hat, was er getan hat.«

»Wie meinst du das?«

Alex hebt die Schultern. »Ich dachte immer, dass er nur zu feige war, um die Cosentinos fertigzumachen. Aber in Wahrheit war ihm die Frau, die er liebt, einfach wichtiger. Deshalb sind sie abgehauen. Nicht, weil ihnen der Tod meines Vaters egal gewesen ist.«

Alex öffnet das Tor und wir treten hindurch, und dann schweigen wir beide eine Weile, während wir einen gewundenen Pfad durch hohe Bananenstauden entlang laufen. Die heiße Luft flimmert, doch hier ist es schattig.

»Alex«, sage ich nach einem Moment.

»Hm?«

»Ich bin froh, dass du nicht zum Mörder geworden bist.«

Er zögert, aber dann gibt er zu. »Ja. Ich auch. ... Ich bin mir nicht sicher, ob ich dann noch ich gewesen wäre.«

»Es wäre sehr schade, wenn du nicht mehr du wärst.«

Er sieht mich an und ich zwinkere ihm zu, dann bleiben wir stehen und küssen uns, und das Kribbeln in meinem Bauch ist jetzt noch viel stärker als bei unserem allerersten Kuss. Denn ich weiß, dass das hier der Mann ist, mit dem ich den Rest meines Lebens verbringen will. Und ich weiß jetzt auch, dass ich es kann, dass es niemandem gibt, der zwischen uns steht, der es verhindern wird. Alex Silva ist meine Zukunft, und ich bin seine. Und das ist ein **verdammt** gutes Gefühl.